SCOTT PRESTON

Über dem Tal

Roman

Aus dem Englischen von
Bernhard Robben

S. FISCHER

Der Übersetzer dankt dem Deutschen Übersetzerfonds,
der diese Arbeit mit einem Stipendium gefördert hat.

MIX
Papier | Fördert gute Waldnutzung
FSC® C014496
www.fsc.org

Erschienen bei S. FISCHER

Die Originalausgabe erschien 2024 unter dem Titel
»The Borrowed Hills« bei John Murray Press, London,
Hodder & Stoughton Limited, eine Hachette UK company

Satz: Denise Sterr, Dornbirn
Druck und Bindung: GGP Media GmbH, Pößneck
ISBN 978-3-10-397600-7

Teil I

Ein leeres Land

Yan

Der Hof lag in einer der vierzehn feuchten, grünvioletten Einöden, einer knapp zehn Kilometer breiten Senke, von Geröllhöhen begrenzt, Regenzeit zwölf Monate im Jahr, stets Säure im Wasser, Essig in der Erde. Ein steiles Land, bekannt für seine Seen, wir aber leben in den Hügeln. Wolkenzerfressene Berge, Fells genannt. Keiner groß, alle steil, das Land von Zwerggras überzogen, die Krume dünn wie Teeflecken.

Wir züchten unsere Herden auf den Felshängen und bringen den Schafen bei, sie ratzekahl zu fressen – hat fünftausend Jahre gedauert, aber sie haben es geschafft. Hinterließen nichts als nackten Stein, nass und schwarz, und lernten das Moos lieben. Ein jeder fällt ab bis zum Grund des Curdale Valley, dorthin, wo früher noch Wildblumen auf den Weiden wuchsen und wo es flach genug war, Schafe zu verkaufen. Einige Leute entschieden sich zu bleiben und gründeten ein Dorf namens Bewrith. Anfangs bloß ein Marktplatz, dann fand man Kohle unter den Fells, danach Schiefer, und als der abgebaut war, kamen die Wandervögel, um auf ihren Wegen zum Postkartenland Fritten und Schinken zu futtern.

All das liegt in Cumbria, das Tal, das Dorf, die Farm. Eine am Reißbrett erfundene Grafschaft, die im Norden an England und Schottland grenzt, aber zu keinem so richtig passt. Im Osten liegen Yorkshire und Northumberland, wo uns der Höhenrücken der Pennines vor inzüchtigen Blicken schützt, im Westen die Irische See und die Isle of Man, falls einem nach Schwimmen ist. Im Süden dann der Süden, und der kann nie weit genug weg sein.

Die Menschen in den Fells sind so freundlich, wie man es sich nur wünschen kann. Falls sie dein Haus oben am steilen Felshang sehen, bauen sie ihres so weit weg, dass du sie ganz bestimmt nicht mehr sehen kannst.

Kilometerweites Nichts schafft dicke Mauern.

*

Ich gehe heute nicht mehr oft ins Dorf; damals, vor gut dreißig Jahren, ging ich sogar noch seltener. Es ändert sich nie. Es gibt zwei Waschbetonpubs, einer weiß gestrichen, der andere gelb, also einen Pub auf zwanzig Häuser; Häuser aus Schiefer, schroff anzusehen, an trocknen Tagen sind die Steine grün, an allen anderen grau. Die Leute in Bewrith, um die zweihundert, sagen einem gern, was sie hätten, sei die Aussicht, und das wäre genug. Alles, was fürs Leben nötig sei, sorge für sich selbst, denn hier passe man aufeinander auf. Hole die Wäsche rein, wenn es anfängt zu nieseln, hole die Sandsäcke raus, wenn eine Überschwemmung droht, behalte Oma im Blick oder die Kids oder die verdammte Alte. Bleibe selbst in ihrem Blick. Gibt mehr als eine Möglichkeit, aufeinander aufzupassen. Und will man trockene Füße behalten, muss man wissen, wann wer überkocht.

Das ist meine Art, dir William Herne vorzustellen. Der Einzige von uns, über den irgendwer was hören will. Ein Schafbauer. Wird heute über ihn geredet, heißt es oft, was für ein alter verrückter Hund er war, denn wir haben ihn rumlaufen sehen mit Raubgier in den Augen und mit Mordlust, haben uns bloß nie getraut, ihn zu bitten, es gut sein zu lassen. Nur war das nicht der William, den ich kannte, und ich habe ihn länger gekannt als alle, die noch leben; jetzt, da er tot ist, wohl auch länger, als ihn irgendwer je kennen wird. Wenn ich dir sage, dass er im Grunde ein anständiger Kerl war, dann, weil ich glaube, dass das die Wahrheit ist.

Er war ein Bauer, ein Schäfer, besser als manch anderer, aber so besonders nun auch wieder nicht. Sohn eines Bauern, Vater eines Bauern, Mann einer Bäuerin. Er redete nicht viel, weshalb wir ihn für einen Mann mit Prinzipien hielten, und wenn er den Mund aufmachte, kam er immer gleich zum Punkt, als hätte er zu viel Zeitung gelesen. Wenn möglich, blieb er für sich oder bei seiner Familie. Obwohl er stolz war auf sein Haus, machte er nie sauber. Dass er in meinem Alter sein musste, sah man ihm nicht an. Am Kinn erste graue Haare, aber er wurde nie älter, war immer schon verdammt alt. Den Wachsmantel trug er die letzten sieben Jahre seines Lebens, lang wie eine Robe und immer zugeknöpft, weshalb er wie ein Mann Gottes aussah. Helen, seine Frau, ließ ihn nicht ins Haus, diesen Mantel, weil er so dermaßen nach Mist stank und nach wildem Senf.

Wie die meisten Hügelbewohner bekam ihn das Dorf nicht oft zu Gesicht. Man wusste, er war da draußen, machte seine Arbeit, und dass man ihm über den Weg laufen konnte, wenn man sich in den Fells verirrte oder seinen Hocker im The Crown im Auge behielt. Er war durchaus beliebt, wurde sogar respektiert – stets jemand, den man nicht mit Kleinigkeiten behelligte – auch wenn man wusste, man konnte, falls Not am Mann war. Nahm seine Rolle als Touristenattraktion einen Tick zu ernst. Gab mehr als nur ein paar Wandervögel, die von einem Bauern erzählten, der sie, das würden sie schwören, quer über einen Acker hinweg angestiert hatte; oder sie hatten erlebt, wie er auf ein Schild deutete, auf dem stand: *Nicht angeleinte Hunde werden erschossen.* Wenn sie lachten, begann er selbst wie ein Hund zu kläffen.

Soll heißen, er ist schon immer ein verrückter Bastard gewesen. Ehrlich gesagt, das waren wir alle. Nur im Kopf, was um uns ist. Die Schafe, die Hunde, die Weiden. Und wenn um uns nur Leere ist, glaub ich, man könnte uns leer im Kopf nennen.

Lasst mich damit anfangen, dir von Maul und Klauen zu erzählen. Die meisten wollen nicht darüber reden, weil sie Angst haben, sie kommt zurück. Ohne aber bliebe nur, was William getan hat, nicht jedoch, warum er es getan hat. Sie begann 2001 in den ersten Frühlingstagen, die Seuche. Zumindest für uns hier in Cumbria. Ich glaube, sie hatte schon Monate vorher mit irgend so einem Schwachkopf in Northumberland angefangen, der an seine Schweine Reste von anderen Schweinen aus jenen Gegenden der Welt verfütterte, wo man sich nicht gut um Tiere kümmert. Schweine fressen alles, heißt es, sogar Krankes.

Damals habe ich bei meinem Dad gelebt, auf Montgarth, einem kleinen Hof; gleich von der Straße aus stieg die Weide an, ein Daumenabdruck im Curale Valley, kaum mehr. Das Haus, in dem wir wohnten, und die Scheune nebenan, sackten seit einer Ewigkeit ab,

Zentimeter um Zentimeter, Jahr um Jahr, drückten den durchlässigen Boden hoch, bis der zurückdrückte und eine Art Wall drum herum aufwarf. So wie mein Vater die Farm führte, wäre es verzeihlich gewesen, hätte man geglaubt, sie stünde leer, bis man näher kam und den Hund bellen hörte. Ließ die Feldmauern verfallen, stopfte Holzpaletten und Drahtrollen in die Lücken.

Ich war damals seit ungefähr sechs Monaten bei ihm, half so gut es eben ging. Er war in allem dermaßen kraftlos, dass ich vergessen hatte, wieso ich ihn verlassen hatte. Typisch für ihn, dass er auf ganz eigene Weise schwach wurde. Ging auf Ende sechzig zu, Jahre, die er die Achtziger eines arbeitenden Mannes nannte. Konnte ein Mutterschaf stemmen, aber wenn er pinkeln musste, brauchte er zehn Minuten die Treppe rauf. Drei Finger an der Rechten für immer nach innen gekrümmt, trotzdem hielt er die Schere mit nichts als Knöcheln und Daumen. Hat nie um Hilfe gebeten, schrie einen trotzdem an, wenn man sie nicht gab. Ich erzähl dir nur, wie es mit ihm war. Jahrelang war ich weg, war Lastwagenfahrer. Hab während der Saatsaison auf Getreidefeldern gearbeitet, die gesamte Ostküste lang Wolken von Kalk hinter mir hergezogen. Der Boden so flach, dass man zehn Meilen weit laufen und immer noch sehen konnte, wie sich der Staub vom Morgen legte. Hatte viel zu tun, aber er rief an, keine Ahnung, woher er die Nummer hatte, und sagte: »Wann kommst du nach Hause?«

»Hab ich nicht vor«, habe ich gesagt. »Ich verdiene Geld, besorge mir meinen eigenen Hof. Schon mal davon gehört? Verdiene mir mein Leben so, wie du es immer gewollt hast.«

»Klingt aber anders.«

»Wirst du taub?«

»Ich höre besser, als du glaubst.«

Eine Woche später war ich wieder in meinem alten Zimmer.

Als wir zum ersten Mal davon hörten, im neuen Jahr, warteten wir darauf, dass das Gras grün wurde. Hörten es nicht in den Lokalnachrichten. Schon gar nicht am Radio. Hörten nur ein Flüstern: *Maul und Klauen sind zurück*. Für Leute, die den ganzen Tag bloß mit Schafen zusammen waren, konnten wir verdammt gut tratschen.

Maul und Klauen. Nur Leute so alt wie mein Dad erinnerten sich daran.

Ein Brief kam. Lag den ganzen Morgen rum, ehe wir klein beigaben und einen Blick riskierten. Er war voll mit Bildern, ein Katalog mit wundmäuligem Vieh, um uns zu zeigen, worauf wir achten sollten. Die Schafe wurden träge, wurden mager. Lagen da, als wären ihre Knochen Nester. Beine rührten sich nicht, Kopf und Augen rührten sich nicht. Blasen an den Füßen, die Füße weiß, die Füße verfault. Blasen am Maul, am Gaumen oder auf der Zunge. Heiß. Wie gekocht. Lämmer werden totgeboren, als wären sie klüger als der Rest der Herde. All das stand in dem Brief, und dass man die Herde im Stall lassen oder zumindest so eng zusammenhalten sollte wie nur möglich. Würde verhindern, dass es sich über die Fells ausbreitete. Mein Dad blickte auf den Brief und sagte, ihr könnt mich mal. »Tu ich nicht.«

»Klingt, als wollten sie genau das von uns. Das wir nichts tun.«

»Dann tun wir das. Nichts. Ich lass die Herde grasen, wo sie will. Meine Schafe haben ihren eigenen Kopf.«

»Die behaupten, sie krepieren, wenn sie's kriegen.«

»Klar doch, und um ein paar wenige nicht krepieren zu lassen, bringt man lieber gleich alle um. Ergibt das für dich irgendeinen Sinn?«

»Hat noch mehr damit auf sich.«

Er riet mir, mich zu verpissen.

Die Großbauern mit ihren Höfen, auf denen man eine Karte brauchte, wenn man zum Klo wollte, und deren lange Scheunen sich ewig über den Acker zogen, die konnten es sich leisten, ihre Schafe im Stall zu lassen. Nachtlicht zur Beruhigung der Lämmer und selbstschließende Schlagtore für die Hotelzimmer von Aulamm, Erstlammin, Zutreter, Hammel oder Altschaf. Täglich der Spaziergang an der Leine zum Futterplatz und auf dem Schlafstroh weniger Getümmel als auf dem Postamt. Für uns war das nichts. Wir nannten Montgarth einen Kleinhof, andere uns vermutlich Hobbybauern. Damals kaum noch zweihundert Schafe in der Herde. Man sollte meinen, dass machte es einfacher, aber das Lammen stand an. Und man konnte die Mamsells schließlich kaum bitten, ihre dicken Bäuche noch einige Monate länger zu tragen, bis wir sie dann auf zwei Feldern nah am Haus eingesperrt hatten.

Unsere Herde lebte wild auf den freien Fells tausend Fuß überm Tal. Wir überließen die Tiere sich selbst, so dass sie auf den Hängen und Klippen jenseits der letzten Trockensteinmauern stromern konnten. Zu futtern fanden sie, was sich auf Steinen kringelte oder klumpig am Baum wuchs, Flechtkruste auf Felsvorsprüngen; manches davon glühte grüner als die Abwasser von Sellafield. Segge, Riedgras und Schachtelhalmfarn, versteckt in Felsspalten auch Schneeheide, die rosig austreibt und sich mit der Kälte rötlich färbt. Statt der

Herde schloss mein griesgrämiger Dad sich selbst ein, sah fern und hielt die Frostbeulen ins Rotlicht, an seiner Seite der einzige Hund, den wir hatten.

Es war noch Nacht, als ich mich aufmachte. Die Schafe schliefen an Orten, höher als die Nistplätze der Fliegenschnäpper und Tauben in den Felsspalten, höher als die Nester der Falken, aus denen sie ihr Futter tief unten beäugten; und die Tiere lagen auf kahlem Grund, steile Abgründe im Rücken, pressten die Ohren an den Boden und lauschten auf polterndes Gestein. Kein Ort für Quad Bikes und auch, ehrlich gesagt, keiner für Menschen. Ich kletterte über das Gatter, eine Übung für das, was kommen sollte, und da waren die beiden Felskuppeln, die einen wissen ließen, dass man die Weiden von Montgarth hinter sich gelassen hatte. Den ersten Hang dahinter nennen wir *Kau die Krusten*. Wind klebte daran wie an einem Fluss, und wenn man sich den Sand aus den Augen rieb, wusste man, es war bald geschafft. War man drübergestiefelt, kam man zu einem breiten Kamm, jeder Windstoß frisch, auf dem Rücken dahinter ein langgezogener Grat bis zum Gipfel vom Gum Knott. Ich blieb mit einem Fuß auf dem Geröll, mit dem anderen auf schwammigem Torf. Steter Schritt. Erst wenn der Tag anbricht, bekommt man eine Ahnung, wie allein man hier draußen ist. Der Boden hat keinen Rand, jeder Huckel könnte ein Fels sein, und es gibt Brocken so groß, man könnte sie für den Himmel halten; trotzdem ist der Weg nicht schwer zu finden, wenn der einzige Pfad der ist, den die eigene Familie die letzten sechzig Jahre ausgetreten hat.

Ich entdeckte die Herde, als sich auf dem breiten Farnsims der Schein meiner Lampe in den Augen der

Tiere verfing. Sie lagen auf einem Haufen, waren sich selbst Windbrecher und wechselten sich als Decken ab. Musste sie wecken. Schrie laut genug, um die eigene Kehle zu schmecken und hörte zur Antwort ihr Blöken. Wartete, während die Tiere zu mir trotteten, zählte Schaf um Schaf, das vom Sims sprang: Yan, Taen, Tedderte, Medderte, Pimp. Um eine Herde in Bewegung zu setzen, braucht es einen Anführer, einen Leithammel, dem alle folgen. Ist nicht ohne Grund, dass wir sie Schafe nennen. Normalerweise wäre ich dieser Anführer, und sie folgen so dichtauf, dass sie sich, würde ich von einer Klippe springen, mit mir runterstürzen würden. Nur waren sie an meinen Dad gewöhnt, und auch ein Eimer mit Pellets hielt sie nur eine begrenzte Zeit davon ab, mir den Rücken zuzukehren. Blieb also bloß die verdammte Hundearbeit. Schlug ihnen unter die Brust, was sie durch meine Arme springen ließ, schrie, damit sie meine Rufe lernten, fuhr mit dem Stab über ihre Rippen, schob sie an, wie ihre Mams es getan hatten. Hielt meinen Krummstab mit beiden Händen, um die Springer am Wickel zu packen und vom Berg zu leiten. Trächtige Schafe sind auch nicht folgsamer als sonst irgendwelche Schwangeren. Wieder bei den Felskuppeln trug ich eines der Biester auf den Schultern.

*

Sie auf zwei Felder einpferchen, war erst der Anfang. Wer Cumbria kennt, der weiß, dass es da gern regnet. Und wer es nicht kennt: An manchen Tagen ist das Land so grün, dass einem die Augen davon weh tun, so grün, wie es nicht allein vom blauen Himmel wird. In der Woche hat es geschüttet, und bei zweihundert Schafen dicht an dicht auf einem Feld für gerade mal fünfzig wird die Erde zu Schlamm. Tier für Tier trottet den ganzen Tag drin rum – schmiert sich von Kopf bis Fuß damit ein, verdreckt und verklumpt die Wolle. Jedes Mal, wenn ich zurückkam, war der Schmodder noch schlimmer, bis die fülligeren Zibben, Mutterschafe mit überm Boden schleifenden Bäuchen, lieber den ganzen Tag am selben Fleck liegen blieben, statt sich zu bewegen.

Nach drei Tagen kam mein Dad nachsehen, ging zum ersten Mal vor die Tür. »Ist zwanzig Zentimeter tief«, sagte er mit beiden Beinen im Dreck. »Nur vom Hingucken bleiben meine Stiefel drin stecken. Wir können sie nicht da draußen lassen, Steve.«

»Nimmst du sie mit zu dir ins Haus? Bist schon in schlechterer Gesellschaft aufgewacht.«

»Leck mich!«

»Du weißt, die können sonst nirgendwohin.«

»Wenn da ein Lamm reinfällt, kommt es nie mehr raus.«

»Dann behalte ich sie im Auge. Halt es hier sauber, so gut es geht.«

»Ein Auge auf alle sechzig Frühschafe gleichzeitig? Wurden schon Hymnen über geringere Großtaten geschrieben.«

»Wir arbeiten in Schichten.«

»Schichten, ach ja? Ich sag dir was. Übernimm du die erste, und ich sag Bescheid, wenn ich für meine bereit bin.« Dann hörte ich noch, wie er mich einen Volltrottel nannte, ehe er davonstapfte.

Es sind kräftige Tiere und gebärstarke Zibben, aber sogar in trocknen Jahren ertrinken Lämmer. Auf unserer Farm gab es nur Herdwicks. Die hält man sonst nirgendwo auf der Welt, worauf wir stolz sind und was wir nicht als Warnung verstehen. Sie sind wie dafür geschaffen, auf den Fells zu leben, wo der Regen schräg heranfegt, von der Seite kommt oder vom Boden aufschießt. Hätte mich vor der Seuche wer gefragt, hätte ich gesagt, die überstehen alles. Zäher als Bergziegen und sahen einen nur komisch an, wenn man wegen schlechtem Wetter eine Flunsch zog. Weiße Köpfe wie Ziegel, eckiger und dicker als die Steinbrocken in den Felsmauern. Wir kümmerten uns nicht um ihr Fell, hielten sie wild und ließen sie monatelang frei laufen. Kamen sie aus dem Winter zurück, hatten sie sich schwabbelnde Mäntel doppelt so groß wie ihre nackten Leiber wachsen lassen. Dichte graue Wolle durchsetzt mit blauen oder roten Brunstklecksen und mit getrockneten wochenalten Kötteln.

Mir blieb nur, sie Tag und Nacht zu beobachten, bereit für den ersten Wurf. In meinem Kopf trug ich eine Karte mit den Zibben, die am weitesten weg waren, und drehte meine Runden durch die Herde, um reihum nach ihnen zu sehen. Grub so tief Schlamm aus, ich hätte auf Schwefel stoßen können und musste Halt suchen, falls ein Schaf eine helfende Hand brauchte. Legte Laufstege aus umgedrehten Trögen. Trampelte Flächen aus Holzspänen. Nickte im Land Rover ein, sobald ich hielt, oder legte mich wie eines der Tiere an eine der Mauern, wenn mir das Stehen zu viel wurde. In der vierten Nacht des Rumstapfens im bodenlosen Morast war unsere größte Au so weit, hörte auf zu fressen, ein Fastentag, ehe sie allein in eine Ecke wankte, die Hüfte eingesunken, die Euter geschwollen. Mein Dad tauchte auf, als wüsste er, dass es an der Zeit war. Trug einen halb über die Ohren gezogenen, breitkrempigen Fischerhut und hockte sich mit einer Thermoskanne neben mich. »Haben sich eine gute Nacht ausgesucht.«

»Würde ich auch sagen, wenn ich den ganzen Tag gepennt hätte«, erwiderte ich.

»Verachte nie ein gutes Nickerchen.« Er nahm einen Schluck aus der Kanne. »Weißt du, für deine Mum war dies die beste Zeit des Jahres. Das Lammen. Fürchte, sie hat dann auch nie viel Schlaf gehabt.«

»Ich weiß.«

»Natürlich weißt du das.«

»Was würde sie von dem hier halten?«

»Hat schon Schlimmeres gegeben. Du bist zu jung, um dich dran zu erinnern, aber wir hatten ein Jahr, in dem die Herde krank wurde, richtig übel. Haben die Hälfte der Lämmer verloren. Die Mams torkelten im Zickzack durch die Gegend und liefen mit milchigen Augen gegen Mauern.«

»Alles in allem sind sie jetzt gar nicht so schlecht dran.«

»Sollte man meinen. Ich weiß, du denkst wie alle anderen. Hältst mich für einen blöden Trottel, weil ich zuließ, dass die Herde so klein wurde, aber von denen da ist jedes Tier zehnmal mehr wert wie irgendeins von einem der anderen Höfe.«

»Kriegst deshalb auch wohl zehnmal so viel dafür.«

»Sollte so sein, wäre die Welt bei Verstand.«

»Wären zum halben Preis noch günstig.«

»Red keinen Stuss.« Er stand auf und griff sich eines der Geschorenen. »Sag mir, dass das nicht das schönste Schaf ist, das du je gesehen hast.« Fuhr mit den Händen drüber, um mir zu zeigen, wie gerade der Rücken war. Drückte die Muskeln an Schultern und Hüfte, zog die Lippen hoch, die Zähne gerade übereinander. »In ein paar von ihnen stecken dreihundert Jahre Schaf. Alles Nachfahren von Admiral Rust. Wurden schon Bücher über den geschrieben.« Er ließ das Schaf zurück zur Herde laufen. »Sieht man nicht, oder?«, sagte er und lachte vor sich hin. »Ich jedenfalls nicht.«

Ich saß still da, wie immer, wenn er so war.

»*Du musst ihnen alles geben*, damit hat mein Dad mir ewig in den Ohren gelegen. Und jedes Mal, wenn es mir wieder einfällt, kommt es mir wahrer vor. Eigentlich sollen die Schafe uns ernähren, bloß vergisst man schnell, wie viel man gibt und nie zurückkriegt. Jedes Jahr heilt man ein bisschen schlechter als im Jahr davor, doch erst, wenn man das meiste gegeben hat, spürt man, was fehlt, und ahnt, welchen Tausch man eingegangen ist.«

»Tja, und jetzt?«, frage ich.

»Sie werden es uns schon wissen lassen.«

Die dicke Zibbe fand den letzten Flecken trocknes Gras und blieb liegen, bis es hell wurde, dann platzte die Fruchtblase. Kopf im Matsch. Die Rippen zitterten, als müsste sie speien, lag auf der Seite und presste eine Stunde lang. Das schwarze Lamm schaffte es selbst aus der Blase, und seine Mutter drehte sich um, leckte ihm den Schleim von Nase und Augen, bis es blinzeln konnte. Dann legte sich die nächste Aue hin, eine bucklige mit schiefem Lächeln. Drei Lämmer schossen aus ihr raus wie eine Kette Würstchen, und die Mam verschlang die Eihaut, bevor ich es verhindern konnte. Das war der Startschuss für den Rest. Keuchend auf der Seite oder nur gebeugt, die Beine angewinkelt, einige standen noch oder liefen herum, bekamen ihre Lämmer und hielten dabei beide Augen offen, keine Zeit zum Pressen, keine Zeit zum Zittern.

Mein Dad kam nach dieser Nacht zurück, blieb bis zum letzten Lamm, rackerte wie nie zuvor. Einen Schafskopf unter jedem Arm, das Gesicht rot vor Kälte, röter vor Schweiß. Er nahm ihre Tritte hin, ihre Stöße, rutschte nach hinten weg, rammte die Hacken in den Boden, dann die Zehen, lag auf Händen und Knien, zog die Zibben mit sich durch den Schlamm. Dass er das war, in diesem Morast, erkannte man nur an den aufgeblähten Wangen. »Mach mal halblang«, sagte ich. »Sonst kriegst du noch einen Herzinfarkt.« Antwortete, der drohe ihm schon seit dem Zweiten Weltkrieg. Was mich dazu brachte, es ihm nachzutun, ackerte, bis ich wieder wusste, wofür der Rotz in der Nase war. Gönnte mir nicht mal einen Schluck, damit der Körper nicht glaubte, es sei Zeit für eine Pause. Fast, als könnte man sie uns nie mehr wegnehmen, wenn wir alles gaben.

Da war diese Zibbe mit Häschenohren, eine Zweijährige, das Fell rot wie ein Fliegenpilz. Sie war so weit, aber völlig schlaff – wollte pressen und konnte nur husten. Roch wie ein Abfalleimer, der geleert werden musste. Die Vorderfüße des Lamms ragten raus, und sie versuchte aufzustehen oder in die Hocke zu gehen, aber ich rollte sie auf die Seite, stützte mich auf sie, erste Milch spritzte auf mein Hemd. Fasste rein. Sie mit allen vieren in der Luft, ich, höflich gesagt, mit der Hand tief in ihr drinnen. Band die Vorderläufe mit einer Schnur zusammen und schlenkerte sie hin und her, um etwas Platz zu schaffen. Dann versuchte ich, das Ganze wieder in Gang zu bringen.

Dampfend kam das Lamm raus, und ich schob es beiseite, um zu sehen, ob es sich bewegte. Sah zur Zibbe, aber jeder ihrer Atemzüge war kürzer als der vorhergegangene, also blieb mir nichts weiter übrig, als mich um das Kleine zu kümmern, bis es auf eigenen Füßen stand. Dann war sie tot. »Der Winzling braucht einen Namen«, sagte mein Dad über die Schulter hinweg.

»Seit wann gibst du Schafen Namen? Und dann noch einem Widder.«

»Werde im Alter wohl gefühlig.«

»Ich dachte, gerade wegen der Gefühle durften wir das nie.«

»Konnte bloß keine Namen behalten.«

»Nun, von mir aus«, sagte ich und sah zum Lamm. »Wie wär's mit Rusty?«

»Mit dem Namen tritt er in große Fußstapfen.«

»Wie alt bist du noch mal?«

Da musste er lachen und schulterte die Mam, um sie wegzubringen.

*

Das Lammen beanspruchte meine gesamte Zeit, also hörte ich keine Nachrichten, und mein Dad mied das Telefon, als könnte es die Seuche übertragen.

Dass wir auf uns allein gestellt waren, meinte mehr als sonst. Kein Mensch ging das Risiko ein, zu einem Bauern auf den Hof zu kommen. Man schickte uns Essen. Fleisch, Kartoffelkuchen, Früchtebrot, eingepackt und auf Strömen von Desinfektionsmittel zu uns gesandt. Bald aber bedeutete auch das zu große Nähe.

Man konnte die Seuche in der Nase haben, im Haar oder im Augennass – wer einen Hof auch nur ansah, dem drohte Gefahr. Selbst die Wandervögel waren nicht so blöd, zu uns rauszulaufen.

Eine erste Ahnung davon bekam ich, als der Abdecker eintraf, um das tote Schaf zu holen. Konnte kaum einen Termin mit ihm ausmachen, so viel hatte er zu tun. »War ein ganz normaler Tod«, sagte ich. »So wie es sein sollte.«

»Glaub ich ja«, sagte er, band eine Kette um die Beine und zog das Schaf zum Van.

»Beim Lammen. War eine zähe alte Dame.«

»Sind sie doch immer.«

»Heute noch viel zu tun?«

»Das hier ist meine Mittagspause.«

Bis er abfuhr, sah er mir nicht in die Augen.

Dass man Anzeichen in der Herde fand, schien unvermeidlich. Die Lämmer waren auf der Welt, aber irgendwas schien mir anders – manche hatten weniger Energie als ihre Mams. Köpfe hingen wie an zu langen Sehnen herab. Mein Dad musterte sie. »Liegt am Schlamm, der macht sie zu langsam.« Als sie nicht lebendiger wurden, fand er andere Gründe. Sagte, es sei kalt in diesem Jahr. Schnee auf den Weiden. Offene Eimer mit Chemikalien. Dämpfe im Wind. Der Sturzflug der Bussarde. Knochige Krähen auf dem Zaun. Das mächtige Summen der Fells. Der große Stress. Hier und da Flecken von Wahnsinnskraut, Kermesbeeren, Röhrkohl. Ein wilder Mischlingsköter. Kein Lammblut an der Tür. Milchfieber. Blauzungenkrankheit. Scrapie. Lippengrind. Pockenseuche. Lungenwurmbefall. Krätze. Bradsot. Wassersucht.

Jeden Tag eine neue Theorie. Von mir nicht mal die Andeutung einer Frage. Maul und Klauen, mir wurde schon schlecht, wenn ich die Worte nur hörte.

*

Der Tierarzt kam auf Visite. Er hieß Robbie Slater – ein guter Junge, und zudem einer aus der Gegend. Sah aus wie ein weißer Gummiastronaut, als er aus dem Wagen stieg und uns übers Viehrost zurief. Ich ging, um Hallo zu sagen; aber er redete, als hätten wir uns noch nie gesehen. Roch nach Krankenhausbleiche, dabei hätte es Kuhdung sein müssen.

Ich ging mit ihm auf die Weide zu den Mutterschafen. Lagen wie aufgeschnürt entlang der Mauer. Ich führte ihm eines der Schafe zu, die Hand am Nacken, als würde ich es bei einem Wettbewerb präsentieren. Er zog das Tier zu sich, pflanzte es auf den Hintern, fuhr mit behandschuhtem Daumen die Zähne lang und schlenkerte die Beine, musterte es genau, dann ließ er es laufen. Sagte mir, ich solle noch ein Schaf holen, dann noch eins, bis er sich vier, fünf angesehen hatte. »Bisschen langsam, oder?«, sagte er.

»Was hast du erwartet? Die werden stinkfaul, seit sie hier unten festsitzen.«

»Ihr habt es also gemacht? Sie isoliert?«

»Natürlich. Habt ihr uns doch gesagt.«

»Du wirst nicht glauben, was man hier so alles hört.« Er ging zu einem der Lämmer, hob es auf, untersuchte es aber kaum und ließ es gleich wieder laufen. Stand da und sah zu, wie es sich hinlegte. »Hast du dir die Tiere in letzter Zeit mal genauer angesehen?«

»Ich laufe hier doch nicht jeden Tag mit geschlossenen Augen durch die Gegend.«

»Auch ihre Mäuler, Steve?«

»Was ist mit ihren Mäulern?«

»Einige haben Läsionen am Gaumen.«

»Läsionen? Natürlich haben sie Läsionen am Gaumen. Versuch du doch mal, die verdammten Fells abzugrasen, ohne hinterher Schnitte zwischen den Zähnen zu haben.«

»Aber das sind Läsionen.«

»Du meinst, die haben sie sich eingefangen?«

»Schwer zu sagen.«

»Beginn mit dem, was leicht zu sagen ist. Wie viele von den Getesteten waren positiv?«

»Zurzeit machen wir keine Tests.«

»Ihr bringt sie um, ohne sie vorher zu testen?«

»Bei einem Ausbruch werden sie in drei Meilen Umkreis gekeult, da wird nicht gefackelt. Ich bin nur gekommen, um zu sehen, wie weit die Seuche sich bereits ausgebreitet hat.«

»Ein Ausbruch? Wo?«

»Caldhithe. William Hernes Farm.«

*

Ein Van tauchte auf, dahinter ein zweiter. Sie strömten aus der Hecktür – Soldaten auf unserem Hof, weiße Overalls, in den Händen Besen, Eimer und Gewehr. Stellten die Stiefel auf die Stoßstange und sprühten sie mit Desinfektionsmitteln ein.

Klopften an unsere Tür. Höflich. Sacht. Gaben Befehle. Die Verantwortliche wusste, was zu tun war. »Wir brauchen einen Schlauchanschluss. Wir brauchen die Tiere hier. Wo sind die Verladerampen?« Setzte all ihre mitgebrachten Leute ein. Ließ sie antreten. »Wir kriegen das hin.« Das sagte sie mehrere Male. »Wir kriegen das hin.« Bei alldem blieb sie freundlich. Erinnert uns an ihren Auftrag mit nichts in der Stimme, woran ich Anstoß nehmen konnte.

Ich ging raus aufs Feld, mischte mich unter die Tiere, und jeder Krankheit, die in ihnen steckte, gelang es, sich zu verbergen. Die Schafe strichen mir um die Stiefel und sammelten sich an meiner Seite, folgten meiner Hand. Molly, unser Hund, schlich geduckt von Mauer zu Mauer und verfolgte mich aufmerksamer als die Herdwicks. »Weiter!« Hielt meine Trillerpfeife an den Mund. »Weiter!« Molly scheuchte die Herde zusammen und brachte sie ungerührt zum Sammelplatz, wo sie einzeln durch den Treibgang liefen. Die Soldaten in Killeruniform sahen zu. Hände im Rücken, Handschuhe über die Ärmel hochgezogen, Kondome an den Füßen. Sie hatten einen Schlachthänger aufgestellt. Wollten die Schafe so, dass sie sich nicht bewegen konnten, ein sauberer Schuss, dann die Kadaver auf einem Haufen gesammelt. Eine freie Standfläche für jedes Tier, die Überreste dann in Desinfektionsmitteln getränkt; sie frisch halten, bis sie verbrannt werden konnten.

Mit den ersten Tötungen lief alles glatt, soweit man das über Tötungen sagen kann, ein Knall, ein Fall, manchmal ein Blöken, der Hütehund an der Seite, damit die Tiere Ruhe gaben. Die Mündung zwischen den Ohren, ein Schuss Richtung Rücken, so blieb die Kugel in den Köpfen. Den Gewehren war nicht anzukreiden, was geschah. Das Chaos fing auf den Planken an, glatt vom Schlamm, tropfende Scheißrutschen, leidvergossenes Blut, das sich bald bis auf die Rampe zog, einer hölzernen, und wenn wir die Tiere nicht beruhigten, taumelten sie runter, fielen auf den Kopf oder sprangen hoch, weil sie zurück auf die Weide wollten. Wir hatten kein Gehege, das groß genug war, und wenn ein Tier aus der Herde ausbrach, dann zwei, und dann gleich alle, drängelten und drückten. Schulter an Schulter. Unmöglich, sie aufzuhalten, wollte man nicht zertrampelt werden. Die Widder vorn rammten gegen Mauern, bis die Decksteine wackelten, und von hinten schoben die Auen, stiegen übereinander, nutzten die anderen als Stufen. Eine wand sich so hoch, dass sie sich am Draht den Bauch aufschlitzte, auf die andere Seite fiel und dabei eine Lücke in die Mauer riss, durch die dann der Rest strömte. »Hierher«, rief ich zu Molly. Sie wollte die ersten verbellen, wollte sie zurückscheuchen. »Hierher!« Sie bekam einen Huf ins Auge und rannte selbst weg, rollte sich um die Wurzel von einem Weißdorn, verhakte sich mit dem Fell in den Dornen und im Baumwollgras, schiss sich auf die Hinterläufe.

Man sollte meinen, Soldaten hätten mehr Verstand als Schafe, aber sie drehten völlig durch. Rannten hinterher und schossen, wo sie welche sahen, vor Mauern, Futtertrögen oder anderen Tieren. Hieben Messer in Rücken, bis Blut floss, zogen es beidhändig wieder raus, wenn es feststeckte, rammten Rohre in Schädel, nutzten Widderhörner als Haltegriffe. Standen rittlings über den Todeszuckungen, dann weiter zum nächsten Opfer.

Ich gab Fersengeld. Sprang übers Gatter und rannte übers Feld, tat, als wollte ich die Hüpfer fangen und umklammerte mit den Händen die Vorderbeine eines

Schafs. Warf das Tier zu Boden. Andere Zibben duckten sich, wenn sie mich kommen sahen. Ich rannte weiter. Hörte die Soldaten brüllen. »Holt den Bauern zurück. Beruhigt die Tiere.« Die halbe Herde war tot, das Hirn weggepustet, oder Schusslöcher prangten nach und nach auf dichten Fellen. Die Soldaten trieben eine kleine Gruppe zur Scheune. Die Schafe leisteten letzten Widerstand – schwangen die Köpfe, um Platz für einen Angriff zu haben und stürzten sich wie Füchse auf jeden, der ihnen zu nahe kam. Ein großer Soldat fiel auf den Arsch, und vom Boden erschoss er das schuldige Schaf auf seiner Brust. Brauchten jetzt drei oder vier Kugeln für jedes Tier. »Wo ist der Idiot?« Die Verantwortliche sah mich auf der Weide. »Sie müssen sie im Pferch halten.« Ich hatte keine Ahnung, mit wem sie redete. Ein dreckiger Fluch, dann ging sie zu Molly, hob sie auf und wartete, bis ich zurückkam. »Nehmen Sie den Hund und gehen Sie ins Haus.«

»Sie brauchen mich nicht?«

»War Ihre Entscheidung, hier draußen zu sein.«

»Das sind meine Schafe.«

»Rein mit Ihnen.«

Musste Molly festhalten, um sie zu beruhigen. Bellte in mein Ohr, und ihre Krallen kratzten mich sanft. Presste ihr Gesicht an meinen Hals, und ich konnte ihre Rippen spüren. Ich weiß noch, sie roch nach Keksen. Sie würde mir im Haus nicht von der Seite weichen – ich musste sie auf den Rücken rollen und in ihr Körbchen tragen. Ich ging in die Küche und brachte das Wasser immer aufs Neue zum Kochen; vor mir eine leere Tasse. War mir nicht sicher, ob ich je wieder ein Schaf sehen konnte, ohne mir vorzustellen, dass Blut aus einem

Loch im Schädel rann. Ich machte den Fernseher an, glotzte stundenlang, als wäre ich der Kranke. Konnte die Schüsse hören, egal, wie laut ich aufdrehte, aber die Abstände wurden größer, bis es irgendwann vorbei war.

Wieder klopfte es an die Tür. Die Verantwortliche kam, um mir zu sagen, dass sie wieder abrückten. »Wann werden Sie die Kadaver verbrennen«, fragte ich.

»Sie haben nur einen kleinen Hof«, sagte sie. »Caldhithe, ein Stück die Straße runter, verliert über tausend Tiere. Womöglich mehr. Könnte morgen sein. Vielleicht auch nächste Woche oder erst übernächste.«

»Können Sie die nicht woanders hinbringen? Damit sie nicht gleich vor der Tür liegen?«

»Dürfen Sie gern selbst tun. Ich würde es Ihnen aber nicht raten.«

»Wir sehen sie aus dem Küchenfenster. Sogar aus dem verdammten Klofenster, wenn wir nach draußen gucken.«

»Rausgucken würde ich Ihnen auch nicht empfehlen«, sagte sie. Also hielt ich die Vorhänge geschlossen.

Trotz ihres Geredes wurden die Kadaver am nächsten Tag abgeholt und zu einem Graben gefahren, den man drei Kilometer von hier ins Tal gezogen hatte. Das war schnell, da konnte man sagen, was man wollte. Bei einigen Höfen lagen sie ewig auf den Feldern, bis man schon Wolle im Wasser schmecken konnte. Dass sie in Montgarth gewesen waren, verriet allein das viele Blut, das sie beim Abtransport auf der Straße verspritzten.

Taen

Am Morgen, nachdem sie abgeholt worden waren, schlief ich zum ersten Mal in meinem Leben aus, oder wie immer man das nennen will, wenn man um fünf Uhr früh bereits so lange in die Schatten um sein Bett gestiert hat, dass man im Dunkeln sehen kann. Ich stand auf, zog die Gummistiefel an und wollte mich nützlich machen. Würde schon wissen, was ich tun sollte, wenn ich erst auf der Weide war.

Ich lebte in den Fells und fühlte mich klein vor all dem, was ich am Horizont sah. Die Weide schlammiger als zuvor, und es war still. Man sollte meinen, dass es immer still ist, wo die Leute hinkommen, um allem zu entfliehen. Aber ich habe gelernt, was Stille ist. Dann hört man ein Klingeln in den Ohren, von dem man nicht wusste, dass es das gibt. Dohlen, Krähen und Elstern bleiben still, wenn der Tod so deutlich zu riechen ist.

Ich blickte auf unsere leeren Weiden und überlegte, wie wir wieder anfangen konnten. Ich hatte von Leuten gehört, Obst anbeuten, Äpfel für Cidre oder was weiß ich, und die damit klarkamen. Einen Apfel muss man nicht zum Schindanger bringen. Erdbeeren. Könnte man versuchen. Könnte sie in Haufen Hundescheiße pflanzen, die würden schon angehen. Nicht, dass sie hier draußen größer als Stachelbeeren werden würden. Kohlköpfe. Kein Schwein kann einem sagen, ob die innen verfault sind oder nicht.

Ich stand da, wo die Schafe lammten, und dachte über diese Lügen nach, als ich eine Stimme hörte.

Nee. Nee. Nee.

Jeder Laut wie abgeschnitten, hingestammelt, hallte lang in meinen Ohren nach. *Nee.*

Da draußen tragen Geräusche weit. Ich sah mich um, suchte nach meinem Dad. Kein Mensch. Fing an und hörte wieder auf, diese Stimme, dumpf, wie irgendwo in meinem Hirn in eine Dose gestopft. Klatschte mir an den Kopf, um sie rauszuschütteln, und drehte mich um, weil ich sehen wollte, ob sie sich zwischen meinen Schultern versteckte. Dachte, vielleicht bin ich verrückt geworden, was mich erstaunlich wenig beunruhigte.

Wenn ich mich bewegte, wurde sie lauter oder leiser. Stapfte wahllos hierhin und dorthin, suchte wie mit einer Wünschelrute für Geräusche und tat, was höflich war – ich gab Rede und Frage. *Nee was denn? Was verdammt willst du nicht?*

Aber alles, was kam, war noch ein *Nee.*

Ging hin, wo es am lautesten war und blieb reglos stehen, sobald das Geräusch aufhörte. Nichts als Schlamm zu meinen Füßen, und immer noch schloss ich den Gedanken nicht aus, dass jemand versuchte, mit mir zu reden.

Der Schlamm bewegte sich. Ein Beben, das ich nicht zuordnen konnte. *Nee*, hörte ich.

Ich kam näher. *Schluss damit. Was soll ich nicht?*

Es blökte. Ein Lamm blökte. Ich wusste, das musste es sein. Junge Herdwicks sind schwarz wie Ruß, sogar die Augen, ging in die Knie und begann zu suchen, wühlte im Schlamm. Kroch herum, bis ich sah, wo sich der kleine Scheißer rührte, mit dem ganzen Körper atmete und mehr Erde als Fleisch auf den Knochen hatte. Fing an zu buddeln. Warf kalte Klumpen hoch. Sah den rötlichen Stich im Fell, sah, dass es Rusty war. Rieb ihn mit dem Mantel ab und wickelte ihn ins Regencape.

Im Haus wurde er nicht warm. Mein Dad heizte nicht, meinte, wir würden hier ja doch nur schlafen. Musste ein Bad einlassen und hab noch dreimal den Kessel gefüllt. Taute ein bisschen Muttermilch auf und öffnete mit zwei Fingern das Maul, um einen Schlauch in den Magen einzuführen, nicht in die Lunge. Die Augen flatterten, dann die Schultern, die Knie. Wurde mit jedem Beben lebendiger. Ich wickelte den Kleinen in eine Decke, und er lag neben mir auf dem Sofa, während wir Fernsehen guckten. Schon bald war er in guter Verfassung, fraß ohne Hilfe alles, was ich ihm vor die Nase hielt und kackte zufrieden auf den Teppich. Konnte nicht aufhören, ihm ins Maul zu schauen, den Gaumen auf Läsionen zu prüfen. Ich saß da, das Lamm im Arm, bis es draußen wieder dunkel wurde. Was von unserer Herde geblieben war, schlief auf meinen Knien.

Wir auf Montgarth gehörten zu den Ersten, denen das Vieh gekeult wurde, und ich würde mal sagen, wir sind besser davongekommen als die meisten, weil unser Fall nicht so tief war. Als ich Kind war, habe ich von meinem Dad, meinem Opa und von anderen Bauern Geschichten über Westmorland gehört. Aus einer Zeit, in der es Cumbria noch gar nicht gegeben hat, fast, als würde man über alte Briefmarken und Dampfloks reden, so haben sie immer erzählt, was für die einzelnen Höfe das Ende bedeutete. Wie Soldaten sich an Kriege erinnern und sich zurückwünschen. Die Seuche gab uns den Rest, so unsere Geschichte, nur dachte ich immer, dass Maul- und

Klauenseuche es nicht traf. Ein Name hallte in meinem Kopf wider, genau da, wo vorher das Blöken gewesen war. *William Herne. William Herne, dieser Mistkerl.*

Ich habe William schon mein Leben lang gekannt. Wir waren Nachbarn, die sich nicht sehen konnten, weil zwischen uns Hügel aufragten. Caldhithe, wo er wohnte, gehörte zu den letzten jener Höfe, die man zu den großen von Westmorland zählte, so groß, dass er auf Karten von Curdale eingetragen war. Wenn ich sage, dass tausend Schafe auf Caldhithe lebten, klingt das vielleicht nicht nach viel, aber man hielt es für viel, und Caldhithe gehörte ihm. Ganz Caldhithe.

Die meisten Bauern bearbeiten Pachtland. Mietbauern. Sagt dir einer, du sollst runter von seinem Land, weil er dich sonst erschießt, spricht er oft nur die halbe Wahrheit. Das sollte man über das Leben in den Fells wissen. Ums Geld geht es dabei nie. Der einzige Grund, hier über die Runden kommen zu wollen, ist der, dass man sich einbilden kann, auf fünf Meilen im Umkreis der Größte zu sein. Besitzen aber bedeutet was anderes. Jede Schlucht, jeder Bach, jedes Fell und jeder Felsvorsprung, jeder Sumpf, jedes Tal und alle verwitterten weißen Felsbrocken gehören dir. Hundsrose und Ginster im Straßengraben, sogar die Straße selbst. Die Erle mit eigener Weide und die Birkensamen in den Bäuchen von Bachstelze und Rohrsänger. Wandern Leute über dein Land, dann nur, weil du es zulässt. Verbringen sie einen Tag damit, sich Berge und Täler anzusehen, dann leihen sie sich deinen Ausblick. Die Fells sind ein leeres Land, weshalb es verzeihlich ist, wenn man es für sein eigenes Reich hält, für uns aber war es das wirklich und erst recht für William.

Ihm gehörte der Grund unter den Füßen, und das galt, egal wo er stand. Wir alle kannten Geschichten über ihn. Dass er Dinge versilberte, auf die er kein Anrecht hatte – Fässer mit rotem Diesel oder unbenutzte Loren aus den Schieferminen. Von seinem Viehfutter würde selbst Preisboxern übel. Was bedeutete, dass seine Lämmer mit einer Extraportion Fleisch, Knochen und Fett auf die Welt kamen. Ertappte man seine Schafe dabei, sich auf der falschen Seite von Bletter Pike herumzutreiben, wo seine Widder unsere Zibben beschnüffelten, sagte er, sie täten uns einen Gefallen. Und wer meinte, seine Tiere sollten sich verpissen, dem erwiderte er, dass müsse er mit seinem Pächter klären.

Nichts davon machte mir was aus. Wenn man hier draußen nicht nach Lust und Laune leben kann, geht das nirgendwo. Solange er mich in Ruhe ließ, würde ich es genauso halten.

*

Eine Woche war vergangen, seit man die Herde meines Dads ausgemerzt hatte. Ohne Arbeit, die mich in Atem hielt, wurde mir vom Fernsehen übel, und wenn ich mich in die Küche setzte und meinen Gedanken nachhing, wurde mir noch übler als vom Fernsehen, also machte ich das Radio an. Ich wollte Stimmen hören und schaltete die Nachrichten ein, als wenn ich nicht wüsste, was sie bringen würden. Das Vieh auf jeder beschissenen Farm in Curdale war gekeult worden, weshalb es diesseits vom Fluss Pishon bis rauf nach Ullswater, aber auch nirgendwo in Eden noch ein einziges Schaf oder eine Kuh gab. Das galt für sämtliche

Höfe, einen ausgenommen. In Caldhithe gab es Ärger, schon seit Tagen. Auf William Hernes Hof. »Und wenn ich mit dem rede?«, fragte ich meinen Dad, während ich einen Toast schmierte.

»Wozu?«

»Um herauszufinden, was los ist. Um ihn zu Verstand zu bringen, falls das noch geht.«

»Seit wann hat Reden je geholfen?«

»Und was bringt es, hier herumzusitzen?«

»Die reichsten Typen, die ich kenne, werden dafür bezahlt, den ganzen Tag auf ihrem Hintern zu hocken. Muss also was dran sein.«

Ich hörte ein Gescharre unterm Tisch. Das Lamm knabberte an meiner Hose. Brachte sich selbst das Laufen bei, taumelte herum, mit Augen so schwarz, man konnte meinen, es wäre blind. Hob es hoch und legte es auf meinen Schoß. »Ich bring ihm Rusty.«

»Was soll der mit dem Kümmerling?«

»Ein Widder ist nichts ohne Herde. Und William ist der Einzige, der noch eine hat.«

»Nicht mehr lang, so wie's aussieht.«

»Ich will, dass dieser Dreckskerl sieht, was er uns angetan hat.«

Ich stand auf, Rusty unterm Arm, und suchte nach meinen Schlüsseln.

»Das war's?«, fragte mein Dad, der klein in seinem Sessel aussah. »Du haust einfach ab?«

»Ich habe die Nase voll vom Warten.«

Bis Caldhithe waren es zu Fuß nur gut sechs Kilometer, mit dem Wagen aber dauerte es eine halbe Stunde auf Landstraßen, die Einbahnstraßen sind, je nachdem, in welche Richtung man fährt. Williams Farm lag am flachsten Ende des Tals, es ging also tiefer und tiefer hinab, egal, aus welcher Richtung man kam – die Hügel hinter einem, die Straßen kringelten sich im Rückspiegel zu schroffen Bergen. An diesem Tag waren mehr Fasane als Autos unterwegs. Sah ich mich um, war da was, das ich nicht fassen konnte. Ich fuhr Schlangenkurven, die Mauern beidseitig so nah wie eh und je, sanft fielen windige Hänge vor meinen Augen ab. Alles war da. Nur ein Berg fehlte. Zumindest fühlte es sich so an. Weit und breit kein Tier, kein Schaf. Ich würde ja sagen, in den Fells sei alles tot, nur wirkte das Land durch die Schlote lebendig wie nie.

Es gab von der Straße aus eine Zufahrt nach Caldhithe, doch eine Eigenheit der Gegend sorgte dafür, dass man den Abzweig gern übersah, egal, wie nah oder weit man auch davon entfernt war. Diesmal ließ er sich allerdings nicht verfehlen, so viele Autos standen da. Drei, vier schief geparkte Rover, einer hinterm anderen, und wie ein Fangstand für Soldaten blockierte diese Vierradarmee den Weg. Vorn und etwas abseits ein Streifenwagen mit blitzendem Blaulicht. Die Soldaten, junge Burschen mit rasierten Köpfen und polierten Arschtretern, hockten auf klapprigen Kofferräumen und reichten Fluppen oder Wurstbrötchen weiter. Sie bewegten sich keinen Zentimeter, um mich durchzulassen.

Ich hielt, starrte sie an, und sie starrten zurück, während ich ausstieg, die Blicke gelangweilt und verdammt hungrig. Nur ein bekanntes Gesicht. Ein Rothaariger, der sich über eine Karte beugte. Gut einen Kopf größer als der Rest. Stand da, Hände in der Schutzweste, das Haar hinter die Ohren gekämmt, und es leuchtete so rot, dass man Satsumas roch, wenn man ihn nur ansah. War allgemein als Simply Red bekannt. Jahrelang war er Big Red gewesen – ein fetter Brocken. Pubküchen blieben länger geöffnet, wenn er spät abends auftauchte, aber seine Frau hat ihn bei Weight Watchers angemeldet, deshalb der neue Name. »Was soll das hier?«, fragte ich und ging über die Straße zu ihm.

»Tut mir leid, Sir, die Zufahrt zu diesem Gebiet ist bis auf Weiteres eingeschränkt«, sagte er. »Wer weiter will, muss umdrehen und den Weg über Saddlesby nehmen.«

»Mir neu, dass ich geadelt wurde. Was soll dies Gerede mit Sir?«

»Hör mal, Steve, ist gerade keine gute Zeit, kannst du den anderen Weg nehmen?«

»Will nirgendwo anders hin, will mit dem Chef selbst reden.«

»Mit William?«

»Hätte ich mit dir reden wollen, hätte ich vorher angerufen.«

»Hat er denn gesagt, dass du kommen sollst?«

»So gut wie, ja.« Ich sah die Jungs an, die mich umdrängten, die Hände an den Gürteln. »Und worauf wartet ihr hier?«

»Er lässt uns nicht zu sich.«

»Habt ihr's mal durchs Tor versucht?«

»Reagierte ziemlich gereizt, als wir es gestern probiert haben. Stützte sich auf seine Knarre und meinte, er würde sich eigenhändig ums Vieh kümmern.«

»Sein Bestand wurde noch nicht gekeult?«

»Noch nicht, nein.«

»So ist das also; ihr habt Schiss, er knallt euch alle ab?«

»Hättest ihn sehen sollen. In so einer Lage gehen wir kein Risiko ein. Mindestens einer von denen ist bewaffnet, also sind wir laut Gesetz rein waffentechnisch unterlegen.« Ich stand da und schaute über die ansteigenden Weiden. »Was hast du hier überhaupt verloren, Steve? Solltest du dich nicht um Montgarth kümmern?«

»Ist nicht viel von übrig.«

»Dann waren sie schon bei euch?«

»Aye.«

»Kann nicht lang gedauert haben.«

»Sechzig Jahre, so mein Dad.«

»War sicher gar nichts verglichen mit dem, was bei einigen anderen hier draußen los war.«

»Dann hältst du es mit der MAFF?«, fragte ich. So nannten sie sich, die für Farmen und frische Luft zuständigen Typen vom Landwirtschaftsministerium. MAFF. Haben den Namen zu DEFRA geändert, sobald allgemein bekannt wurde, was die hier angerichtet hatten.

»Ich bin bei der Polizei, falls du das meinst«, sagte Red. »Ich mache nur meinen Job.«

»Muss ich für euch bei William nach dem Rechten sehen?«

»Das dürfte ich nicht zulassen.«

»Aber du hältst mich auch nicht auf?«

»Er lässt uns beobachten«, sagte er und zeigte zum Hof. »Da oben. Auf der Mauer. Wartet schon seit Stunden.« Ich kniff die Augen zusammen, bis ich am Feldrand eine dunkle Gestalt erkannte, die auf Vogelscheuche machte.

»Dann wird er mich wohl raufgehen sehen.«

Ich trat an den Wagen und beugte mich mit gespreiztem Mantel übers Lamm, schob es arschvoran Richtung Taschensaum und drückte es an mich wie vorgequollenes Bauchfell bei einem Leistenbruch. Krümmte von außen den Arm drunter und hielt mich geduckt, als ich an den Soldaten vorbeiging, blieb auf dem Grünstreifen.

Am Gatter zum Hof stand auf der anderen Seite ein Kombi. Mit Lenkradsperre gesichert. An der Windschutzscheibe hing ein Zettel. *Bin Benzin holen.* Ich zog den Mantelreißverschluss zu und kletterte mit nur einer Hand auf die andere Seite; die Knie dellten die Motorhaube ein, und ich rutschte mit meinen nassen Stiefeln aus, klammerte mich mit der Rechten fest, um den Sturz zu verhindern, stürzte trotzdem. Hörte Gelächter von der Straße. Auf dem Boden waren Radspuren, verliefen von der Straße zum Hof, und ich folgte ihnen, ließ den Kerl auf der Mauer nicht aus den Augen.

Die flache Weide, durch die ich lief, war leer, genau wie alle angrenzenden. Überall abgezupfte Wolle. Sie trieb im Wind und verklumpte zu Knäueln, die im Rollen wuchsen. Berge konnte ich keine sehen. Die Wolken überm Haus waren knochenbleich und wurden grauer und dunkler, je höher sie aufstiegen. Im Näherkommen wurde die Luft von fernen Feuern dicker, und auf allem, was sich nicht regte, lag eine Schicht Asche. Die Hofgebäude standen an einem Hang; dazwischen war Bewegung. Männer schrien, rannten mit Hunden umher und scheuchten eine schier endlose Reihe Schafe in den Stall. Aberhunderte kamen eins nach dem anderen unten aus dem Tal – Herdwicks, Swaledales und am Ende die langmähnigen Rough Fells.

Ich lief durch die erste Weide zur nächsten, von der aus ich den Typen auf der Mauer besser sehen konnte.

Nicht besonders groß, wie mir im Näherkommen auffiel. Rauch verwehte im Wind, und ich erkannte, dass es Danny Herne war, Williams Sohn. Er wirkte erschöpft, Ruß im Gesicht, trug ein Männerhemd, zugeknöpft bis zum Kinn, die Ärmel hochgekrempelt, um die Hände frei zu haben; das Haar zerzaust und kurz geschnitten, damit es ihm nicht in die Augen fiel. Um den Hals trug er ein Fernglas, durch das er mich beobachtete, so ein kleines, feines Ding, wie man es von Pferderennen kennt. Als ich den Kamm erreichte, den er bewachte, redete er in ein Walkie-Talkie. »Wer bist du?«, rief Danny zu mir runter.

»Ein Schafbauer«, antwortete ich. »Steve Elliman.«

»Und woher?«

Ich zeigte über den Hügel. In Richtung Montgarth. »Die da glauben, ihr wollt sie abknallen.«

»Kann mir vorstellen, was die wollen.«

»Was treibst du hier?«

»Nix«, sagte er. »Beobachten. Ich mach den Wachposten, aber du bist seit Stunden der Erste, der aufkreuzt.« Dann fiel ihm wieder ein, was Wachposten bedeutete. »Und was hast du hier zu suchen?«

»Will ein Wort mit deinem Dad reden.«

»Da bist du nicht der Einzige.«

»Was ist denn los?«

»Wir verbrennen die kranken Schafe, wie man es uns gesagt hat.«

»Nur die kranken?«

»Mein Dad sagt, wir tun alles, was von uns verlangt wird.«

»Ihr wollt dabei keine Hilfe?«

»Wir unterschreiben gar nichts. Sind unsere eigenen

verdammten Schafe, und wir kümmern uns selbst drum.«

»Und wie genau geht ihr vor?«

Er wandte den Blick ab und gab keine Antwort. In seinem Schoß lag ein langer Stock, auf dem seine Arme ruhten, während er nachdachte. Dann griff er zum Walkie-Talkie, ließ mich aber nicht aus den Augen. Hielt es mir hin. »Er will mit dir reden.«

Ich ging zu ihm und nahm es ihm ab. »Wer?«

»Der Mann am anderen Ende.«

Legte ein Ohr an den Apparat. Es klang, als würde jemand Kiesel über die Lautsprecher reiben. Dann Williams Stimme. »Was willst du, Steve?«

»Muss was klarstellen.«

»Siehst du nicht, dass wir beschäftigt sind?«

»Genau um das geht's.«

»Um das hier? Tja, da gibt's nicht viel zu sagen. Wir rücken sie nicht raus. Hab gehört, was auf eurem Hof passiert ist, und für dich mag das okay sein. Wie fast alles andere auch auf Montgarth, soweit ich das beurteilen kann.«

»Das nicht.«

»Das nicht?«

»Wie willst du sie aufhalten?« Ich blickte über die Weiden, versuchte sie auszumachen. »Nicht mehr lang, und sie fürchten dich weniger als das, was du tust.«

»Wir schicken die Starken raus zu den Fells«, gestand er mir ohne die geringste Scham. »Um den Rest kümmern wir uns selbst.«

»Ihr verheimlicht nicht gerade viel, wenn ihr es allen Leuten erzählt.«

»Nicht allen, nur dir.«

»Und warum mir?«

»Weil du uns hilfst.«

»Tu ich das?«

»Wenn du mit mir reden willst, solltest du uns lieber helfen.«

»Was, wenn ich mit der kleinen Armee rede, die auf der Straße campiert?«

»Dann erfahre ich das. Und du kannst dir sicher sein, Steve, wenn ich was erledige, dann ohne langes Gerede.« Die Kieselgeräusche wurden lauter. »Gib mir noch mal Danny«, sagte er. Ich tat wie gewünscht und hörte den Jungen *Okay* sagen, ehe er von der Mauer rutschte.

»Du kannst uns helfen oder auch nicht«, sagte Danny. »Aber wenn mein Dad sagt, etwas muss getan werden, dann wird es auch getan.«

Er war damals kaum im Teenageralter; ich sah dem Jungen zu, wie er seine Sachen einsammelte. Folgte ihm, und als wir zum Haus kamen, hielt er mir das Gatter auf. William lebte auf einem großen Gehöft. Zwei lange Scheunen, ein offenes Gehege, ein alter Pferdestall, ein Außenklo voller Werkzeug, Tankbehälter für Öl, Molasse oder Wasser, ein funktionierender Traktor in der Garage, lange Maschinenreihe mit Fräse, Mähmaschine, Heuwender und Miststreuer. Sämtliche Gebäude grenzten mit einer Mauer an den viereckigen Hof, damit möglichst viel Weidefläche blieb. Die beiden Gatter waren die einzigen Zugänge. Das Wohnhaus ragte am höchsten auf. Williams Großvater hatte es aus Schiefer und Kalkstein gebaut, aus Material, das ihm zwei überflutete Cottages geliefert hatten. Es fühlte sich selbsterrichtet an. Auf dem Boden einzelne

Betonflecken, brüchig und ausgewaschen, Lücken mit Stampfkies gefüllt, so hielt er das Haus in Schuss. Nirgendwo Fensterscheiben, nur in dem Haus, in dem die Familie schlief; Dachziegel unter Wellblechplatten und Algen auf allem, zogen sich die Scheunenwände hoch und über den Gülleverteiler, ließen die Gebäude verwildert wirken. »Hier lang«, sagte Danny. »Wir haben sie hier untergebracht.«

Führte mich weiter zu einer der Scheunen, vor dem Tor eine dicke Kette; es brannte kein Licht. Ich hörte die gefangenen Tiere schnaufen und blöken. Mussten an die neunzig sein. Eine Mischung aus Lämmern, Jährlingen und Widdern, deren weiße Köpfe aus dem Dunkeln ragten, die Rücken rot oder weiß bemalt. Gut aussehende Schafe. Dass William sein Handwerk nicht verstand, konnte man ihm nicht vorwerfen. »Sind das die Auserwählten?«, fragte ich.

»Könnte man so sagen.«

»Schon mal gemacht?«

»Schafe getrieben?«

»Aye«.

»Allein noch nicht.«

»Ist ein Hirt draußen auf sich allein gestellt, hat er was falsch gemacht.«

Diese Schafe gehörten jedenfalls zu einer Fellherde, waren also von Geburt an ortsgebunden, was bedeutete, dass die Berge Teil ihrer Natur waren und sie vom kleinsten Felsspalt bis zum Geröllbett genau wussten, wo sie langlaufen konnten und wo nicht. Ohne Zaun oder Mauer weit und breit konnte man sie in den Fells lassen und trotzdem problemlos wiederfinden. Sobald sich niemand mehr für Caldhithe interessierte, würde

William sie runterholen, in die Ställe sperren und die nachgezüchtete Herde nächstes Frühjahr wieder rauslassen. Tiere, die auf der Farm blieben, waren zum Schlachten vorgesehen – ihre gekochten Felle der Beweis dafür, dass man die Vorschriften befolgt hatte. »Was zur Hölle hast du in deinem Mantel?«, fragte Danny und sah mich an, als wäre ich verrückt. »Vorm Essen nicht nachgesehen, ob dein Braten schon tot war?«

Ich machte den Mantel auf und hielt ihm Rusty hin. »Ist das letzte Tier aus meiner Herde.«

»Und was soll das hier?«

»Was wir alle wollen.«

»Dad hat mir gesagt, dass ein paar von euch echt nicht mehr ganz dicht sind«, sagte er. »Kannst es meiner Mum geben, die kümmert sich drum.«

»Helen?«

»Ist im Haus.«

Danny ließ das Quad an, der grüne Lack der Maschine von der Sonne gebräunt, die Plastikfußrasten zwei-, dreimal gebrochen, der Dreck an den Seiten älter als der Fahrer. »Bereit?«, fragte ich.

»Mehr als du es je sein wirst.«

Wäre der Rauch noch dichter geworden, hätte ich eine Spaltaxt gebraucht, um mir einen Weg durchzuhacken. Wenn ich die Augen aufbekam, konnte ich nicht viel sehen. Musste steil nach oben blicken, wollte ich die Umrisse der Fells erkennen – weiche, orangefarbene Konturen über den Rußwolken, fast wie hundert übereinandergestapelte Sonnenuntergänge.

Danny ging zur Scheune, machte sich am Vorhängeschloss zu schaffen und wickelte sich die Kette um die

Hand. Zog daran, bis das Tor aufschwang – verpasste den ersten Schafen, die nach draußen rannten, einen Hieb an den Kopf. Einige der Tiere dürften seit ihrer Geburt nie in einem Gebäude gewesen sein. Sie sammelten sich. Wirbelten Staub auf und Stroh und Holzsplitter. Donnerten gegen die Metallwände, so dass man sie im ganzen Tal hören konnte. Danny gab Gas, um mit ihnen mitzuhalten, und war mit seiner Herde bald hinter den Hügeln verschwunden.

Ich ging zum Haus, der Eingang im Rauch kaum zu sehen. Ging rein und zog die Tür fest hinter mir zu, als könnte sie verhindern, dass Rauch eindrang. Das Licht im ganzen Gebäude war wie gedimmt; ich stand im schiefergefliesten Flur, aufgereiht entlang der Wände Kisten mit Papier. Schob einige aus dem Weg, als ich eine Stimme aus der Küche hörte. »Ich bin hier.«

Ich bahnte mir einen Weg dahin, wo Helen am Tisch saß und schrieb. Sie drückte so fest aufs Papier, dass sie fast auf den Tisch durchdrückte. Ich blieb stehen, aber sie blickte nicht auf. Ich hüstelte, sie sah mich immer noch nicht an. »Danny meinte, ich kann den Kleinen bei dir lassen.«

»Wie?«, sagte sie und blinzelte mich an. »Was tust du denn hier?«

»Ich bring das Lamm.«

»Das ist keine Antwort«, sagte sie. »Normalerweise lässt William keinen von euch ins Haus.«

»Hat er auch diesmal nicht.«

»Verstehe.« Sie erhob sich, setzte den Kessel auf, setzte sich wieder, lehnte sich zurück und sah mich an. »Du bist eine Weile nicht in den Fells gewesen, Steve.«

»Bin seit sechs Monaten zurück.«

»Was ist falsch gelaufen?«

»Mein Dad brauchte Hilfe.«

»Und jetzt bist du hier, um uns zu helfen, oder?«

»Sieht ganz so aus.«

Ich habe Helen schon immer gemocht. Kannte sie seit der Schulzeit, und sie war gut zu mir gewesen, als es dafür keinen Grund gab. Außerdem sah sie besser aus, als man vermuten könnte. War groß, wie eine Frau nur groß sein kann – eins fünfundsechzig, konnte einem aber jeden Gedanken überstrahlen wie die Sonne ein Feld, wenn man die Augen schloss. »Hast du geglaubt, dass wir mal hier enden?«, fragte sie.

»In den Fells?«, erwiderte ich. »Hast du was anderes erwartet?«

»Von uns sind viele noch da.«

»Egal, wenn auch nur einer geht, reicht das.«

»Wir werden ja sehen, wie es endet.«

Sie trat ans Fenster, als gäbe es eine Aussicht, die sich lohnte, und ich warf einen Blick auf die Papiere auf dem Tisch, Listen mit Leergewichtzahlen, Verlustbeständen, Pachtzahlungen. Sie rechnete immer noch im Kopf. Ich spürte, wie sich das Lamm in meinen Armen wand. Mich trat. »Wessen Idee war das?«, fragte ich. »Die verdammten Schafe zu verstecken.«

»Ist drei Tage her, dass die Frage, wem das einfiel, noch einen Unterschied gemacht hätte.«

»Du packst nicht mit an?«

»Ich tu das Einzige, worauf es ankommt.«

»Dann lass ich dich lieber wieder deine Arbeit machen.«

»Was ist mit dem Lamm?«

Ich gab ihr Rusty, und sie drückte ihn sich an die

Brust, sein Hals an ihrem, bis der Kleine die Augen schloss und zufrieden war. »Er braucht die Flasche«, sagte ich. »Keiner soll ihn sehen. Und außer mir soll ihn auch keiner anfassen. Und dir, denke ich.«

Sie zog mit dem Fuß eine Decke zu sich und legte das Lamm ab. »Wir haben Tüten mit getrockneter Lämmermilch, die dieses Jahr sowieso nur schlecht wird«, sagte sie. »Davon kann er haben.«

»Wird ein guter Widder, der Kleine.«

»Wäre besser dran, wenn er gar nicht wieder aufwacht.«

Während wir redeten, hörten wir es knallen, von weit her. Durch die Wände klang es wie ein Knistern oder Knacken, aber das Echo verriet, dass es nur Schüsse sein konnten. Wir unterhielten uns, als würden wir nichts hören; und Helen schenkte mir, ohne zu fragen, eine Tasse ein. Die Tür ging auf, und ein Hund drängte in die Küche, ein alter Collie mit steifbeinigem Gang. Beugte sich über Rusty und musterte das schlafende Lamm. Schnüffelte daran, stakste dann zum Fensterbrett, erhob sich auf die Hinterbeine und wartete auf den nächsten Knall, bellte, als versuchte er, die Laute wegzubeißen, und bellte weiter, bis viel später die Schießerei endlich aufhörte.

Als ich meine Tasse abspülte, hörte ich draußen Geklapper, hörte jemanden reden, ganz nah diesmal, irgendwer im Hof. »Falls du ein Wort mit William willst«, sagte Helen, »wäre jetzt der richtige Augenblick.«

Vier Männer waren vorm Haus, einer hockte auf einer umgedrehten Tonne, die anderen standen. Die drei, die standen, waren Landarbeiter. Schmiere im Gesicht ließ sie alt aussehen, dabei waren sie eigentlich noch

Jungs, die unruhig schnauften, einer mit einer Fluppe im Mund, als bekäme er einfach nicht genug Asche. Die Mäntel waren blutverschmiert und lagen auf einem Haufen zu ihren Füßen. Der Kerl, der saß, war William Herne. Gerade über vierzig damals, und seinen Wachsmantel trug er auch noch nicht. Auf dem kahlen Schädel prangte ein schmieriger Handabdruck; er hatte sich ein Geschirrtuch um den Hals gebunden und die Hose in die Stiefel gestopft. Seine Jungs tranken abwechselnd vom Schlauch. Pressten den Daumen auf den Strahl und spritzten sich den Kopf ab, wrangen sich Dreck aus dem Haar.

Sie drehten sich alle nach mir um, als ich aus dem Haus kam. William schob die Handschuhe zurück in die hintere Hosentasche, griff sich den Schlauch, füllte eine Blechtasse und reichte sie mir. »Hab gehört, du willst ein Wort mit mir reden.«

»Vielleicht auch zwei.«

»Deshalb bist du hierher? Um mir zu sagen, dass ich aufhören soll?«

»Ich wollte dir Rusty zeigen. Alles, was von Montgarth übrig ist.«

»Wer?«

»Ein Lamm. Ist jetzt bei Helen.«

»Soll ich das für dich auch noch abknallen?«

»Eins mehr, was macht das schon, bei dem, was du getan hast.«

»Und das wäre?«

Ich behielt die drei Jungs im Blick, die nervös neben uns standen, alle einen Schritt zu nah. William sah, wie die Knöchel meiner Fäuste weiß anliefen, und sagte, sie sollten sich vom Acker machen, damit wir in Ruhe reden konnten. Sie schüttelten sich trocken, spuckten sich durstig und gingen, ließen nur den Haufen Mäntel zurück. Als es bloß noch ihn und mich gab, fragte er noch einmal: »Und das wäre?«

»Es ist von deiner Herde ausgegangen«, sagte ich. »Und ich hab gehört, du hältst sie nicht wie vorgeschrieben.«

»Könnte sein«, sagte er und tat mit einem Achselzucken sämtliche Vorschriften ab. »Was hast du überhaupt in Montgarth getrieben? Bevor all das hier anfing.«

»Kam über die Runden.«

»War also nur eine Frage der Zeit.«

»Stimmt, aber es war unsere Zeit.«

»Weißt du, ich war fast eine Woche mit diesen stinkigen Scheißern eingepfercht und hab vergessen, wozu Reden gut sein soll. Du bist hier, um mir zu zeigen, was du verloren hast und weil es dir leidtut, dass es mir nicht genauso geht. Es wird behauptet, sie hätten eine Krankheit, die ansteckend ist, aber ich kann keine Spur davon finden. Falls sie Blut wollen, dann werden sie wohl Blut sehen, aber auch wenn ich mich selbst zum Opfer bringen soll, bin ich immer noch derjenige, der sich opfern muss.«

Ich fing an zu sagen, was ich ihm sagen wollte, aber mit einem Zischen brachte er mich zum Schweigen.

»Lass mich ausreden. Du willst deine Zeit zurück, und das verstehe ich, aber so läuft das nicht. Uns bleibt bloß die Wahl, wie wir alles zu Ende bringen. Du kannst mit mir kommen, und wenn, dann dank ich dir für deine Hilfe, nur ist mir in diesen Tagen nicht mehr so nach reden.«

»Ich wäre überhaupt nicht hier, hättest du nicht getan, was du getan hast.«

»Ich habe diese Krankheit nicht gemacht, und ich habe auch nicht darum gebeten, ihr Heilmittel zu sein.«

»Für jemanden, der nicht weiß, was er tut, bist du dir aber verdammt sicher.«

»Ich weiß, alles ist gut«, sagte er und stand auf. »Du bist derjenige, der mit sich ins Reine kommen muss. Sich in dieser Sache nicht auf eine der Seiten zu stellen, heißt in meinen Augen, sich für die anderen zu entscheiden. Und wer nichts tut, wenn einem ein Gewehr ins Gesicht gehalten wird, kann sich ebenso gut gleich selbst umbringen.« Er nahm einen Schluck aus dem Schlauch und blickte zum Himmel auf, zumindest zu dem, was davon noch zu sehen war. »Brennt langsamer, als ich dachte. Das Feuer ist eine Katastrophe«, sagte er. »Den Jungs fehlt der nötige Mumm. Glauben, sie kriegen nicht genug. Dir aber würde ich rein gar nichts zahlen, wenn du hilfst, das hier zu erledigen. Mehr hab ich nicht zu sagen. Ist deine Entscheidung, ob du dafür bereit bist.«

Er hatte gesagt, was er sagen wollte. Setzte seine Kappe auf und ging ums Haus, während ihn eine schmierige Brise ableckte, sich wie eine Maske auf sein Gesicht legte und mit jedem Schritt kräftiger wurde, bis ihn schließlich eine Bö packte. Gleich darauf war er verschwunden. Von da an bin ich William Herne gefolgt.

Tedderte

Dieser Wind blies wie verrückt ums Haus, drückte sich mir in die Ohren, wehte lautlos, senkte die Luft, die meine Stiefel füllte und brachte rotgefärbten Staub. Ich wich ihm aus, aber er tastete mir nach, drehte mich, saugte mir den Schweiß von der Stirn. Ich lief im Kreis, bis ich wie betrunken war und auf einer leeren Weide stand; weiter vorn wartete William.

Er lief voran über ein Feld mit sprießenden Erbsen, dann über leeres Land, das Gras noch gelb vom Winterschlaf, die Gatter offen, mit einem Stück Schnur an die Pfosten gebunden. Wir folgten einem frisch aufgeworfenen Matschpfad, gingen eine halbe Meile weit und gelangten zu einer Weide, so lang und breit, dass die rückwärtige Steinmauer hinter wogendem Gras verborgen blieb. Direkt in der Mitte standen zwei Behälter aus Metall. Überkreuz gesetzt, was stählerne Käfige schuf, in deren Schutz Futterautomaten standen. An jedem konnten fünfzig Schafe auf einmal fressen, hundert bei Andrang. William sagte, er hätte alle gefüttert – wollte Lammheu für ein halbes Jahr nicht verkommen lassen. Hatte ihnen immer mehr gegeben, und sie hatten immer noch mehr gewollt. Die Mäuler wurden vor den Mägen wund. Sie sind chaotische Fresser, diese nervösen Schafe, aber nicht ein Kleeblatthalm, nicht ein Heufitzel blieb übrig. Ich blickte mich um und sah die Rauchwolke, sah den Acker, von dem sie aufstieg.

William hielt an einer Mauer und lehnte sich ans Schwinggatter. »Wir haben sie hier durchgetrieben«, sagte er, sobald ich ihn eingeholt hatte. Er gab mir gefütterte Handschuhe. »Nimm, die brauchst du.«

»Was jetzt?«

»Aufräumen.«

Es war ein Erdfeld, ein Schlammfeld, hab es nie trocken gesehen, nie nur einen Flecken Grün, und überall breite Steinplatten, geschwungen oder stufig wie kleine Klippen, direkt neben morastigen Tongruben. Ohne tausend Tonnen Pflanzerde würde hier nie was wachsen, folglich wurde das Feld als Waschwanne gebraucht und war voll mit Pfützen Grauwasser, wurde als Abfallhalde genutzt, weshalb alte Maschinen darin eingesunken lagen und darauf warteten, repariert zu werden – Kühlschränke, Motorblöcke und Treckersitze, die fester steckten als die Steine. Nur selten lernt man ein Feld so gut kennen, und wenn es sich vermeiden lässt, kriegt mich heute keiner mehr in seine Nähe.

Sie lagen entlang der nächsten Mauer.

Auf zweihundert Meter einige hundert tote Mutterschafe und Böcke, geborene und ungeborene Lämmer, derart übereinandergestapelt, dass sich nicht sagen ließ, welcher Kopf zu welchem Tier gehörte, ein mächtiger Wollberg mit tausend Beinen, und Schaf für Schaf hatte alle viere von sich gestreckt wie mitten im Sprung, Kadaver bis hoch zu den Kragsteinen der Trockenmauer, Rücken und Hals mit grünen, blauen oder gelben Flecken gefärbt, die Tupfer so grell, als warnten sie vor Gift. Allesamt sauber und anständig getötet, weshalb ihr Hirn drinnen geblieben war und sie nur in einem Rund aus frischem Blut lagen. Ich weiß noch, dass ihnen ausnahmslos die Zunge raushing. Nicht lange tot, aber schon zu geschwollen, um im Maul zu bleiben.

Ich lief bis dahin, wo windabwärts die Arbeiter standen. Ihr Feuer ein kümmerliches Etwas. Die Flammen, gefüttert mit dem Unrat der Farm, kaum größer als das, was sie verbrannten. Fürs endlose Schwarz sorgten Reifen und Futtereimer, Gartenstühle und feuerfeste Türen. Sah aus, als würden sie sämtlichen Müll abfackeln, den sie auftreiben konnten. Einer der Jungs stand gleich daneben, er stocherte mit einem Stock drin rum, als wäre Feuer Mangelware, zog geschmolzenes Gummi raus. Wollte ausreichend Rauch, um Danny zu decken, die ganzen Fells, nur kriegten sie es nicht heiß genug. Verfeuerten Braunkohle. Aus zweiter Hand vom Kraftwerk. Qualmte kräftiger als jeder Franzose, doch nach einer Stunde Kokelei konnte man die Briketts immer noch mit der Hand wieder rausfischen.

Ich wartete darauf, dass William uns sagte, was wir tun sollten. »Wir holen sie näher ran«, sagte er. »Machen einen neuen Haufen und werfen die Kadaver einen nach dem anderen rein. Können nicht länger warten.« Er ging zum Feuer, als wollte er in die Flammen laufen. »Jetzt sofort.«

Ein Herdwickwidder ist schwer wie ein Mann, aber die Mutterschafe sind auch keine Leichtgewichte. Wir hatten je bloß einen Rücken, um sie zu tragen, was hieß, dass wir sie fast über den Boden schleifen mussten. Vor die Wahl gestellt, Arsch im Gesicht oder Hirn aufs Hemd, entschied ich mich dafür, sie in der Mitte zu packen. Die drei Jungs waren schüchterner, glaubten wohl, wenn sie die Tiere lockerer anfassten, seien sie weniger tot. Zusammen brauchten wir nicht lang, um sie umzusetzen, aber ich bekam jedes einzelne Pfund von diesen Mistviechern zu spüren. Arbeiteten wortlos. Gab an diesem Tag nichts zu sagen, außerdem wollte ich nicht, dass mir Fliegen, Dreck oder Schlimmeres in den Mund flog. Wir legten sie so ab, dass wir sie verbrennen konnten, übergaben sie aber noch nicht der Hitze. Warteten.

Wir hielten jeder ein Messer parat. Gase blähten Gedärm auf, das wir anstechen mussten, ehe wir sie bewegen konnten. William hatte immer ein Messer am Gürtel. Aus Stahl, soweit ich mich erinnere; schien es ständig trockenzureiben. Hatte sein Sheffield über die Jahre halb weggeschliffen, weshalb es aussah, als wäre es aus dünner Luft, und er zeigte damit auf Dinge, als wäre sein Finger dafür zu krumm.

Wir schleppten und schleppten. Ich vermied es, die Jungs anzusehen, wollte nicht auf freundlich tun. Wir machten hier nichts zusammen, und was wir an diesem Tag trugen, das trugen wir allein. Nur konnte ich nicht anders, begegnete immer wieder ihrem Blick. Und jedes Mal, wenn ich sie sah, wirkten ihre Gesichter müder, allerdings nicht aus Mangel an Schlaf, auch wenn ich vermute, dass sie alle schon länger nicht mehr richtig geschlafen hatten – Ruß füllte ihre Falten, machte sie dreißig Jahre älter, dazu Schatten auf den Wangen, nur kein Licht, das sie warf.

Ich weiß nicht mehr, wie viele Schafe ich schon geschleppt hatte, als ich einen Schrei hörte. »Scheiße, scheiße, scheiße.« Es war der Kleinere – ein Junge aus Patterdale. War mit einem Fuß in ein Lehmloch gestolpert und auf den Arsch gefallen. Das Mutterschaf, das er in den Armen hielt, war mit ihm gestürzt, lag auf seiner Brust, Aug in Aug, falsch herum, so dass alle sechs Beine in die Luft staken. Sein Kumpel rannte zu ihm und hob den Kadaver an, der Junge aber regte sich nicht vom Fleck. Hemd bis zu den Schultern hochgezogen, Schafsblut auf dem Bauch. Schien zu glauben, wenn er sich nicht bewegte, würde es trocknen, würde von allein verschwinden. Versuchte, mit seinen Gedanken zu schachern. Statt aufzustehen, kroch er, damit er das Blut auf seinem Bauch nicht sehen musste, blieb auf den Knien, wischte sich das Gesicht rot, säuberte es mit dem einen Ärmel, verschmutzte es mit dem anderen, ließ sich Zeit, kroch und kroch. Stand erst am Gatter auf, lehnte sich von der anderen Seite dagegen. Leerte eine Limoflasche Wasser. William ging auf ein Wort zu ihm. »Gönnst du dir einen Whisky?«, fragte er. »Was dauert das so lang?«

»Ist nur Wasser.«

»Durstig werden ist gut, heißt, du arbeitest hart.«

»Ich kann nicht.«

»Was nicht?«

»Ich brauch einen Tag Pause.«

»Dann geh nach Hause.«

»Nach Hause?«

»Du bleibst jedenfalls nicht hier.«

»Ich lebe seit Monaten auf Caldhithe.«

»Das Haus ist nur für Leute, die für die Farm arbeiten.«

»Wann gibst du mir meinen Lohn?«

»Lohn? Wofür?«

»Was soll das heißen: wofür? Für meine verdammte Arbeit.«

»Du kriegst, was dir zusteht.«

Ich hatte so das Gefühl, der Junge hätte noch mehr zu sagen gehabt, hätte es nicht bedeutet, weiterarbeiten zu müssen, wenn er sich behauptete. Also packte er seinen Kram und ging, so schnell er konnte, ohne zu rennen. Statt die Tiere weiter auf einen Haufen zu packen, ließen auch die anderen Jungs bald darauf die Schafe, die Handschuhe, ihre Messer einfach zu Boden fallen. Gingen ohne ein Nicken, ohne ein Wort.

William griff sich eines der fallen gelassenen Schafe, schleppte es ein Stück weiter und schleuderte es an den beiden Hinterläufen ins Feuer. Wuchtete das nächste drauf, dann noch zwei, bis das ganze Kadaverfeuer in hungrigem schwarzem Rauch verendete. »Wir fangen noch mal von vorn an«, sagte er und hielt mich zurück. »Keine Ahnung, warum ich die hab machen lassen.«

Natürlich hatte keiner von uns eine Ahnung, was wir da eigentlich genau taten. Wie wohl jeder andere hatte auch ich schon Sachen verbrannt, hatte vom Sturm abgebrochene Äste oder Sofas auf ein Lagerfeuer geworfen, haufenweise Kram, den man vielleicht nicht hätte verbrennen sollen. Dies hier aber waren einige hundert Schafe. Tonnenweise Fleisch und Knochen. Haut, aus der sich Leder machen ließ. Jedenfalls braucht man zum Einäschern mehr Hitze, als man denkt.

Wir konnten sie nicht auf dem eiskalten Boden stapeln. Das Feuer würde wieder ausgehen. Also bauten wir einen Scheiterhaufen, einen riesigen Trumm für ein weiteres tanzendes Licht im Tal. William fuhr mit einem Kipper über die unteren Weiden, lud Bahnschwellen auf, Heckengestrüpp, Wegedorn, Bettgestelle, Regale und aufgequollene Bücher, dazu haufenweise

Zaunpfosten, in Raspeldraht gerollt oder damit umwickelt. Wie stapelten, legten das Holz in Lagen, in Quadrate, in Haufen, schichteten Pyramiden wie mit Bierdeckeln, und wenn deine Herde längst jeden Baum gefressen hat, gibt's zum Anmachen nur noch eines. Ein Schaf, zwei Schafe, drei Schafe, unverrückbar eingefügt, fest ins Strohbett verkeilt. Der Stapel war fast kopfhoch, aber wir machten ihn höher, Schicht um Schicht. Immer noch eine Lage mehr, ob Türen, Kisten und Paletten oder Säcke voll mit Kohle, diesem glasschwarzen Zeug, das wie feucht glänzte. Wir pressten ihre Bäuche flach, zogen Beine an, machten aus Zibben Knochenziegel, aus Widdern gehärteten Schiefer, so dicht an dicht, dass sie sich aneinander rieben, sich das Fell scheuerten. Als William bis aufs Hemd an seinem Rücken alles aufgeschichtet hatte, blies er, fächelte die rote Glut an. Wurde ein Feuer nur heiß genug, verkümmert die Sonne zur Kerze, bloß diese kranken Schafe, so verdammt blöde, so verdammt störrisch – die fingen sich alles ein, Flammen aber konnten ihnen nichts anhaben. Versengte Wolle, angekokeltes Fleisch, doch das Feuer kam nicht in Gang; wir fanden zwei Metallstangen, zwei riesige Schürhaken, und prügelten auf ihre Rücken ein, vertrimmten sie wie Teppiche. »Macht schon. Macht schon.« Übergossen die nächste Ladung mit Paraffin, mit Diesel, und das kam gut, brachte Schwung in das Ganze, wie spritzten Benzin unten ins kalte Innere, woraufhin die Flammen doppelt so hoch aufschossen und unsere Brauen himmelwärts rissen. Ich wartete, während das Feuer brüllte und knackte, *ripp, rapp, ripp, rapp*, wand sich mit lautem Knallen, als wären alle verbrauchten Patronen noch scharf.

Wir banden uns Lumpen um den Mund, so schmeckte die Luft weniger übel. Nahmen einen Schluck aus halb geschmolzenen Thermoskannen, spuckten uns auf Daumen und Finger, um Feuchtigkeit zurück in unsere Augen zu reiben. Schlugen gegen schwebende Asche an, versuchten zu verhindern, dass sie auf unseren Ärmeln landete, aber sie landete trotzdem, wurde zu Schmiere auf unseren Hälsen, als wüchse uns eine zweite Haut. Mir wurde schwummerig im Kopf, schwindlig, hielt mich, um nicht zu stürzen, mit beiden Händen am Schürstock fest, und William rammte sich an mich, stützte mich, so arbeiten wir Seite an Seite, meine Schulter gehalten von seiner, kein Platz, um zu fallen, und ich dankte ihm für den Beistand. Der Sonnenuntergang färbte den fernen Horizont rot, und im aufquellenden Rauch sah es aus, als hätten wir ganz Cumbria in Brand gesetzt.

Nach dem ersten Tag – das Feuer glühte aus – war ich zurück am Haus, wusch mir das Gesicht unterm Schlauch. Von da, wo ich auf dem Sammelplatz stand, konnte ich den Weg runter bis zur großen Straße sehen. Farben waberten in der Luft, Weiß, dann Blau, überblendeten den Rauch – ich musste an Weihnachten denken und konnte durchs Chaos sehen, wie das Licht des Streifenwagens das Tal überschwemmte. Eine Gruppe kam auf mich zu. Soldaten. Mehr diesmal, Kopf und Körper in weißen Gummianzügen, die um ihre Schenkel quietschten. Simply Red allen voran, wirkte nervös, trug noch die Schutzweste.

Ich schüttelte das Wasser nicht ab. Zog mein Hemd nicht wieder an. Tropfend, halb sauber, ging ich ihnen entgegen, frische Bauernbräune, Arme, Hals und

Gesicht grau wie Taubenfleisch. »Wird das eine Invasion?«, fragte ich, als Red nahe genug war.

»Wollte nur wissen, was er so treibt.«

»Keine Angst mehr, dass er euch abknallt?«

»Hab unterwegs Michael gesehen, und der hat gesagt, so ist es nicht.«

»Wen gesehen?«

»Michael, einen von Williams Arbeitern.«

»Dieses Milchgesicht?«

»Ihr hattet lang genug.«

»Es ist erledigt.«

»Erledigt, ja?«

Ich zeigte auf den Rauch.

»Wir müssen überprüfen, ob William sie wirklich alle beseitigt hat.«

»Ich kann euch zeigen, was übrig geblieben ist.«

»Können wir uns auch selbst umsehen?«

Ich ging zum Haus und klopfte ans Küchenfenster, ließ Helen wissen, dass sie Gäste hatte. Sie wurde gefragt, ob sie was in den Gebäuden verstecke. Helen verstand die Frage nicht. »Tiere«, fragten sie. »Ist noch Vieh übrig?«

»Ein Scheiß ist noch übrig«, antwortete sie.

Die Soldaten bildeten Zweiergruppen, die je ein Gebäude durchsuchten, die Scheunen, die Schuppen, die Speicher. Ließen die Taschenlampen aus, schlichen sich an jede einzelne Tür an und überraschten leere Räume. »Sauber.« Fanden schwarz eingewickelte Silageballen. »Sauber.« Fanden den Motor einer Mähmaschine und eine Baggerschaufel. »Sauber.« Fanden eine Mauer mit großen Haken. Einige Jungs sahen weiter oben nach, liefen bis zur Felsnase auf dem Böschungsfeld, suchten im umliegenden Land, ob es noch was zu töten gab.

Simply Red blieb bei mir, also fragte ich ihn: »Was hoffen die denn zu finden?«

»Ist Standardvorgehen.«

»Wenn du kapieren willst, was hier los ist, Red«, sagte ich, »musst du dahin, wo Wichtiges passiert.«

»Wir haben Leute, die das hier für William erledigen können. Das Keulen. Die's ordentlich machen.«

»Ich habe die Besten bei der Arbeit erlebt.«

Ich ging mit Red eine halbe Meile weit, wedelte mit dem Licht der Taschenlampe über seine Schuhe und meinte, es sei sinnlos, sie zu desinfizieren, solange er sich hier aufhalte. Liefen weiter bis zur Weide, wo er fast über Kadaver gestolpert wäre, die noch entlang der Mauer lagen und darauf warteten, dass sie an die Reihe kamen. »Für so was bin ich eigentlich nicht gekommen«, sagte er.

»Scheint mir aber so.«

William stand beim Feuer, die Hitze ließ die Luft um ihn verstört wirken. Er lief mit seinem Stab auf und ab, schlug nach den Kadavern und warf allem Anschein nach ganze Bäume in die Flammen, um das Feuer in Gang zu halten. Er drehte sich zu uns um, weshalb wir vorm Dunkel nur seine Kontur sehen konnten. »Sie durchsuchen das Gehöft, William«, rief ich zu ihm rüber.

»Nix Besseres zu tun?«, rief er zurück. »Aber du solltest aufpassen, Red.«

»Wieso das denn?«

»Die verbrennen auch Schweine.«

Fast hätte der Polizist gelacht.

»Lass gut sein«, sagte Red zu mir. »Ich hab genug gesehen.«

»So leicht gibst du auf?«

»Wollt ihr es euch leichter machen, könnt ihr nur noch selbst ins Feuer springen.«

Red und ich ließen uns Zeit für den Rückweg. Er erkundigte sich nach meinem Dad, und danach, wie wir über den Winter kamen. Redete über den Tod wie übers Wetter. Die Soldaten hockten draußen, jeder mit einem Becher Tee von Helen; eine Dose Kekse machte die Runde. Red fragte, ob sie was gefunden hatten – sagte ihnen, sie sollten ihre Sachen packen und abziehen. Ehe er ging, drehte er sich zu mir um. »Warum lässt du dich mit dem ein?«

»Weil er mich drum gebeten hat.«

»Mehr war nicht nötig?«

»Bin eben ein schlichtes Gemüt.«

»Das bleibst du auch, wenn du weiter diese Dämpfe einatmest«, sagte er. »Wir müssen uns um viel zu viel Scheiß kümmern, um uns noch länger mit dem hier abgeben zu können.«

Sie verschwanden, nahmen die Farben von der Straße mit.

Ich setzte mich aufs Kopfsteinpflaster, dahin, wo die Jungs gesessen hatten, und nichts in mir wollte wieder aufstehen, war so schlapp, dass ich nicht mal mehr spürte, wie wenig Kraft ich hatte. Meine Hände hörten nicht auf zuzupacken; ich musste die Finger strecken, damit sie sich nicht länger krümmten. Dann döste ich weg, Beine überkreuz, Kopf gesenkt. Keine Ahnung, wie lange ich im Dschumm war, jedenfalls war es Nacht, als ich wieder zu mir kam, und ich fror mir die Eier ab. William hatte mir einen Tritt gegen die Stiefelsohle verpasst. »Sich hinsetzen ist ein Fehler«, sagte er.

»Warum stehen, wenn man sitzen kann.«

»Ist die Fußsohle schwerer zu treffen.«

»Machen wir Schluss für heute?«

»Das Feuer erledigt den Rest«, sagte er. »Helen hat dir Tee hingestellt.«

Ich ging ins Haus und hörte den Fernseher, also hielt ich drauf zu. Der Beistelltisch war ans Sofa gezogen, ein Geschirrtuch genügte als Tischdecke, und es wartete ein Teller gekochte Kartoffeln auf mich. Irgendeine Gameshow lief. Helen saß auf der anderen Sofaseite. Die Beine auf dem Kissen, noch rosig vom Bad, noch nackt, keine Ahnung, wie sie diese heißen Bäder aushielt, jedenfalls zog sie ihre Füße so weit an, dass ich mich setzen konnte. Schickt sich bestimmt nicht, viel über die Beine einer Frau nachzudenken. »Wie lang hast du mich da draußen sitzen sehen?«, fragte ich William, als der in der Tür auftauchte.

»Dachte erst, du wärst zurück nach Hause.«

»Lässt mich einfach auf dem Boden sitzen?«

»Geht mich doch nichts an, was du auf dem Boden treibst.«

Er ging über den Flur in die Küche und klapperte im Schrank herum. Klang, als müsste er jeden Teller und jede Tasse beiseiteräumen, um an das zu kommen, was er suchte. Vom Fernseher Gebrabbel und Gepiepe; ich versuchte, das Geschehen zu verfolgen – war mir nicht sicher, wann die Werbung angefangen hatte. Helen wandte sich mir zu. »Keinen Hunger?«

Glaubte nicht, dass ich essen wollte, aber als ich einen Bissen nahm, knackten meine Ohren wie unter Wasser, und als ich fertig war, hatte ich größeren Hunger als vorher, fühlte mich nur besser. Ich sah zu Helen rüber und machte auf Smalltalk. »Läuft der Laden noch?«

»So lala, hat aber wenig Sinn, ihn aufzumachen.«

»Alles verkauft?«

»Wer will jetzt schon Platzsets mit einem Bild von den Fells.«

»Welche mit Herdwicks drauf haben bald Seltenheitswert.«

William kam zurück mit handwarmem Bier, setzte sich in seinen Sessel und zog am Dosenring.

»Kannst du nicht was anderes verkaufen?«, fragte ich sie.

»Was denn? Pulverfässer und Ätzkalk?«

»Weiß nicht. Make-up oder Röcke oder so.«

»Stünde dir bestimmt gut, Steve, so ein bisschen Lippenstift.«

»Geht's wieder um den verdammten Laden?«, sagte William. »Können wir heute Abend nicht einfach mal glotzen?«

Der Laden gehörte Helen, und soweit ich wusste, lief er ganz gut. Früher hatte sie auf dem Hof gearbeitet, aber als Mrs Harrison starb, wurde im Dorf eine Stelle frei, und Helen hat sich gleich beworben. War die Art Laden, in dem man Schlüsselringe mit dem eigenen Namen oder Buttertoffee mit Bildern von Buttermere auf dem Deckel kaufen konnte. Alles nur Tand und Süßkram, aber das lief. Der Laden war vielleicht das Einzige, was für Caldhithe Profit abwarf. »Wie geht's Danny?«, fragte ich stattdessen.

»Zeltet gern.«

»Allein?«

»Glaubst du, er wäre hier besser dran?«

»Ist ja wohl keiner von uns.«

»Das erste Vernünftige aus deinem Mund.«

Ich ließ mich nach hinten sinken, und William trank sein Bier, ehe ihm der Schaum über die Finger troff. Atmete schwer, so dass wir ihn alle hören konnten, füllte die Lungen und hielt die Luft an, aber kaum war die Show vorbei, stand er auf. »Ich geh zurück.«

»Jetzt?«

»Ruh dich nur weiter aus, Steve.«

»Bist du sicher?«

»Was soll ich mit dir, wenn du gleich wieder zusammenklappst?«, sagte er. »Löscht mir noch das Feuer.«

*

Ich schlief mehr schlecht als recht auf dem Sofa. Brachte es einfach nicht über mich zu gehen, und wäre vielleicht auch nicht gegangen, hätte man mich dazu aufgefordert. Wollte nicht, dass mein Dad sah, in welcher Verfassung ich war.

Ich wurde davon wach, dass William in der Küche rumorte. Nuckelte ein Bier und räumte den Kühlschrank leer. Es ging auf Morgen zu, und ich raffte mein Bettzeug vom Boden zusammen und wickelte mich bis zum Hals drin ein. William kam, setzte sich in seinen Sessel und blickte aus dem Fenster. »Ich rieche dich in meinen Träumen«, sagte ich.

»Gut zu wissen, dass du welche hast.«

»Wie viele Schafe noch?«

»Ein, zwei Tage. Vielleicht auch drei.«

»Wir schaffen das schon.«

Er hatte sich noch ein zweites Bier mitgebracht und wollte es jetzt unbedingt aufmachen.

»Kann ich dich was fragen?«

Da er nichts sagte, redete ich weiter.

»Wie kannst du nur mit offenen Augen durch diesen Rauch laufen?«

»Was jetzt?«

»Ich hab dich vor ein paar Stunden gesehen. Deine Augen waren total rot, aber du hast sie offen gelassen. Wenn ich nur daran denke, kann ich meine kaum aufbehalten.«

»Kann mich nicht daran erinnern, aber weißt du, ich habe mehr Angst vor Feuer als vor Rauch.«

»Hab's gesehen. Kann ich beschwören.«

»Schlaf weiter«, sagte er.

»Bist du sicher, dass du keine Hilfe brauchst?«

»Ich würd's sagen, wenn's anders wäre.«

Tagelang verbrannten wir Tiere bis tief in die Nacht, bis wir für nichts anderes mehr Augen hatten, bis die Stangen, mit denen wir sie in die Flammen stießen, nicht mehr sauber wurden und unsere Hände nach Butan stanken; wir selbst nach Knochenfeuer. So ging es weiter, bis dem Feuer früh am dritten Morgen die Kraft ausging, und der Stapel der Brennenden und der Toten eins wurde. Seit Tagen waren wir allein auf der Weide, doch jetzt wurde es uns zum ersten Mal klar. »Genug«, sagte er. Drei Tage, über die ich länger nachdenken sollte, als sie gedauert haben.

Wir gingen zurück zum Haus, und ich stellte mich wieder unter den Schlauch, spritzte mich ab bis auf die Stiefel, doch so sehr ich auch schrubbte, schabte ich mir mit den Nägeln doch immer wieder Dreck aus dem Haar. Alles rann grau an mir herab in eine Pfütze.

William kam mit zwei Dosen Bitter nach draußen und gab mir eine – keine Ahnung, wieso er diese Brühe trank. Schmeckte, als lutschte man das Kupfer von einem Penny. Ich setzte an, damit er nicht allein trinken musste. »Was jetzt?«, fragte ich.

»Bett für mich.«

»Das wollte ich hören.«

Wir saßen beide auf umgedrehten Fässern, und ich leerte eine zweite Dose mit ihm. Dann noch eine und noch eine. Hörte auf zu zählen. War wirklich verrückt. Blieben länger auf, als gut für uns war, versenkten die Pints, als wären wir löcherige Tassen, nur wurden wir kein bisschen betrunken. Er sagte nicht viel, aber er hörte mir zu, wie ich davon redete, was wohl aus Montgarth wurde, davon, wie fett unsere Hunde und wie fett wir selbst jetzt werden würden. Ins Haus zu gehen, fühlte sich nicht richtig an. Noch nicht. Mussten erst aufhören, uns selbst wie Tiere zu fühlen.

Saßen da, bis das Bier uns nicht länger warmhielt, und dann blieb ich noch eine Nacht auf dem Sofa. Trotz allem, was gerade passierte, war ich gern hier. Mit Helen konnte man gut reden, und für eine Weile wollte ich jemanden wie sie in der Nähe wissen.

*

Ich lag noch auf dem Sofa, als William zeitig am nächsten Morgen zum Frühstück kam. Die Augen blutunterlaufen, mehr rot als weiß, und falls er geschlafen hatte, sah man ihm das nicht an. Dem Blick zufolge, mit dem Helen mich musterte, als sie hereinkam, musste ich auch wie eine Schiffsratte ausgesehen haben. Sie ging in die Küche, um zu telefonieren, und ich konnte ihre Stimme über den Flur hören. Sie legte auf, kam ins

Zimmer zurück und setzte sich auf die Armlehne. »Das war Simply Red.«

»Was will er denn diesmal?«, fragte William.

»Hat er nicht gesagt. Wollte nur Bescheid geben, dass er rumkommt.«

»Gibt weit und breit keine Gesetzeshüter, wenn man sie braucht. Und jetzt werden wir sie nicht wieder los.«

»Soll ich bleiben?«, fragte ich.

»Gehörst du dazu?«

»Bis auf weiteres.«

»Wenn du willst, kannst du bleiben. Hast du dir verdient«, sagte er. »Aber es gibt Arbeit, die getan werden muss.«

»Was für Arbeit?«

»Hab einen Hof zu führen.« Er stand auf, ließ das Porridge in der Schale hart werden und ging nach draußen.

»Was glaubst du, was Simply Red will?«, fragte ich Helen.

»Keine Ahnung, ich kann nur sagen, er klang verdammt zufrieden mit sich selbst.«

Sie folgte William gleich darauf mit seinen Stiefeln nach draußen und kam zurück, um in der Küche Papierkram zu erledigen. Ich blieb auf dem Sofa, als würde es mir gehören. Als ich dann nach draußen ging, hörte ich ihn in der Scheune. Er hatte den Hahn aufgedreht und schüttete eimerweise Wasser auf den Boden. Ein Geruch nach Seife stieg auf und war fast schwerer zu ertragen als der Rauch. Ich fand ihn auf den Knien; er schrubbte den Boden, schrubbte da, wo die Schafe gewesen waren. »Wieso putzt du denn die Scheune?«

»Muss getan werden.«

»Muss es?«

»Noch nie was von Frühjahrsputz gehört?«

Was soll's, ich nahm mir eine verdammte Bürste und fing auch an. Schrubbte den festgetretenen Dreck vom Kopfsteinpflaster, bis die Steine wieder so dunkel waren wie an dem Tag, an dem man sie verlegt hatte. Fegte alles Übrige zusammen und brachte es zum Abfall. Ausmisten war eine Lebensweise, und wir fanden heraus, wie das Ende aussah. Helen kam, als der Boden nahezu blitzte. »Er ist hier«, sagte sie. »Im Haus. Will mit dir reden.«

»Ich komme«, sagte William, machte aber keine Anstalten aufzuhören. Fegte große Pfützen von breiigem braunem Wasser zusammen und schob es nach draußen. Er hatte so eine Art, mit den Armen weit auszuholen, weshalb er mit einem Schwung einen Viertel des Bodens erfasste. Lehnte sich an die Tür und fing an, mit mir zu reden. »Eigentlich wollte ich gar kein Bauer werden«, sagte er.

»Bist aber immer einer gewesen.«

»Weiß ich doch«, sagte er.

»Ist das jetzt der Augenblick, in dem du mir erzählst, dass du eigentlich Balletttänzer werden wolltest?«

»Irgendwie wollte ich gar nichts weiter werden. Und damit will ich nicht sagen, dass ich faul war. Ich hab mir nur gedacht, ich arbeite auf dem Hof von meinem Dad, bis der so krank wird, dass er verkaufen muss, mehr nicht. Schafe aufziehen, jede Generation kräftiger als die vorherige. Musste doch einen Punkt geben, ab dem sie nicht noch mehr Muskelmasse ansetzen, nicht noch gesünder werden konnten.«

»Und dann was?«

»Mir ist nie in den Kopf gekommen, dass es immer so weitergeht, und dass man letztlich für die Farm da ist. Ich hab mich nicht gerade für tot gehalten, viel gefehlt hat aber nicht. Und bis mein Alter dann ganz plötzlich den Löffel abgab, musste ich nie drüber nachdenken, was ich eigentlich wollte. Bis heute.«

»Willst du verkaufen?«

»Verkaufen? Ich hab dir doch gesagt, dass ich nicht immer Bauer werden wollte, aber heute macht mich al lein der Gedanke krank, irgendwas anderes machen zu müssen.«

»Hast ja jetzt jede Menge Übung mit krankem Scheiß.«

»Stimmt, haben wir beide«, sagte er. »Ich muss mit diesem Kerl reden. Wäre gut, dich dabei zu haben.«

Helen saß auf dem Sofa, Simply Red in Williams Sessel. Teller mit Krümeln auf den Knien und in der Hand offenbar das zweite Bier des Abends. »Da seid ihr ja, Jungs«, sagte Red. »Hatte schon Sorgen, ihr hättet euch verlaufen.«

»Doch nicht, wenn du auf uns aufpasst, Red«, sagte ich, ehe ich mich zu Helen setzte. William stand im Flur, eine Schulter an die Wand gelehnt.

»Setz dich, William«, sagte er.

»Steh lieber.«

»Schlägst noch Wurzeln, wenn du so weitermachst.«

»Was willst du?«, fragte William.

»Ich hab ein paar Fragen zu Caldhithe.«

»Darüber weiß ich das eine oder andere.«

»Teil des Problems, hier draußen ein Cop zu sein, besteht darin, dass sich nur schwer sagen lässt, wo irgendwas genau ist. Wem was gehört. Jeder Fels, größer als mein Kopf, hat einen eigenen Namen. Und deshalb hab ich mich gefragt, ob du weißt, wo Caldhithe eigentlich aufhört. Wo genau die Grenze verläuft.«

»Klingt, als würdest du eine Karte brauchen«, sagte William, »aber soweit ich weiß, hört die Farm auf, wo sie nun mal aufhört.«

»Auch wieder wahr. Wie steht's damit?«, sagte er. »Eine Stelle, vielleicht drei Meilen von hier. Flach wie ein Pfannkuchen. Unwegsame Abhänge auf allen Seiten. Macht einen schier verrückt, so hoch oben eine so ebene Fläche zu sehen. Auf einer Seite ein großer Haufen Steine, kann man eigentlich gar nicht verfehlen. Gehört das noch zu deinem Land?«

»Könnte sein, wenn's so nah ist, aber was die Steine angeht, da kann ich dir nicht weiterhelfen. Gibt jede Menge davon, wohin ich auch guck.«

»Die Sache ist die, William, dass es enorm wichtig ist, dass wir wirklich alle Schafe kriegen.«

»Enorm wichtig, ja.«

»Vielleicht wichtiger, als du ahnst, und es fällt so leicht, hier und da ein paar Tiere zu übersehen. Erst heute Nachmittag haben wir neunzig Schafe an genau dieser Stelle in den hohen Fells entdeckt. Muss irgendein Idiot freigelassen und da oben vergessen haben. Ist das zu fassen?«

»Hab's nicht so mit dem Vergessen.«

Keine Ahnung, warum Red so um den heißen Brei herumredete – falls er William stinkig machen wollte, brauchte er sich keine Mühe zu geben. Ich räkelte mich auf meinem Platz, vergewisserte mich, dass ich die Beine bewegen konnte, falls der Cop nervös wurde, vielleicht vergaß, dass ich auch noch da war. Umklammerte sprungbereit die Lehne. Aber er redete weiter. »Ich glaub, zum ersten Mal hab ich '95 von dir gehört, William, als ich hier anfing. Peter Wilson, falls du dich an den erinnerst, der hat damals mit mir geredet. Wollte zum ersten Mal nicht zur Country-Show, und das nur, weil du mitgemacht hast. Lohnt das Eintrittsgeld nicht, hat er gesagt. Du wärst nur alle paar Jahre dabei und würdest nie den Mund aufmachen, würdest aber jedes Mal den ersten Preis abräumen.«

»Überrascht mich nicht. Im Reden war Pete schon immer gut.«

»Stimmt auch wieder. Hatte aber nicht unrecht. Die besten Schafe im Tal.«

»Sind doch gute Neuigkeiten. Der Wettbewerb dürfte sich dieses Jahr in Grenzen halten.«

»Ich musste heute an Peters Worte denken, als ich mit dem Hubschrauber flog, auch kein Vergnügen, das ich öfter hab. War genau über der flachen Stelle mit den Steinen, als wir die Schafe gesehen haben. Schöne Tiere. Konnte man sogar aus der Luft sehen. Mussten den Heli nah am Boden halten, um alle abschießen zu können. Glaubt man einfach nicht, wenn man seine Ausbildung macht, dass man so was mal tun muss.«

»Ein großer Tag für dich.« William lehnte nicht länger an der Wand. Walaugen im großen Licht.

»Also noch ein letzter Check«, sagte Red. »Bloß um nachzusehen, dass keine Schafe mehr übrig sind.«

»Gehst du wieder zur qualmenden Weide raus, siehst du das Vorher und Nachher.«

»Wenn du sagst, William, dass das alle waren, dann glaube ich dir.«

»Freut mich.«

»Ehrlich gesagt, bin ich hauptsächlich gekommen, um dir ein paar Formulare zu bringen. Damit du deine Ansprüche fürs verlorene Vieh stellen kannst.«

William trat einen Schritt auf ihn zu, lehnte sich nicht mehr an, schwankte. »Mich interessieren deine verdammten Papiere einen Dreck.«

»Wie ich das sehe, wäre es das erste Mal, dass Caldhithe dir Geld einbringt.«

Auf dem Beistelltisch lag ein großer, dicker Umschlag. Red griff danach und erhob sich zu voller Größe – baute sich direkt vor William auf. Drückte ihm die Papiere an die Brust und zwang ihn, sie anzunehmen. Ich fürchtete, er würde dem Cop den Stapel um die Ohren hauen, aber William trat einen Schritt zurück, umklammerte den Packen wie einen Hühnerhals mit beiden Händen und riss ihn sauber mittendurch. Keine Ahnung, wie der Kerl das gemacht hat. Über hundert Seiten, einfach durchgerissen und auf den Boden geworfen. »Bist doch gut im Aufräumen«, sagte er. »Kannst diesen Scheiß auch gleich mitnehmen, wenn du gehst.«

»Dafür könnte ich dich einbuchten.«

»Das wage ich doch sehr zu bezweifeln.«

Red sah sich um und merkte, er war gefangen, in seinem Rücken nur Tapetenfetzen. Griff nach seinem Gürtel, tastete nach den Handschellen und ballte die Fäuste. Beruhigte sich, ging in die Knie, sammelte das Papier ein und sah zu mir, dann zu Helen rüber. »Wirst einen neuen Satz Formulare wollen«, sagte er dann zu William, »aber das nächste Mal gebe ich ihn deiner Frau.«

»Du denkst, ich bin angepisst, Red«, sagte er. »Aber das ist gar nichts im Vergleich mit dem, wie es ihr geht.«

Simply Red verschwand ohne ein weiteres Wort, und William blieb, wo er war. Konnte hören, wie er mit den Zähnen knirschte, als er sich zu mir umdrehte. »Kannst dich vom Acker machen. Hast genug getan.«

»Wenn du das sagst.«

Ich tat wie geheißen und lief zu Fuß nach Hause, da ich Angst hatte, ich würde keinen Anlass mehr sehen, mich überhaupt noch zu bewegen, wenn ich zu lange im Wagen saß.

*

Wir hatten alles verbrannt, auch das, worauf uns jedes Anrecht fehlte, hatten die Sterne fortgerubbelt, den Mond versteckt, und wäre der Nachthimmel nicht schon schwarz gewesen, wäre es uns bestimmt gelungen, ihn noch düsterer zu färben. Ich lief durchs Dunkel, die Rechte immer an der Mauer, konnte mich so nicht in dem verirren, was mich einpferchte; fünfhundert Jahre Schafshirten führten mich. Dieselbe Mauer würde mich nach Montgarth bringen. Ich wusste, ich hatte Maller Moss Bog erreicht, als es in meine Socken sumpfte, was bedeutete, dass ich den halben Heimweg geschafft hatte. Ich zog den Mantel aus, schob die Ärmel bis zu den Achselhöhlen hoch, um möglichst viel Wind auf der Haut zu spüren. Irgendwas an der Nachtluft fühlte sich voller an, frischer, und daran wollte ich mich betrinken, wollte mich damit reinigen.

Ich musste hier raus. Nicht bloß aus Caldhithe, sondern aus ganz Cumbria. Vielleicht für immer, dachte ich damals. Ehe ich selbst so sehr verrottete, wie es die nächsten Monate zu tun versprachen. Hätten meine

Beine das mitgemacht, hätte ich die Grenzen des Tals überquert und wäre immer weitergelaufen.

Dort, wo man Caldhithe hinter sich lässt und meinen alten Hof erreicht, muss man sich eine halbe Meile weit links oder rechts von einem Felsspalt halten. Ich achtete auf den nötigen Abstand, als ich Danny unweit in Kehren bergab laufen sah. Der dünne Strahl seiner Taschenlampe tanzte bei jedem Schritt, sein Rucksack war größer als er selbst, das Zelt nur halb reingestopft. »Bist du also zurück?«, rief ich ihm zu.

»Muss mit Dad reden.«

»Ist zu Hause.«

»Sie haben sie erwischt.«

»Ich weiß.«

»All diese Männer in einem Bergwachthubschrauber«, sagte er. »Ich hab mich versteckt, als ich sie kommen hörte. Kurz darauf ging die Ballerei los.«

»Du hast getan, was du tun musstest.«

Ich gab ihm einen Schluck Wasser und verlor kein Wort über sein Gejammer, über den auf seinen Ärmeln trocknenden Rotz. »Ich hab keinen Blick zurückgeworfen«, sagte er. »Nicht nachgesehen, ob noch welche übrig sind.«

»Ich glaub, dein Dad hat in seinem Leben noch nie auf das zurückgesehen, was er getan hat.«

»Wird er sauer auf mich sein?«

»Nein, auf dich nicht.«

Vom Bergsteigen war er wacklig auf den Beinen und sah aus, als würde er jeden Moment zusammenklappen. Ich hätte ihm ja meine Schulter für den Rückweg angeboten, aber er hätte abgelehnt. Ich ließ ihn die Flasche behalten und schickte ihn wieder auf den Weg.

Bis zum Haus meines Dads war es nicht mehr weit. Damit er sich nicht auf die Schuhe pisste, ließ er immer das Licht in der Toilette brennen, was ich von meilenweit fort sehen konnte. Ich tastete mich an den Kragsteinen der Mauer lang, bis meine kalkweiße Hand über den Gatterpfosten tastete. Ich zog den Riegel zurück. Danach nur noch Grün, das Gras ungeweidet, fest, weich; am liebsten hätte ich die Stiefel ausgezogen.

Kurz vor dem Haus setzte ich mich hin, da, wo wir einen Streifen Weidelgras gepflanzt hatten, und wartete darauf, dass es Morgen wurde. Begann, an den Sprossen zu knabbern, schmeckten süß und bitter zugleich, was mich neidisch auf die Schafe machte.

Wenn ich jetzt zurückdenke, wird mir klar, dass ich das Haus da zum letzten Mal gesehen habe, als es noch uns gehörte.

Teil II

Lamm auf dem Thron

Medderte

Einige Tage später war ich raus aus Cumbria. Mein Dad fragte nicht, wo ich gewesen war oder warum ein Schwatz mit den Nachbarn eine Woche gedauert hatte. Ich konnte nicht aufhören, die Augen zusammenzukneifen, die Finger blieben grau, und das ganze Tal stank dermaßen, dass ihm die Asche in meinem Herzen nichts bedeutete.

Schlafen war das Einzige, was ich tat. Zur Abwechslung diesmal in einem Bett, von morgens bis es wieder dunkel wurde, und wenn ich aufwachte, konnte ich mich kaum bewegen, gelähmt von Schmerzen an Stellen, die es nur gab, damit sie weh tun konnten. Musste die Kiefer mit einem Messer aufstemmen, wenn sie sich bewegen sollten. Drehte mich auf die Seite, die weniger schmerzte und schlief weiter. Verlor einen Tag und lernte, wieder zu laufen, um eine halbe Stunde lang zu pinkeln, fand heraus, wofür Geländer gebaut wurden, saß allein in der Küche und trank eine Kanne Tee. Mein Dad kam frisch gewaschen herein, das Haar gekämmt, die Nägel geschnitten. Er trug eine Anzugjacke und hielt sich gerade auf seinem Stuhl, um zu beweisen, dass er es konnte. Wir redeten, wie wir schon lange nicht mehr geredet hatten, über ihn, der einen Habicht gesehen, über einen Kreis Flussfelsen, den er entdeckt hatte. Als ich die dritte Tasse austrank, sagte er: »Ich nehme an, du gehst jetzt.«

»Wohin?«

»Woher soll ich verdammt nochmal wissen, wo du warst, bevor du zurückgekommen bist.«

»Brauchst mich wohl nicht mehr.«

»Gibt nichts für dich zu tun.«

»Und wie kommst du allein zurecht?«

»Gibt Rente. Mach dir deshalb keine Sorgen.«

»Du kannst ja kaum deine Tasse halten.«

»Ich halt sie ganz prima.« Wie zum Beweis umklammerte er sie ein wenig fester. »Ich seh schon, in welcher Verfassung ich bin. Bin ja nicht blind. Noch aber geht's mir gut, und ich will nicht, dass du schon genug von mir hast, bevor ich dich wirklich brauche. Ich lass dich wissen, wenn es so weit ist.«

Kein langes Hin und Her. Kein Gerede. Kaum hatte er seinen Entschluss gefasst, stellte er meine gepackten Taschen vor die Tür und gab mir den Schlüssel für seinen Rover. Die Kühlerhaube zur Straße gerichtet, wartete der Wagen auf mich. Versuchte ich, was anderes als Lebwohl zu sagen, bekam ich nur zu hören: *Ich dachte, du bist schon weg.* Setzte mich auf den Fahrersitz, schob ihn zurück, justierte die Spiegel und fing an, die Dellen meines Dads auszusitzen. Fuhr los, und je kleiner Montgarth im Rückspiegel wurde, desto besser fühlte ich mich. Sieht anders aus, wenn man einen Ort verlässt. Ich meine, wenn man für immer wegfährt. Wegläuft. Sich zu einem Fremden macht – dann sieht man ihn wie ein Fremder. Das Wetter war perfekt, alles Hassenswerte versteckte sich. Kommt in den Fells die Sonne raus, ist das mit nichts zu vergleichen. Man sieht sie durch schiffbrüchige Wolken strahlen; sie fängt sich am Grund, der eben noch tot aussah, und die Berge sind wie aus Gold.

Ich nahm die lange Strecke raus aus Cumbria, runter nach Copeland, damit ich Caldhithe nicht noch mal sehen musste. Machte eine Pause bei Slodder Ground, einem der Seen, in dem gern Kinder schwimmen. Die Füße fühlten sich adrig an, also hielt ich sie ins Wasser. Es war verdammt kalt und wolkig von Schwanenschiss, aber gerade gut genug. War selbst als Kind oft hier, bin mit dem Rad hingefahren, wenn ich keine Schule hatte und nicht auf den Feldern arbeiten musste. Damals war mir, als wären die Seen so weit, wie man sehen konnte, als würden sie einem Augen und Kopf füllen, weshalb man meinte, man würde in ihnen treiben, auch wenn man bloß dran vorbeifuhr. Ich dachte, alles Mögliche müsse darin leben, und behielt manchmal auch recht. Ein Angler holte einen Hecht raus, den selbst zwei Männer nur mit Mühe tragen konnten. Am liebsten hätte man ihnen gesagt, sie sollten ihn zurück ins Wasser werfen; schließlich war es nicht fair, denn der See hatte ihnen was gezeigt, worüber sie besser nicht reden sollten.

Das war für die nächsten sechs Stunden der letzte Halt, vom Tanken mal abgesehen. Fuhr im Zickzack durch England, hielt außerhalb von Lincoln vor einem Landstraßenhotel und bekam ein Zimmer mit einem Bett so groß, dass man sechs Purzelbäume schlagen konnte, ohne rauszufallen. Gönnte mir einen Urlaub. Zwei Wochen, in denen ich mir sagte, ich würde mich morgen fragen, wie es weitergehen soll. Aß Chips im Bett oder in der Wanne und bekam Kopfschmerzen von zu viel Salz. Der Fernseher lief, als könnte er mich warmhalten – die Art Programm, das einen wissen ließ, es gab Schlimmeres als den Tod. Nichts ist so gefährlich wie ein Zimmer ohne Aussicht. Fing an, Dinge in der körnigen Stuckdecke zu sehen. Jeder traurige Arschlochgedanke aus fast vierzig Jahren wurde lebendig, zog sich einer nach dem anderen ewig hin und füllte das Zimmer wie ein löchriger Ofen, fand unter der Tür den Schlitz und dehnte sich aus, bis mein Kopf sich groß wie die ganze Welt anfühlte.

Ich fing wieder an zu fahren. Lastwagen und Schafe, verstand von nichts anderem was. Und von letzteren offenbar auch nicht genug, um sie am Leben zu halten. Ist kein schwerer Job, LKW-Fahren, man hat nur tausend Kleinigkeiten zu tun, braucht bei keiner richtig wach zu sein, und das stundenlang, tagelang, weshalb man, geht man schlafen, innerlich wackelt wie ein kaputter Auspuff, das Licht auf dem Parkplatz ständig an, die gleichen Flipflopduschen und Pissrinnen wieder und wieder über Hunderte von Meilen die lange Straße runter. Fing an zu glauben, ich würde nicht durchhalten, machte so viel Strecke wie möglich, nahm Aufträge an, die Familienväter nicht wollten, einen nach dem anderen, hielt aber die Augen offen nach einem Ort, an dem ich bleiben, an dem ich leben konnte, auf Dauer sozusagen. Sah das Land meist nur aus einer zweieinhalb Meter großen Kabine und war froh, dass ich nicht dafür bezahlt wurde, Sehenswürdigkeiten zu besichtigen.

Anfangs beförderte ich Zeug für Geschäfte. Genügend Kisten mit genügend Chemiebroten, um den River Trent aufzutunken, und Kästen mit Schrauben, die bei jedem Schlagloch rappelten. Von Stadt zu Stadt. Füllte sämtliche Woolworths mit Cola-Dosen und Stofftieren. Fuhr alle vierzehn Tage über den Kanal und machte ein Spiel daraus, wie weit ich es schaffte, ohne in neun Stunden auch nur einmal anzuhalten.

Eines Tages war ich auf einem LKW-Parkplatz bei King's Lynn, fertig mit der Tour und wartete auf die nächste, als Gary, dieser verschwitzte Arsch, zu meinem Wagen kam und an die Fahrertür hämmerte, bis ich ausstieg. Er roch nach Erde und hatte ein sonnenverbranntes Gesicht, das Hunger auf Schweinefleischpasteten machte. »Du kennst dich doch mit Nutzlast aus, oder?«, fragte er.

»Bezweifle, dass mich irgendwer dafür bezahlen würde, leere Hänger durch die Gegend zu kutschieren.«

»Nein, ich meine Nutz*vieh*. Kühe und Schweine.«

»Woher weißt du das?«

Er musterte mich von oben bis unten. »Wie könnte ich das übersehen?«

Ich fürchtete Menschenmengen selbst in leeren Warteräumen, bewegte mich zu Fuß im Schneckentempo, und mein Fingerpfiff war laut genug, um Klafter zu spalten. Ich war leichter zu deuten als ein Pornoheftchen. Er versorgte mich mit Aufträgen, meist tierische Fracht. Vorwiegend Rinder, Transporter mit vier Decks, gekoppelt mit einem Hänger, um die Fuhre zu verdoppeln. Ich hatte null Ahnung von Kühen, gab aber auch nicht viel zu lernen. An einem Ende die Euter, und falls nicht, pass auf die Hörner auf. Passiert das Schlimmste, und sie stürmen los, lauf nicht weg, hol aus, schlag mit der Faust auf ein, zwei Schnauzen und zeig ihnen, dass du keine Angst hast – klappt das nicht, achte auf deine Rippen.

Ich hatte nur eine Regel: Ich fuhr nicht nach Cumbria. Nicht hin und nicht durch. »Du kannst jeden Auftrag ablehnen«, hatte Gary gesagt, und das war für mich gut genug.

Das, wovon ich dir gerade erzähle, dieses Herumfahren und Herumstromern, davon rede ich nur, weil es nichts ist, worüber sonst gesprochen wird. Ich nehme das auf meine Kappe. Dieses ewige So-Tun, als gäbe es keine Welt außerhalb der Fells mit ihren Tälern. Ich bin es leid, es ist immer dasselbe. Wären wir die Einzigen, würden wir uns nur um uns kümmern und behaupten, was Besonderes zu sein, dann hätte jeder jedes Recht, uns zu ignorieren. Ich aber habe gesehen, wie es war, vom tiefsten Schottland bis zu den Weinsüfflern im Süden, dasselbe Meer, ob man nun die Forties entlang der Ostküste Schottlands fährt oder den Ärmelkanal überquert. Es ist eine Krankheit, diese Maul- und Klauenseuche, die allen zu schaffen macht, die den Huftieren den Garaus macht, den Höfen; die Bauern brachten sich irgendwann selbst um, danach ging es den Landwirtschaftsausstellungen und Auktionen an den Kragen sowie allen, die davon lebten. Blieben nur die Wandervögel, und die wollten nicht warten, bis sich die Erde gesetzt hatte. Keine Frage, uns in Cumbria traf es schlimmer als andere, aber es ist nicht recht zu behaupten, wir wären die Einzigen gewesen. Allein zu wissen, dass im Bunker nebenan noch ein Scheißer lebt, das ist doch auch was.

Als ich anfing, Vieh zu fahren, da waren die letzten kranken Biester noch nicht lang zerlegt, verbrannt oder unter Ätzkalk verscharrt, was man auf dem Land noch immer spürte. Ich brachte Kälber, Lämmer und Ferkel dahin, wo nichts mehr war, und darin lag eine gewisse Freude, aber ich bewegte mich auf diesen Höfen in Ölzeug, als hätte man die Weiden radioaktiv gepflügt. Alle paar Wochen fuhr ich einen Hänger, der, obwohl nackt bis aufs Metall, immer noch nach Kadavern stank. Verschwand nicht, dieser Geruch, der so stark war, dass er einem Bullen, sperrte man ihn in den Laster, Tränen in die Augen getrieben hätte. Nachdem Gary, mein Boss, fertig war mit einem Neuling, der es nicht gepackt hatte, sagte er zu mir: »Deshalb mag ich euch Jungs vom Land. Ihr wisst, wie es ist, was aufzuziehen, damit es getötet wird.«

Ich bin überall auf dieser Insel gewesen, am besten aber kenne ich England. Skelmersdale, Thurrock, Thetford, Giggleswick, Molton. Sümpfe, Moore und Marschen, halbversunkene Klippen, meerlose Strände und die schäbigen grauen Türstopper aller Städte, die es zu kennen lohnt. Hab mehr Tage in Immingham verbracht, als irgendein Schisser da verbringen sollte, und weniger in Falmouth, als mir lieb gewesen wäre. Wo man aber hinkommt, haben sie ihre eigene Art, Dinge zu erledigen. Da gibt es die großen Wollfarmen an der Südküste mit ihren Bluefaced Leicester und Corriedale-Schafen, die wie Fusselbälle durchs Land hüpfen, wo sich die Tiere in Maislabyrinthen verlieren und man dem Vieh beibringt, auf hohen Absätzen zu laufen, damit die Wolle nicht rau oder dreckig wird. Aus den hinterletzten Winkeln die Sumpftreterbauern, die von Streichelzoos und Straßenmärkten leben, unter Englands Sonne gewachsene Tomaten, die entsprechend schmecken – da ließ man mich Ziegen mit Schleifchen im Bart aufladen, ihr Haarschnitt ordentlicher als meiner. Eine Frau umarmte jede Kuh und küsste sie aufs Maul, bevor sie die Tiere ziehen ließ, und rief im Schlachthof an, um sicherzugehen, dass sie schmerzlos getötet wurden. Tja, dieses Volk auf dem flauschigen Grasland im Westen, ein abartiger Haufen, wenn ihr mich fragt, die haben zu lange den Kühen ins Arschloch geschaut und zu viel Milch getrunken, die ihre Zunge mit einem Fettfilm überzogen hat. Molkereimalocher redeten über Klee und Mais wie Schaumschläger über kräftige schwere Weine, stopften sich Perlhirse in die Goschen und behaupteten, sie schmecke nach Kirsche, Gold oder Butter, bloß nicht nach der verdammten Hirse, jede Ernte wird mit anderem Verwendungszweck ans Vieh verfüttert, Raps für Cheddar, Hafer für Wensleydalekäse, und zweimal habe ich von italienischem Weidelgras gehört, das lecker wie Eiscreme sein soll. Das Lehmland in den Midlands ist die Heimat der Barbiere Englands, die reihenweise Weizen sensen, der schneller nachwächst, als sie ihn ernten können, und der roten Kühe, denen Cheeseburger auf der Stirn geschrieben steht, geformt wie ein Steak, lange Wammen am Hals, als hätten sie Felsbrocken verschluckt, die Bastarde so groß, dass es ihnen zuzutrauen wäre. Für die bauchfetten Kühe mit Muskeln, die man mit einer Hand nicht umspannen kann, für diese Bodybuilder mit bösem Blick, die lauter, tiefer und verängstigter muhen als eine Frau, die Drillinge gebiert, muss man nach Osten, wo man ungeschälte Gerste kauen kann, die wie Kamelle schmeckt und wo die Shorthorns und Herefords sich unterm Gewicht ihrer dicken Sirloin-Steaks kaum aufrecht halten können. Oben im Norden, oben im verdammten Norden, gibt es Sand und Schlick, die tun, als wären sie Ackerboden, Zuckerrüben, die auf Torf wachsen, und gewiss, es sind nur Gebirgsausläufer, verkümmerte Berge, aber sie sind die größten, die wir haben, und seit fünftausend Jahren schläft ihr wildes Volk in aus der Wolle geschorener Schafe gesponnenem Bettzeug.

Ich fand viel Heimat an den Orten, zu denen ich kam. Familien, die standhaft ausharrten, mit allem, was ihnen geblieben war, und Leute, die dachten, sich in *Geduld zu üben* hieße, abzuwarten, bis man verfaulte. Trotz all der Menschen aber, die ich traf, konnte ich ein, zwei Wochen lang unter ihnen leben, ohne groß den Mund aufzumachen. Kaum mehr als ein Danke, Wiedersehen, Wie geht's? Man sollte meinen, in so abgelegenen Gegenden zu leben, als Fahrer in seiner Kabine, da wäre ich mir klein vorgekommen, klein und leer, aber in mir gab es so viel von mir selbst, dass ich mich fühlte, als würde ich überlaufen.

*

Spätabends sieht man auf Landstraßen gerade mal fünfzig Meter weit, und das sind fünfzig Meter Splittasphalt, die sich vom grünen Randstreifen unterscheiden. Oder fünfzig Meter angestrahlte Bäume, Sand oder Gebüsch. Bis man in der Ferne ein weiteres Scheinwerferpaar sieht, das auf einen zukommt. Kann eine Viertelstunde dauern zwischen Sehen und haarscharf aneinander Vorbeischrammen, aber es sind fünfzehn Minuten, in denen ich mich nicht so allein fühle.

Jedes Mal, wenn ich versuchte, jemanden näher kennenzulernen, mich mit einem Typen verabredete oder eine Lady auf einen Drink oder mehr einlud, lief es beschissen. Einmal habe ich jemanden kennengelernt, nun ja, sollte wohl sagen, wir sind uns über den Weg gelaufen – die sah richtig gut aus. Trug ein Tanzkleid hundert Meilen weit fort von der nächsten Tanzfläche, um die Hüfte einen Gürtel breiter als der eines Ringers, obwohl er nichts halten musste. Immer wenn ich ihre Beine sah, nackt im Regen, folgte ich ihnen mit den Blicken runter bis zum Boden wie einer, der von der Humber Bridge springen will. Kam mir vor wie ein Idiot, weil ich sie so angestarrt habe, biss mir in die Finger, um wach zu bleiben, genau wie sie's wollte. Nichts überließ sie der Phantasie, was mir nur recht war, mit der hatte ich es sowieso nie so. Ich sah sie an Raststätten und Tankstellen überall mitten im Land, sah sie in Telford, Derby oder Northampton auf Fahrer warten. Keine Ahnung, wie sie herumkam, jedenfalls war sie erstaunlich oft da und grinste mich an. Klopfte ans Fenster meines LKWs und wusste noch, wie ich hieß. »Steve«. Klang fremd aus ihrem Mund. Ich ließ sie abblitzen. »Heute nicht, Liebes.« Blieb aber freundlich und lud sie auf einen Kaffee ein, wenn sie gelangweilt aussah, und dann haben wir uns unterhalten. Hatten mehr gemein, als man glauben sollte. Wir waren beide auf einem Hof aufgewachsen, tranken beide den Kaffee ohne Zucker und fanden Sandwiches viel zu teuer. Ich fing an, mich auf Fahrten durch ihren Teil des Landes zu freuen, nur weil ich sie dann meinen Namen sagen hören konnte.

Eines Tages stand ich unweit von Peterborough, wartete ein Gewitter ab – der Wind so heftig, dass er mir, wäre ich weitergefahren, auf der breiten Straße meinen Zug umgekippt hätte. Sah im Dunkeln ihren Lippenstift. Mein Laster war einer von wenigen, die in dieser Nacht dort parkten, und ich hörte sie an die Fenster der übrigen Fahrer klopfen, was ihr nur ein »Verpiss dich!« einbrachte. Hörte sie bei mir klopfen. Hatte nicht das Herz, sie draußen im Sturm stehenzulassen; und sie sagte, für mich nur ein Zehner für zehn Minuten. Also kam sie rauf, und ich hielt ihre Hand, als sie die drei Stufen nahm. Sie sah klein aus; das Kabinenlicht verheimlichte nichts. Gänsehaut mit Pickeln groß wie Flohbisse, außerdem hatte der Wind alles Puder aus ihrem Gesicht geschabt – sie war nicht viel jünger als ich. »Wie läuft das Geschäft?«, fragte ich.

»Hängt von dir ab.«

»Brauch allein zehn Minuten, um rauszufinden, was ich will.« Ich drehte die Heizung auf, so war es zumindest nicht mehr still. »Besser?«

Sie legte die Hände aufs Gebläse.

»Fangen wir mit deinem Namen an«, sagte ich. »Ich hab dich oft gesehen, weiß aber immer noch nicht, wie du heißt.«

»Yelena«, sagte sie.

Ich konnte sie nicht gut hören. »Helena?«

»Von mir aus. Nenn mich Helena, wenn du willst.«

Allein der Gedanke machte mich traurig. Sie legte eine Hand auf mein Knie. »Und? Wozu hast du Lust?«

»Was sagst du immer, wenn du bei wem klopfst. Ich hätte gern nur ein bisschen Gesellschaft.«

»Das ist alles?«

»Ist mein Geld, und ich unterhalte mich gern«, erwiderte ich. »Erzähl mir, was du später vorhast.«

Sie zeigte mir das Mundwasser in ihrer Handtasche.

»Nein, so hab ich das nicht gemeint. Wie lange hast du vor, diesen Job zu machen?«

»So lange wie sie mich bezahlen.« Sie ließ den Zigarettenanzünder aufglühen und fischte eine Zigarette heraus. »Oder bis ich genug Geld für ein Haus daheim zusammen habe.«

»Und da lebst du dann ganz allein?«

»Willst du mitkommen?«

»Ich mach mir ständig Sorgen um dich, wenn ich dich da draußen sehe.«

»Und ich mir um dich. Aber ich mag's. Das Alleinsein. Du musst sagen, was ich machen soll. Du zahlst.«

Sie erzählte von den Typen, die sie kennenlernte, und davon, wie groß ihr Haus sein würde. Wie ihre Heimat war und die Familie, mit der sie nicht mehr redete – auch das hatten wir gemein. »Wo kommst du her?«, fragte sie.

»Weiter oben aus dem Norden.«

»Schottland?«

»Nein, aber von da aus ist es nicht weit bis zur Grenze. Sind die einzigen Berge in England, die man gesehen haben muss.«

»Hab ich gehört. Ist es schön da?«

»Schön ist nicht die einzige Beschreibung, die zutrifft.«

Sie rollte mit den Augen. »Wenn du mich mitnehmen würdest, wo würden wir hingehen?«

»Wäre unnötig, irgendwo hinzugehen. Ist man erst mal da, genügt das. Keine Ahnung, was ich dir davon erzählen soll – manche Menschen finden die Gegend beängstigend, weil es keine Bäume gibt und man eigentlich nur Fels auf größerem Fels sieht. Es regnet ohne Ende, aber die Erde schimmert fast purpurrot und wenn man in der richtigen Stimmung ist, meint man, ein Gemälde zu sehen, wohin man auch blickt.«

»Fehlt sie dir, deine Heimat?«

»Ehrlich gesagt, keine Ahnung, wie's mir damit geht. In Gedanken bin ich immer noch da.«

Sie warf einen Blick auf die Uhr am Armaturenbrett,

dann sah sie mich an. »Keine Sorge«, sagte ich. »Ich kann dich auch für die ganze Nacht bezahlen.«

»Musst du nicht.«

»Mach ich aber gern. Wenn du willst, kannst du schlafen; ich lass die Heizung laufen.« Sie sagte okay, zog sich die Schuhe aus und legte mir die Füße in den Schoß. Es gefiel mir, sie bei mir zu haben. Ich fand es beruhigend. Doch wie ich sie so da liegen sah, die sanften Konturen von Gesicht und Körper – ich habe sie geweckt. Wünsche mir, ich hätte es nicht getan. Wünsche mir, ich hätte sie bis zum Morgen schlafen lassen und um nichts weiter als einen Handschlag gebeten. Aber getan war getan; ich gab ihr alles Geld, was ich im Laster hatte, und bat sie zu gehen. Sie sah hinaus ins Dunkel, presste die Arme an sich; bei dem Wind fiel es ihr schwer, die Tür zu öffnen. Ehe sie ausstieg, küsste sie mich noch auf die Wange, und zum ersten Mal empfand ich Heimweh. Sie hat nie wieder an mein Fenster geklopft.

*

Du willst wissen, wie ich zurück nach Cumbria gekommen bin, wieso ich wieder dort gelebt habe. Du willst mehr über William wissen, nicht über mich.

Wie beim ersten Mal war es wegen meines Dads. Ich gab mir Mühe, den Kontakt aufrechtzuerhalten, aber mit ihm ließ sich schwerer reden als mit Gott. Wenn er den Hörer abnahm, fing er immer an mit: »Was willst du?« Und wenn ich darauf keine gute Antwort parat hatte, legte er gleich wieder auf.

Auf einem Parkplatz bei Worcester habe ich zuletzt

mit ihm gesprochen. Ich fuhr einen offenen Sattelauflieger ohne Plane, hatte fünfzig Meter lange Blechrohre im Rücken. Bei achtzig pfiff der Wind durch alle fünfhundert, ein Dudelsack auf Rädern, summte sogar an den Zähnen. Ich bekam einen Anruf, sah, dass er von Dad war. Kaum was anderes hätte mich anhalten lassen. Ich bremste ab. Er rief erneut an. »Alles in Ordnung, Steve?«

»Bin am Arbeiten.«

»Und? Was gibt's Neues?«

»Keine Ahnung, Dad. Du hast mich angerufen.«

»Hab ich, stimmt«, sagte er. »Dachte, du solltest wissen, dass ich mich nicht so fühle.«

»Was ist denn los?«

»Der Arzt will es mir nicht sagen.«

»Das kann doch nicht wahr sein.«

»Die Kleine, die zweimal die Woche kommt, um nach mir zu sehen, gibt mir Magnesium. Wie wir den Schafen, wenn sie Weidetetanie hatten. Erinnerst du dich?«

»Hab nie gewusst, was denen gespritzt wurde.«

»Solltest sehen, was die mir noch alles geben.«

»Ich schaff's erst nächste Woche«, sagte ich.

»Musst nicht herkommen. Hab ja jemanden, der sich um mich kümmert.«

»Wir sehen uns Montagmorgen.«

»Nein, Steve. Du wohnst hier nicht mehr. Und so soll es auch sein.«

Damit war das für ihn erledigt. Damit war alles für ihn erledigt.

Ich erinnere mich an jedes Wort dieses Telefonats, erinnere mich an seine zu schwache Stimme, den zu schwachen Atem, daran, dass er sich wiederholte, dass er zweimal sagte, er läge im Sterben. *Ich fühl mich nicht so*. Dabei war er nie krank. Er war erschöpft, und er war wütend. Trauer, Krankheit, Schwäche waren ein und dasselbe. Ich weiß einfach nicht, wie ich über meinen Dad denken soll. Angeblich versteht man die Eltern besser, wenn man älter wird, wenn man ins selbe Alter kommt, dieselben Berge bestiegen und aufgehört hat, von Frauen zu träumen, sich stattdessen fragt, wo man pinkeln könnte, doch je älter ich werde, desto fremder wird mir mein Dad. Vielleicht ist es das. Vielleicht gibt es einen Blick nach oben und einen Blick nach unten.

Von ihm könnte ich dir eine Geschichte erzählen, doppelt so lang wie diese. Eric mit den Ohren, mein verdammter Dad, der seinen Namen wegen der Blumenkohllöffel beidseits an seinem Schädel hatte. Grub im Jahrhundertwinter bei Brimlaw allein mit seiner Hippe zweihundert Schafe aus, pflanzte Hecken von hier bis Towthwaite, schleuderte Glatzentom an seinem letzten Haar aus dem Ring, war fünf Jahre in der Handelsmarine mit einem Kerl namens Uncle Lanty, und die beiden haben auf Zypern irgendwas angestellt, worüber nie geredet wurde. All das könnte ich euch erzählen, nur wäre das nichts, was ihn beschrieb. Würde ich sagen, ich wäre nicht mit ihm ausgekommen, hieße das, er wäre jemand, mit dem man auskommen konnte. Er war ein Mann der Gegensätze. Redete ständig von Familie, aber meinte immer nur sein Haus. Sagte, ich solle was aus meinem Leben machen, war jedoch der Erste, der lachte, wenn ich mir das Haar kämmte. Gab nichts, was er für seine Frau nicht getan hätte, für seinen Sohn, es sei denn, er hatte keine Lust dazu. Im Pub unten konnte er die Sonne vom Himmel labern, zu Hause aber bekam er den Mund nur auf, wenn ihm nach Auseinandersetzung war, und solche gewann er immer, auch die letzte, weil er nämlich tot war, bevor ich kommen konnte.

Einen Tag, ehe ich zu ihm fahren wollte, bekam ich noch einen Anruf. Von jemandem, den ich nicht kannte und der fragte, was mit dem Leichnam geschehen sollte.

*

Jedenfalls war ich wieder in Cumbria. Fuhr immer noch den Rover des Alten, raus aus Lancashire, vorbei am letzten Burger King, am letzten Autobahnwachturm, und ich sah Weiden, echte Weiden. Ich fühlte mich schläfrig, satt, obwohl ich seit dem Morgen nichts gegessen hatte, und es war, als näherte ich mich dem Ende einer Fahrt, die viel zu lang gedauert hatte. Zehn Meilen später sah ich wieder Berge.

Ich war wegen Montgarth gekommen. Eigentlich hatte er uns nie gehört, der Hof, nur lebten wir seit Menschengedenken da. Zu meiner Zeit hatte er zweimal den Besitzer gewechselt, die Bewohner aber waren dieselben geblieben. Wir. Mein Dad, meine Mum und ich. Dann mein Dad und ich. Dann mein Dad. Zum Monatsende musste ich den Hof übergeben, damit Zeit genug blieb, ihn zu Ferienunterkünften umzubauen. Zwei Häuser, direkt nebeneinander, genannt The Barns; und man füllte die Schlammfurchen mit goldenem Kies und pflanzte Sommerblumen in die Futtertröge. Brauchte nicht lang, das Haus auszuräumen – dauerte länger, das ganze Zeug in den Wagen zu laden. Bis auf seine Bettdecken hatte mein Dad alles in den Flur gestellt. Auf vier Kisten stand *Altkleidersammlung*, auf den anderen beiden *Müll*.

Und ich war da, um dem Dreckskerl das letzte Geleit zu geben. Begraben zu werden hieß für ihn, zum ersten Mal eine Handvoll Erde zu besitzen.

Es regnete am Tag seiner Beerdigung. Wer in dieser Gegend geboren wird, hat wasserfeste Haut und doppelte Augenlider wie eine Forelle. So einen Regen aber hatte ich noch nie gesehen. Jede Senke im Boden wurde zur Pfütze, jede Pfütze zu einem See und die Seen zu einem Meer, jede Straße zu einem Fluss, und aus den Weiden wurden Bäder, die Schafe zu Schwimmern, und das Dorf Bewrith zu Venedig, jedes Fenster zur Tür, jedes Auto zu einem Trittstein, und nach dreihundert Jahren wurde die Bewrith Bridge aus ihrer Verankerung gerissen, und als sie den River Pishin hinabströmte, kamen die Dörfler, um ihr nachzuwinken, kamen wie zum Stapellauf eines königlichen Schiffes, nur tranken sie den Whisky, statt die Flaschen an der Brücke zu zerschmettern.

Gibt sonst nicht viel über den Tag zu sagen. Das Einzige, worum ich gebeten hatte, war ein Sarg groß genug, damit er sich drin umdrehen konnte, was er bestimmt noch tun würde. Außer mir waren nur zwei alte Tanten gekommen, beide selbst schon um die siebzig. Die eine hatte ihr Leben in County Durham verbracht, die andere in Stirling. Ich hatte meinen Anzug nicht zur Hand, weshalb ich mir auf dem Weg durch Kendal Hemd und Schuhe in einem Second-Hand-Laden besorgte, meine Tanten aber konnten nichts dergleichen zu ihrer Entschuldigung vorbringen. Wir sahen alle nicht gerade passabel aus, zu unserem Glück aber war es nass genug für einen Mantel, was diese Tatsache ein wenig verbarg. Ich erklärte, mir sei nicht nach Reden, was sie auf meine Trauer schoben. Dabei konnte ich sie nicht ausstehen. Erst als Erwachsener habe ich erfahren, dass mein Dad Schwestern hatte, und es dauerte nicht lang, bis ich herausfand, warum ich sie zuvor nie kennengelernt hatte.

Er wurde nicht bei der Kirche von Bewrith begraben, der mit den Kirschbäumen, die sie das ganze Frühjahr über pink schimmern ließen und in deren Bänke Namen eingraviert waren, sondern ein Stück weiter draußen. An der Gabelung einer Straße, weit und breit nur Büsche und Gestrüpp, aber auch eine Kapelle aus demselben Stein, aus dem Montgarth gebaut worden war, eine Kapelle, in der außer an Weihnachten und Ostern kein Gottesdienst abgehalten wurde, und wenn doch, dann kam niemand. Wir begruben ihn im ungemähten Gras zwischen Grabsteinen, die krumm und schief waren. Der Vikar hatte Mitleid mit uns, weil wir die Einzigen waren, die da im viehischen Regen standen, der wie Guillotinenklingen auf uns niederfuhr. »Soll ich sie trotzdem abhalten?«, fragte der Vikar. »Die ganze Andacht?«

Ich sagte, er solle sich beeilen und sich aufs Wesentliche konzentrieren, nur so viel, dass Dad mit Anstand unter die Erde kam. Er redete über Jesus, stolz auf sich, weil ihm eingefallen war, dass beide Hirten waren. Seine Bibel wurde so nass, dass er nicht mehr umblättern konnte. Minuten später redete er immer noch, als dieser Trecker den Weg raufdonnerte, ein Höllenlärm, mehr Dreck im Motor als unter den Rädern, und mit ihm verbreitete sich ein gewaltiger Gestank nach Kuhscheiße. Ich fand den Geruch wunderbar.

Pimp

Ein Pint Mild. Das war das Getränk meines Dads. Ale so schwarz wie die Kehle, die es hinabgestürzt wurde, und so süß, dass man es schnell trank. Nach den ersten beiden Gläsern wird die Spucke im Mund dann bitterer als das Bier, weshalb man vergisst, dass man trinkt.

Ich saß nach der Beerdigung vor meinem dritten Mild. The Crown war der letzte Pub, der uns in Bewrith geblieben war. Du weißt schon, der letzte, in den man gehen konnte, wenn man wirklich einen heben wollte. Natürlich gab es mehr, immerhin waren wir hier noch England. Früher ging man ins Putney Arms, wenn was Besonderes anlag, wenn wer gestorben war, geheiratet oder beim Hunderennen abgesahnt hatte, aber das Putney Arms war generalüberholt worden, und jetzt hängen Hirschgeweihe und Spitzhacken an den Wänden, als wären wir noch Jäger und Bergarbeiter. Also blieb nur The Crown mit seinen weiß getünchten Wänden und dem klebrigen roten Boden, bei dem man nie wusste, ob man nicht vielleicht doch in der Toilette war, denn da sah es nicht viel anders aus; außerdem stieß man sich immer den Kopf an der Decke, wenn man zum Bestellen zur Bar ging.

Konnte es kaum erwarten, dass im Pub hinter mir aufgewischt wurde, ich auf meinem Platz zusammengesunken, Cumbria trocken getrunken, in der Hand mein Pint, als böte es mir Halt. Schwappte im Kopf, als ich aufstand. Verlangte, man solle mir einen Job als Tellerwäscher geben, aber nach nur einem kurzen Blick hieß es, dafür sei ich nicht gut genug. Musste immer und immer wieder pissen, hatte das Petschaft gebrochen, versuchte die Blase mit Grog zu versiegeln. Kämpfte mit einer Tüte Chips, als mir jemand auf die Schulter hieb, so heftig, dass ich nach vorn kippte, drehte den Kopf – William Herne stand da. Sein Mantel so lang, dass nicht zu sagen war, wo der Boden begann. »Runter von meinem Stuhl«, sagte er. Ich rückte einen weiter, und er setzte sich. Fing an, Pfundmünzen aus der Tasche zu ziehen, als wüsste er nicht, wie tief sie war. Reihte sie vor sich auf und schob sie rüber, Pfund um Pfund, bestellte halbe Pints Bitter. Ohne den Blick vom Glas abzuwenden, sagte er: »Dein Dad ist tot, stimmt's?«

»Schon gehört?«

»Was glaubst du denn, wer sich um den Alten gekümmert hat?«

»Du und Krankenpfleger? Hätte ich dir gar nicht zugetraut.«

»Ich doch nicht«, sagte er. »Kannst froh sein, dass Helen eine so gute Frau ist.«

»Warum warst du nicht da, als er zu Grabe getragen wurde?«

»Hatte genug an ihm zu tragen, als ich das, was von ihm noch übrig war, aus dem Bett gehoben habe.«

»Kannst von Glück reden, dass du so ein guter Kerl bist.«

Bauern haben keine freien Tage, doch William blieb den ganzen Abend bei mir sitzen. Fand immer wieder Münzen in seiner Tasche und versorgte uns mit Bier, bis ich seekrank wurde und mich nicht mehr umdrehen musste, wenn ich um die Ecke sehen wollte, weil ich einfach warten konnte, bis das Gebäude beiseite schwankte. Ich fragte ihn, wie es um Caldhithe stand, und er sagte, die Farm sei hungrig. Schafe wüssten nicht, dass sie Schafe sind. Ihnen sei im Sommer kalt, und sie könnten sich in einer Scheune verlaufen. Es ging jetzt ruhiger zu, was William gefiel. Er fragte, wie es war, das Weite zu suchen, und ich sagte, es mache müde. Beim Fahren sah man an einem Tag mehr, als der Kopf verkraften konnte. Im Rücken vierzig Tonnen Fracht, bereit dich zu verschlingen. Das Land sagt einem, wie man sich fühlen soll, und da draußen ist es verdammt flach. Ich fragte ihn, ob er je vergessen würde, wie schön es in Curdale sei. Er sagte, er habe in seinem Leben noch nie was vergessen. Ich fragte ihn, ob er nicht einen Job für mich habe. Er lachte.

Damals galt für Pubs noch die Sperrstunde; man musste die Leute auffordern, sich nach Hause zu verziehen, nicht anflehen, doch mal wieder auszugehen. Es war spät, und die Türen waren geschlossen. Die, die drinnen noch soffen, hätten an die Decke schweben können wie Soleier in der Lake. Hörte wen draußen rütteln, an die große Tür hämmern. »Ist geschlossen«, brüllte der Wirt. Hörte es wieder rütteln, dann flog der Seiteneingang auf, und Kit Jones kam herein. Was für ein Kneipenunikum. Trug einen roten Wollpullover voll weißer Hundehaare; der Reißverschluss war kaputt, also hatte ihn seine Frau bis zum Hals eingenäht. Spazierstöcke schnitzen war sein Hobby, allerdings brauchte er selbst auch einen, denn er war bucklig wie ein Fragezeichen. Was bei den Bewohnern der Fells nicht selten vorkam, wurden sie doch ganz krumm vom ständigen Bergauflaufen. Jedenfalls konnte man ihn gut um sich haben. Grantig, geizig und irre wie ein Köter mit Tollwut. »Wenn das nicht der alte Billy Big Dick ist«, sagte er, ignorierte den Wirt und setzte sich zu uns. »Und Steve. Siehst gut aus, Junge.«

Er beugte sich über den Tresen, bis die Stiefel vom Boden abhoben und schnappte sich eine vom Vorabend übriggebliebene Flasche Wein. »Und? Was gibt's zu feiern?«, fragte er, ohne sich die Mühe zu machen, nach einem Glas zu suchen.

»Sein Dad ist tot«, sagte William.

»Eric? Bist du sicher?«, sagte er. »Ich dachte, der wäre schon vor Jahren gestorben.«

»Erst letzten Monat«, sagte ich.

»Sah jedenfalls schon tot aus, als wir uns das letzte Mal gesehen haben.«

»Und wann war das?«

»Bei Simon Nelsons Leichenschmaus.«

»Und du hast die beiden nicht verwechselt?«

»Na ja, einer war tot, und dein Dad war da.«

»Deine Erinnerung ist löchrig wie ein Sieb.«

»Aber wisst ihr, woran ich mich gut erinnere?«, sagte er. »Ich habe ihn in einem Ringkampf besiegt.«

»Aber sicher, er hat beim Sportfest in Grasmere ja auch nur zweimal den Titel im Ringen geholt.«

»Da doch nicht, er kam zu mir und wollte ein paar Eier, hatte aber kein Geld. Also habe ich ihm gesagt, er kriegt sie umsonst, wenn er mich in einem Ringkampf besiegt.«

»Und? Wie ist es gelaufen?«

»Er war gut, das muss ich ihm lassen. Hat mich in zehn Sekunden auf den Arsch geworfen.«

»Also hast du verloren?«

»Trag meinen Stock nicht ohne Grund. Hätte ihm fast die Knöchel gebrochen.«

»Und du willst gewonnen haben?«

»Gegen Stöcke hatte er kein Wort gesagt.«

»Du bist ein Blödmann.«

»Klingst genau wie er«, sagte er und nahm noch einen großen Schluck. Sah dann rüber zu William. »Gut, dass du da bist. Wollte ein Wort mit dir reden.«

»Worüber?«

»Füchse.«

»Nicht schon wieder.«

»Doch, schon wieder«, sagte er. »War erst letzte Woche da. Das größte rote Mistvieh, das ich mein Lebtag je gesehen hab. Und ich weiß, es kam rüber von Caldhithe.«

»Dann bring es um.«

»Hab ich versucht.«

»Bringt's dein Stock nicht?«

»Ihr würdet es mir nicht glauben, wenn ich es sage.« Was man oft von Kit hörte.

Ich gebe die Geschichte in seinen Worten wieder und lasse nur aus, was er über Carlisles Platz in der dritten Liga erzählt hat. Also, Kit hielt Hühner. Keinen Schimmer, warum er Hühner in den Fells hielt, jedenfalls war das der Grund, weshalb er ständig über Füchse geredet hat. Und es gab da einen, der ihm ziemlich zu schaffen machte. Eine Füchsin. Groß wie ein Wolf. Also mindestens anderthalb Meter von Schnauze bis Arsch, der Schweif ziemlich abgewedelt, nur noch hauchdünn, ein Rattenschwanz, kaum mehr. Jeden Morgen hatte Kit zwei Hühner weniger als am Tag zuvor. Also zog er noch einen Zaun. Die Füchsin biss sich durch. Ein dritter Zaun, aber die Füchsin sprang drüber. Er blieb die Nacht über draußen, sein Gewehr als Kopfkissen, ein zu gutes Kissen, denn er schlief ein. In der nächsten Nacht blieb er ihretwegen wach, und sie flog über den Zaun, spazierte zwischen den Vögeln umher, als wäre sie im Supermarkt, und die Hühner reckten ihr die Hälse entgegen, wollten es hinter sich bringen. Von diesem Anblick war Kit wie erstarrt. In der fünften Nacht fesselte er den Finger an den Abzug, und in dem Moment, in dem er sie sah, schickte er alles an Kugeln durch den Lauf, was er hatte. Aber sie wich im Zickzack seinen Schüssen aus und ließ sich Zeit, ehe sie verschwand. Allerdings hatte er ihr Angst gemacht, und es dauerte drei Wochen, bis sie zurückkam. Erst heute Morgen hatte sie wieder zwei Hühner auf einen Schlag gerissen. »Die holt sich aber nicht nur meine Hühner«, sagte Kit. »Jetzt hat sie es auch auf Schafe abgesehen.«

»Auf ausgewachsene Schafe?«

»Hab eines auf dem Weg hierher gesehen, Hals in Streifen gerissen. Das war entweder sie, oder die Wandervögel werden immer wilder.«

»Die hat ein Schaf angefallen?«, sagte ich. »Zeig's uns.« Der Wirt brummte zustimmend; er wollte ins Bett. Wir waren uns einig, wollten losziehen und uns den Kadaver ansehen – wollten wissen, womit wir es zu tun hatten.

Wie du weißt, wird man vom Kopf abwärts nüchtern, weshalb es mich wie ein Schock traf, als ich mich erhob, auf dem Hintern landete und die Hose Bier aufsaugte. Ich robbte zur Tür, Hände in der Luft, bis William mir unter die Arme griff und mich nach draußen schleppte.

Um mich zu Verstand zu bringen, tunkte er meinen Kopf in die Hundewasserschüssel, dann wandte er sich an Kit. »Wo liegt das tote Schaf?«

»Hab's auf dem Weg hierher gesehen.« Er drehte sich um sich selbst, hielt inne und zeigte dann auf ein morastiges Feld. »Da lang.«

Er ging voran, überquerte einen Weg, kletterte die verwachsene Böschung hoch, stieg an vorspringenden Steinen über die Mauer, und dann hörte ich ihn durch Schlamm matschen. Wir liefen in einer Reihe hintereinander, Kit zuerst, dann William, dann ich, jeder betrunkener als der, der vor ihm ging. Ich glaubte, langsam auszunüchtern, doch als ich mit beiden Stiefeln auf der Mauerkrone stand, warf der Boden zu meinen Füßen Rippel. Keine Ahnung, wie ich da runterkommen sollte. Spürte, wie jemand mein Handgelenk packte und mich auf die andere Seite zog. Hinter uns gingen im Pub die Lichter aus, aber damals gab es noch einen richtigen Sternenhimmel. Keine Straßenlaterne weit und breit. Ein Gatter wurde für mich aufgehalten, und ich spürte, wie der Grund felsiger, mein Schritt fester wurde, bis mich Scheinwerferlicht im Gesicht traf. Ein Motor brüllte auf, und ich rätselte, wer da schrie. Dieselbe Hand packte mich aufs Neue und zog mich an den Straßenrand. Ich stolperte, fiel mit dem Kopf voran über ein Holztor und merkte, das Gras war frisch abgeweidet. Ich hörte Kits Stimme. »Wir sind da.«

»Bist du dir sicher?«, sagte William.

»Na ja, jedenfalls hängt mir Gedärm um die Stiefel.«

Die Zwei sahen sich irgendwas am Boden an. Im Mondlicht konnte ich nur grinsende Knochen sehen – Rippen, Hüfte, den Schafsrücken in einem Stück, daneben der Kopf, Fell noch dran, Augen noch drin, nur fehlten sämtliche Beine, abgetrennt, gehäutet und das Fleisch bis zu den Gelenken abgelöst. Wollbüschel in fünf Metern Umkreis, und das Fell so ordentlich gefaltet wie in einer Hotelwäscherei. »Das war kein Fuchs«, sagte ich; der faulige Gestank klarte meinen Kopf.

»Und? Was denn dann?«, fragte Kit und pochte mit dem Fuß an die Knochen. »Ratten oder Vögel haben den jedenfalls nicht so abgenagt.«

»Das Schaf ist geschlachtet worden, du Blödmann«, sagte ich. »Seh ich nicht zum ersten Mal. Während meiner Zeit auf der Straße hab ich wen kennengelernt, der hat nachts auf der Weide die Schafe abgestochen und morgens die Koteletts verkauft. Kann man gut Geld mit machen, glaube ich.«

»Was war das für einer?«, wollte William wissen.

»Hieß Colin Tinley«, sagte ich. »Zieht durchs Land und lebt davon.«

»Und wie lernst du so jemanden kennen?«

»Hab schon mit Schlimmeren getrunken.«

»Der hat die einfach abgemurkst und das Fleisch am nächsten Tag verkauft?«

»Sagte, einmal hätte er eine halbe Herde geschafft.«

»Du heilige Scheiße.« Ich sah ihm an, dass er noch hundert Fragen hatte. »Schon beeindruckend, wenn man drüber nachdenkt.«

»Aber wird das meine Hühner retten?«, zeterte Kit.

»Die müssen nicht gerettet werden, aber du«, sagte William. »Ich sag dir was, damit endlich Schluss ist mit dem Gejammer. Ich treffe mich mit Steve oben am Reinstone Pass. Und wir holen uns jeden Fuchs im Tal. So wie früher. Bring die Hunde mit.«

»Wann?«

»Donnerstag«, sagte er ihm. »Dann ist es so weit.«

»Wird auch Zeit.« Er schlug mit dem Spazierstock auf den Boden. »Ich zieh dann mal los.« Und das tat er, lief durch die Dunkelheit und grölte ein Marschlied, von dem nur er den Text kannte.

William sagte, ich solle ihn begleiten, also machten wir uns auf den Weg, liefen gemächlich die zwei Meilen bis Caldhithe. Irgendwas war im Busch. Er grinste. Sah zum ersten Mal, das er Zähne im Maul hatte, und seine Worte überschlugen sich. Konnte die Jagd kaum erwarten. Als wir ins Haus kamen, besorgte er Bettwäsche und legte sie für mich aufs Sofa. »Kannst hier schlafen«, sagte er. »Ruh dich morgen aus, und dann kümmern wir uns um Kits Problem.«

*

Ich übernachtete auf dem Sofa, genau wie vor drei Jahren. Für den Fall, dass mir schlecht wurde, hatte William mir einen Eimer dagelassen, was ich ihm damit dankte, dass ich nichts vorbeigehen ließ. Die Türen waren geschlossen, die Wände schwitzten, und man hätte einen halben Liter Bier aus den Kissen wringen können. Zeit verstrich, mein Kopf wummerte, ich duschte mit offenem Mund und schlief in Williams sonnengewärmtem Sessel wieder ein. Helen tauchte auf, und diese blauen Augen, mit denen sie mich ansah, machten mir klar, wie durstig ich war. »Die Fenster lassen sich öffnen«, sagte sie.

»Fürchte, mein Magen verträgt keine Frischluft.«

»Ich weiß was Besseres. Bringt dich gleich wieder auf Vordermann.«

»Nämlich?«

»Arbeit.«

»Danke, ich nehm lieber eine Limo.«

»Tja, da ist aber eine Regenrinne, die sauber gemacht werden muss. Wird genügen müssen.« Ich stützte meinen Kopf in die Hände. Sie kam, nahm meine Hände in ihre, dann drückte sie fest zu, zog mich hoch und brachte mich auf die Knie. »Ich zeig dir, welche ich meine.«

Ich folgte ihr aus dem Haus zum Sammelplatz, aber sie brauchte mir das Problem gar nicht zu zeigen. Am Dach lief eine schwarze, von drei Klammern gehaltene Rinne lang, aus der es stetig zehn Meter tief nach unten troff, dabei hatte es vor zwei Tagen zuletzt geregnet. »William meinte, er kümmert sich drum, wenn er mal einen Tag frei hat«, sagte sie.

»Mit dem Spruch kann er sich aus allem rausreden.«

»Der braucht keinen Spruch.«

»Wer Arme hat wie du, Helen, der braucht mich nicht für so was.«

»Aber du bist mir was schuldig.« Ich sah wieder in ihre Augen. »Außerdem hab ich Höhenangst.«

»Sind wir danach quitt?«

»Bin mir nicht sicher.«

»Und wenn, sagst du es mir?«

»Wahrscheinlich nicht.«

Wir holten die Leiter aus der Scheune, schoben die beiden Hälften auseinander und richteten sie auf, bis ein Ende an den Dachpfannen lehnte. Ich stampfte auf die unterste Stufe, um zu prüfen, ob sie mich trug. »Da fehlt ja die Hälfte der Sprossen«, sagte ich.

»Bist du doppelt so schnell oben.«

Sie gab mir ihre alten Küchenhandschuhe, die mir

nicht mal bis zu den Handgelenken reichten. Ich stieg nach oben, und der Wind wurde stärker, blies mein Innerstes nach außen. Die Leiter stand auf Kopfsteinpflaster, aber Helen stemmte sich mit der Hüfte dagegen, hätte sie nie auch nur ins Wanken kommen lassen. Ich erreichte das Dach und sah jetzt die verstopfte Rinne von oben, zugesetzt mit Laub, Zweigen und schwarzen Federn, nass und pampig wie Pudding. Ich schaufelte händevoll Dreck, Klumpen um Klumpen, ließ alles zu Boden fallen. Säuberte die Rinne, soweit jeder Arm reichte, und stieg die Leiter wieder runter, um sie ein Stück weiter zu rücken. Wir packten beide mit an, und sie fragte: »Du weißt schon, warum er sich auf diesen Blödsinn mit den Füchsen einlässt, oder?«

»Die fressen gern Hühner«, antwortete ich. »Wie ich auch. Wie wir alle.«

»William ist dem hier in letzter Zeit nicht mehr gewachsen.«

»Der Hof sieht doch gut aus.«

»Der Hof sieht schlimm aus. Geht er heute auf die Weiden, fliegen ihm Krähen nach. Verliert beim Lammen zwei Tiere und lässt sie eine Woche lang liegen.«

»Der wird schon wieder.«

»Hoffentlich, sonst muss ich ein Wörtchen mit ihm reden.«

Wir stellten die Leiter an die Wand, und ich wartete auf der untersten Sprosse, während sie die Holme ausrichtete. »Ich sollte mich bei dir bedanken«, sagte ich. »Dafür, dass du dich um meinen Dad gekümmert hast.«

»Das eben war ein Scherz. Du schuldest mir nichts.«

»Ich hätte bei ihm sein sollen. Ich wusste nicht, wie krank er schon war.«

»Er ist vor allem einsam gewesen.«

»Fürchte, dagegen hätte ich auch nicht viel machen können.«

Wir säuberten die Rinne rund um die Scheune, bis die Haare auf meinen Armen vom Dreck ganz verklebt waren. Helen schnupperte an mir, als ich nach getaner Arbeit wieder unten stand. »Du brauchst noch mal eine Dusche«, sagte sie.

»Eigentlich nicht.«

»Oh doch.«

*

Es war Donnerstag früh, und ich lag auf dem Sofa, als mir Dannys Hund ins Ohr kläffte, um mich für die Jagd zu wecken. Jedes Mal, wenn er bellte, schüttelte es mich, aber wenn ich mich umdrehte oder die Augen schloss, wurde der Köter nur noch lauter, also starrte ich ihn an. Sein Kopf nah an meinem, das einzig Helle im Zimmer seine Augen, die sich von Gelb zu Orange verfärbten, je länger ich ihn ansah. Mir war der Hund noch nie zuvor aufgefallen. Hörte, Danny hätte ihn als Welpen jaulend und herrenlos in einem Gully gefunden – nannte ihn Snitter. Ein Mischling aus Tausenden von Rassen, kein Haar in seinem Fell vom selben Schwarz; und je nachdem, wo er sich aufhielt, war er ein anderer Köter. In den hohen Fens ein Hirschhund, mehr als mannsgroß, in seinem Korb eine Bulldogge, ruhig, sabbernd, draußen im Buschland ein Setter, der fette Holztauben aufspürte, stand er aber am Gatter zum Hof war er ein Dobermann mit kupierten Ohren, und auf der Weide war er ein Kelpie, der über Schafrücken sprang; er brauchte bloß Blut zu riechen, dann wurde er zum Jagdhund, die Augen verhangen, sein Gebell so laut und tief, dass einem schwindlig davon wurde. Ich schob seine Schnauze beiseite und setzte mich auf. William stand in der Tür, ein Gewehr über der Schulter. »Mach Licht«, sagte ich.

»Nicht nötig«, sagte er. »Da, wo wir hingehen, gewöhnt man sich besser ans Dunkel.«

»Von dem Köter krieg ich eine verdammte Gänsehaut.«

»Wie gesagt, gewöhn dich besser dran.«

Die Haustür stand offen, und es wurde kalt. Stopfte meinen Pullover in die Hose und zog rasch den Mantel an, versuchte die letzte Restwärme aus dem Bett zu bewahren. Sie warteten auf mich. Danny lehnte an der Wagentür – im Arm die Schrotflinte, die er falsch rum am Griff hielt, als wäre ihm egal, ob er sie fallen ließ. William schälte einhändig ein gekochtes Ei, hielt es mir hin. Vor Tagesanbruch kann ich nichts essen. Konnte ich noch nie. Ich sah rüber zu Danny und fragte seinen Dad. »Weiß er, wie man mit dem Ding umgeht?«

Der Junge kippte den Lauf über seinen Arm und warf einen Blick in die offenen Kammern. »Weiß er«, erwiderte William und sagte dann, er hätte ein Geschenk für mich, öffnete den Kofferraum, zog eine 22er raus und gab sie mir. War Helens Flinte, die ich mir borgte.

Wir fuhren los, ich mit dem Hund hinten im Rover, machten uns auf den Weg zum Reinstone Pass – eine Bergstraße, die durch die Fells führt und das Ende von Caldhithe markiert, den Anfang von Kit Jones' Land. Fuhren das Satteltal hoch über von wildem Farn gesäumte Wege, dann steil wieder runter zur Klammstrecke am Pass. Eine langgezogene Kurve. Beidseits Felsen, die brüchigen Grund markierten, bis wir zu einer Biegung kamen, bei der das Gebüsch in einen breiten Waldstreifen überging. Die Bäume blieben hier klein, der ewige Wind riss ihnen die Borke ab. Kit wartete schon. Er winkte uns zu einer Sandfläche, wo er halb auf der Straße parkte, halb auf dem Kamm. Drei Hunde wuselten um seine Beine. »Bereit, Jungs?«, rief er, sobald wir ausstiegen, übertönte die kläffenden Hunde. »Hab die Gegend schon mal ausgekundschaftet. Sieht vielversprechend aus.«

»Ein Sack mit Kartoffeln und Perücke sähe für dich auch vielversprechend aus«, sagte ich.

»Der Mensch muss schließlich was essen.« Er zeigte auf die Hunde. »Diese armen Viecher aber haben seit gestern nichts mehr gehabt, die fackeln also nicht lang.«

»Müssen sie auch nicht«, sagte William.

Kit tätschelte einen Hund, als der an ihm hochsprang, legte sich die Tatzen auf die Brust und sah zu Danny hinüber. »Das erste Mal für dich?« Der Junge nickte. »Gut«, erwiderte Kit. »Das ist gut.« Er ging zu seinem Wagen, suchte etwas auf dem Rücksitz und kam mit einem Fuchsschwanz zurück. Sauber und puschelig, wedelte damit herum, erweckte ihn zum Leben und fing an zu bellen. Gab ihn Danny und sagte, er solle ihn am Gürtel festmachen. Hielt ihn in der Hand und sah uns an. »Ist Tradition«, sagte Kit und freute sich, als Danny ihn hinten an seiner Hose befestigte. Wackelte da während der ganzen Jagd. Mir schien Tradition genau das richtige Wort für Dinge zu sein, die zu tun es keinen guten Grund gab.

Wir drückten die Schnauzen der Hunde in Lumpen mit Fuchsgestank und ließen sie laufen. Sie jaulten und blafften, drehten Kreise im Dunkeln. Durchkämmten den Grund, liefen voraus. Zu viert folgten wir ihnen, einer hinter dem anderen, durch Reihen dürrer Birken. Blieben gegen den Wind, um uns nicht durch unseren Geruch zu verraten und bewegten uns durch blindes Land. Konnten nicht sehen, ob Laub Gräben verdeckte oder Wurzeln Schlingen formten. Nach gut einer Meile fand Kit Tunnel, in einem Erdhügel Löcher groß wie Essteller. Ein- und Ausgang eines Fuchsbaus. Wir überprüften beide. Die Hunde schnüffelten, die Luft roch alt; sie weiteten den Eingang mit den Klauen, und wir trampelten auf der Erde. William steckte sich einen Ranzbeller zwischen die Zähne und blies einen Lockruf, blies mit Kraft, presste die Lippen zusammen, bis der Pfiff wie der Schrei einer Frau klang. Aus dem Hügel kam nichts, was wir töten konnten, also liefen wir weiter. Achteten auf Erderhebungen an Baumstämmen, auf dunkle Höhlen unter Felsen. Hielten Ausschau nach Knochen von Mäusen, Fröschen oder Hühnern. Nach Fellfusseln oder Federn.

Der Wald war nicht groß, vielleicht drei Meilen weit, doch lief ich mit unsicherem Schritt. Glaubte ständig, nahe am Rand eines steilen Abgrunds zu sein. Und diese Hunde, geschmeidig, federleicht. Trotzdem hatten sie Mühe, mit Snitter mitzuhalten. Wurden hektischer, sobald sie in den Wald kamen. Jagten zur selben Stelle, heulten, und Kit legte die Erde frei, fand perfekte Spuren, haarige, diamantförmige Pfotenabdrücke. Wir folgten ihnen über eine halbe Meile, fanden aber immer noch nichts – also fing ich an, auf meine Stiefel zu starren. Ein kalter Morgen für eine Jagd ohne Pause. Danny war gelangweilt. Immer wieder musste man ihm sagen, dass er die Waffe hochnehmen sollte, weil er sonst riskierte, sich damit aufzuspießen. Also legte er sich das Gewehr auf die Schulter, hielt es anständig, nach zehn, zwanzig Schritt aber wurde er wieder faul und nahm es erneut in die Hände, schleifte es hinter sich her. Sein Dad wollte ihn deswegen gerade ausschimpfen, als wir ein Knacken hörten, dann einen donnernden Schuss, und William schrie: »Was zum Teufel war das denn?«

Ich blickte mich um und sah Kit, der immer noch auf dem Pfad stand, den wir genommen hatten, hockte mit gehobenem Gewehr hinter einer Felskuppe. »Hab ein Karnickel gesehen«, schrie er.

»Hättest uns warnen können.«

»Hättest du das denn getan?« Er bahnte sich einen Weg durch den Wald zu uns, hielt das tote Kaninchen an den Löffeln. Sah uns durch das Loch im weißen Bauch an.

»Verdammt, das ist doch krank«, sagte ich.

»Sieht eher so aus«, sagte Kit, »als wärst du derjenige, der krank ist. Bist du schon immer so blass gewesen?«

»Das nennt man nüchtern.« Ich lehnte mich an eine stramm gewachsene Birke. »Wie lange wollen wir noch weiterlaufen?«

»So lange wie nötig.«

William zischte, hob die Hand. »Wo sind die Hunde?« Keine Spur von ihnen. Kein Schwanz wedelte zwischen den Bäumen. Wir hörten sie nur irgendwo in der Nähe kläffen. Man brauchte kein Naturbursche zu sein, um zu wissen, was sie gefunden hatten. »Endlich.«

»Mir reicht's«, sagte ich. »Schluss mit Rumlaufen.«

»Dafür ist jetzt keine Zeit.« William nahm das Gewehr vom Rücken. »Danny sieht auch ziemlich erledigt aus. Ihr beide bleibt hier.«

Kit ließ das Kaninchen fallen und rannte los, als hätte er vergessen, dass er je einen Gehstock gebraucht hatte; sein über die Schulter gehängtes Gewehr wirbelte am Riemen einmal im Kreis. Wich den Bäumen aus, um zu den jaulenden Hunden vorzudringen. William ihm nach. Ließ sich Zeit, achtete auf jeden Schritt. So dürre die Bäume auch waren, verstellte jeder doch die Sicht auf die anderen. Man konnte unmöglich auf die andere Seite sehen. Danny blickte den beiden nach, bis ihr Rascheln verstummte. Der Junge wuchs noch, würde bestimmt größer werden als ich, nur konnte ich mich einfach nicht daran erinnern, wie alt er war. »Noch kannst du hinterherlaufen, wenn du willst«, sagte ich.

»Die kommen auch ohne mich klar.«

»Dann lass uns ausruhen.«

Wir liefen los, folgten keinem bestimmten Weg. Der Himmel hellte auf, Schatten fielen auf den Boden. Die Zahl der Bäume verdoppelte sich. Sah über einen Hang hinweg das Morgenlicht durchbrechen. Gar nicht weit. Führte uns zu einer Lichtung, also hielt ich darauf zu, packte die Äste krummer Bäume und drückte mich an spindligen Schösslingen vorbei. Das Moos unter unseren Füßen wurde zu Gras, das Licht heller. Blaue Gänseblümchen öffneten sich, blühten noch, und sie säumten den Weg zu einer offenen Weide. Ich verließ den Wald, sah aus einem Felsbrocken eine Eberesche wachsen. Vier ineinander verschlungene Stämme; das Jahresende hatte ihre Blätter abgeworfen, sie gegen rote Beeren getauscht. Der Wind wurde trockner, heftiger, aber die Esche schützte vor dem Wind. Ich zog mir die Kapuze über und setzte mich, die Esche im Rücken; Danny tat es mir nach. Ich nahm mein Gewehr, nahm die Kugel aus der Kammer und legte es ungeladen neben mich. »Jagd ist nicht so dein Ding, Steve, oder?«

»Ich bin auf Arbeit nicht stolz. Wird nicht umsonst Arbeit genannt.«

»Aber wie die drüber reden. Übers Jagen. Da sollte man doch meinen, sie wäre mehr als nur Rumlaufen.«

»Nichts Gutes dauert länger als ein paar Minuten.«

»Soll das hier was Gutes sein?«

»Kit hat ausgesehen, als würde es ihm Spaß machen.«

Die Sonne schoss über einem Durcheinander weit entfernter Hügel auf, als wäre sie am Grunde eines Tals gefangen gewesen. Ich versuchte nicht zu blinzeln, als ihr Licht die Breitseite der Fells aufleuchten ließ. Der Höchste war Shinmara, dessen Gipfel oft bis weit in den Frühling hinein weiß blieb. Die Ostflanke war von Steinbrüchen durchrecht, mit Schieferminen, längst erschöpft, der Stein verkauft, für Dachpfannen oder Billardtische verbraucht. Nord- und Südhang fielen zu den Rippenbögen von Brimlaw Haws und Niskr Crag ab, kurvte zu immer kleineren Hügelknöcheln hinunter, bis sie in den Felsgrund der Irischen See übergingen. Es hatte Augenblicke gegeben, in denen ich wollte, dass sich all das in Luft auflöste – die Berge, die Wanderwege, die Schafe, die Wandervögel, die Eremiten, der Regen, jetzt aber, in diesem Moment, hätte ich hier sitzen bleiben und meine Knochen zu Steinmandeln werden lassen können.

Danny schnickte mir ans Ohr, also wandte ich den Kopf; er zeigte zum Waldrand. Ein Fuchs schlich auf die Lichtung. Kits totes Kaninchen im Maul. Allem Anschein nach ein junges Tier, kaum älter als ein Welpe, schwarze Füße, schwarze Ohren, das Weiß an Maul und Hals ging in Grau über. »Der gehört dir, Junge«, flüsterte ich. Danny erhob sich und prüfte sein Gewehr, als hätte er vergessen, wo vorn und hinten war. Presste den Kolben an die Schulter, legte die Finger merkwürdig an den Lauf. Wenn der Fuchs nicht blind war, war doch zumindest seine Nase verstopft. Tat nichts weiter als fressen. Schälte den Schädel des Karnickels wie Pastetenkruste ab und knabberte und knabberte, fraß alles bis auf das Fell. Der Junge schoss nicht. Ich zupfte an seinem Mantelsaum, aber Danny war ganz merkwürdig geworden, beide Augen weit offen, die Hände weißer, als bei dieser Kälte angemessen, ein Finger klebte am Abzugsbügel. Der Fuchs hielt inne, säuberte seine Fangzähne und sah uns. Ich sprang auf und riss Danny die Waffe aus der Hand. Das Tier rannte los, und ich leerte den oberen Lauf. Ein dumpfes Krachen. Es rollte vornüber, noch halb im Sprung. Ein zweites Krachen, und es taumelte mit zerschmettertem Hirn vornüber. Ganze Bücher wurden über den letzten Laut der Vögel geschrieben, auch den von Rotwild oder Füchsen, letztlich aber kommt es auf das Tier nicht an – wenn sie sterben, klingen sie alle gleich. Der Fuchs hörte auf zu zucken, trotzdem waren seine Augen lebendiger als die von Danny. Der Junge nahm sein Gewehr, warf die Patronenhülsen aus und lud nach. »Laufen wir hin«, sagte ich. »Sammeln wir ihn ein.«

»Hab ihn nicht erschossen.«

»Ist aber dein Land.«

Ich ließ ihn stehen und ging in den Wald, um zurück zum Weg zu finden. Die Birken sahen sich verdammt ähnlich, waren also keine Hilfe. Irgendwann musste es hier einen Pfad gegeben haben, aber ich sah nur Herbst. Ein Teppich aus totem Farn und säuerlich müffelnden Baumstämmen. Ich verirrte mich zwischen den verstreut herumliegenden Felsen, versuchte weiter nach oben zu kommen, um mich zu orientieren, aber auf jeder Anhöhe standen die Bäume nur noch dichter zusammen. Danny holte mich ein und folgte mir, den Kadaver im Arm. Ich lief schräg nach oben – bis zum Pass konnte es nicht weit sein. Schlug Zweige aus dem Gesicht, zog Gebüsch beiseite oder Gestrüpp, dessen Dornen nach meiner Wolljacke langten. Wir kamen zu einer Böschung, wo das Gesträuch nicht ganz so dicht war, und da hörte ich die Hunde bellen, ihr rhythmisches Jaulen, hörte William und Kit, die genauso schrecklich jaulten bei dem Versuch, die Tiere zurückzuhalten. Die wogenden Hügel über uns waren voller Hunde, und der Farn unter unseren Stiefeln bewegte sich, etwas rannte, schlängelte sich hindurch, und heraus schoss ein Fuchs. Musste der sein, von dem Kit geredet hatte. War noch größer als behauptet. Hätte es mit jedem der Hunde aufnehmen können und mehr als nur ein paar Schuss aus der Flinte gebraucht, die ich trug. Die Fähe flitzte den Hang hinunter, auf dem wir standen, aber die Hunde blieben ihr auf den Fersen. Sie sahen jetzt anders aus. Mäuler schaufelten Schwärze in sich hinein, und die Zungen flappten, als wären sie im Weg. Snitter erreichte den Fuchs als Erster und schlidderte noch, als er dem Tier schon die Zähne in die Beine schlug. Der Fuchs warf sich herum und schnappte nach seinen Ohren, aber Snitter stürzte sich auf die Fähe, biss ihr ins Gesicht, in den Hals, bis er sie fest zwischen den

Zähnen hatte und den Kiefer schüttelte. Schüttelte und schüttelte, ein einziger irrer Wirbel. Die anderen Hunde stießen dazu, stürzten sich ins Getümmel und fielen über das her, was noch übrig war. Als William ihnen das Tier endlich entreißen konnte, war es halbzerfetzt. Er hockte sich neben Snitter, umklammerte sein Maul und schmierte ihm mit der anderen Hand Fuchsblut über Schnauze und Kopf. »Seht ihr, wie groß das Vieh ist?«, sagte Kit, die tote Fähe in der Hand. »Sollten nachmessen fürs Guinness-Buch der Rekorde.« Er hatte die Kamera seiner Tochter mitgebracht, so dass wir ein Foto machen konnten. Er hielt den Fuchs hoch, um zu zeigen, dass er bis zu den Stiefeln herabhing, dann wickelte er ihren Fang in eine Mülltüte, beide Tiere, um sie mit nach Hause zu nehmen. Auf der Rückfahrt saß ich wieder hinten neben dem Hund, der friedlich in sein Siegerblut hechelte.

Als wir auf Caldhithe anhielten, griff Danny in Snitters Nackenfell und zog ihn aus dem Wagen, nahm den Schlauch von der Wand und spritzte Blut und Dreck aus dem Fell, kämmte den Hund mit den Händen. »Hat sich gut gemacht, deine Promenadenmischung«, sagte William, während er sich selbst die Hände wusch. Richtete sich wieder auf und wandte sich an mich. »Lass uns reden, Steve.«

Wir gingen zum alten Pferdestall, den er seinen Wintergarten nannte. Drinnen standen harte weiße Plastikstühle. »Noch an einem Job interessiert?«, fragte William.

»Du machst dich über mich lustig.«

»Es gibt immer Arbeit«, sagte er. »Mit der Bezahlung hapert's, wie du dir denken kannst, aber ich hab ein

Haus, in dem könntest du bleiben; und Helen ist nicht die schlechteste Köchin.«

»Was für Arbeit?«

»Will vergrößern, könnte einen Fahrer gebrauchen.«

»Vergrößern? Was willst du dir denn noch mehr anschaffen?«

»Schafe. Was sonst?«

»Dir müssen ja verdammt große Schafe vorschweben.«

»Ein Elefant sähe dagegen mickrig aus.«

Ich sah mir an, was von seinem Hof übrig war. Sauber war er nie gewesen, aber immer in Ordnung. Jetzt nicht mehr. Im Stall stand ein aufgebocktes Auto, halb auseinandergenommen, die Wände wurden von Efeu und Moos zusammengehalten, auf den Weiden wuchs das Gras höher als die Trockenmauern, und niemand kümmerte sich um Giersch, Stiefmütterchen, Klebkraut oder um den Ampfer, der so groß war, dass er im Wind wogte. »Wie's aussieht, könntest du Hilfe gebrauchen«, sagte ich.

Helen sah auf dem Weg zur Arbeit nach uns. Sie hatte diese Haferkekse dabei, die sie so gern buk, und erzählte aufgeregt von ihrem Geschäft und von Orten, an denen ich mit neunzig Kilometern in der Stunde vorbeigebraust war. William hörte zu, aß, und als er genug hatte, stand er auf. »Du kannst ja Pause machen, Steve, aber ich habe zu tun«, sagte er. »Lass mich wissen, wie deine Pläne aussehen.« Er ließ mich mit Helen zurück.

Sie nahm das Gewehr zur Hand, das sie mir geliehen hatte, und besah es sich. »Wie bist du damit zurechtgekommen?«

»Gab keinen Anlass, es zu benutzen.«

»Behalt es nur lang genug, dann findet der sich.«

»Also sollte ich wohl besser auf mich aufpassen.«

»Du?« Sie legte es an und zielte hoch in die Fells. »Könnte ich nie. Wäre, als wollte man auf einen Welpen schießen.«

»Bin schon Schlimmeres genannt worden.«

»Ich mag Welpen.« Sie legte das Gewehr weg und sah mich an. »Bleibst du?«

»Weiß nicht. Fühlt sich gut an, wieder hier zu sein, hier zu sitzen und einen Ort zu haben, an den man gehört. Einer der Fahrer, mit denen ich zusammengearbeitet habe, war ein Junkie. Wenn der was genommen hatte, konnte er wochenlang mit geschlossenen Augen fahren. Ich fürchte, so weit kommt es, wenn man was macht, weil es sich gut anfühlt.«

»Deshalb solltest du bleiben.«

»Weil es sich gut anfühlt?«

»Nein, weil du denkst. Kann man hier nicht oft genug machen.«

»Und warum bist du dann hier? Du beklagst dich doch schon ewig über diese Gegend.«

»Als ich von der Schule abging, bin ich runter nach Manchester, um Krankenschwester zu werden. Hab fast zwei Jahre ausgehalten, ehe ich zurückkam.«

»Bist nicht damit klargekommen?«

»Leicht war es nicht. Die Schichten, die immer länger wurden; außerdem war ich auf der Inneren, der Magen-und-Darm-Station, und ich hatte meine Finger an Stellen, wo sie einfach nicht hingehören. Trotzdem, ich kam zurecht. Ich hatte alles, was ich brauchte. Die waren da wirklich ziemlich gut. Und die Frauen, weißt du, mit denen ich zusammengearbeitet habe, die haben sich um mich gekümmert. Ich mochte sie. Es war die

Stadt, die ich nicht ertrug. In der Stadt zu wohnen. Ich verließ das Haus, das ich mir mit anderen teilte, und ich konnte nicht mehr aufhören. Gehst du eine Straße runter, mündet sie in die nächste mit noch mehr vom Gleichen, die gleichen Geschäfte, die gleichen Leute, und mir war, als würden sie mich ständig bedrängen, nur um ein bisschen mehr Platz für sich selbst zu haben. Außerdem kann man nirgendwo sitzen. Auf Kilometer im Umkreis. Keine Ahnung, wann die mal Pause machen. Hier, also da kann man sich immer auf die Erde setzen. Macht man das dort, wird man für einen Penner gehalten, bloß darf man die nicht mehr so nennen. Und die Häuser, die sind groß wie unsere Berge, nur zwängen sie dir den Kopf ein wie Scheuklappen, so dass man nur den schmalen Schlitz Wolken darüber sehen kann.«

»Und wie bist du da rausgekommen?«

»Ich habe William kennengelernt. Richtig kennengelernt. Kannte ihn wie du natürlich schon als Kind, hab aber nie mehr als zwei Worte mit ihm geredet. Er war in der Stadt, um einen Hundezüchter zu treffen, und er brauchte bloß Hallo zu sagen, da fiel mir wieder ein, wie es war, wenn jemand freundlich zu dir ist. Konnte am nächsten Tag mit ihm zurückfahren.«

»William und freundlich?«

»Auf seine Weise. Ihm lag was an mir, und das habe ich ihm nicht vergessen.«

»Soweit ich weiß, liegt ihm doch nur was an Schafen.«

»Mag sein. Ihm geht's besser, wenn du hier bist«, sagte sie. »Du solltest darüber nachdenken zu bleiben.«

»Und darin bin ich gut, nicht?«, sagte ich. »Im Denken.«

So war das mit Helen. Wir scherzten und flachsten, bis wir nicht mehr wussten, worüber wir lachten. Keine Ahnung, ob ich sie je geliebt habe oder ob sie das gewollt hätte. Ist mir auch egal. Verbringt man so viel Zeit allein wie ich, hat man jeden Gedanken gedacht, den man nur denken kann und ihn auch wieder vergessen. Ich habe so lange Berge angestarrt, dass ich glaubte, ich sei einer. Wurde aufgefordert, meine Steuererklärung abzugeben, und musste, als man mich nach meinem Namen fragte, nachsehen, ob ich ihn irgendwo aufgeschrieben hatte. Sie aber ist mir nie wieder aus dem Kopf gegangen. Nenne sie Heimat, nenne sie Hoffnung oder finde irgendein Wort, dessen Bedeutung ich nicht kenne. Sie würde mich ansehen, als wäre ich ein Idiot, der ich ja auch bin, und würde den Blick trotzdem nicht von mir abwenden. So war Helen nun mal, und so bin ich schon immer gewesen. Deshalb mag ich Hunde lieber als Menschen. Mann, ich bin selbst ein Hund. Sie sehen dich ertrinken, springen ins Wasser und gehen mit dir unter. Immer hungrig, ohne zu wissen warum. Ohne zu wissen, ob sie gefüttert werden müssen. Jagen dir nach, bis sie krepieren, als wäre ihr Atem etwas, das du mal fallengelassen hast.

Hatta

Ich blieb auf Caldhithe. Wälzte die Idee in meinem Kopf, bis ich sie mit der Stimme meines Dads gesprochen hörte, und das in einem Ton, der verriet, dass er kein bisschen sauer war. *Solltest in deinem Alter Geld verdienen.* Er selbst hatte nur Schulden gehabt, als er starb. *Wenigstens so viel, dass es der Bank nicht leidtut, dich zu kennen.* Wann hatte er je eine Bank betreten? Es kann einem nicht fehlen, was man nie gehabt hat. Auch wenn ich zu einem bisschen Geld kam, hat es mir nie gehört, lag nur in meiner Hand, bis es mir jemand genommen hat. Geld ist nur für das gut, was man damit kaufen kann, und auf Williams Hof bekam ich alles umsonst.

Ich arbeitete wieder. Ich war nicht krank gewesen, hatte bloß hinterm Steuer festgesessen – hatte meinen Körper vergessen und vergessen, wie man schwitzt, ohne dass es juckt, vergessen, dass Dreck abwaschbar ist, vergessen, dass der Rücken am schlimmsten weh tut, wenn man ihn nicht krümmt. An jedem Tag wurde ich noch im Dunkeln wach, verließ das Haus im Dunkeln und traf William im Dunkeln bei der Herde. Das Einzige, was ich sehen konnte, war mein Atem, die Luft aber so süß, so sämig, dass sie als Frühstück genügte. Fingen stets mit dem Zählen an. Bis zum Frühling wurden sie Monat um Monat weniger. Jeder von uns trug eine Pfeife an langer Schnur um den Hals, und wir bliesen, um die Herde im Kreis zu jagen, um lahme Altschafe auszumachen, Widder mit krummen Beinen, Schildzecken auf Lämmerköpfen, neue Knoten am Rücken, kotverklumpte Wolle am Arsch, die Beine von Durchfall gefleckt, weiß oder schwarz, geschwollener Hals oder gesprungene Lippen oder kreuzschiefe Zähne oder Kieferhaut, die schlaff herabhing und sich dann straff spannte wie bei quakenden Fröschen. Ging es einem Tier nicht gut, fragten wir uns, ob die Zeit gekommen war für Schafschur, Infusion oder fürs Messer. Wurde es kalt, fütterten wir von Hand, füllten die Tröge mit Erstschnitt-Silage und zertraten das Eis auf dem Trinkwasser. Bei schönem Wetter führten wir sie auf grüne Auen, jeden Tag woandershin, mästeten Lämmer mit Feldbohnen und Radieschen, Hammel mit Schafgarbe und Senfkraut, und wir trieben sie mit Hunden vor uns her, mit unseren Krummstäben, eine jämmerliche Parade Mutterschafe über Weideland, die Fells hinauf, wo sie Karges grasen konnten. Die Herde lief durch Bewrith, und wir schrien die Wandervögel an, die mit hochgelegten Füßen vor den Pubs saßen. Wir jagten so viele Schafe durchs Dorf, das jedermann vom Zählen einschlafen konnte. An den meisten Tagen half Danny aus, und wir gingen ans Werk, als verriete uns das Land selbst, was es brauchte.

Der Druck nahm nie ab, und mit meiner Hilfe trieb William alles noch einen Schritt weiter. Arbeitete auf den Weiden ohne Hemd, und je kräftiger die Sonne schien, desto verbrannter wurden seine Schultern. Er grub, schleppte, pflügte, gab alles, musste, um sich abzukühlen, hecheln wie ein Hund. Er arbeitete und arbeitete, bis er Schwielen am Mund vom Schreien hatte, aber soviel er auch arbeitete, so oft war er auch weg, verschwand vom Erdboden, weshalb ich ein paar Tage im Monat allein auf den Weiden war. Sagte kein Wort, bevor er ging. Verschwand mal eine ganze Woche am Stück. Ich habe ihn gefragt, wo er war, aber er tat, als sei ich verrückt. Es gehöre zur Stellenanforderung, dass ich dafür bezahlt werde, mich um meine eigenen Angelegenheiten zu kümmern. War einer seiner Scherze. Dass ich bezahlt werde.

Er zahlte die Tagesrate in Pfundmünzen, fürs Scheren den Preis pro Kopf, außerdem gab er mir für meine Arbeit ein eigenes Haus. Noch so ein Witz, dieses Haus, das er mir überließ. Er nannte es Yow-Haus. In all der Zeit, die ich schon auf Caldhithe gewesen war, hatte ich es nie gesehen. Als wüsste es, dass es sich vor lauter Scham besser versteckte, außerdem lag es so weit ab von allem, dass man glauben konnte, es gehöre gar nicht mehr zu Bewrith. Ein Haus mit zwei Schlafzimmern, nur war eines davon voller Gerümpel, weshalb ich nur kurz einen Blick hineinwarf. Das Zimmer, in dem ich schlief, war als Gästezimmer gedacht, bloß stiegen von den Laken Staubwolken auf, wenn man sich aufs Bett setzte. In der ersten Zeit wurde das Haus nur warm, wenn ich die Ofenklappe offen ließ, und die Küche war voller Nacktschnecken, bis ich sämtliche Ritzen verstopft hatte. Das Eigenartigste aber waren die Schränke mit ihren tiefen Schnitten, fast, als hätte sie jemand als Hackbrett missbraucht. Verbrachte so wenig Zeit wie nur möglich in dem Haus, was mir nicht schwerfiel. Arbeit gab es immer.

William brauchte meine Hilfe nicht nur bei der Herde, sondern vor allem auch für die Zäune und Trockenmauern. Gab Kilometer und Kilometer davon. Dauerte zwei Tage, um die Grenzen von Caldhithe abzulaufen und mir zu zeigen, wo was ausgebessert werden musste. Er zog Pfosten aus dem Boden, um mir zu beweisen, wie morsch sie waren. Ich arbeitete an Stellen, wo ich tagelang niemanden sah, nicht mal ein Schaf oder von dort, wo ich stand, auch nur die Straße. Bloß den Zaun, den ich schon fertig hatte. Wenn William zu den von mir aufgestellten Pfosten kam, trat er mit den Stiefeln dagegen. Interessierte ihn nicht, wie gerade der Zaun war, Hauptsache, er konnte einen ordentlichen Tritt aushalten.

Angefangen mit meinem Lamm Rusty, hatte er seine Herde wieder aufgezüchtet, die mittlerweile einige hundert Stück umfasste. Und die Tiere machten sich gut. Fraßen ordentlich, die Wolle fettig. Ruhig, wenn nötig, und als Herde leicht zu handhaben. Aber William wäre nicht gewesen, wer er war, hätte er sich damit zufrieden gegeben. Schafe, okay. Wir reden hier aber nicht über Haustiere. Den Winter in den Bergen zu überstehen, war keine Leistung, nur brachten sie danach auf dem Markt nicht viel ein. Da bis auf Rusty alle Tiere beseitigt worden waren, mussten sie jetzt zwar aufs Neue lernen, sich in den Fells zurechtzufinden, doch kann man bei diesen Tieren nicht einfach alles auslöschen. Es liegt ihnen im Blut, und mit dem hatten wir den Boden mehr als genug getränkt.

*

Nach einigen Monaten wurde ich eines Morgens wach, und William stand auf den Stufen zum Yow-Haus.

Hatte nicht geklopft. Stand einfach nur in der Tür, vor einem Auto, das ich noch nie gesehen hatte – ein Sportwagen, tiefergelegt, eines der vorderen Fenster ließ sich nicht schließen. »Du fährst«, sagte er.

»Und wohin?«

»Mach dir deshalb keinen Kopf.«

Also fuhren wir. Nach Süden. Merkte ihm die Aufregung an. Sein Bein wippte, sobald er auf dem Beifahrersitz saß, den er ganz nach hinten geschoben hatte. Konnten in dem winzigen Wagen kaum über die Trockensteinmauern gucken, also blieb uns nichts weiter übrig, als Babys gleich zu den Gipfeln hochzusehen. Ließen das Tal hinter uns und dann die Berge, fuhren, bis sie flacher wurden und sanfter, bis sie in Hügel übergingen, dann in Felder, und bald darauf war die Welt zuasphaltiert; wir waren raus aus Cumbria. *The SOUTH* warnte uns auf der M6 ein blaues Schild nach dem anderen. »Und? Sagst du mir noch, wohin wir fahren?«

»Das erfahren wir, wenn wir in der Nähe von Blackburn sind.«

»Du weißt es auch nicht?«

»Wir treffen jemanden.«

»Wen?«

»Ist doch egal.«

»Wo ziehst du mich nur mit rein.«

»Scheiße, ich habe dich noch nie in irgendwas mit reingezogen und kann so wenig dafür wie ein Fluss für eine Überschwemmung kann, wenn er über die Ufer tritt«, sagte er, merkte aber, dass ich mehr brauchte. »Vor drei Jahren habe ich dich vier Generationen von Schafen verbrennen sehen. Warum?«

»Du hast meine Hilfe gebraucht.«

»In der Verfassung, in der ich damals war, hätten die meisten Leute höchstens geholfen, mich in eine Gummizelle zu sperren.«

»Worauf willst du hinaus?«

»Ich will wissen, was für ein Mann du bist. Ich habe Hilfe gebraucht? Blödsinn. Du hast in deinem Leben noch keiner Menschenseele geholfen. Bist auf und davon, um Laster zu fahren, und hast dabei deinen Dad zu Pergamentpapier vertrocknen lassen. Deshalb frage ich dich: warum?«

»Sie haben uns alles genommen. Du weißt, dass ich deshalb geholfen habe.«

»Um es ihnen heimzuzahlen.«

»Um es irgendwem heimzuzahlen.«

»Tja, dafür gibt es immer noch Gelegenheit. Wir könnten uns zurückholen, was uns genommen wurde, vielleicht sogar noch ein bisschen mehr. Könnten genug Geld verdienen, um auf Leute wie uns herabzusehen.«

»Reich sein steht dir nicht, William.«

Er blickte bloß auf sein Handy, und wir fuhren zwei Stunden, bis er so mit dem Fuß auf den Boden stampfte, dass der Wagen ins Wanken kam. »Abbiegen.« In den Augenwinkeln eine Abfahrt. »Hier, du Arsch.« Er griff ins Steuer, steuerte uns nach links von der Autobahn. »Wenn klappen soll, was wir vorhaben«, sagte er, »musst du genau tun, was ich sage.«

»Du hast es mir nicht früh genug gesagt.«

»Und wieso haben wir es dann geschafft?«

Er führte uns über eine alte Hauptstraße in ein Lancashire, das seit den Sechzigern kein Schwein mehr gesehen hatte. Gras wuchs aus dem Asphalt wie aus

Ackerboden, und es ließ sich unmöglich sagen, ob man in der Mitte oder auf dem Rand fuhr, so zugewachsen war die Straße. Die Fenster der Häuser, Tankstellen und Cafés waren mit Brettern vernagelt, als hätte man vergessen, wozu Vorhänge gut sind. Eine halbe Stunde später schrie William wieder: »Abbiegen!«, und ich bog ab. »Schon besser.«

Wir bogen von der Straße ab auf Wege, die mit jedem Abzweig schmaler wurden, weniger, bis sie im Sand verliefen, und wir fuhren an den Feldern von Fremden vorbei, an kargen Feldern, die so flach waren, dass man bis zu den Klippen von Flamborough sehen konnte. Wir entdeckten einen weißen Van, der sich einsam gegen den Himmel abhob, die Seitentür offen, daneben ein Campingstuhl. »Halt an. Wir sind da.«

Wir stiegen aus. William hämmerte an die Rückseite des Vans, rief: »Kaffeepause, Colin.«

Colin. Ich kannte einen Colin. Sah ein Paar Stiefel aus dem Fahrerfenster ragen, schwarz, fünfzehn Ösen, als hätte er sie einem toten Soldaten geklaut, und er stopfte sich die Hose in die Socken. Kam raus, um uns zu begrüßen. Kein Gesicht, das man so leicht vergisst. Säcke unter den Augen, als wäre jeder Tag ein Tag nach dem letzten Kampf, und er rasierte sich den Kopf, was ihn nur noch wilder aussehen ließ. Brauchte einen Moment, bis ich ihn einordnen konnte. Dieser stinkige Dreckskerl. Colin Tinley.

*

Ich hatte ihn vor zwei Jahren kennengelernt. Auf dem Rastplatz einer Tankstelle – wo die besten Geschichten beginnen. Ich saß draußen auf einer Bank und machte eine Kaffeepause, als er auf mich zukam. »Wie geht's denn so?« Er begann mit einem geschäftlichen Vorschlag. »Ich frage mich, ob du mir nicht helfen kannst. Ich soll Ware nach Aldershot bringen, aber im Lager hat es offenbar ein Durcheinander gegeben. Jedenfalls habe ich angerufen, um mir den Weg erklären zu lassen, nur wusste man nichts von meiner Lieferung.«

»Klingt, als solltest du mit deinem Delivery Manager reden.«

»Das ist es ja gerade. Ich habe die Ware, nur weiß das kein Mensch. Bring ich sie zurück, zieht man sie mir vom Lohn ab.«

»Dann behalt sie.«

»So läuft das nicht. Es wird Fragen geben, wenn ich mit einem neuen Fernseher auftauche.«

»Fernseher? Ein großer?«

»Würde kaum in deinen Laster passen.«

»Willst ihn also loswerden?«

»Wie wär's mit einem Hunderter? Ein Zehntel von dem, was dafür gezahlt wurde.«

»Nehmen wir mal an, dein Fernseher würde funktionieren, was er nicht tut. Und selbst wenn, ich wohne die meiste Zeit in meinem LKW, was soll ich damit?«

»Gib ihn deiner Mum. Verkauf ihn fürs Doppelte.«

»Und auf so was fallen Leute rein?«

»Du würdest dich wundern«, sagte er. »Sag schon, was willst du haben? Du bist allein in deinem LKW. Ich kann dir alles besorgen. Sogar was, das funktioniert.«

»Hier, wo ich sitze, habe ich alles, was ich brauche.«

»Soll ich dir eine Frau gegen das Alleinsein besorgen?«

»Hab ich mal versucht. Glaub nicht, dass ich je so einsam gewesen bin.«

»Was dann? Ich kenn auch ein paar Jungs, die sich um dich kümmern würden.«

»Himmelherrgott, Schafe sind meine einzige Gesellschaft.«

»Schafe kann ich dir auch besorgen.«

»Du kannst was?«

»Nicht wie du denkst, du Dreckschwein. Komm, gucks dir an. Wird dir gefallen.«

Ich folgte ihm ans andere Ende des Rastplatzes, so weit fort von allen Gebäuden wie nur möglich. Er öffnete die Hecktür seines Vans, derselbe, in dem wir ihn unweit von Lancashire treffen sollten. Prall gefüllt wie eine Walhaut, roch wie ein Nieser, Kisten um Kisten bis an die Decke, Uhren, Lautsprecher, Computer, Fernseher, Samsung, Panasonic, Sony, alles mit Spanngurten festgezurrt, außerdem edle Wollmäntel, schicke Sneaker und mittendrin Lammkeulen, Lammrücken, hergerichtet und an Schlachterhaken aufgehängt. So frisch, dass man davon blutige Hände bekam. »Was hältst du davon?«, sagte er.

»Scheinst mir ein hungriger Kerl zu sein.«

»Dorset-Fleischschafe, kriegen selbst die besten Köche kaum in ihre Finger.«

»Wo hast du einen Wagen voller Dorset-Fleischschafe her? Sind die nicht vom Aussterben bedroht?«

»Stell keine dämlichen Fragen.«

»Ich kauf dir keine überfahrenen Tiere ab, aber ich spendiere dir einen Drink. Hast dich mächtig genug dafür ins Zeug gelegt.«

Damit war er zufrieden. Wir gingen an den Tresen der

Raststätte, und er fing an, mir seine Lebensgeschichte zu erzählen – nicht, dass ich ihn drum gebeten hätte. LKW-Fahrer kriegen mehr Beichten zu hören als jeder Priester. Ich fragte ihn nach dem Fleisch in seinem Van, und er sagte, sein Dad sei Metzger gewesen. Konnte ein Schaf mit einem Taschenmesser zerlegen. Die seien Freiwild, sagte er. Gäbe schließlich keinerlei Anzeichen dafür, dass die Lämmer irgendwem gehörten. Hielt beim Fahren die Gabel aus dem Fenster, und wenn er hungrig wurde, spießte er sich die fettesten Bälger auf. Sagte, er könnte alles besorgen, selbst das, von dem man gar nicht wusste, dass es das gab – oder von dem man nicht mal wissen wollte, dass es so etwas gab. Ich fragte ihn, womit er sein Geld verdiente. Er sagte, gerade halte er den Ball flach. Einige Typen an der Ostküste hätten ihn gefeuert, weil er zu gut in seinem Job war. Eigentlich aber habe er alles schon gemacht. Vertreter, der beste seinesgleichen, Fachgebietsleiter für sieben Grafschaften, Schuldenberater, Security, Kniespezialist, hatte eine Zeitlang sogar auf Zahnarzt gemacht, ein bisschen Personalanwerbung, war sogar international tätig gewesen. Sagte, seine Kumpel würden ihn Hackfleisch nennen. Ich habe ihn nicht gefragt warum, auch nicht, wie es kam, dass er Kumpel hatte. Erzählt dir ein Typ, dass man ihn Hackfleisch nennt, weißt du alles über ihn, was sich zu wissen lohnt.

Bis ich mit Kit Jones das zerlegte Schaf sah, hatte ich nicht mehr an ihn gedacht. Und bis heute weiß ich nicht, wie William ihn aufgetrieben hat, aber da stand ich nun auf dem Feld und sah ihm erneut ins Gesicht.

*

»Das hier ist dein Fahrer?«, wollte Colin wissen und rollte dabei eine Zigarette, den Beutel Old Holborn unterm Kinn, verlor keinen Krümel.

»Aye, ist er. Kann einen Pflug durch den Briefkasten fahren«, sagte William. »Kennt ihr euch?«

»Würde ich mich an jeden erinnern, den ich mal kennengelernt habe, könnte ich nicht mehr schlafen.«

Er sah mir in die Augen, und es war, als würde er sie entführen. »Wir müssen los«, sagte ich. »Wo auch immer es hingeht.«

Wir packten uns alle drei in den Sportwagen, Colin lag mit geschlossenen Augen auf der Rückbank. Ich fuhr. Wieder nach Süden. »Warum tust du dich mit dem da zusammen?«, fragte ich William.

»Hab ich dir doch gesagt. Ich will mich vergrößern.«

»Vergrößern? Was denn?«

»Den Hof natürlich«, rief Colin von hinten, die Augen noch geschlossen. »Ein Geschäft, in das ich schon lange einsteigen wollte. Als Berater.«

»Schafzucht?«

»Ist ehrliche Arbeit.«

»Und was bringt dich dazu?«

»Es leben keine hundert Leute in eurem Tal. Gibt jede Menge Möglichkeiten in so einer Gegend.«

»Kommst also nicht wegen der schönen Aussicht.«

»Jedenfalls nicht, um sie mir anzusehen.«

Ich hörte auf, mit ihm zu reden.

»Sagst du mir jetzt, was wir verdammt nochmal vorhaben?«

»Wir sind hier, um neuen Bestand zu prüfen«, sagte William. »Mit unserem Berater.«

Wieder auf der Autobahn. Wir waren jetzt in einem

anderen England, einem flachen, grauen Land, in dem sich zwischen Himmel und Beton nicht entscheiden ließ, was sich worin spiegelte. Hier lebte das Land kaum, es schlief, war erschöpft. Sah auf meine Hände am Lenkrad, weil es nichts weiter Sehenswertes gab. Fuhr langsam auf der linken Spur, als hätte all das weniger mit mir zu tun, wenn ich nur langsam genug fuhr; in Wahrheit aber gefiel es mir. Nicht zu wissen, wohin ich unterwegs war. Nicht zu wissen, was mich erwartete. Es wird viel Aufhebens darum gemacht, sein eigener Herr zu sein, dafür zu sorgen, dass alle den eigenen verdammten Namen kennen, aber ich brauchte das nicht. Mir gefiel es, am Steuer zu sitzen und zu fahren. Mir schmeckte der beschissene Kaffee, und ich mochte es, dass die Straßen ineinanderliefen, als ergäben sie einen Sinn.

Hundertfünfzig Kilometer später waren wir runter von der Autobahn – in Herefordshire. Fuhren durch Städte groß wie Bushaltestellen, vorbei an Häusern mit kurzgemähten Rasenflächen hinten und an den Seiten. William schien sich ohne Karte zurechtzufinden und ließ mich außerhalb von Elderbridge halten, einem der größeren Orte, an einer Umgehungsstraße auf der einzigen Erhebung in sechzig Kilometern Umkreis. »Eine schöne Aussicht«, sagte ich, »da hat sich die Fahrt doch gelohnt.«

»Erzähl ihm von unserem Plan, Colin.«

»Du bist der Fahrer, okay?«, wandte Colin sich an mich. »Wir wollen zu einer Farm, und deine Aufgabe besteht darin, einen Vier-Deck-Transporter möglichst nahe ranzufahren, zwei sogar, und die beste Stelle zu finden, an der man rasch aufladen kann, ohne von irgendwem gesehen zu werden.«

»Aufladen? Was denn?«

»Wovon reden wir denn die ganze Zeit? Schafe natürlich.«

»Wie viele?«

»Wir denken an siebenhundert.«

»Siebenhundert? Ohne dass uns jemand sieht?«

»Hältst du das für unmöglich?«

»Ist der Bauer blind?«

»Und scheißtaub«, sagte er. »Kümmere du dich nur darum, dass du die Hänger möglichst nah ranfährst.«

Wir fuhren auf die andere Seite von Elderbridge. Kein Land, wie ich es kannte. Die Straßen, die haben hier keine Mauern, nur mickrige Zäune und Hecken, und wir fuhren über versunkene Wege, uralte Strecken, ausgetreten von Pferden, steile Böschungen zu beiden Seiten, durch dicke Wurzeln von der Straße zurückgehalten. Auf einem Schild stand Mary Brook Farm. Fuhren auf den zentralen Hof, ich hatte so was noch nie gesehen. Ein Bauernhaus mit Glaswänden, in denen sich die Sonne spiegelte, man konnte drinnen all die Ärsche sehen, wie sie an den Tresen hockten und Wein schlürften; es gab sogar einen Geschenkeladen mit einer Durchreiche für den Eisverkauf, und die Gehwegplatten waren weiß, umwachsen von Halfagras, hier und da eingetopfte Olivenbäume. Nur junge Frauen arbeiteten hier, mit makellosen Schürzen, liefen auf hohen Hacken und trugen ihr Haar blond und ordentlich frisiert. Dreck war das Einzige, was man hier nicht zu Gesicht bekam. Wir aber waren im Dreckgeschäft, und dies war eine Farm, da konnte man vom Boden essen. Stieg aus dem Wagen und hatte das Gefühl, ich müsste meine Stiefel ausziehen. Eine organische Farm nennt man das.

Ließen die Tiere lieber krank werden, als ihnen Medizin zu geben, die wir mit einem Schluck Tee runterspülen würden. Deshalb kamen die Menschen her. Man bot Touren durchs Gelände an, durfte selbst Brunnenkresse pflücken und klopfte sich gegenseitig auf den Rücken, weil man Pläne hatte, die Welt zu retten.

William trug uns fürs volle Programm ein, und eine ältere Frau führte uns über den Hof, sagte, alles hier sei super und wunderbar. Es gab eine Molkerei, eine Bäckerei und einen Raum, in dem Gin hergestellt wurde, und wir gingen raus zu einigen Feldern, das Gras sauber geschrubbt. Sie pflanzten Grünzeug in hohen Tunneln an, und die Typen, die auf dem Land arbeiteten, trugen ihr Haar länger als die Frauen und den Schmutz unter den Fingernägeln wie Nagellack. Man ließ unsere Gruppe auf einen Hänger steigen, und die schwatzhafte Frau schwatzte immer weiter. Man fuhr uns über die Weiden, und wir sahen orangefarbene Schweine mit Leopardenflecken, die Löwenzahn mampften und fett davon wurden. Im höheren Gras standen halb-albino Kühe, weiße Parkrinder, mit schwarzen Ohren und schwarzen Nasen, als hätten sie Sirup aus den Trögen geschleckt. Und dann sahen wir die Schafe, und ich verstand, warum wir gekommen waren. Ich kannte nicht mal die Namen der meisten Rassen. Ganze Weiden voll mit Lonks, Balwens, Gritstones, White Faces und Badger Faces, einige zum Verzehr, andere für die Wolle, dazu Wensleydales, halbblind von ihren Dreadlocks, und Schafe flauschig wie Katzen mit fünfmal in sich gedrechselten Hörnern, die wie Korkenzieher vom Kopf abstanden. Dazu eine ganze Herde Jacob-Schafe, du weißt schon, Teufelsschafe, Gottesschafe, mit braunen, schwarzen und weißen Flecken und vier Hörnern am Kopf, zwei Enden oben und zwei Enden um die Mäuler verdreht. Jedes Tier mehr wert als der Traktor, der unseren Hänger zog.

Ein Bauer tauchte auf, kam auf dem Rad, der erste echte Bauer, den wir an diesem Tag sahen. Wollte mit seinem Hütehund protzen, der gleich über den nächsten Zaun sprang und begann, die Viecher zusammenzutreiben, während der Bauer leise pfiff, und die Zuschauer klatschten. Colin flüsterte uns ins Ohr. »Sehen wir uns die mal genauer an.«

Keiner sah uns. Wir kauerten uns hinter eine Hecke und liefen geduckt über die Weide zur Hauptherde. Standen am Gatter. Registrierten, wie die Straßen die Farm in ordentliche Quadrate teilten und dass sie die Tiere am Rand fütterten, um Zeit zu sparen. Und diese Straßen, die waren asphaltiert, glatt, kaum befahren und breit. Passten drei Autos nebeneinander. Ein Laster? Kein Problem. »Das ist er also?«, fragte ich. »Euer großartiger Plan?«

»Die legen es doch drauf an, sie loszuwerden.« William rückte beiseite, damit ihm die Sonne nicht länger ins Gesicht schien. »Sollte jemand kriegen, der weiß, wie man damit umgeht.«

Colin stiefelte rüber zu den Tieren, streckte die Hand aus, damit sie daran schnuppern konnten, tätschelte ihnen den Rücken. Ging zu einem der Jacob-Schafe, schien sie zu mögen. Keine Ahnung, was er vorhatte. Suchte sich die größte Zibbe aus und zerteilte die Wolle, um die Haut zu betasten, schien an ihr zu schnüffeln. Strich ihr über den Kopf, hielt das Kinn in beiden Händen und packte sich eines der Hörner. Sie riss sich los. Er lief ihr nach, packte jetzt auch das andere Horn. Fing an, mit ihr zu ringen; sie hüpften im Kreis umeinander, drängten vor und wieder zurück, er hielt die Hörner wie ein Lenkrad, drehte ihren Kopf. Nun, Schafe sind dumm, aber Colin war dümmer. Das Schaf rammte die Beine in den Grund, ruckte, schüttelte ihn ab, verpasste ihm einen Stoß an die Hüfte, rammte ihm ein Horn zwischen die Beine. Colin sah an sich runter, schob eine Hand in die Hose, und die Finger waren blutig, als er sie wieder zurückzog. Er schrie nicht. Griff an seinen Gürtel, fand das Klappmesser, ließ es aufspringen und stach zu, dem Tier in die Schulter. Er hatte nicht geschrien, das Schaf schon. Hörte gar nicht mehr auf zu blöken, und die Herde rannte in alle Ecken der Weide davon. William drängte sich vor, um zu verhindern, dass dieser Schwachkopf noch einmal zustach.

»Was machen Sie da?« Der Bauer kam nachsehen, hatte den Lärm gehört.

Colin verbarg das Messer in der Hand. »Ist das hier nicht Teil der Besichtigungstour?«

»Wie?«

»Eines der Tiere hatte sich mit den Hörnern im Futtertrog verfangen«, sagte er und versuchte krampfhaft, sich den Schmerz nicht anmerken zu lassen. »Ich hab ihm bloß geholfen.«

»Okay«, sagte der Bauer, »aber Sie gehen jetzt besser zurück zu den anderen.«

Wir setzten uns wieder auf den Hänger, dann in unser Auto, fuhren, sobald wir konnten. Colin saß mit heruntergelassener Hose auf einem Handtuch, so dass ich die ganze Fahrt seine geschwollenen Eier im Rückspiegel sehen konnte. Wir ließen ihn raus, wo wir ihn aufgelesen hatten, und ich sorgte dafür, dass er das Handtuch mitnahm. Dann in der Hälfte der Zeit zurück nach Caldhithe – die Strecke ist kürzer, wenn man weiß, wo es hingeht. Redeten kein Wort über den Diebstahl. Redeten überhaupt kein Wort, bis ich William vor seinem Haus absetzte, wo er nur ein »Bis morgen dann« für mich hatte. Das war alles. *Bis morgen dann.* Ließ ihm den Wagen und musste die gut drei Kilometer zu meinem Bett zu Fuß laufen.

Noch ehe ich Yow-Haus sehen konnte, sah ich, dass Licht brannte. Die Tür stand offen. Die Vorhänge unten zugezogen. Ich trat in den Flur und rief: »Hallo?«

»Ich bin's nur, Steve«, hörte ich es aus dem Fernsehzimmer. Helen saß auf dem Sofa. Sie sah anders aus. Wusste gar nicht, dass sie ein Kleid besaß oder wie lang ihr Haar fiel, wenn es nicht hochgebunden wurde. »Hab dir was zu essen gebracht.«

»Wär doch nicht nötig gewesen.«

»Wollte ich aber«, sagte sie und zog den Couchtisch heran, damit ich mich nicht so weit vorbeugen musste. Sie hatte mir einen Teller mit kaltem Brathuhn hingestellt. »Schönen Tag mit William gehabt?«

»Hatte schon Wochen, die schneller rumgegangen sind.«

»Hat er dir kein Eis gekauft?«

»Hab vergessen, ihn drum zu bitten.«

»Bevor du eingezogen bist, bin ich manchmal hierhergekommen, wenn ich nicht schlafen konnte«, sagte sie. »Viele Leute können nicht schlafen, wenn sie nicht in ihrem eigenen Bett liegen. Wenn sie im Urlaub sind oder in einem Hotel übernachten. Bei mir trifft das Gegenteil zu; ich brauche nur ein fremdes Zimmer zu betreten und schon habe ich vergessen, was mich wach gehalten hat.«

»Ich brauche in letzter Zeit nicht viel Schlaf.«

»Du weißt bloß nicht, wie müde du bist.« Sie schenkte mir einen Becher Wein ein. »Und? Hast du Colin getroffen?«

»Du kennst Colin?«

»Er ist ein-, zweimal oben im Haus gewesen. Eigenartiger Typ.«

»Dann weißt du, was William vorhat?«

»Er erzählt mir alles.«

»Und das ist für dich okay?«

»Der Hof braucht Kapital, und William braucht den Hof.«

»Und du glaubst, das ist der richtige Weg, an Geld zu kommen?«

»Ich kann ihn nicht davon abhalten«, sagte sie. »Ich kann höchstens dafür sorgen, dass jemand, dem ich vertraue, in seiner Nähe ist, falls es wirklich dazu kommt.«

»Und was lässt dich glauben, du könntest mich überreden mitzumachen?«

»Kann ich nicht?«

»Sehe mich nicht gerade als Dieb.«

»Wärst du doch auch gar nicht. Du machst den Fahrer. Geht dich nichts an, was die anderen treiben.«

»Ich glaube, du gehörst zu den Frauen, die für einen Kerl ein kurzes Kleid anziehen und behaupten, sie machen das nur, weil es so heiß ist.«

»Ich bin jedenfalls keine von den Frauen, die gutes Wetter nicht zu nutzen wissen.«

»Bleibt mir eine Wahl?«

»Du bist immer noch hier, Steve.«

Slaata

In der Nacht vorher konnte ich nicht schlafen. Konnte die ganze Woche nicht schlafen. Ich wurde einfach nicht müde, und der Teil meines Hirns, der Sinn oder Unsinn redet, wurde nie wach.

Ich saß vor Yow-Haus, wartete da, wo der Grund trocken blieb. Für Juni war es kalt, die Sonne brauchte eine Stunde, um unterzugehen. Ein Ford fuhr vor, eine kastenförmige Familienlimo mit Rückwärtssitzen im Kofferraum, und hielt vor mir mit laufendem Motor. Die Hecktür zischte auf, zwei Hunde sprangen raus, Snitter und dieser neue Collie, Jaffa oder so ähnlich, dem ein dünner Streif weißes Fell das Gesicht in zwei schwarze Hälften teilte. Sie rannten auf mich zu, schoben mir beide ihre Schnauze in die Achselhöhle. William stieg aus, und die Köter beruhigten sich, hielten sich hinter ihm, als er auf die Eingangsstufen zukam. »Bist du immer noch dabei?«

»Was, wenn nicht?«

»Würde ich sagen: Pech für dich.«

»Dann eben Pech für mich.«

»Du machst nur den Fahrer«, sagte er. »Mehr nicht.«

Er ließ die Hunde auf Kommando kacken, und kaum waren sie fertig, sprangen sie zurück in den Wagen. Die Sitze waren nach unten geklappt, aber kein Gitter zwischen ihnen und unseren Schultern. Spürte stundenlang ihr Gesabber am Hals, Hühnerglibber, schlüpfrige

Viecher, die heiß hechelten, schliefen oder auf Gurtschnallen kauten. Eines aber muss ich ihnen lassen – sie bellten nur, wenn William es ihnen befahl.

Wir ließen die Fells hinter uns, die Spur vor mir frei, trotzdem hielt ich mich ans Tempolimit. Es wurde dunkler, der Asphalt kühler, aber die Hitze des Tages klebte noch an den Straßenlampen, machte ihr Licht üppiger, die Autobahn grün. William redete kaum, sagte nur, wo's langging, ich aber quasselte, hielt ihm eine Rede, als bewürbe ich mich um den Posten des Premiers und füllte sämtliche Lücken in meiner Lebensgeschichte, von denen zu erzählen er mich nie gebeten hatte. Redete über die zwei Wochen auf Mallorca, an die ich mich kaum erinnern konnte, über eine süße Kleine namens Linda, über Boxkämpfe auf Nachtklubparkplätzen in Richtung Barrow. Kurz vor Bolton fiel er mir ins Wort. »Was quasselst du so viel?«

»Wusste nicht, dass ich das tu.«

»Wie denn auch? Hatte ja keine Chance, dir was zu sagen.«

»Halt ich eben den Mund.«

»Hab den Wagen repariert, weil ich wusste, dass du ihn fährst. Läuft jetzt auf Pferdemist.«

»So wie sich die Pedale anfühlen, wurde die Karre seit Jahren nicht repariert.«

»Hab ihm die Schrottrennen erspart. Schafft bestimmt noch tausend Meilen.«

»Bergab vielleicht.«

»Du schaffst das schon.«

»Was ist mit den Typen, die wir treffen: Traust du denen?«

»Ich würde das hier wohl kaum mit vertrauenswürdigen Typen machen, oder?«

»Gut zu hören, dass du deinen Verstand noch nicht ganz verloren hast.«

Unweit von Stoke bog ich von der Hauptstraße ab, fuhr durch Baumtunnel und durch Dörfer, die wir mit unseren Scheinwerferstrahlen weckten. William ließ mich an Kreuzungen halten und beugte sich übers Armaturenbrett, studierte Wegweiser und zeigte dann nach links oder rechts. Landstraße um Landstraße drangen wir tiefer in die Korngegenden vor, passierten Felder mit gelbem Raps, der wie Koboldmoos im Dunkeln leuchtete, ordentliche Reihen mit raunender Gerste, folgten dem Auf und Ab drei Pässe tiefer Hügel, und als wir zu einem Graben kamen, einer Haltebucht ohne freien Blick, hieß es, ich solle langsamer fahren. Eine schwarze Limousine wartete. Eine Hand aus dem Fenster winkte, und wir folgten. Blieben eine halbe Stunde an ihr dran, bis wir auf eine lange, kurvenreiche Straße stießen, den Wald plötzlich hinter uns ließen und statt vorbei an Weiden durch Hektar um Hektar Beton fuhren, vorbei an riesigen, um uns aufragenden Scheunen, dahinter endlos rotziegelige Gebäude mit Schornsteinen groß wie Eisenbahntunnel. Die Gegend war leer, keine Autos, keine Menschen. Fabriken, in denen früher Schiffsrümpfe, Turmkräne oder Rennautos gefertigt wurden. An jedem Fenster, an dem wir vorbeikamen, faulte der Rahmen, jeder Rahmen faulte aus der Wand, und wir folgten einem Abflusskanal, in dessen Mitte bloß noch eine Furche mit Abwasser tröpfelte. Nur Industrie, toter als unsere, bloß hatten es die Sterne hier draußen noch nicht zurück an den Himmel geschafft.

Die schwarze Limo führte in ein altes Gewerbegebiet, wo wir auf einer schmalen Seitenstraße an hochstöckigen Bürohäusern vorbei auf einen Parkplatz mit einer von zugezogenen Toren verrammelten Ladebucht fuhren. Dort warteten mitten auf dem Platz zwei große Laster, und zwei Typen, die ich nie zuvor gesehen hatte, hockten auf dem Asphalt, Rücken zu den Schleppern. Trucks wie die hatte ich noch nie gesehen. Einer der beiden, ein uralter Lastzug, hatte wohl schon beide Weltkriege überdauert, ein Motorblock massig wie der von einem Traktor und Radkästen, die zwei Meter überm Boden hingen, breit genug, um damit über den Eden setzen zu können, und daran gekoppelt dieser Tieflader mit etwas, das wie eine draufgepappte, dreistöckige Sardinenbüchse aussah. Und der zweite Laster? Mann, für mich sah der aus wie zwei zusammengeschweißte Trucks. Mit dem könnte man ganze Dörfer versetzen. Vier, fünf Stockwerke hoch, und er war neuer, vielleicht seit zwanzig Jahren auf der Straße, an den Seiten, da wo kein Regen hinkam, klebte noch Farbe, und woher er auch stammte, das Innere von Fahrerkabine und Hänger waren von irgendwas Grässlichem und so Klumpigem gefleckt, dass man es selbst mit Dynamit nicht hätte absprengen können.

Die schwarze Limo hielt vor den beiden Männern, und das Fenster wurde runtergekurbelt, weshalb wir sehen konnten, dass Colin am Steuer saß. Er blieb sitzen, also stiegen wir aus, um ein Wort mit ihm zu reden. »Sind die aus einem verfluchten Museum geliehen?«, fragte ich ihn. »Wie bist du da rangekommen?«

»Lass gut sein. Reinste Wertarbeit. Die rollen auch noch in hundert Jahren.«

»Hab schon Rasenmäher gesehen, die verkehrstüchtiger waren.«

»Tja, du fährst ja auch einen.«

»Ist doch egal, wie sie aussehen«, sagte William. »Wir lassen sie verschwinden, sobald wir fertig sind.«

»Das nenn ich die richtige Einstellung. Nimm dir ein Beispiel, Steve«, sagte Colin und zeigte mit dem Daumen auf die Kerle am Boden. »Das sind George und Bog. Gibt keine besseren Viehtreiber. Ich lass euch später Hallo sagen. Bog wird den da fahren«, sagte er und zeigte auf den antiken Brummi. »Und George fährt mit dir in dem anderen, Steve.«

»Ich brauch keinen an meiner Seite«, sagte ich.

»George schon. Ich denke, so ist es für alle das Beste.«

»Was du nicht sagst.«

»Mach's mit ihm aus, wenn es dir nicht passt.«

Argumente waren nutzlos, also sah ich zu George hinüber. »Willkommen an Bord.«

Lass mich dir die beiden Grobklotze beschreiben. George war der größte Typ, den ich je gesehen hatte. Fände man sein Skelett im Wald, würde man es für die Überreste eines toten Kaltblüters halten, und es bräuchte das Fell von einem Gaul, ihm ein paar Treter zusammenzuschustern. Stand er vorm Horizont, könnte man ihn mit einem Berg verwechseln wegen seines Buckels, der unterm Hemd aufragte, als hätte ihn wer harpuniert und den Schaft abgebrochen. Der andere Kerl wurde Bog genannt, keine Ahnung, wofür das die Abkürzung war. Für jemanden, der weniger Zähne im Maul als Worte zu sagen hatte, bekam er die Lippen kaum auseinander. So wie der nuschelte, hätte man glauben können, seine Zunge sei geschwollen und seine

Stimme belegt oder er aus dem Ausland, vielleicht aber auch aus einer Gegend Englands, wo man Köter zu Bürgermeistern wählte, und das wohl kaum aus Spaß. Nicht so riesig wie George, trotzdem war ihm anzusehen, dass man es, trat er gegen eine Ziegelwand an, für ein faires Match halten könnte.

»Chance auf einen Kaffee?«, fragte ich Colin. »Wenn es schon keine Zeit für ein Päuschen gibt?«

»Sehe ich für dich wie eine verdammte Barrista aus?«, sagte er, langte ins Handschuhfach und hielt seine Flosse aus dem Fenster. Zwei braune Pillen. »Schluck die.«

»Und das ist?«

»Deine Kaffeepause. Auch Frühstück, Mittag- und Abendessen. Im Irak teilen sie keine Waffen mehr aus. Nur Messer und eine Tüte davon.«

»Freunde bei den Mujaheddin?«

»Mit dem richtigen Stoff kann jeder dein Freund sein.«

Ich schluckte sie trocken runter, konnte dabei aber nur dran denken, dass sie in seiner verschwitzten Hand gelegen hatten.

»Guter Junge«, sagte er zu mir. »Fahr uns hinterher, Steve. Tu einfach, als sei es ein ganz normaler Job.«

William fuhr im Ford voran, und ich bestieg den Lastzug, musste mich Stufe für Stufe hochwuchten. George wartete schon, Füße auf dem Armaturenbrett, lag fast im Sitz. Steckte den Kopf rein und zog ihn wieder raus, vom Gestank in der Kabine japste ich nach Luft. »Schlechte Neuigkeiten für dich«, sagte er. »Du gewöhnst dich nicht dran.«

Ich tankte frische Luft und setzte mich. »Man gewöhnt sich an alles.«

»Tja, stimmt, heißt nur nicht, dass es dann nicht immer noch nach Scheiße stinkt.«

Der Laster röchelte dreimal, ehe die Brennkammer freirotzte und wir mit quietschenden Riemen in die Gänge kamen. Selbst im Schritttempo schaukelte der Aufbau wie verrückt. Am liebsten hätte ich in jeder scharfen Kurve mein Hemd aus dem Fenster gehalten. Noch heute wird mir schlecht, wenn ich dran denke, wie dieses Unding schwankte und schlingerte, fünfzig Tonnen in Händen, und die Zähne klapperten, so eierte die Kabine. War mehr segeln als lenken. Durch ganz Staffordshire und Shropshire blieben die anderen nur rote Punkte vor mir auf der Straße. Konnte mit denen nicht mithalten, aber George kannte den Weg und kündigte jeden Abzweig rechtzeitig an. Bald waren wir zurück auf breiten Straßen. Nur ein Laster in der Nacht. George sank immer weiter in sich zusammen, lag schließlich halb zusammengerollt auf dem Armaturenbrett. »Folg von jetzt an einfach den Schildern nach Hereford«, sagte er, »ich mach ein Nickerchen. Weck mich, wenn's Probleme gibt.«

»Bist du deshalb hier? Um zu übernehmen, wenn ich es nicht schaffe?«

»Wenn du es nicht schaffst, krieg ich kein Geld.«

»Bist also mein Wachhund?«

»Denk doch, was du willst.« Er zog den Pullover über den Kopf, nutzte das Fenster als Kissen und das war's, pofte mit dem Gurt überm Hals. Mir fällt es schwer, neben jemandem zu schlafen, der fährt – darauf zu vertrauen, dass er selbst nicht einnickt und in entgegenkommende Autos kracht. Schlaf ist ansteckend. Hört man nur lang genug beim Schnarchen zu, wird man davon sanft eingelullt, bis man nicht mehr weiß, wer wach sein soll und wer nicht. Auf dieser Fahrt aber wagte ich kaum zu blinzeln.

Musste ständig an die Pillen denken, die Colin mir gegeben hatte. War meine Sicht verschwommen oder hingen Regentropfen an der Windschutzscheibe? Außerdem war mir schlecht, allerdings ein irgendwie weit entferntes Gefühl, und meine Millionen Gedanken überkamen mich wie ein Schaudern, bis mir der Kopf weh tat von dem Versuch, all ihnen nachzugehen. Dann sah ich es, ein Autobahnschild: *Hereford*. Mein Herz hämmerte so verdammt laut, dass ich dachte, das Radio sei angegangen. Ich schlug George wach, heftiger als beabsichtigt – er rang nach Luft, trat gegen die Scheibe. »Was für ein Weckruf!«

»Hatte keine Zeit, dir Schokolade aufs Kissen zu legen.«

»Wir sind also fast da? Weißt du, wann du nach Elderbridge abbiegen musst?«

Das wusste ich. Egal, wie dunkel es war.

Die beiden Autos und der zweite Laster bogen ab, und ich fuhr hinterher. Wäre im Kreisverkehr fast umgekippt, zum Glück waren nur unsere vier Fahrzeuge unterwegs. Die Hecken wurden größer, die Straßen schmaler. Unten im Süden sind sie uns immer einen Monat voraus – bedienen sich bei den Jahreszeiten, ehe sie uns lassen, was noch übrig ist; in der Gosse blühten schon rote Feuernelken.

Ich fing an, das Flachland zu mögen. Gerade Straßen und weite Blicke. Jedes Haus versteckt unter Bäumen, auf jeder Lichtung ein Pub; dann sah ich das Farmhaus. Mary Brook. Kein Licht brannte, die Glaswände schwärzer als der Himmel, der Parkplatz leer, und kein Mensch im Haus. Niemand wohnte dort. Eine Farm ohne Farmer.

Wir näherten uns einer Brücke, George schrie, und wir klappten die Spiegel ein. Ratterten über ein Viehrost, und ich knallte mit dem Kopf ans Dach, als sich die Schnauze senkte; dann wurden die vier Fahrzeuge langsamer, fuhren hintereinander durch die Weiden, nahmen jede Kurve wie ein langer Waggonzug, rollten weiter und weiter durch Nadelöhre, bis alle Fahrzeuge mitten auf der Strecke zum Halten kamen. Ich lehnte mich weit aus dem Fenster und blickte nach vorn. Wie ein Korken verpfropfte die Limo den Weg. Konnte keinen Grund dafür erkennen und fing an, aufs Truckdach zu hämmern. Colin hielt mir aus seinem Wagen zwei Finger hin, sagte, ich solle Ruhe geben. Weckte sämtliche Kühe in der Nähe auf und die kamen, um uns durch den Zaun zu beschnuppern. »Weiter, verdammt. Weiter.« Ich setzte mich wieder. »Was macht der denn?«

»Die Herde sollte hier sein«, sagte George. »Keine Ahnung, warum jetzt Kühe auf den Weiden sind.«

Die Limo fuhr los, preschte durch schmale Gassen, und wir verloren sie aus den Augen. Versuchte Colin zu folgen, während er zwischen Gebüsch abbog und ich ihm nach, eine Viertelstunde lang, immer hinterher, bis ich anfing zu glauben, dass all diese Weiden gleich aussahen. Die Kühe sahen gleich aus. Die Straßen. Die Kurven. Wir drehten uns im Kreis. Trotzdem blieb ich hinter ihm, und wir hatten wieder eine halbe Runde geschafft, als er einen neuen Abzweig entdeckte, über schmalere Straßen als geplant fuhr und ich aus den Fenstern nichts sehen konnte, weil Zweige dagegen drückten. Dann lagen die rohrschmalen Gassen hinter uns, und wir fuhren über Erde und Gras. Plätteten ein Kohlfeld, die Reifen grün, und wir flogen über den Huckel einer Anhöhe, vier Reifen in der Luft, dann sechs, hüpften auf die nächste Weide. Der Konvoi hielt, mein Hänger rutschte auf mich zu, bis ich die Bremse zog, die Kühlerhaube auf dem Hang, die Scheinwerfer zeigten ins Gras, eine Weide mit nichts als einer großen Dunkelheit dahinter. Zentimeterweise zog ich vor, bis der Laster waagerecht stand und seine Lichter auf die Rücken von über tausend Schafen fielen, vielleicht noch mehr, mehr jedenfalls als ich in Erinnerung hatte; und sie drehten ihre glatzköpfigen Schädel zu uns um, käuten wieder und warteten vier Stunden vor der Zeit darauf, gefüttert zu werden. »Ach du heilige Scheiße!«

George wartete nicht. Schob sich durch die spaltbreit offene, starre Tür, quetschte Kopf und Brust zusammen wie eine Maus, rannte neben Laster und Autos her und hämmerte an ihre Seiten, um nicht überrollt zu werden. »Weiter, fahrt weiter«. Öffnete das Hauptgatter, drückte mit der Brust dagegen. Die ganze Herde war auf den Beinen, jedes Tier wich vor den gigantischen Lastern zurück, Lämmer unterm Bauch; und ihre Stanniolaugen reflektierten unser Licht doppelt so hell. Sie fingen an, seitwärts auszuweichen, rückwärts zu laufen, fielen, bis sie wie eine Welle ans Ende der Weide strömten. Wir umkreisten sie mit den LKWs, parkten so, dass die Laster einen Tunnel bildeten, und die Hunde rannten los, verbellten die Schafe von den Motoren, glitten zwischen die Stöckerbeine der Herde. Ich sah Snitters Kopf an ihren Leibern vorbeidrängen, den Hals nach Luft recken, sah ihn auf ihre Rücken springen und über

Hüften und Schultern laufen, als wären sie ein sich bewegender Teppich. »Weg da! Aus dem Weg!« Ich stand auf den Klapptritt des Lastzugs und sah mich Scharen von Texeln gegenüber, von Leicesters und Southdowns, familienweise zusammengerottet; auf den beiden Nachbarweiden Jacob-Schafe, die größte Herde des ganzen Landes. Bogs Rampe knallte auf den Boden, und alle waren auf den Beinen. »Treibt sie rein, Jungs. Ihr könnt so gut bellen wie jeder Köter.« Ich sprang zu Boden, zog den Seitenhebel, öffnete die Laderampe und fuhr sie mit einem Gasstoß runter. »Sie gehören uns. Rauf damit! Rauf auf die Rampe.« Mit einem Pfiff rief William seinen Hund Jaffa und überließ es Colin, die Jacobs herzutreiben. Bog und George schrien lauthals, rannten mit tief gehaltenen Händen, so dass die Schafe sich aus dem Weg duckten; und wo das Gedränge zu dicht wurde, um weiterlaufen zu können, fingen sie an, fettärschige Zibben vorwärtszuschieben. Nachts werden Schafe träge und können stocksteif im Schlamm verharren. Wäre leichter, Nierensteine zu verrücken. »Rauf mit euch, ihr Mistviecher. Rauf!« Die beiden Idioten sanken tief ein und rutschten auf ihren Socken aus, als die Schuhe steckenblieben. Bissen sich auf die Zungen, wenn sie hinfielen. Krabbelten mit blauen, hufförmigen Flecken beiseite. Sie wurden so rücksichtslos wie die Schafe, grabschten mit beiden Händen in die Wolle und rissen an den Ohren, als könnten sie Tier für Tier vorantreiben. »Los, ihr Mistviecher, lauft! Ihr habt Beine. Also lauft. Zeigt es den anderen.« Ich fand Snitter und ließ ihn arbeiten. »Jag sie hoch!« Entknäulte die Herde und sagte George und Bog, sie sollten hinten bleiben, die Hände ausgetreckt wie ein Torwart, bereit für Quertreiber. Kreisten sie von drei Seiten ein, bis die Herde den kleineren Laster entdeckte. »Das reicht.« Hielten sie auf Trab, das Klappern auf der Rampe begann, fünf Schafe, die sich gleichzeitig die Schräge hochkämpften. »Das reicht.« Füllten jedes Transporterdeck gleichmäßig auf und warfen ihnen Kornpellets hin, damit sie aufhörten zu beißen. »Treibt sie weiter. Drängt sie zurück. Ladet sie auf die Hänger.« Ich spürte die Erde von neuem Getrappel beben, ein Bodenwummern; ein Tor buckelte, hallte. Colin tauchte am Kopf einer Kolonne von Jacob-Schafen auf. »Hier sind sie. Gehören euch.« Ihr Fell braun und weiß, manche schwärzer als der Tiefschlaf, schwarze Augen und schwarze Hörner, die ihnen ihr Leben lang aus den Schädeln wucherten. Hörte William seinen Morgenruf pfeifen, damit der Collie die Flanke seiner neuen Herde ablief. »Hierher. Hierher.« Fünfhundert strömten aus dem Osttor, einem Engpass, drückten die Zaunpfosten um und donnerten gegen meinen Laster, ehe sie sich mit der größeren Herde vermengten – furchteinflößend mit ihren spitzen Köpfen, wühlten Steine aus dem Dreck und traten nach hinten aus, um sich Fluchtraum zu verschaffen. »Lasst sie nicht raus. Die sind die Schafe, nicht ihr!« Wir jagten die größeren Viecher und warfen sie zu Boden, um sie zu beruhigen. Fingen an, meinen Laster zu beladen, die Stahlrampe sackte tiefer unter den zweihundert Kilo Lebendgewicht. »Immer mit der Ruhe, Jungs. Haltet die Rampe. Setzt die Schultern ein. Eure Rücken sind auch nur aus Knochen.« Ich sah die Jungs gröber zupacken, dann taten wir es alle, scheuchten jedes Schaf hoch, das gereizt wirkte, zerrten jedes rauf, das nicht so aussah. Die Hunde ließen sich anstecken. Zwickten, zwackten, rissen Haut auf, bissen blökende Schafe und brachten sie zum Bluten – auf unsere Kleider. Auf die Hängerwände. Schafe wankten, als hätten sie einen Anfall, klangen ausnahmsweise wild. Ich wusste, es war falsch. »Schneller, ihr Mistviecher.« Versuchte, sie zu beruhigen. »Schneller.« Ich hob die Widder, ohne einen Gedanken daran zu verschwenden, was das für meinen Rücken bedeuten mochte oder für ihren. »Das wird schon.« Wir hatten sie, wo wir sie haben wollten. Konnten ein Ende der Herde auf der Weide absehen. Jedes Stockwerk im Laster gefüllt. »Das wird schon.«

Ich hielt einen Nachzügler im Arm, ein sich windendes Aulamm, als drei Weiden weiter ein neues Licht am Himmel auftauchte. Flackerte. Über unseren Köpfen hing ein gelbes Quadrat mit schwarzem Kreuz in der Mitte. Ein Fenster, auch wenn ich das Haus nicht sehen konnte, zu dem es gehörte. Nur Licht aus einem Zimmer. Wir fielen auf die Knie, die Hunde sahen uns an. Wussten, wie Motten sich fühlten. Wussten, wie versenkte Schiffe sich fühlten. »Was zum Teufel ist das?«, sagte William.

»Ein Haus, allem Anschein nach«, sagte Colin.

»Was denn für ein verfluchtes Haus? Du hast doch die Weiden gecheckt.«

»Diese nicht.« Er stand auf und lief zum Wagen. »Nur keine Panik. Bei dem Rasierlicht können die uns hier nicht sehen. Sind bald wieder im Bett. Und wir auch.«

»Wenn sie uns nicht sehen können, hören sie uns«, sagte ich.

»Dann halt deine verdammte Klappe.«

Ich sah zu, wie Colin irgendwelches Zeug aus dem Kofferraum zog, Starthilfekabel, Kanister, Abschleppseil, wie er herumwühlte, fand was er suchte, und sich mit einem langen Schlagholz in der Hand wieder aufrichtete. Ein fetter Baseballschläger. Im Zimmer tat sich nichts; das Licht ging wieder aus. Colin drehte sich zu uns um und lächelte. Lächelte auch noch, als ein neues Licht in einem anderen Fenster aufleuchtete, ein schmaleres, dann noch eines weiter unten, allem Anschein nach in der Küche, und gleich darauf wurde ein großes Erkerschlafzimmer hell, der Vorhang zurückgezogen, und man sah die Umrisse einer jungen Frau oder eines Kindes, das sich ans Fenster presste. »Wir müssen verschwinden«, sagte ich. »Ab in die beiden Autos und weg hier.«

»Wir müssen zu Ende bringen, was wir angefangen haben«, sagte Colin.

»Sie haben uns gesehen.«

»Wir können jetzt nicht aufhören. Müssen für eine Ablenkung sorgen.«

Er lief ohne Taschenlampe ins Dunkel, und ich hörte, wie er zu rennen begann, wie er lauter hechelte als die Hunde. Bald darauf knarrte ein Gatter. Ich blickte zu William hinüber, der erschöpft aussah, das Gesicht schweißnass, aber blutleer, so weiß, dass man die Augen von der Haut nicht unterscheiden konnte. Die anderen beiden Kerle machten sich wieder ans Zusammentreiben, und William blieb nichts weiter übrig, als mitzumachen. »Der kriegt das hin«, sagte George. »Ist schon mit Schlimmerem fertig geworden.«

Ich hatte keine Ahnung, was denen durch den Kopf ging. *Scheiß drauf*. Was anderes konnte ich nicht denken. *Scheiß auf die verdammten Schafe*. Weite, offene Weiden, und wir gefangen. Gut sichtbar, soweit man laufen konnte. Die Laster würden in den schmalen Straßen steckenbleiben – kein Entkommen, wenn uns wer den Weg verstellte.

Ich lief los. Fand Williams Wagen und fing an, mit beiden Händen die Sitze abzutasten, steckte sie ellbogentief in die Ritzen, suchte die Schlüssel. Nicht im Zündschloss, nicht im Aschenbecher, in der Türablage, unterm Sitz, unter der Fußmatte, im Handschuhfach. Fand eine Taschenlampe, knipste sie an, dann *wumms*. Hörte den Schlag gegen den Kopf, ehe ich ihn spürte; wie ein Flügel wurde mein Arm auf den Rücken gebogen. Es war George. »Du willst doch jetzt nicht abhauen, Steve, oder?« Konnte mich nicht aus seinem Griff befreien. Er zog mich auf die Füße und schleuderte mich von sich, warf mich krachend gegen die Tür. Hörte ein hölzernes Knacken im Arm. George ließ mich fallen. Ich blies Blasen in den Dreck und langte nach einem seiner Stiefel, als er davonging. Hielt den Arm hoch, schmerzte weniger, hielt ihn überm Gras, sah die Schlüssel an der Sichtblende hängen. Ich kam wieder auf die Beine, und im selben Moment gingen die Lichter aus, eines nach dem anderen, von unten bis oben.

Bis zu diesem Tag hatte ich geglaubt, wenn man sich verbrennt, an Topf oder Kessel, würde sich die versengte Haut heiß anfühlen, weil man sich doch verbrannt hatte. Stimmt aber nicht. Feuer fühlt sich wie gar nichts an, wie Luft. Man denkt nur, Feuer ist einfach ein verfluchter Schmerz. Und mein Arm brannte von oben bis unten, ich musterte meine Finger, um mich zu vergewissern, dass sie nicht zu Kerzen geworden waren. Blies drauf. Kann mich nicht erinnern, zu den Jungs zurückgelaufen zu sein, aber die Rampen waren oben, die Hunde leckten die Scheiben des Fords von innen sauber. Bog hockte in der Kabine seines Trucks, bereitete sich auf die Abfahrt vor.

Colin trat ins ringförmige Licht der Laster. Er hielt den Schläger nicht länger in der Hand und sah betrunken aus; seine Stimme versagte. »Was ist passiert?«, fragte William.

»Nichts. Nettes Paar. Sehr verständnisvoll.«

»Wie das?«

»Nicht jeder fürchtet, seinen Verstand zu gebrauchen.«

»Kommt jemand?«

»Nicht, wenn wir jetzt verschwinden.«

Ich stopfte die lahme Hand ins Hemd und stieg mit einem Arm die Stufen zum Laster hoch, schob mich über die Sitze, lehnte mich ans Fenster und wartete nicht auf George. Rumpelte die Maschine ein Stück zurück, beugte mich seitwärts und kurvte zum Gatter. Die frische Ladung im Hänger polterte, der Krach hörte nicht auf. Ich war schon fast von der Weide runter, als ich zu den anderen hinübersah. Colin stand über den Ford gebeugt, William saß hinterm Steuer und ließ den Anlasser röcheln, kein Mucks vom Motor, hämmerte auf das Ding, als es nicht anspringen wollte. »Abgekackt?«, schrie ich aus dem Fenster.

»Sieht so aus.«

»Ich kümmre mich drum«, sagte Colin. »William, du fährst mit Steve.«

Ich drosselte das Tempo, warf die Tür auf, hörte die Hunde bellen und langte nach unten, um sie rascher reinzuhieven, zog sie am Fell hoch, an der Nase, tat dasselbe für William, dessen Mantel sich in der Tür verfing, als ich sie zuschlug. »Fahr!«

»Was glaubst du, was ich mache?«

Ich ließ das Steuer nach links fliegen, um Boden zu gewinnen, kurvte blindlings, schoss durch die spacken Gassen. Malte die Zäune silbrig, flog haarscharf dran vorbei. Sah auf die Uhr – wir hatten eine Stunde gebraucht. Wäre Noah bei uns gewesen, hätte er jedes verdammte Tier der Welt in seine Arche verfrachten können. Sah einen halben Lorbeerstrauch aus den Kotflügeln ragen, aber wir hatten es geschafft, waren wieder auf richtigen Straßen. Bog donnerte direkt hinter uns her.

Wir fuhren weiter und immer weiter fort von der Farm. Fuhren bei Mondlicht und hielten uns von der Autobahn fern, bis der Tag anbrach. Weiß gespülte Häuser, schiefe Mauern unter Reetdächern, umrundet von so ordentlich gestutzten Hecken, dass selbst die Vögel davor Schiss hatten. Selbst Schlösser gab es, welche, die noch bewohnt waren. Wir verloren den anderen Laster aus den Augen, auch den schwarzen Wagen, aber ich wusste, wo es hinging. Nahmen einen Umweg, ostwärts nach Rutland und zur Küste, trafen auf die Pennines und folgten ihnen bis nach Caldhithe.

Wir waren nicht mehr die Einzigen auf der Straße. Fünfzehn Meter lange Laster, die stetig dahinrollten, einer vor uns, einer hinter uns. Rasende Rover, die mich nervös machten. Junge Frauen in ihren Minis auf dem Weg zur Arbeit, die zu Musik sangen. Alles hatte Bedeutung. Warnungen im Gedärm geplätteter Karnickel, Zaunkönige, die sich auf Baumstümpfen sammelten, nachts hellwache Butterblumen. Ich ballte eine Faust, um mich abzulenken. Schon gelb angelaufen und geschwollen, die Hand so blaurot wie zermatschte

Brombeeren. William hatte ein Radio im Schoß, hörte Polizeifunk. »Nichts. Nichts. Nichts. Man hat den Wagen gefunden. Die leere Weide.« Die Dämmerung kam so langsam, wie sie vergangen war, aber für meine Augen war sie zu hell. Die Sonne warf ihr Licht auf die Hügel von Lincolnshire, über das Schwemmland. Wir fuhren durch Humberside, die Yorkshire Dales und Durham. Hörten was im Radio, aber nichts Genaues. Schafe wurden gestohlen. So was passiert.

Hielten nur einmal, um zu tanken, und William holte eine Tüte Cheeseburger, verfütterte sie an die Hunde und an mich. Sahen den Laster bei Tageslicht. Blut an der Tür. Wischte sie mit meiner Jacke sauber, so gut es ging, und den Geräuschen nach schliefen die Schafe. Hätte wissen müssen, dass was nicht stimmt, als wir die Tankstelle verließen. Diese Laster sind laut, trotzdem konnte ich jedes bisschen Metall hören – jede Schraube, jede Unterlegscheibe. Gewann auf der Autobahn nicht an Fahrt, weshalb wir durchs Moorland zuckelten. William meldete sich zu Wort. »Was ist das für ein Rattern?«

»Welches?«

Penrith tauchte auf den grünen Autobahnschildern auf, aber für eine Strecke von dreißig Minuten brauchten wir eine Stunde, also wurde der Laster langsamer oder die Meile war aufs Doppelte angewachsen. Die Cheviot Hills hatten wir noch gut hinter uns gebracht, aber jetzt konnte ich die Fells vor uns aufsteigen sehen und mit ihnen die Straße. Als Heide das Land braun färbte und wir vereinzelt Schafsherden auf den Bergen ausmachten, wurde der Truck nur noch durch meine Hände am Steuer zusammengehalten. Wir durchquerten die Trockensteinmauern eines Tals, schafften die nächsten drei Täler aber nicht mehr, weil das Rattern außer Rand und Band geriet. Mir blieb gerade noch Zeit genug, am Rand mitten im Gebüsch zu halten. Vergrub den Kopf unter den Armen, als das Knacken unter der Kühlerhaube begann. William schloss die Fenster gegen den schwarzen Rauch. Die Luft wurde besser, dass mit dem Zischen aber erst, als nichts mehr aus Reifen oder Motor entweichen konnte. Wir stiegen aus und liefen den Laster lang. Ich war beileibe kein Automechaniker, bildete mir aber ein, dass der Auspuff am Motor hängen musste, wenn er funktionieren sollte.

Ich hatte die Füße hochgelegt, als Colin auftauchte, erhob mich, um ihn zu begrüßen. Er hielt mit laufendem Motor und musterte mich. »Warum wartest du hier?«

»Das Wetter ist so schön«, sagte ich.

»Was hast du mit dem Laster gemacht?«

»Rollt noch in hundert Jahren, hast du gesagt, aber die sind jetzt um.«

»Keine Chance, ihn wieder zum Laufen zu bringen?«

»Keine, es sei denn, du hast eine große Winde in deinem Wagen.«

»Du hast es verbockt, Steve.«

»Wenn du dich dann besser fühlst, lass ich dich das glauben.«

Der zweite Laster kam, tuckerte näher, hielt offensichtlich nur ungern. »Kenn einen anderen Ort, an den ich fahren könnte«, sagte Colin. »Mit Bog und George.«

»Den kenne ich auch, vielleicht ein bisschen wärmer, als du ihn dir vorstellst.«

»Hab das Radio an. Ihr werdet gesucht.«

»Solange die nicht hier suchen.«

»Ich komm zurück, wenn ich kann.« Er winkte dem anderen Laster zu, dann mir, dann ließ er den Motor wieder an. Ich stand reglos im Schatten des toten Schleppers, während die beiden sich aus dem Staub machten.

Lowra

Wir waren im Gamwater Valley hängengeblieben, dreißig Meilen weit weg von zu Hause. Eine Nebenstrecke in Cumbria, die es wohl nie in die Reisebücher schafft, da sie nichts weiter zu bieten hat, als lange Fußmärsche zu den Touristenpfaden. Wir saßen in einer Senke der Limeside Fells fest, einer Halde pfadloser Hänge, die von ihren Gipfeln nur einen Blick auf die Autobahn bieten. William hatte einen Flecken Vogelmiere entdeckt und stopfte sie sich büschelweise in den Mund, kaute darauf herum wie auf Kaugummi. Ich stand wie er an den Laster gelehnt. »Was jetzt?«, fragte ich.

»Ich lass die jedenfalls nicht hier.«

»Müssen verdammt oft mit deinem Rover fahren, wenn wir alle fünfhundert Schafe nach Caldhithe bringen wollen.«

»Die können laufen.«

»Über die Berge?«

»Das sind nur Hügel, du Weichei.«

Ich sah mir den nächsten Hang genauer an – folgte dem Steinrücken über den Kamm, der die Gipfelwand des Tals bildete, und weiter bis zur Ecke, wo die Klippen steil abfielen und einen dachlosen Steintunnel zwischen Han Gill und Gusty Raise bildeten, einen schmalen Bergpass ohne Namen. Ich werde ihn Tote-Jacobs-Pass nennen. Um die Schafe aus Gamwater zu schaffen, mussten wir über jeden zerklüfteten Absatz klettern und durch einen speerförmigen Kessel zu den Mikill Barros laufen, den Brimlaw Haws, zu Shinmara und Niskr Crag – jenen Fells, die auf Curdale und die Caldhithe Farm herabblickten. Würde fünfzehn Stunden dauern, ohne Zeit für offene Schuhriemen oder auszudrückende Blasen. »Okay«, sagte ich. »Verdammt. Gehen wir.«

Wir hatten noch gut einen Tag Sonnenlicht vor uns, und mehr brauchten wir nicht. Ich montierte die Nummernschilder vom Laster ab und rieb Armaturenbrett und Türgriffe mit Enteiser ab. Suchte nach Essbarem und fand eine Packung Fisherman's Friend im Handschuhfach. Hab schon schlimmere Mahlzeiten gehabt. Säcke mit Schafpellets – korkenförmiges Granulat aus Korn, Sirup und Knochen. Wünschte mir, ich könnte sagen, ich wüsste nicht, wie die schmecken. Stopfte mir damit sämtliche Taschen voll und brachte William dazu, es mir gleichzutun; drei Pfund von dem Zeug in meinem Mantel, und noch mal genauso viel beulte meine Hose aus.

Wir entriegelten die Heckklappe, und die Schafe senkten die Köpfe, Hörner in einer Reihe, Horn in Horn, Kinn an Kinn verhakelt, so dicht nebeneinander, dass wenn eines nickte, sich die Schädel der beiden an seinen Seiten bewegten. Die meisten hatten keinen Platz, sich hinzulegen, wurden von Rippengerüsten gehalten und bebten, als würde der Laster noch fahren. Wir ließen die Rampe runter, und sie wichen vor der frischen Luft zurück. Wir hämmerten beidseits an den LKW oder an die Haltegitter, riefen *raus, raus*, und sie keilten ihrerseits gegen das Metall. Packten Snitter an Nacken und Beinen und warfen ihn weit nach hinten in den Hänger – plötzlich machten sie Platz, konnten sich bewegen, er hielt sich an der Seite, tappte gegen ihre Leiber. Schafe sprangen nach draußen, eines nach dem anderen, kamen paarweise, donnerten die Holzrampe runter, die rappelte und klapperte wie ein Zug auf Schienen. Der zweite Hund erwartete sie, blieb auf der Straße, verbellte ihre Schultern und duckte sich vor pendelnden Hörnern auf die Pfoten, trieb sie zum Talgrund. Ich ging im Hänger bis nach hinten, um sie aus den oberen Stockwerken zu treiben, aber es war kein Ende abzusehen, mehr und immer mehr fielen übers Geländer, schossen aus den Ecken vor. Brauchte mehr Zeit, sie rauszuholen, als ihr Verladen gedauert hatte. Ein letztes Schaf sprang nach unten, und es blieben im Hänger nur noch ihr Echo und auf der Ladefläche zwei tote Erstgeschorene.

Zählten durch. Fünfhundert Stück, allesamt Jacobs.

Das waren keine Wiesen oder Weiden, über die wir sie trieben. Da gab es keinerlei Anzeichen von Futter, von anderen Tieren, anderen Bauern. Eine wilde Gegend. Zumindest das, was hier als wild gilt. Große Sträucher Eberesche oder Blaubeere bis auf Grashöhe runtergekrümmt. Jedes Schaf, das hier leben müsste, hätte das Weite gesucht.

Wir gaben der Herde keine Rast. Hielten sie in Bewegung, trieben sie vor uns her durch die Gräben, bis wir die Leittiere nicht länger sehen konnten. Gamwater selbst war nur noch eine Pfütze im Bauchnabel des Tals, die Ufer feuchter und Mergel, der nach gekochten Eiern stank. Scharfblättriges Sauergras wuchs am Wasserrand, aber wenn die Schafe drüber herfielen, blieben sie im Matsch stecken. Mussten sie an ihrem überlangen Fell wieder rauszerren. Diese Tiere waren von Stadtmenschen aufgezogen worden und hatten noch nie einen Hügel gesehen, über den sie nicht springen konnten, hatten auch nicht annährend genügend Muskeln im Rücken, aber sie wurden nicht Rassetiere genannt, weil sie zu kränklich waren – wenn nötig, fanden sie die geforderte Kraft. Wir trieben sie aus dem Moor und führten sie den Sattel hoch. Die Gräben wurden breiter, verloren ihr Grün, die Felsnasen wurden höher, fügten sich zu Klippen zusammen. Ragten über unseren Köpfen auf und belegten uns mit ihrem Schatten, während wir uns dem Bergpass näherten.

Die Herde gab ihr Bestes, spülte an die Klippenränder, ergoss sich drum herum, trollte sich in Zehnerreihen voran, bedeckte den Grund, hüpfte der Reihe nach von Fels zu Fels, wenn eines ausrutschte, dann zwanzig, aber meist verharrten sie nur gerade so lange, wie sie brauchten, um wieder auf die Beine zu kommen. Wir blieben ihnen auf den Fersen, schickten die Hunde an Stellen, wo Mutterschafe vielleicht nervös wurden oder kehrtmachten. Wurden bloß langsamer, wo die Schlucht steiler wurde, und als wir ein, zwei Meilen weiter die Straße nicht mehr sehen konnten, entdeckten wir fünf Altschafe, die hinter uns herzockelten. Tattertiere, von denen das Fell wie Natterhemden baumelte, standen hechelnd da, das Maul voll milchigem Schleim. Ich schob sie mit den Händen an. Schafe laufen, bis sie sterben oder lahmen, und ich dachte nur: *Was muss, das muss*.

Ich fühlte frischen Wind durch den Pass wehen, so voll mit Kreidestaub, dass meine Haut ganz mehlig wurde. Mir machte was zu schaffen, also fragte ich William: »Was denkst du, wo er hin ist?«

»Colin?«, antwortete er. »Der hat mehr Löcher als ein Rattennest, in die er verschwinden kann. Gibt kaum einen Kumpel, der weniger Blödmann ist. Wird schon keine Probleme haben.«

»Und du glaubst, er kann die Schafe ohne dich verkaufen?«

»Nicht für das, was sie wert sind, aber vielleicht für mehr, als er dafür bezahlt hat.«

»Und wie lautet dein Plan?«

»Hat sich nicht geändert. Ist nur länger geworden.«

»Keine Ahnung, was ich mit dem mache, wenn mir das Arschloch noch mal unterkommt.« Ich blickte auf mein blau angelaufenes Handgelenk. »Mit jedem von denen.«

»Ich hab da so eine Ahnung.« Er schob sich ein Schafpellet in den Mund. »Aber vor uns liegt noch ein Tagesmarsch, danach habe ich sicher noch einige mehr.«

Von da, wo wir langliefen, konnte ich nur Schotter sehen, Hänge voller Felsbrocken und Gestein, die über steile Bruchkanten höher und immer höher aufstiegen. Geröll fiel über einen Absatz und sammelte sich auf dem nächsten wie bei einem dieser Münzautomaten auf dem Blackpool Pier. Wir liefen über Schichten von lockerem Kies, sanken bei jedem Schritt ein. »Was meinst du, sehen wir Shinmara bald?«, fragte ich William.

»Aye, noch eine Stunde, höchstens zwei.« Er lehnte sich an einen Fels und reckte sich, die Daumen in der Hose. »Aber wir werden auch sehen, dass es bis zum Shinmara noch dreimal so weit ist wie die Strecke, die wir hinter uns haben.«

»Könnten gerade Schlimmeres sehen.«

»Könnten wir.«

Wir kamen Richtung Pass höher rauf, so hoch, bis wir unsere Füße nicht länger sahen, bis wir bergab statt bergauf blickten. Wir waren auf dem Gipfel eines Kessels. Eine riesige Senke in den Fells, eine gefrorene Welle Fels, eine Schüssel, in der Brackwasser schwappte. Vorwärts der einzige Weg, denn hier hindurch ging es zu den Mikill Barrows. Man konnte, stand man am Rand, nichts als den Überhang sehen, also liefen wir eine Weile daran lang, bis wir eine eingebrochene Felswand fanden, deren Ausläufer im Zickzack nach unten führten. Breit und stabil genug für die Herde.

Wir führten sie zur Felswand, vorneweg die Widder, die für den Rest Ried und Schilf platttrampelten. Liefen in einer Reihe. Sprangen seitwärts, wenn sie an eine Kehre kamen, rutschten die rauen Platten runter. Brauchten über eine Stunde, bis wir sie auf dem Berg hatten und zum ersten Mal alle fünfhundert Tiere sahen, wie sie Kopf an Schwanz über die Hänge der Fells schnürten – viel zu viele von diesen Schissern. Die Altschafe blieben in unserer Nähe. Behielten den Rest der Herde im Auge. So wundfüßig, dass wir sie bis an den Rand zerren mussten, führten ihre Hinterteile zwischen unseren Beinen, bis sie zum grasbewachsenen Kamm kamen. Die Hunde rieben sich an ihren Seiten und leckten ihnen den Hals, damit sie nicht stehen blieben. Eine der alten Ladys musste ich aufheben, legte sie mir in den Nacken, in jeder Hand ein Huf. Sahen struppiger aus, je weiter sie liefen. Krochen duckrückig über jeden Sturz, pissten über den Fels, die Beine krumm, als hätten sie drei Paar Knie. Der Rest der Herde war schon auf dem Hang – verteilte sich im Kessel, während die Altschafe über den bröckelnden Pfad robbten. Nur noch der Sprung vom Felsrand. Landeten im Dreck, richteten sich schwindlig auf mit feuchten Augen, suchten Gras zum Futtern und fanden einen Platz zum Hinlegen. Bald ruhten die Köpfe auf dem Boden; sie waren erledigt. Nur mehr fünf Haufen Schurwolle. William hockte sich zu einem der Tiere. »Hast es geschafft, Liebes.« Strich ihr das Fell hinter die Ohren.

Es war der erste Flecken Gras seit Gamwater, und die Herde stürzte sich drauf, fiel über Ampfer und Fuchs-Segge her, schlang, Kopf im Nacken, Bissen für Bissen in den ersten Magen. Ich hätte es ihnen am liebsten gleichgetan. Die Fishermen's Friends kosteten mich so viel Feuchtigkeit, wie sie mir gaben, und das Brackwasser war ungenießbar, breiig wie halb gerührter Bratensaft; eher würden die Blutsauger in dem Gebräu ihren Durst stillen als ich meinen. Sah mich um und entdeckte eine Felswand, schleimgrün von Lebermoos; drüber tröpfelte ein Rinnsal. Ich ging in die Knie, hielt das Gesicht an den Fels und ließ das Wasser in meinen Mund fallen, wartete, bis es meine Wangen füllte. Schmeckte süßer als jeder Sirup. Ich lehnte mich zurück, das nasse Hemd klebte an mir, und die Weide unter meinen Händen fühlte sich so weich an wie nichts sonst. Schloss die Augen. Schlief nicht, war aber auch nicht wach.

Wir machten uns fertig zum Aufbruch. Der Himmel war klar, was sich hier draußen aber schneller ändert, als man den Kopf drehen kann. Der Wind nahm zu, und ich spürte, wie er mir zwischen die Hemdknöpfe fuhr. Diese niemals endende Brise presste den Farn am Osthang des Shinmara nieder, aber ruhiger würde das Wetter für uns nirgendwo in den Bergen werden. William schirmte die Augen ab, sah nach oben. Er zeigte auf die Fells, redete sich was ein. »Siehst du den Typen da oben?«

Er blickte zu einem der niedrigeren Hänge des Shinmara, und ich sah sie, eine Gestalt, die obere Hälfte leuchtendrot, für uns kaum mehr als ein Zinnsoldat, der es offenbar nicht eilig hatte. »Irgendwo muss es ja Leute geben«, sagte ich.

»Dahin wollen wir.«

»Dann wink mal.«

Er rief die Hunde wach. Ließ sie die Herde zusammentreiben.

»Wir können nicht länger ausruhen«, sagte er.

Ich musterte die schlaffen Schafe. »Wenn's nach denen ginge, würden sie noch eine Weile liegen bleiben.«

»Könnte man sich keinen besseren Ort für wünschen.«

»Ich erinnere dich dran, wenn deine Zeit kommt.«

»Wenn die kommt, kriech ich eigenhändig her.«

Sah nach, dass die gestürzten Schafe auch wirklich tot waren. Vergrub die gesunde Hand tief in ihrem Fell. Brust still. Kein Blinzeln. Kein Atem. William sah zu, sagte, wir müssten weiter. Er zog die Kadaver in eine kleine Senke unter einen buckligen Fels. Bettete sie in die Heide. Ich sah, wie er das Messer aus dem Gürtel zog und sich über jedes Tier beugte, nach den Ohren griff, die Marker abschnitt und in die Tasche steckte. Wischte die Hände am Gras ab und schloss zu uns auf.

Shinmara ist an die sechshundert Meter hoch, will man den Gipfel besteigen, wir aber wollten zu einem Grasstreifen, der sich über den Südhang zog. Vielleicht ein Viehtrieb aus früherer Zeit. Die Herde drängte sich zusammen, schwärmte über die Felsnasen, füllte Rinnen wie gelbschwarzer Nebel, ließ zwischen sich keinen Platz für die Hunde und fraß jeden Grashalm auf dem Weg. Pfade waren noch keine zu sehen, aber wir entdeckten erste Trockensteinmauern, Umrisse von Schafsweiden, die über hundert Jahre nicht mehr genutzt worden waren. Wir mussten die Herde vorsichtig durch die verbliebenen Gatter treiben, lenkten sie mit unseren Stöcken und trieben die faulen Biester an, die nicht mehr laufen wollten.

Wir liefen, bis seitwärts die Sonne sank und sich ihre orangefarbene Schwarte auf einem Berghang wiegte. Der Wind nahm zu, war es leid, uns in Böen zu peitschen und blies nun ohne Unterlass. Ich barg den Kopf, konnte ihn bald nicht mehr heben. Mein Hemd war straff gespannt, klatschte gegen die Achseln, zerrte an mir und wollte, dass ich aufhöre. William schrie; seine Worte flatschten mir um die Ohren. Er legte eine Hand auf meine Schultern und zog mich am Haar zu sich heran. »Das ist der Skall-Wind.«

»Drehen wir um?«

Er blickte zum Gipfel auf, den er nicht sehen konnte. »Bleib hinter mir. So gut du kannst.«

Der Skall-Wind. Den Ortsansässigen bekannt wie ein guter Freund, den man am liebsten tot sähe. Es gibt ihn am Shinmara nur auf einer Seite, an diesem großen Klotz von Berg, der jeden Wind auf sich zieht und ihn am Grund über einen Erdwall wieder ausstößt. Bläst über eine Meile breit, fegt dahin wie nichts. Manchmal tagelang. Wer links oder rechts von diesem Hurrikan bleibt, merkt nichts davon, ist man aber mittendrin, dann Gott bewahre. Wer je am Gleisrand stand, wenn ein Frachtzug durch den Bahnhof donnert, der kennt das. Nur hört es nie auf. Näher kommt man dem Fallen nicht, während man sich noch auf zwei Beinen hält.

Bergauf wurden wir die meiste Zeit von einem Massiv geschützt, das sich jetzt aber teilte, um uns auf offenem Hang zurückzulassen. Wir wählten eine Strecke um diesen verankerten Steinhaufen herum und bekamen den Wind mit seiner vollen Kraft zu spüren. Er fegte durch einen schrägen Bruch mit zwei harschen Höhen und gelangte gleich darauf zu einer steilabfallenden Senke, so tief, dass sie ihren eigenen Horizont schuf. Alles auf dem Hang war in Bewegung. Jeder Grashalm, der noch stand, war störrisch wie Hinterkopfhaar und jeder Stein so tief eingesunken, dass ihn kein Wind ausgraben konnte. Der einzige andere Weg von diesem Berg wäre der Sturz nach unten.

Ich sicherte jeden Fetzen Kleidung an meinem Leib, stopfte die Hose in die Socken, den Mantel in die Hose und zog das Hemd über Lippen und Nase. Die Herde lief knapp dreihundert Meter weiter, und ich sah die ersten Schafe in den Skall vorrücken. Der größte Widder machte den Anfang, auf wackligen Beinen, nackte Haut zeigte sich, wo Wind auf Wolle traf. Kein Atem so stetig, dass wir sein Blöken hören könnten. Das nächste Schaf folgte, Kopf dichter am Boden, pflügte über die Erde, suchte Schutz hinterm Leithammel. Immer mehr wagten sich vor, stemmten sich aneinandergedrückt gegen den Wind. Schoben sich weiter und weiter, drallten bis scharf an den Rand; eines wurde tollkühn, stieg auf einen Felsbrocken und wurde kopfüber in einen Tod geblasen, den keiner sah. Jetzt war es an mir, mich dem Wind zu stellen, ich hatte mich noch nie so leicht gefühlt. Der Sturm grub sich in meine Nase, fächerte seine

Finger unter meine Haut. Jede Sekunde glich tausend Stößen, aber ich buckelte weiter, stapfte wie ein Gockel mit eisernem Schritt voran und versuchte, mit beiden Füße auf dem Boden zu bleiben. Duckte mich runter zur Herde, packte das nächstbeste Schaf, steckte mein Gesicht in die Wolle und klammerte mich am muskelbepackten Rücken fest. William griff sich gleichfalls eins und tat es mir nach. Die Hunde drängten sich an unsere Seite. Wir folgten der dahintapsenden Herde, ließen uns mit ihr treiben. Meine Kraft mit jedem Tropfen Schweiß verweht. Fiel und griff wie wild um mich, suchte einen Halt in der Wolle, um mich hochzuziehen. Krochen wie die Schafe dahin. Die Köpfe einwärts gekehrt, Schulter an Schulter und Hüfte an Hüfte schoben sich die Tiere vorwärts, eines nach dem anderen, eine mit Lanolin getriebene Maschine. Ich wusste, wir hatten das Ende erreicht, als ich einen kräftigeren Schritt auf festem Grund tat und von dem Schaf fortgetreten wurde, an dem ich mich festgehalten hatte. Ich lag mit dem Gesicht Richtung Boden. William, gleich hinter mir, machte es genauso. Die Augen nicht feucht genug, um mich nach ihm umsehen zu können, also wendete ich den ganzen Kopf und sah nur wenige Schritte weiter den Sturm mit ungeminderter Kraft dahinpeitschen. Wir aber hatten es geschafft. »Soll man im Wagen bleiben, nur weil man im Stau steckt?«, sagte ich, sobald mein Mund wieder Worte formen konnte.

»Was jammerst du? Ist doch erfrischend. Brauchst mindestens eine Woche lang nicht duschen.«

»Hättest du noch Haar, das man waschen könnte, hättest du nach dem hier garantiert keins mehr gehabt.« Wir blieben beide länger liegen, als ratsam war.

Glaubten nicht, dass wir unseren Füßen trauen konnten. Die Hunde schnüffelten an uns, um sich zu vergewissern, dass wir nicht tot waren. William griff mir unter die Schulter, half mir auf. Die Schafe waren nicht weit – warteten kopfscheu darauf, dass wir ihnen folgten. Probekauten Moos und beobachteten uns. Stehen und fressen ist für sie eins.

Am Fels stand ein Mann. An den Berg gelehnt, auf einen Stock gestützt, in der Hand eine braune Flasche. Ich will kein Geheimnis draus machen, wer das war. Gibt nur einen Blödmann, der so eine rote Fleecejacke trägt – Kit Jones. Seit drei Stunden oder länger waren wir auf seinem Land. »Hab nicht geglaubt, dass ihr das schafft.«

»Pub heute geschlossen, Kit?«, sagte William.

»Glaubst du, ich hätte mir das hier entgehen lassen?«

»Wenigstens kannst du uns keine Lügner nennen, wenn wir die Story erzählen«, sagte ich. Der Kerl schwankte, obwohl er sich an den Stein lehnte. »Willst du deinen Gästen keinen Schluck anbieten?«

Er reichte uns die Flasche, und abwechselnd tranken wir beide sein Bier aus. Er zückte einen Rest Knaster, um ihn mit uns zu teilen, aber William musste für ihn drehen. Ich rauchte nicht, nur blieb sonst, verdammte Scheiße, nichts, um sich den Magen zu füllen. »Sehen gut aus, die Schafe«, sagte er.

»Was weiß ein Hühnerbauer schon über Schafe?«, fragte William.

»Sind echt beschissen im Eierlegen.« Er löste sich vom Fels, wäre fast hingefallen. »Aber ich weiß immerhin, dass man nicht durch den Skall-Wind läuft.«

»Aye, wissen wir jetzt auch.«

»Seid heute weit weg von zu Hause.«

»Haben uns verirrt.«

»Verirrt? Sag ich's nächste Mal auch, wenn meine Frau mich fragt, wo ich die ganze Nacht war.«

»Könnte dich dasselbe fragen. Bist verteufelt weit gelaufen, um in Frieden zu picheln.«

»Nicht weit genug.« Er sah nach, ob noch ein Schluck in der Flasche war.

»Wir müssen die hier noch ein Stück weitertreiben, Kit«, sagte ich. »Ist fast dunkel. Okay für dich, wenn wir uns auf den Heimweg machen?«

»Gibt nur eine Möglichkeit, das rauszufinden.«

Er war zum Laufen zu betrunken, also ließen wir ihn in Kreisen herumtaumeln, bis er unter einem Felsvorhang sein Quad fand. Sackte überm Lenker zusammen, sobald er den Kickstarter getreten hatte. Brauchte zwei weitere Anläufe, um es in Gang zu bringen. Gondelte besoffen einen abschüssigen Pfad lang, torkelte gefährlich nah über den Boden, fuhr über einen Hügel und war außer Sicht. Wir machten Pause, während wir ihm zusahen, und weckten dann die Herde für die letzten Kilometer nach Hause. »Was, wenn er redet?«, fragte ich William. »Über die Jacobs.«

»Tut er nicht.«

»Woher willst du das wissen?«

Von einem Balkon aus zersprengtem Fels sahen wir auf Caldhithe hinab; unter uns senkte sich Shinmara in gewundenen Stufen in die Tiefe zum bereits nachtgefüllten Hängetal von Curdale. Die einzigen Lichter kamen von den Autos auf der Straße nach Towthwaite, und auch wenn nirgendwo Bäume waren, gab es doch Singvögel. Ziegenmelker, die für müde Köter Alarmpfiffe ausstießen. Und ich war zu keinem Schritt mehr fähig. Stöhnte nur, während wir tiefer und tiefer stolperten. Kamen zu grauen Steinstufen. Breite Platten wie auf einem Kirchboden, ewig von Wind und Regen gewaschen. Musste mich an den Händen rüberziehen, ließ mich vom Rand hängen und auf die nächste fallen. Lag rücklings, bis ich mich wieder bewegen konnte, spürte die Altschafe über mich hinwegtrotten. Dann eine letzte hohe Stufe, und ich fiel fast einen Meter tief auf den Boden von Caldhithe.

Ich konnte kein Ende erkennen. Wir hatten die Weiden erreicht, die Felder mit verunkrauteter Gründüngung, und ich sah im Haupthaus ein Licht, das Hoffnung weckte. Nur kamen wir dem Haus nicht näher, und es war, als blickten wir aus der Tiefe zu ihm rauf. Kleine Scheinwerferlichter begannen durchs Dunkel zu tanzen. Hüpften auf und ab durch die Felder, kamen näher, und kurz bevor sie uns erreichten, sah ich, dass Danny fuhr. Hielt bei den Schafen, hatte eine einzige mickrige Flasche Wasser dabei und sagte, seine Mum hätte uns gesehen und ihn losgeschickt. William sagte, er solle zurückfahren. »Bereite alles vor.« Ich weiß noch, wie ich das letzte Gatter für die Herde offen hielt. Als wollte man Bohnen aus einer Dose holen, nachdem man die Lasche abgerissen hatte. Spürte das Kopfsteinpflaster unter den Stiefeln, ehe ich begriff, wo wir waren; und die ganze Herde rannte zur Scheune – fiel über das Heugemisch her, das für sie bereitgelegt worden war. Einige bewegten nichts außer ihren Mäulern, und wer hinten war, musste über die anderen klettern, um nach vorn ans Heu zu kommen.

Die Tür zum Haus schwang auf, und da stand Helen, wartete. Bei ihrem Anblick war mir einen Moment lang, als hätte es sich gelohnt. William drängte an uns vorbei und ging gleich ins Bad, umklammerte das Becken, hielt den Kopf drunter, und das Wasser aus dem Hahn blähte seine Wangen, ehe er schluckte. Knallte die Tür zu, und wir hörten, wie er die Dusche anstellte. Ich blieb bei Helen, und der Blick in ihr Gesicht war schlimmer als der in einen Spiegel. Sie hielt mich. Sie wusste nicht, dass sie das Einzige war, was mich aufrechthielt. Standen eng umschlungen im Flur und spürte sie an meinem Hals weinen, spürte, wie die Tränen sie schüttelten und sie mich so an sich drückte, dass ich zusammenzuckte. Sie besah sich meinen Arm und zog mich in die Küche – nahm eine Dose aus dem Regal. Wusch den Dreck von meinen Händen, rieb zwischen den Fingern, über die Handgelenke. Umwickelte den Arm bis auf die Fingerspitzen dreimal mit einer Bandage, was wenigstens ein bisschen helfen sollte. »Danke, dass du ihn mir zurückgebracht hast, Steve.« Sie küsste mich auf die Stirn, ich umarmte den Tisch, und sie ließ mich schlafen.

Teil III

Jacks Land

Dowra

William inspizierte die gestohlene Herde und verkaufte in der nächsten Woche zweihundert Tiere an einen Bekannten unten in Bowland. Hundert Schafe kamen zum Schlachter – mit ihren Zweiter Hand besorgten Leibern war weiter kein Geld zu machen, nur mit dem, was sich von ihnen essen oder kochen ließ. Es blieben zwanzig gute Böcke, Zuchtwidder, und ebenso viele kastrierte Hammel zu ihrer Gesellschaft. Ungefähr hundertzwanzig Jacobs-Zibben. Um die fünfzig Zutreter, bereit für die nächste Saison und sechzig Jungauen, trächtig mit siebzig Lämmern. Zehn Schafe starben in den ersten Wochen, nachdem wir sie hergetrieben hatten, der Rest waren letztjährige Jungschafe oder Zwicken, die man im Auge behalten musste. Was von der Herde blieb, behielten wir auf Caldhithe. Fanden nie heraus, was aus den anderen Schafen geworden war – aus jenen, mit denen sich Colin davongemacht hatte. William besaß eine Pistole, mit der man die Marker aus den Ohren entfernen konnte; in die Löcher zog er neue ein. Gebrandmarkte Hörner sägte er ab, hielt das Schaf mit den Knien am Boden und trennte das Gehörn sauber und in einem Stück direkt über der Schädeldecke ab, blies den Staub weg.

Es fiel mir zu, die Jacobs zu zähmen. Und die sind keine sanften Schafe wie einige der lammfrommen Rassen. Eher wie Ziegen. Gerieten in Schwierigkeiten, wenn sie Löcher in Mauern oder Zäunen prüften oder mit den Hörnern in Rundraufen hängenblieben, um dann stundenlang stumm darauf zu warten, dass man sie befreite. Dekorierten den Hof für uns neu. Knabberten die Rinde von Weißdorn und Erlen, so dass die Bäume verkümmerten oder gar nicht mehr weiterwuchsen. Und sie fraßen einfach alles, diese Schafe. Verschlangen Lederstiefel oder tote Vögel – tranken ihr Blut, weil sie das Salz wollten. Fraßen die Säcke, in denen das Futtergemisch geliefert wurde, ebenso wie das Futtergemisch selbst, waren aber mäklig bei Gras. Verzogen die Mäuler bei Halmen, von denen sich noch einige Zentimeter fressen ließen, dafür musste ich dann mehr Pellets, mehr Korn und Heu anschleppen. Für die seltenen Rassen hat man eben ewig extra zu blechen. Trotzdem begann ich, sie zu mögen. Hockten sich zu mir, selbst wenn ich kein Futter für sie hatte. Teilte abends sogar meine Brote mit ihnen. Was mehr über mich als über die Schafe aussagt, fürchte ich. William hat sich mit den Jacobs nie viel Mühe gegeben. Sah nur nach ihnen, wenn ich nicht konnte.

Und Helen fing an, sie zu hüten. Jeden Tag, bevor sie ihren Laden aufmachte. Sie konnte lauter rufen als ich, weshalb es ihr nichts ausmachte, wenn die schwierigen Viecher vier, fünf kleine Herden bildeten, die sie zusammentreiben musste. Mit ihr war es hier draußen friedlicher, und ich gewöhnte mir an, weniger zu quasseln. Hörte zur Abwechslung mal zu. Über das Dorf, von dem wir ein Teil waren, auch wenn wir das längst vergessen hatten, über die Pearsons, die sich mit den Gibsons stritten wegen eines Baums, der zu groß geworden war, oder wegen der Mülltonnen, die zu lange auf den Gehwegen standen. Völlig egal, ob einem ein Prachtbau oder ein lausiges Reihenhaus gehörte, immer gab es irgendwelche Tore und Zäune, von denen man nicht wollte, dass wer drüber guckte. In der Hauptstraße stand dieses alte Gebäude. Eine Schmiede, in der seit den Tagen des britischen Empires kein Pferd mehr beschlagen worden war. Stand fast ebenso lang schon leer und unter Denkmalschutz, weshalb nur Fäulnis und Zeit daran was ändern durften. Helen sagte, sie ginge an den meisten Tagen nach der Arbeit hin, die Tür nie verschlossen, und sie stellte das Radio an, setzte sich und hörte zu. Ihr gefiel der Geruch des Gebälks bei Regen.

Helen hatte ein Auge für die Schafe wie niemand sonst. Entdeckte eine schiefe Hüfte oder Grind am Kiefervorbiss, wo ich nur Beine oder Lippen sah. Wenn ein Bock ausgesucht werden musste, hockte sie sich zu den Tieren und hielt ihre Hand wie eine Wasserwage über Rücken und Schädel. Den ganzen Morgen wog sie, schüttelte Fell und kämmte Wolle, bis ihr, wenn sie ging, ein Widder folgte. Mir war, als hätte ich ihn nie zuvor gesehen. Vollkommene, schwarze Kreise auf den Wangen und ein Doppelpaar Hörner, die den Teufel vor Neid erblassen lassen würden. »Das ist unser Junge«, sagte sie. »Hat versucht, mir die Hand abzukauen. Daran, wie hungrig er ist, merk ich, dass er fette Lämmer macht.«

»Hat mein Dad auch immer gesagt.«

»Noch ein paar Jahre und wir haben Widder mit Hörnern, die bis in den Himmel reichen. Adler werden darin ihre Nester bauen.«

Es gab Zeiten, in denen ich nicht wusste, was Helen in den Fells suchte. Sie war eine Frau, die ihre eigenen

Kleider nähte, Röcke gut genug für Frauenzeitschriften. Trug Samtschals im Sommer, geblümte Blusen im Winter. Stellte Wein in den Kühlschrank und benutzte Messer und Gabel, selbst wenn ihre Hände sauber waren. Dann aber sah ich sie mit den Tieren. Wo sie stand und ging, schien der Boden fest zu sein. Unsichtbare Muskeln in den Armen. Sommersprossen erwachten im Gesicht. Egal, auf welchen Gipfel man zeigte, sie kannte den Namen. Sagte den Wolken, wann sie platzen sollten, sah Unwetter am Rücken der Spatzen voraus und verstand jeden Schatten des Sonnenlichts zu deuten. Brachte mir bei, wie man besser Durchfall, Würmer und steifbeinige Lämmer erkannte. Wo sich Malven, Astern, Taubnessel, Süßwicken oder bitterer Beifuß fanden, und wann man sie den Mutterschafen geben sollte, damit es ihnen rasch wieder besser ging.

Sorgte sich nicht nur gut um die Herde, brachte mir auch Sachen aus ihrem Laden mit, die sich nicht verkauften. Wasserdichte Überhosen oder Socken so dick, dass man darin hüpfte wie ein Lamm. Zitronenmus und Minzbruch. Nach einigen Wochen machte sie sich ein Vergnügen daraus, mir eine Vesperdose mitzubringen, Biskuitkuchen, Brötchen und jede Menge Salat. Bislang konnte sie nichts davon machen, weil William und Danny so was nicht anrührten. Natürlich fand ich auch, dass das Karnickelfutter war, aber sie hatte reihenweise Kochbücher im Regal, und kein Karnickel hat je so gut gefuttert. Meist wusste ich gar nicht, was ich da aß, Käsestücke, die wie Schimmel stanken, Körner, die wie die Pellets aussahen, die wir an die Herde verfütterten, nur waren sie ölig und schmeckten, wie meiner Meinung nach griechisches Essen schmecken würde.

Immer, wenn ich sagte, wie lecker ihr Essen sei, gab es am nächsten Tag noch mehr. Salat und Kekse für den Anfang, dann einige Scheiben Brot und Würstchen im Schlafrock. Steak Pies größer als Abendbrotteller oder eine Scheibe Roastbeef mit käseüberbackenem Blumenkohl. Einmal sogar eine halbe Torte. »Pass lieber auf, Helen«, habe ich ihr gesagt, »könnte sein, dass ich mich daran gewöhne.«

»Eines kannst du mir glauben«, sagte sie. »Gewöhn dich an nichts, wenn es nicht sein muss.«

»Meinst du das ernst?«

»Ist eine schlechte Angewohnheit. Eine, die ich nicht loswerde.«

»Muss nicht immer schlecht sein, wenn man weiß, woran man ist«, sagte ich und stellte die Frage, die mir schon lange durch den Kopf ging. »Warum hast du mit der Viehwirtschaft aufgehört?«

»William war schuld. Konnte es nicht ertragen, mit ihm zusammenzuarbeiten. Keine Ahnung, wie du das schaffst. Dieses ewige Gejammere. Kam so weit, dass ich ihn im leeren Zimmer klagen hörte. Und immer waren es nur seine Schafe, egal, wie viel ich auch mit ihnen gearbeitet habe.«

»Und die hier sind nicht seine?«

»Er mag sie nicht. Wenn du nicht wärst, ich glaube, er würde sie verhungern lassen.«

»Und ich würde verhungern, wenn du nicht wärst.«

»Da haben wir wieder das Problem, Steve. Man gewöhnt sich an dies und das.«

Dauerte Wochen, die Herde in Form zu bringen, aber wir haben es geschafft. Folgte uns ohne Hunde, und wir fanden Weiden, die ihr zusagten. Brachten die erste

Schafschur hinter uns, und wenn ich mit den Tieren arbeitete, vergaß ich völlig, dass wir sie gestohlen hatten.

*

Ich war mit William draußen am Slee Rake – brachten die Herdwicks zu neuen Futterplätzen. Kämpften uns durch Nieselhuschen, die Erde so nass, dass es sich anfühlte, als klebte das halbe Fellsland in den Reifenprofilen. Rotzten Dreck aus unseren Nasen, während wir uns weiter vom Regen peitschen ließen. »Hab was für dich«, meinte William, »drüben im Haus.« Ich folgte ihm auf meinem Quad den Hang hinab, schlitterte über frischen Schlamm, ignorierte die Warnleuchte wegen Überhitzung. Wir kamen zum Hof, und ich gönnte meinem Bike einige Liter Zweitaktersprit, ließ es abkühlen. Im Hof sein neuer Wagen, schimmerte so, dass man auf allen Seiten das eigene Gesicht sehen konnte – ein Geländewagen, noch ein Landrover, wenn ich mich richtig erinnerte, aber diesmal gepflegt und ausgestattet mit schweren Alufelgen. Eine dieser von uns belächelten Karren feiner Pinkel. Führte mich in die Küche, wo er mir ein Glas Bier eingoss. »Den Drink hätte ich mir auch zu Hause gönnen können.«

»Komm rüber.« Aus einer der Schubladen holte er einen Umschlag, voll mit Bargeld, das am Rand rauslugte. Gab ihn mir. »Musst dein Glas vielleicht noch mal wieder hinstellen.«

Gab mir noch einen Umschlag und noch einen. Bis ich die Arme voll hatte. Wogen so viel wie eine Tüte Mehl. »Wie viel ist das?«

»Zwanzig Riesen. Dein Anteil.«

Einige Kuverts mit glatten Bündeln frisch aus der Druckerpresse, andere mit zerknitterten Scheinen, klebrig wie Kebabs. Er gab mir eine Plastiktüte, in die ich sie stopfen konnte. »Jetzt weißt du, warum wir einen heben.« Er holte sich selbst auch ein Glas, und so saßen wir da und tranken unser Bier. »Eine Regel: Nicht auf die Bank, und ausgeben nur in vernünftigem Maß.«

»Du meinst: Keine schicken Sportwagen?«

»Kauf, was du willst, Hauptsache du zahlst nicht mit Händen voll Cash.«

»Da du für deinen Anteil auch mehr als nur einen einzigen Umschlag brauchst, kannst du uns ruhig noch ein Bier ausgeben. Und einen von dem guten Holländischen, den du für Zeiten aufbewahrst, in denen ich nicht da bin.«

Wir tranken weiter und aßen alles, was Helen uns in den Kühlschrank gestellt hatte. Ich überlegte laut, was ich mit dem Geld anfangen könnte. Nach Portugal fliegen oder nach Vegas. Einen Wohnwagen kaufen. Französische Stiefel aus Vollnarbenleder oder wasserfeste Neoprenschuhe, wie man sie zum Flaschentauchen trug. Könnte selbständig werden und mir mein Knie machen lassen, bevor es so schlimm wurde wie das von meinem Dad oder das von meinem Opa. Als Erstes aber würde ich mir eine neue Angel kaufen. Eine aus Carbon, die man wie eine Peitsche zusammenrollte und mit der man ein U-Boot einholen konnte, ohne dass sie brach. Das war so Zeug, das mir einfiel – jede Menge dämlicher Mist. Mein Leben lang war ich pleite gewesen. Hatte nie ein Portemonnaie gehabt, und wenn Geld in der Tasche war, dann, weil ich was kaufen wollte. Klingt vielleicht blöd, ich weiß, aber als er mir das ganze Geld gab, habe ich nichts gespürt. Es gibt große Leute und kleine Leute, so sehe ich das. Man wird als der eine oder als der andere geboren, und genauso wird man reich geboren oder pleite. Diese zwanzig Riesen – das war, als gäbe man einem Glatzköpfigen eine Perücke. Heißt nicht, dass er dann Haare auf dem Kopf hat, oder?

Ich stand auf, um zu gehen, und William brachte mich nach draußen. Noch in der Tür sagte er eher beiläufig: »Räum in deinem Haus das Gästezimmer frei. Hab da jemanden, der für eine Weile bei uns bleibt.«

»Und das wäre wer?«

»Colin. Braucht ein Dach über dem Kopf für ein paar Tage.«

Ich sag euch nicht, was ich ihm gesagt habe, aber er hörte auf zu grinsen. »Es ist mein Haus, Steve«, antwortete er bloß. »Ich kann darin wohnen lassen, wen ich will.«

»Ich dachte, du wolltest ihn umbringen, wenn du ihn das nächste Mal siehst.«

»Das hätte wohl kaum den liegengebliebenen Laster beseitigt und dir dein Geld eingebracht, oder?«

»Hast recht«, sagte ich. »Ist dein Haus.«

*

In der nächsten Woche habe ich William nicht gesehen. Hab kein Wort mit ihm gewechselt und bin auch nicht am Haus vorbeigefahren. Hab gearbeitet wie gewohnt und fast vergessen, was er gesagt hatte, bis ich zu mir nach Hause kam und auf meinem Parkplatz ein weißer Van stand. Überall Rostflecken. Und auf dem Boden davor standen Wäschebeutel voll mit Werkzeug und Klamotten. Musik wummerte im Haus. Wie von hundert Trommeln. Ging ins Fernsehzimmer, wo die Anlage lief, und weil niemand da war, stellte ich sie ab. Drehte mich um und stand Colin direkt gegenüber. »Nicht deine Art Musik?«, fragte er.

»Ich mag lieber Songs mit Worten.«

»Hab welche von Celine Dion.«

»Du weißt, wie es läuft, Steve. Bleibt man zu lange auf der Straße, vergisst man, wie es ist stillzustehen.«

»Dreh nur diesen Mist leiser, wenn ich im Haus bin.«

»Werd's versuchen.«

Brauchte eine Weile, um mir zusammenzureimen, warum sich Colin in Caldhithe aufhielt. Er war der sprichwörtliche Outdoor-Typ, nur hatte ich so meine Zweifel, dass er je was arbeiten wollte. Anfangs habe ich ihn kaum bemerkt. Ich stand früh auf, kam spät zurück, und er war nie da. Wären die Haare im Waschbecken nicht gewesen, die Pisseflecken, die an der falschen Seite der Toilettenschüssel trockneten, hätte ich glauben können, sein Zimmer sei leer. Dann aber kam ich eines Tages nach Hause und traute meinen Augen nicht. Die Tür fehlte. Ging ums Haus herum, und da stand er mit freiem Oberkörper über einen Topf Holzbeize gebeugt, eine Fluppe im Maul. Bepinselte eine Tür, die doppelt so dick wie die Mauern war. »Hast nie abgeschlossen«, sagte er. »Musst du jetzt mit anfangen.« Wuchtete den Holzklotz in den Rahmen. Zwei Bolzenschlösser, ein Riegel, eine Kette; um die aufzukriegen, brauchte man eine verdammt gute Schulter. Im Flur lagen Kisten mit Fenstergittern, die er am nächsten Tag anbrachte, was die Zimmer mit Knastlicht füllte. Von dem Tag an kamen jede Menge Leute zum Haus – blieben zehn Minuten und verschwanden wieder. An der Tür zu seinem Zimmer brachte Colin ein noch größeres Schloss an, und in einer Golftasche im Flur steckte ein Gewehr; außerdem hatte er, wohin er auch ging, stets eine Gürteltasche voll mit Patronen dabei. William wollte nichts von alldem wissen.

Ich arbeitete wie gehabt. Härter noch, damit ich so oft wie möglich außer Haus war. Dachte daran zu gehen, aber das hätte Planung gebraucht, und so schlimm war es auch wieder nicht. Colin mochte ein waffenverliebter, beinharter Drogendealer sein, der sich paranoid vor allem schützte, nur nicht davor, sich mit einem Tripper anzustecken, aber er war auch ein Witzbold. Selten ein guter, das stimmt. Nahm er gerade kein Wild für die Kühltruhe aus, waren da noch Kartenspiele, Geländemaschinen und jede Menge Frauen. Wie gesagt, die meisten Besucher blieben nur zehn Minuten, die Frauen aber, die mit Fischnetzstrümpfen, mit denen man nichts fangen konnte, die blieben zehn Minuten länger. Einmal sah ich Colin auf dem Sofa sitzen, einen Fuchs an der Seite. Einen lebendigen. Trug ein Hundehalsband. Er sagte, er hätte ihn in einer der von ihm ausgelegten Fallen gefunden. Hielt ihn an der Kette und redete davon, ihn zu trainieren, ihn zur Hütehundprüfung anzumelden. Gab ihm Speckstreifen, wenn er auf Kommando Platz machte und ging mit ihm spazieren. Ließ ihn in seinem Zimmer schlafen. Nachts hörte man ihn greinen wie ein Kind. Dachte, er könnte es schaffen, sich ein kleines Haustier zuzulegen; eines Tages aber kam er sturzbesoffen ins Haus und hat ihn erschossen.

Etwa zu dieser Zeit fing Danny an, öfter zu uns kommen. Zum Yow-Haus. Anfangs saß er nur still im

Sessel und sah Colin zu. Bekam einen Zug von einer übel riechenden Zigarette angeboten oder Pulver aus einem vorhängeschlossverriegelten Koffer, aber der Junge lehnte ab. »Dann nimm ein Bier.« Und er nahm ein Bier. Colin ließ ihn seine Waffen reinigen. Den Lauf in Öl tränken, den Schaft mit Lappen putzen. Er zeigte ihm sein Repetiergewehr, eines, das Kugeln schneller abfeuerte als jede Maschinenpistole, und sie schossen damit auf Eichhörnchen und Rehkitze. Danny brachte Snitter mit, und Colin verfiel dem Köter noch mehr als dem Fuchs. Nahm ihn auf seine merkwürdigen Ausflüge mit, zu Geschäften, auf die Jagd. Gewöhnte ihn an Gewehrfeuer, bis man ihm Äpfel vom Kopf schießen konnte. Trainierte ihn in einem Gehege mit freigelassenen Kaninchen. Ließ den Hund hungern, bis es für ihn normal wurde, aufs Äußerste gereizt zu sein. Dann fütterte er ihn mit frisch erlegtem Wild. Und den Jungen hatte er auch bald trainiert. Bezahlte ihn, damit er vor der Tür Wache saß, wenn Colin Frauen im Zimmer hatte, die Danny übers Haar strichen, wenn sie nach draußen gingen und sagten, in wenigen Jahren sei er ein attraktiver Mann. Auch davon wollte William nichts hören.

Ich kam von der Arbeit und wollte fernsehen. Zeitungen bedeckten den Couchtisch, und darüber hing ein Lachs, Kopf schrie den Boden an, die Kiemen vorgestülpt und weit aufgerissen, rot wie ein Schlips, der Schwanz so lang, dass er sich doppelt auf dem Teppich faltete. Colin stand mit schuppensilbrigen Fingern über den Fisch gebeugt, die Arme blutbedeckt. Er warf Gedärm in einen Abfalleimer, pulte mit einem Servierlöffel Leber und Herz raus und zerteilte den Rest mit einer

Klinge. Keine Ahnung, wo er den Fisch gefangen hatte. In solcher Größe fand man keine in den Flüssen von Curdale. »Hab nicht gedacht, dass es hier drinnen noch schlimmer stinken könnte.«

»Was redest du denn da? Der wahre Geruch eines Sees. Wären wir schlau, würden wir Duftkerzen draus machen.«

»Freundest dich langsam mit den Fells an?«

»Ich mach's bald wie ihr. Putz Schafen die Ärsche, damit sie keine Fliegen anlocken.«

»Warum bist du eigentlich hergekommen? Doch nicht wegen der Schafe, oder?«

»Weil ich es kann.«

»Das können viele. Die meisten aber führen ein Bed & Breakfast.«

»Ist nicht so mein Ding. Hier kann ich tun und lassen, was ich will. Fällt das Wort *Bullen*, denken die Leute an Vieh. Wissen noch nicht mal, wie Polizisten aussehen.«

»Es gibt hier durchaus Bullen. William redet ohne Ende von Simply Red, dem Typen, der seinen Hof zugrunde gerichtet hat.«

»Es gibt Knöllchentussis. Und welche, die Dixis aufstellen, um sicherzugehen, dass kein Tourist umsonst pinkelt. Schülerlotsen. Auf die muss man echt aufpassen. Aber jeder, der weiß, wie ein Schlagstock aussieht, wird in die nächste Stadt geschickt.«

»Wir haben hier draußen schon immer auf uns selbst aufgepasst.«

»Könnt froh sein, dass ihr sie los seid. Die Bullen machten den meisten Ärger.«

»Wenn du das sagst«, erwiderte ich. Sah mir genauer an, was Colin machte, und versuchte zu erraten, wie groß der Fisch war. Anderthalb Meter, wenn der Tisch einen Meter lang war. »Und? Was hast du mit diesem Seeungeheuer vor?«

»Frauenbesuch. Es kommt eine besondere, für die ich was Besonderes auffahren muss.«

»Und wer ist es diesmal?«

»Alexa.«

»Die hat mit ihren Pfennigabsätzen beim letzten Mal Löcher in die Dielen gehackt.«

»Kannst sie haben, wenn ich mit ihr fertig bin.«

»Mann, du würdest dich auch selbst ausnehmen, wenn du noch ein größeres Schwein wärst.«

»Ich soll das Schwein sein? Hab dich mit Williams Frau gesehen.«

»Was?« Ich stand auf und warf dabei ungewollt den Tisch um.

»Nur die Ruhe«, sagte er. »Mach dir ja keinen Vorwurf. Ist für mich ein bisschen zu alt, aber was soll's.«

»Sind vielleicht nicht die Bullen, um die du dir Sorgen machen solltest.«

»Das ist es ja gerade. Deinetwegen habe ich mir Sorgen gemacht, als ich zum ersten Mal herkam. Bis ich dann gesehen habe, dass du dich jeden Tag mit ihr triffst.«

»Was soll das denn heißen?«

Statt zu antworten, griff er wieder nach dem Messer und schnitt dem Fisch den Kopf ab, entnahm ihm erst die besten Stückchen, dünner als Messers Schneide, dann zerhackte er den Lachs in einzelne Steaks, jedes Mal ein lauter Hieb, der Rinnen im Tisch hinterließ, durch die Blut auf den Teppich tropfte. »Soll heißen, ich habe weniger zu verlieren als du.«

Colin aus dem Weg zu gehen wurde schwieriger, als wir nicht mehr nur zu zweit wohnten. Ich lag im Bett und hörte Stimmen von unten, hörte sie lauter und kräftiger werden. So laut, als wären die Typen mit mir im selben Zimmer. Keine Ahnung, worüber sie redeten, ich verstand nur Flüche. Die Musik war leise, dafür stolperten die Kerle aber rum, machten Krach und schossen in die Luft. Das ganze Haus wurde davon taub. Wenigstens hatten wir keine Mäuse mehr. Ich ging nach unten, um mir ein Glas Wasser zu holen, und sah sie, die beiden Kotzbrocken, George und Bog, sah sie mit Colin am Küchentisch hocken. Neben jedem vier zerbeulte Bierdosen, aber vor lauter Zigarettenqualm konnten sie mich im Flur nicht erkennen. Ohne ein *Hallo* ging ich aus dem Haus. Direkt zu William. »Sollen wir jetzt zu dritt in den beiden Zimmern hausen?«

»Das müsst ihr unter euch ausmachen.«

»Du weißt doch, was mir George, dieses Arschloch, angetan hat.« Ich hielt ihm die Hand hin.

»Warum hast du's zugelassen?«

»Er ist im Dunkeln über mich hergefallen.«

»Wenn ich mich richtig erinnere, wolltest du uns im Stich lassen.«

»Darauf gehe ich jetzt nicht ein.«

»Freu dich, dass sie da sind. Sie können dir mit den Schafen helfen.«

»Ich kann sie nicht brauchen.«

»Vielleicht doch. Helen macht es jedenfalls nicht länger.«

»Wieso nicht?«

»Sie wird es dir nicht sagen, aber sie ist erschöpft. Hat genug mit dem Laden zu tun.« Seine Stimme wurde bei diesen Worten kräftiger. »Bog hat ein Händchen mit Tieren, den kannst du nehmen.«

»Allein bin ich schneller.«

*

An Helens letztem Tag versorgte ich die Jacobs, und sie war da, als sei alles ganz normal, flößte den Schafen eine Dosis Wurmkur ein. Arbeiteten bis zur Abendbrotzeit, weil Helen gesagt hatte, sie würde sich heute im Laden freinehmen. Sie hielt immer wieder inne, sah herüber, sah noch mal hin, bis ich schließlich ihren Blick erwiderte. »Hungrig?«, fragte sie.

»Jetzt ja. Was gibt's?«

Sie hatte einen Rucksack mitgebracht und führte mich einige Weideflächen weiter zu einem mit Eichen umstandenen Fluss. Wir setzten uns auf die Böschung am Kieselufer, und sie öffnete die mitgebrachte, offenbar bodenlose Tasche. Breitete eine Decke aus, deckte Porzellanteller und Schüssel um Schüssel mit Essen. Sie setzte sich mit untergeschlagenen Beinen, reichte mir ein Schälchen und füllte es aus einer Thermoskanne mit gelber Suppe. Wir tranken Limettensaft aus Champagnergläsern, hatten Brathuhn mit Kräutern, besten Schinken mit Rand und dicken Fettadern, Käse, von dem man ganz scheeläugig wurde, und ich aß so viele Haferkekse, wie ich mir nur in den Mund stopfen konnte. Kartoffeln, Sodabrot und Butter mit sichtbaren Krümeln Salz. Erdbeeren groß wie Gänseeier. Mehr Salat, als die Beilagenteller fassen konnten. Wir hatten beim Arbeiten so viel geredet, dass ich kaum mehr was zu sagen wusste. Wir aßen, bis wir pappsatt waren, dann legte Helen sich hin und schaute durch die Äste in den Himmel. Ich betrachtete sie. »Ich möchte, dass du was an dich nimmst«, sagte ich.

Sie schaute mich an, und ich reichte ihr in einer Plastiktüte die zwanzig Riesen. Sie blätterte durch die Notenbündel. »Ist das dein Anteil?«

»Ja, und ich brauche jemanden, der darauf aufpasst.«

»Ist wohl nicht sicher bei dir drüben im Krötenheim, wie?«

»Nicht besonders.«

»Ich kümmre mich drum, Steve.« Sie stopfte das Geld in den Rucksack und drehte sich auf die Seite, kehrte mir den Rücken zu. Schlief ein. Ich blieb noch zehn Minuten sitzen, dann machte ich mich wieder an die Arbeit.

Dick

Colin war ein Tier, aber gefügig. Bog und George, nun ja, sie waren für etwas gefügig gemacht worden. Einer der beiden bewachte immer die Tür, und sie konnten überall schlafen. Auf dem Sofa oder davor, auf dem Boden der Toilette, draußen in der Sonne, im Matsch oder in meinem Bett, wenn ich nicht da war. Ein Schloss an meiner Tür hätte vermutlich nur mich selbst ausgesperrt.

Ich sagte mir *Wenn es schlimmer wird, verschwinde ich*. Sagt es mir wieder und wieder, fast jeden Tag, bis ich vergessen hatte, wie es sein würde, wenn es anders wäre. Unser Duschkopf ging in der ersten Woche kaputt, und ich sah sie ihr bestes Stück im Becken waschen. Was dreckige Teller anging, waren die Jungs blind, und sie aßen aus Pfanne und Topf. Konnte es nicht von Ohr zu Ohr aufgeschlitzt oder aus der Dose gelöffelt werden, waren sie nicht interessiert. Aßen Moorhuhn, Rebhuhn oder Reh, wenn sie mit ihren Waffen loszogen, Regenbogenforelle oder Saibling, wenn sie die Ruten mitnahmen. Das, was ihre Hunde von Hasen oder Kaninchen übrig ließen. Meist aber lebten sie nicht von Essbarem. Sie waren selbst ihre besten Kunden, und um eine Line zu ziehen oder was zu rauchen, braucht man kein Geschirr. In einem Moment hauten sie auf den Tisch, im nächsten stürzten sie benebelt in die Vorhänge. Apropos Hunde, sie lebten mit einer ganzen Meute zusammen, schlitzohrigen Biestern, die ihre meiste Kraft in den Kiefern hatten, Schiss um Schiss in den Teppich trotteten und sich, wenn sie reingelassen wurden, gegenseitig das Kämpfen beibrachten. Mussten ansonsten mit Seilen an der Hauswand festgebunden werden. Und nicht nur die Köter kämpften. Typen kamen auf einen Drink vorbei und fingen an zu boxen. Tanzten glotzäugig umeinander, als Preisgeld blaugeprügelte Visagen mit lockeren Zähnen, und sie saßen schon bald genug alle locker.

Man sollte annehmen, dass sie mit mir als fadem altem Knacker nichts zu tun haben wollten, aber sie mochten mich. Konnten sich nicht weiter puschen, wenn sie schon halb überm Rand hingen, aber wenn sie sich mit meinen Augen sahen, feuerte sie das an. Holten mich immer wieder, um mir den neusten Fernseher zu zeigen, der von Woche zu Woche größer wurde; oder sie boten mir rohes Fleisch mit Schrot an oder einen Löffel voll Hasch. Ich wusste, wie teuer sie den Scheiß verkauften, war also keine Kleinigkeit, mir das Zeug umsonst anzubieten. Schätze, wenn man sich alles klaut, kommt einem Geld in der eigenen Hand komisch vor. Ich sagte, sie mochten mich. Nur der verdammte George nicht. Führte sich auf, als wäre ich ein Typ, der nie seine Runden zahlte, bekam jedes Wort in den falschen Hals und hetzte die Hunde gegen mich auf, wenn ich im Zimmer war. Ich fing an, im Wagen zu schlafen, manchmal auch in Williams Haus auf dem Sofa. An manchen Tagen ratzte ich sogar bei der Herde wie ein Hirte aus dem Heiligen Land.

Wegen Danny machte ich mir am meisten Sorgen. Falls er zur Schule ging, bekam das kein Mensch mit, jedenfalls sah ich ihn ständig und immerzu im Yow-Haus. Während einer meiner letzten Nächte dort wurde ich um drei wach, weil jemand so heftig an die Tür donnerte, dass sie aus den Angeln zu fliegen drohte. Es war Colin. »Du musst Danny herbringen.«

Um wach zu werden, holte ich erst mal tief Luft. »Von wo?«

»Bog ist zurück von einem Job, den die beiden erledigt haben. Ihm geht's beschissen, und dann war da noch was wegen einem Mädchen. Ich will damit aber nichts zu tun haben.«

»Fährt William nicht hin?«

»Geht nicht ans Telefon.«

»Und wo ist der Junge?«

»Bog meint, in einem Farmhaus. Zwanzig Minuten die Straße runter.«

»In der Richtung liegt nur Montgarth.«

Ich zog die Sachen an, die ich am Tag zuvor getragen hatte und trat über den Schwachkopf, der im Flur lag und schlief. George saß an der Tür, Gewehr auf den Knien, neben sich eine Dose Kleingeld. Er ließ mich raus und schloss hinter mir wieder ab. Ich stapfte in Gummistiefeln zum Auto. Fuhr zu Williams Haus und drückte endlos auf die Hupe. Er steckte den Kopf aus dem Schlafzimmerfenster, und ich winkte ihn runter. »Bisschen früh, Steve, selbst für dich«, sagte er.

»Danny steckt in Schwierigkeiten.«

Wir nahmen die Abkürzung zum alten Haus meines Dads, William neben mir, Mantel überm gestreiften Schlafanzug. Kaum kam Montgarth hinterm Hügel in Sicht, musste ich einem Mädchen auf dem Asphalt ausweichen. Eine ganze Meute junger Leute trieb sich auf der Straße rum, taumelten umher, hielten sich an den Mauern fest, zogen Steine raus. Ein Mädchen hockte sich ans Tor, um zu pinkeln, der Rock so kurz, dass sie ihn nicht mal hochziehen musste. Ich fragte, ob sie wisse, wo Danny sei, und bekam zu hören, ich solle mich verpissen. Ich fuhr weiter nach Montgarth. Das Gatter zur Straße wurde von einem weißen Findling offen gehalten, und wir hielten vorm Haus. Konnte beim Aussteigen die Musik mit den Füßen fühlen. Menschen strömten aus dem Haus, einige schon älter, aber so abgefüllt wie die Teenager, mit denen sie tranken.

Das Haus sah aus, wie ich es in Erinnerung hatte – nur neuer. Irgendwie abartig. Als hätte ich Creme auf die Zahnbürste gedrückt und mir in den Mund geschoben. Die Schiefermauern waren schwarz gewaschen und wirkten selbst in all dem Chaos ordentlich. Gepflegte Blumenkästen. Eine Willkommen-Matte. Die Tür aufgestoßen, das Schloss kaputt, an den Wänden Hotelkunst und ein eisernes Schafsgestell neben dem Schuhregal. Die Plastiktüten, die von den Kids über die Glühbirnen gehängt worden waren, tauchten alles in glühendes Gelb, den Flur und die Zimmer. Wir gingen rein, und im vorderen Zimmer hockten zwei Leute. Danny und diese Kleine namens Alice. Sie saß an die Wand gelehnt, Augen geschlossen, das Haar nass von Kotze. Zu ihren Füßen zwei Scheiben Brot und ein umgekipptes Glas Wasser. Danny hielt ihre Hand, die Hälfte der Knöpfe an seinem Hemd abgerissen. Klub-Musik lief so laut, dass sie mir in den Ohren weh tat, dabei hatte ich dreißig verdammte Jahre in Maschinen mit hämmernden Zylindern gesessen. William zog den Stecker aus der Wand und knallte die Anlage an die Wand. Ich schüttelte Danny. »Was hat sie geschluckt?«

»Nichts.«

»Die pennt doch nicht nur.«

»Bog hat das Zeug verteilt. Irgendwelche Pillen.« Das war das einzig Nützliche, was wir aus ihm herausbekamen. Versuchten ihr Wasser einzuflößen, aber es lief einfach wieder aus ihr raus – stattdessen bekotzte sie sich erneut.

»Okay, Danny.« Seine Augen waren so groß, dass ich mich darin sehen konnte, Löcher bis nach China. »Du musst sie tragen.« Der Junge stand auf und schlug sich ins Gesicht. Machte sich bereit. Hob sie hoch und taumelte rückwärts. Ich stützte ihn. Im Krebsgang durch den Flur, die Tür, dann legte er sie in den Rover. Als William sich ans Steuer setzte, sagte ich ihm: »Wir müssen sie ins Krankenhaus bringen. Ins große.«

»Die braucht kein Krankenhaus.«

»Ist doch nur ein kleines Ding. Die hat sicher mehr erbrochen als sie wiegt.«

»Wir bringen sie zu uns. Die wird schon wieder.«

»Hast du sie noch alle?«

»Lass gut sein. Sie hat einfach nur ein bisschen zu viel intus«, sagte er. »Außerdem kenne ich die Antworten auf die Fragen nicht, die sie stellen. Du vielleicht?«

William fuhr meinen Wagen, und ich fragte Danny, wo die Kleine wohnte, wer ihre Eltern waren. Keine Antwort. Wir brachten beide nach Caldhithe. Hielten vorm Haus, Helen wartete schon. Sie warf einen Blick auf den Rücksitz, öffnete sanft die Tür, brachte das Mädchen auf die Beine, brachte sie zum Reden, strich ihr das Haar aus dem Gesicht. Sagte, sie erhole sich bestimmt rasch wieder. Ließ mich stehen, um Danny ins Haus zu bringen und auf der Treppe abzusetzen.

*

Eine Woche später. Ich war mit William auf den Hängen vom Brimlaw Haws, trieb die Herdwicks zu einem Tal mit Futterheide. Überall blühte wilder Thymian, weshalb die Luft nach Braten roch. Hier oben war die beste Aussicht von Caldhithe. Man konnte das ganze Dorf Bewrith sehen, sämtliche kreuz und quer verlaufenden Hügelkämme, und die Wolken hingen tief genug, um kilometerlange Schatten zu werfen. Man hat im Leben nur das, was man sehen kann, also sollte man dafür sorgen, dass es kein Gehweg voller Hundescheiße ist oder das falsche Ende einer Supermarktkasse.

William kümmerte sich um eine Zibbe, die auf dem Weg den Hang hinauf gehinkt hatte. »Halt die doch mal«, schrie er. Ich ging hin und drückte die Schultern zu Boden, während er das Schaf an den Flanken festhielt. Bekam den Huf zu fassen, geschwollen wie er war, doppelt so dick wie das Bein, das wie eine geschmolzene Kerze in seiner Hand lag. Mit dem Messer kratzte er den Dreck aus dem Huf, schnitt die Ränder frei und fluchte laut, als er ins Nagelbett abglitt. Mir blieb nichts anderes übrig, als die Blutung zu stoppen. Ich zupfte einige Blätter Schafgarbe, drückte sie auf die Wunde. »Warst auch schon mal besser, William.«

»Als hättest du noch nie ein Schaf angepikst.«

»Angepikst? Hast ihm fast das halbe Bein abgehackt.«

»Dem geht's gut.«

»Du musst dich ja auch nicht drum kümmern, wenn das Tier lahmt.«

Ich nahm die Blätter der Schafgarbe ab; die Blutung hatte sich verlangsamt. Ließ das Schaf aufstehen; der Rest würde von allein heilen. »Ich will mit dir über was reden«, sagte ich zu William.

»Wie jetzt?« Er säuberte das Messer und steckte es zurück in den Gürtel. »Würdest du meine Erlaubnis zum Reden brauchen, würde ich den ganzen Tag nichts weiter tun, als sie dir zu erteilen.«

»Es geht um Danny. Ich finde, du musst dafür sorgen, dass er aufhört, so viel Zeit mit Colin zu verbringen.«

»Bringst du da nicht was durcheinander? Bist du nicht derjenige, der keine Zeit mehr mit Colin verbringen will?«

»Würde mich freuen, wenn er verschwindet, das kann ich nicht leugnen. Aber diese Nacht, das war nur der Anfang.«

»Er ist ein junger Bursche. Und die trinken nun mal.«

»Man wird ihm weh tun. Und er wird Leuten weh tun.«

»Wem sollte er denn weh tun? Alice? Dieser blöden Göre? Dir?«

»Kommt jeder in Frage.«

»Wenn du Schiss vor einem verdammten Kid hast, kann ich dir auch nicht helfen.«

»Was hält Helen denn von dem, was er so treibt?«

»Ich dachte, du willst mit mir reden? Willst du wissen, was Helen denkt, frag sie, nicht mich.«

»Und was denkt sie?«

»Dass du dich verdammt nochmal um deinen eigenen Mist kümmern sollst.«

»Klingt ganz nach ihr.«

»Und darüber wolltest du wirklich mit mir reden?«

»Du hast mich gebeten, dir zu helfen.«

»Ich hab um deine Hilfe gebeten«, sagte er. »Nicht darum, dass du alles vereinnahmst.«

»Hab für dich mehr getan als für irgendwen sonst.«

»Hast du. Ich sag nicht, dass du es mir zuliebe getan hast, aber trotzdem, du hast es getan. Und jetzt ist es genug. Du musst dir keine Sorgen mehr um unsere Helen machen. Oder um meinen Jungen. Du siehst die Dinge nur von außerhalb, denn da stehst du nun mal. Hast ein Händchen für die Schafe, bist gut damit geworden. Belass es dabei«, sagte er. »Und zu Colin: Er bleibt nicht mehr lang. Hat einen großen Job in Aussicht; außerdem kann ich mir nicht vorstellen, dass er ewig in diesem Haus hockt.«

»Was denn für einen verdammten Job?«

»Dagegen war der letzte Kleckerkram.«

»Ich fahr keinen Laster mehr.«

»Darüber reden wir später.«

»Gibt's nichts drüber zu reden.«

»Wäre bei dir ja was völlig Neues.« William war fertig mit Reden, obwohl das Gespräch noch nicht zu Ende war; erst einige Tage später machte er seinen Standpunkt vollends klar.

*

Es war der Tag eines großen englischen Fußballspiels. Welches, hab ich vergessen, aber wir haben verloren, kommen also nicht allzu viele in Frage. Der Wetterbericht sagte kräftigen Wind im Flachland voraus, Sturm in den hohen Fells; Wind so stark, dass er Felsen schleudern und dich damit erschlagen konnte. Dazu passender Regen. Erwischt dich der Wind, drückt er dich in den nächsten Teich. Es gibt das alte Sprichwort: *Fühlst du dich wohl, tun sie's nicht*, aber mir ist wohlfühlen allemal lieber als tot sein.

Wir waren im Yow-Haus versammelt, um uns das Spiel anzusehen und darauf zu warten, dass das Unwetter nachließ. Hatten die Campingstühle rausgeholt und eine Plane vors Haus gespannt, so dass wir unterm Plastikdach sitzen konnten. Alle waren da. William, Danny, Colin, Bog und George. Außerdem jede Menge ihrer Kumpel. Ein ganzer Haufen. Ich hatte noch nie so viele rasierte Schädel auf einen Platz gesehen, Typen mit Schirmmütze und Ohrringen, dazu Frauen mit Pumps und sich um die Schenkel windenden Lederstrapsen. Auch diese Alexa war da, saß auf Colins Knien mit ihrem blonden Haarschopf, der aussah, als hätte wer einen Spaniel erschossen und ihr um den Kopf drapiert. Als ich aus meinem Zimmer kam, konnten die meisten schon nicht mehr gerade gehen. Nuckelten an Wodkaflaschen mit unleserlichen Etiketten – Zeug, das sich in Rauch auflöste, sobald man es einschenkte. Es war Halbzeit, aber kein Mensch interessierte sich für das Spiel. Alle Blicke waren auf eine Schlammmulde gerichtet. Sie boxten wieder. Jemand stand an die Hausmauer gelehnt – schwer atmend und mit zugeschwollenen Augen. Ein mächtiger Kerl war das. Hieß Ricky Windmill. Wer sich ein bisschen mit Faustkämpfen auskannte, wusste, wer das war. Hatte einmal so wild um sich geprügelt, dass die halbe Menge k.o. geschlagen worden war. George fläzte sich in einen der Plastiksessel, und eine der Frauen kippte ihm eine Flasche Bier in den Rachen. Offenbar hatte er den anderen Typen, diesen Ricky Windmill, plattgemacht, und jetzt war man deswegen richtig stolz auf ihn.

Ich gönnte mir einen Schluck Wodka und hielt danach den offenen Mund in den Regen, ließ ihn ausspülen. Hörte sie über den Kampf reden. Dass George sechs Windmühlenhiebe kassiert hatte, ehe er so zurückschlug, dass dieser andere Kerl Purzelbäume im Dreck drehte. Sie redeten immer noch, bald aber darüber, wer George schlagen könnte. Ricky war mal Champion gewesen und hatte sich sein Leben mit den Fäusten verdient, weshalb nicht allzu viele Namen fielen. William hatte einen parat. »Steve könnte es mit ihm aufnehmen.«

»Steve?«, sagte Colin und beugte sich zu mir vor. »Der geht doch schon von einem Kuss meiner Oma k.o.«

»Er war mal Weltmeister im Boxen.«

»Im Ringkampf«, sagte ich. »Hab nur selten geboxt.« Aber William hatte nicht gelogen. Mit dreiundzwanzig war ich tatsächlich Weltmeister im Ringkampf gewesen. Bloß fängt im Cumberling Wrestling die Welt in Kendal an und hört in Carlisle wieder auf.

»Dann weißt du also, wie man boxt?«, fragte Colin.

»Ich kämpfe nicht gegen das Riesenarschloch.«

George beugte sich über den Tisch. »Gute Entscheidung. Eine deiner Flossen hab ich ja schon erwischt. Will die andere nicht auch noch brechen.«

»Du hast dich im Dunkeln an mich rangeschlichen.«

»Siehst du, verdammt, er will«, sagte William. Zog ein Bündel Scheine aus seiner Hosentasche, leckte sich über den Daumen und zählte. »Zwei Riesen für den, der gewinnt.«

»Ich brauch das Geld nicht«, sagte ich.

»Tja, ich schon«, sagte George. »Also machst du es verdammt nochmal.«

Ich bin jemand, der gern dabeisitzt, zuguckt und sich, wenn nötig, auch die Hände dreckig macht, aber es gibt einen Grund, warum ich eine Nagelbürste besitze. Alle schrien mich an, grölten, und George stand auf, blockierte meinen Blick auf die Fells. Trank sein Bier aus und wartete im Schlamm. Fing an, nach mir zu brüllen. Schaufelte sich eine Handvoll Schlamm auf den Kopf und rieb sich damit ein. Ich stand auf, um zu gehen, mich ins Bett zu legen, aber William und Bog packten mich an den Ellbogen, hielten mich fest. Zogen mich zur Mulde. Ich wehrte mich, und William meinte: »Spar dir das für George.« Hätte ich selbst nicht ein paar Drinks gekippt, wäre ich vielleicht tatsächlich gegangen, aber als ich das fette Arschgesicht da sah, hatte ich nichts dagegen, verprügelt zu werden, wenn ich ihm dafür nur ein, zwei Haken verpassen konnte.

Colin stand zwischen uns, hielt uns am Handgelenk, hob die Arme hoch. »Ihr kämpft, bis einer von euch nicht mehr kann. Wer hinfällt, hat zwanzig Sekunden zum Aufstehen. Ring endet, wo der Schlamm endet.« Er nickte, und das war's. Colin stand noch da, als George seine geballte Faust an meinen Kopf donnerte. Ich hörte ein Rauschen, das niemand sonst hörte, und ich sah diesen wankenden Hulk, wie ich ihn noch nie zuvor gesehen hatte. Schon möglich, dass er zehn Zentimeter größer war und fünfzig Pfund mehr auf die Waage brachte, aber seine Wampe war voll mit polnischem Schwarzbier und sein Herz brauchte ein paar Metallstents. Außer Reichweite zu gehen, war unmöglich – seine Arme lang wie die Seile um den Ring. Er schlug einen Haken an meinen Kopf, vertiefte die Delle. Ich warf mich mit meinem ganzen Gewicht in seine Achsel und provozierte einen Schwinger, der danebenging. Dann schlug ich zu, schlug wie verrückt, hämmerte und drosch, prügelte auf die Bauchrippen, wummerte auf seine aufgedunsene Hüfte, eins, zwei, eins, zwei, auf die Muskeln im Rücken, rechts, links, ins Fleisch und auf die Knochen. Kam nicht ans Kinn. Duckte mich unter die andere Achselhöhle durch und boxte auf jeden einzelnen Rippenbogen. Ich hatte aufgehört zu denken. Schob meinen nackten Fuß vor, schlang ihn um seinen Knöchel – sämtliche Stühle schepperten, als er zu Boden ging. »Du Saftarsch. Du mieses Dreckstück. Du dämlicher Scheißkerl.« Colin kam angerannt, rief »Foul«, und packte mich am Arm, so dass George Zeit hatte, sich herumzuwälzen, aufzurappeln und wieder hinzustellen, dann schlug er mich schwindlig, die Erde drehte sich, und er begann, mich fertigzumachen. Meine Wange, mein Hals, die Knochenplatte überm Herz. Ich wand mich, als wollte ich mich übergeben. Rollte mich zusammen, als gäbe ich auf, als hätte ich genug von Schlägen, von seinen Hieben, dann aber trat ich zu, zerquetschte seine Zehen und kickte in seine Ferse. Ließ ihn fallen und verpasste ihm meinen Ellbogen. Er erhob sich wieder, grinste, schwankte, blutete über einer Braue, aus der Nase, tropfte und träufelte auf seine Brust. Ich erhaschte einen Blick auf William, und der sah wütender aus als George. Er zahlte für Prügel, die ich nicht austeilen sollte. Wir hörten nicht auf. Sparten unsere Spucke, hatten nichts mehr zu sagen. Keuchten, als wäre unser Atem allergisch, streckten die Hälse und umkreisten uns wie gefangene Köter. Er hatte es jetzt auf meine Füße abgesehen und blockierte jeden meiner Schläge. Er beugte sich vor, stand mir Auge in Auge gegenüber, fast blind vom dunklen Blut, das rechte blinzelte nicht mal mehr. Ich zielte mit einem Haken auf das linke, *wums, wums, wums,* bis das Auge so blau anlief wie der Schädel. Hörte eine Stimme in der Menge. »Der bringt dich um, George.« Ich taumelte zurück und verpasste ihm einen letzten Hieb, der uns beide zu Fall brachte.

Ricky Windmill rollte mich von ihm, weil ich allein nicht mehr aufstehen konnte. Hielt nur kurz inne, um zu sehen, ob George noch atmete. Danny zog mich zu einem Stuhl, gab mir Wasser. »Erinnere mich daran, dir nie in die Quere zu kommen«, sagte er.

Zwei Backenzähne fielen mir aus dem Maul, lagen in meinem Schoß.

»Und du hast mir gesagt, ich soll die Jungs in den Griff kriegen«, sagte William und zog einen Stuhl heran. »Ich muss das Geld unter euch beiden aufteilen. Könnte ja behaupten, du hättest gewonnen, wenn sich Boxen nennen ließe, was du da veranstaltet hast.«

Er drückte mir die Scheine in das, was von meiner Hand übrig war. Konnte sie nicht halten. »Keine Sorge«, sagte er. »Georges Geld bleibt vorläufig bei mir. Falls er es nicht schafft, kriegst du seinen Anteil.«

»Den Arsch umzubringen, ist nicht genug«, sagte ich.

»Immerhin hast du es versucht.«

Er hielt mich am Hinterkopf, sah mir in die Augen, in die Ohren und hätte sich auch meine Hand angesehen, hätte ich nicht gestöhnt. »Keine Ahnung, ob das so eine gute Idee war, Steve. So schnell wird er die Tracht Prügel jedenfalls nicht vergessen, die du ihm verpasst hast.«

»Ich auch nicht.«

Colins Kumpel versammelten sich bei George, standen im Kreis um ihn herum, und jeder drückte ein Handtuch oder Ähnliches auf einen Schnitt, eine Wunde. Bald waren alle Becher und Gläser schmierig von seinem Blut. Neue Flaschen mit Hirnwäscheschnaps wurden geöffnet, man schluckte und verzog keine Miene mehr. Sie konnten nicht länger reden, nur noch brüllen. Der Suff hatte ihnen alle Kraft genommen und in doppelter Dosis zurückgegeben. Ihre Backen waren rot, geschwollen, die Blicke wurden unstet, dann landeten sie auf mir. Ich kippte im Aufstehen den Stuhl um, konnte mich nicht gerade halten, warf den Tisch um, Teller und Dosen, und taumelte gegen die Außenmauer, stützte mich ab. Ich konnte nicht fahren, konnte kaum gehen, also hielt ich auf mein Zimmer zu.

Der Riegel vor meinem Fenster konnte dem Unwetter nicht standhalten, weshalb ich im Dunkeln vom Klappern der Fensterflügel geweckt wurde. Der Schmerz hatte offenbar nicht geschlafen, denn er wartete auf mich, schlimmer als vorher. Ich war nicht allein. Colin saß am metallenen Fußende meines Bettes, drückte meinen großen Zeh. Hielt sein Gewehr zärtlich im Arm, kratzte sich mit dem Lauf am Kinn. Er schwitzte vom Nichtstun, und ich roch den Schweiß, ätzend wie Essig. »Was für ein Wahnsinnskampf«, sagte er.

»Was willst du?«

»Wollte nur nachsehen, ob du deine Füße stillhältst. Würde ja nicht wollen, dass du die Revanche verpasst.«

»Ich verschwinde von hier, wann immer ich will.«

»Wenn du gehst, solltest du lieber nicht allzu bald wieder anhalten.«

»Lass uns morgen drüber reden.«

»Weißt du, es wäre besser gewesen, du hättest ihn umgebracht. Ist kaum zu glauben, was ich diesem

Mann alles schulde, aber du hättest reinen Tisch machen können.«

»Kämpfe gehen so oder so aus, nichts, worüber man sich Gedanken machen sollte.«

»Aber weißt du, was komisch ist? Wenn ich dir hiermit in die Eier schieße, heißt das nicht, dass ich dich umbringen will. Man braucht schließlich nicht beide zum Überleben. Du aber gibst dir größte Mühe, George um die Ecke zu bringen, nur hat das nicht geklappt, weil er ein halber Stier ist. Trotzdem wäre ich der üblere Schurke, oder?«

»Lass uns morgen drüber reden.«

»Es ist morgen.« Er stand auf und ging zur Tür. »Ruh dich ein bisschen aus.«

Yan-a-Dick

Die Haustür stand weit offen, und das Haus war leer. Draußen schüttete es, und die abgesoffenen Felder gaben mehr Licht als der Himmel. Keine Ahnung, wie lange sie schon fort waren, Colin und seine Kumpel – sie hatten die Gewehre von den Wänden genommen und eine Federmappe voll Geld dagelassen, überall aufgeweichte Klopapierstreifen und jede Menge Blutspuren.

Ich wartete nicht. Verschwand mit allem, was mir gehörte. Zog meine beiden Wachsmäntel an, die Gummistiefel und hängte mir ein Paar Schuhe über die Schulter. Ließ die tausend Pfund, die William mir gegeben hatte, auf dem Couchtisch, ging steifbeinig zum Auto und fuhr zu Helen, um mein Geld zu holen. Sah sie durch verschorfte Augen an. »Die zwanzig Riesen, Helen«, sagte ich. »Gibt's die noch?«

»Du hast mir ja nur drei Wochen Zeit zum Ausgeben gelassen.« Sie holte das Geld aus einer Keksdose, die neben Bleichmittel und Fleckenentferner stand.

»Hast du Colin in der Gegend gesehen? Oder diese verdammten Volltrottel, die ihm überallhin nachlaufen?«

»Nicht seit gestern. Danny und William auch nicht.«

»Die tauchen schon wieder auf.«

»Und wenn, sehen sie dann aus wie du?«

»Immerhin habe ich gewonnen.«

Sie sagte mir, ich solle mich waschen oder rasch duschen. Kam zu mir, als ich mich einseifte, und ließ ein Handtuch da, ein altes von ganz hinten aus dem Schrank, das nach Schmieröl stank und dass sie hinterher in den Mülleimer werfen konnte. Wollte nicht, dass sich ihre Waschmaschine mit irgendwas ansteckte. Hätte gern mehr für mich getan, nur hatte sie kein Pflaster, das groß genug war.

Ich machte mich auf, einen alten Freund meines Dads zu besuchen. Den, den wir nur Onkel Lanty nannten. Eine Stunde nördlich von Barrow an einem Küstenstreifen mit versifften Stränden und dem Gestank nach gemahlenem Fisch und Dieselöl. Er wohnte auf einem rechteckigen Stück Land bei den Dünen von Solhead. Hatte sich nie ein eigenes Haus gebaut, gab schließlich genügend Schuppen, Frachtcontainer und gestrandete, auf der Seite liegende Boote, die rund um diesen alten Schrottplatz lagerten, der schon von georgianischen Kalkarbeitern genutzt worden war. Haufenweise Schätze, wohin man auch lief, Roller mit zwanzig Spiegeln, Schränke randvoll mit den Klamotten toter Leute, aus abgestürzten Flugzeugen geborgene Sitze, eine Zigarrenkiste mit Münzen aus Burma, Bomben im Schleppnetz, noch scharf, Koffer um Koffer mit zerfledderten Pornos, die zurückreichten bis zur Stummen Generation. Alles war hier gestrandet – wie auch der alte Lanty selbst. Konnte nicht sagen, wo er schlief oder wo er aß. Verdiente sein Geld vor allem mit der Aufzucht von Frettchen und hatte eine Wand mit hundert aus Gerüstbrettern gebauten Ställen.

Ich kraxelte über Dünen und durch Strandhafer zu seinem Tor, wo er stand und mit einer Ruderpinne hantierte. Er legte das Werkzeug beiseite und kam auf mich zu. »Kennen wir uns?«, fragte er.

»Ist eine Weile her. Ich bin Steve Elliman.«

Ich hielt ihm die Hand hin, und er besah sich meine abgeschürften Knöchel.

»Letztes Mal konntest du noch beide Augen öffnen.«

»Konnte sie auch beide schließen.«

»Und ihm geht's gut, Eric? Deinem Dad?«

»Er ist tot.«

»So schlecht?«

»Ich sag Bescheid, wenn's dagegen eine Medizin gibt.«

»Hier kommen sonst nur Bauern her, die keine Lust mehr aufs Bauernleben haben.«

»Geht mir ähnlich. Ich brauche einen Van, in dem ich schlafen kann.«

Das war einer der Gründe, weshalb ich Lanty aufsuchte. Der konnte einem alles besorgen. Keinen Schimmer, woran es liegt, aber wenn man wen kennt, der Frettchen züchtet, kann der fast alles in die Finger bekommen. Und alles, was Lanty gehörte, war zu verkaufen, wobei er für alles, was einem ins Auge fiel, auch immer mindestens zwei Interessenten kannte. Ich gab ihm sechs Riesen, und er gab mir ein Wohnmobil aus den Achtzigern. Packte noch einen Zweitaktgenerator dazu, einen Elektrokocher, einen kupfernen Suppenkessel, einen Beutel Teelöffel und einige Bandagen. So funktionierte das. Er feilschte nie um den Preis – man bekam einfach mehr und mehr Zeug dazu, oder weniger und weniger. Mindestens die Hälfte davon funktionierte sogar. »Ich hab hier noch einen Riesen«, sagte ich und zeigte ihn her. »Ich brauche ein Gewehr.«

»Und was genau?«

»Eines von denen mit langem Lauf. Man schießt damit Luftlöcher in Autos oder besorgt sich Geld bei der Bank, wenn man die PIN vergessen hat.«

»Und worauf willst du damit schießen?«

»Rotwild.«

»Rotwild?«

»Großes.«

»So groß wie die Tiere, die deinem Gesicht das angetan haben?«

»Ist eine neue Rasse.«

»Hab davon gehört.«

Er ging zu einem der Container und kam mit einer Tragetasche zurück, sagte, ich solle erst reinsehen, wenn ich weit genug fort aus Solhead sei. Fand eine Remington mit verstellbarem Abzug; außerdem klimperten am Grunde der Tasche einige Handvoll Flachschusspatronen. Zahlte weitere hundert Mäuse, und Lanty sorgte dafür, dass zwei Jungs aus der Gegend mir halfen, das Wohnmobil startklar zu machen.

Ich stellte den Van am Low Crag ab, gleich an der Grenze zu Caldhithe, da, wo das Land nach Montgarth abfällt. Gipfelwand im Rücken, vor mir als Garten ein mit Krähenbeeren übersäter Hang. Das Haus meines Dads war immer da, immer aus dem Fenster zu erkennen, und ich sah die Wandervögel kommen und gehen, sah sie Kinder und Frauen mitbringen, oder es kamen irgendwelche Typen, um sich volllaufen zu lassen.

Ich kurierte mich eine Woche lang. Musste das Heizgerät mit seinem orangefarbenen Licht anmachen, um nicht zu frieren; von der trocknen Luft juckten meine Verletzungen. Umwickelte Kopf und Hände mit Bandagen und stopfte sämtliche Klamotten ins Bettzeug, um es warm zu haben. Das Wasser schmeckte nach dem Tank, in dem es aufbewahrt wurde, weshalb ich es nur mit Apfelsinensirup trank oder mir Tee kochte. Lebte von dem, was ich einhändig zubereiten konnte. Hörte Radio, um mir die Zeit zu vertreiben, und behielt das Gewehr stets griffbereit. Tagsüber versuchte ich zu schlafen, und nachts sah ich aus dem Fenster. Der Wind rüttelte das Wohnmobil, peitschte gegen den Fels, und ich sah nach, ob es wirklich nur der Wind war. *Tür verschlossen. Fenster verschlossen.* Wurde es leid, immer wieder aus dem Bett zu steigen, also blieb ich an der Tür sitzen. *Gewehr geladen.* Kochte damit, schiss damit, umklammerte es bei den Sit-ups. Dachte daran, mich zu erschießen, nur um zu sehen, ob es verdammt nochmal auch funktionierte.

Am achten Abend fühlte ich mich kräftig genug und konnte laufen, ohne dass es weh tat, also ging ich ins Dorf, setzte mich in The Crown patschnass an die Bar und trank Limonade. Ich sah mich um, aber alle wichen meinem Blick aus. Trug eine um den Kopf gewickelte Maske gelblicher Flecken. Geschichten, die man sich am Feuer erzählte, handelten damals alle von Caldhithe und den tanzenden Bekloppten, die dort hausten. Man hatte nicht vergessen, dass ich zu denen gehörte. Mit Beginn der Schankzeit kamen die Ortsbewohner. Cowslip Pete aus der Horsetooth Brauerei, der jeden Abend drei Pints vom eigenen Bier bestellte, damit man es auch weiterhin vorrätig hielt und der jedes Mal mit dem Lineal nachmaß, dass die Schaumkrone auch nicht breiter als sein Daumennagel war. In der Mitte von The Crown stand eine Wikingerbank, die Platz für zehn

Leute bot, doch nur Ian Little Arms und seine Schafsfrau Susan saßen da. Ihr alter schwarzer Labrador schnüffelte herum und fraß dies oder das von den Bodenfliesen. Hörte man jemanden laut reden, standen die Chancen gut, dass es sich um Mikey Powers handelte. Er fuhr jede Woche achtzig Kilometer, um seine Stütze zu holen, jammerte aber lauter als jeder, der Arbeit hatte, und spielte sich als König von Curdale auf, redete davon, dass es in Towthwaite, ein Stück die Straße runter, ein Postamt gebe und es höchste Zeit sei, dass wir auch eines bekämen. Foglight Mathers – der sich vor unser aller Augen zu Tode soff, vor uns, die wir mit ihm Schritt zu halten versuchten, damit wir nicht länger zusehen mussten – stellte sich für einen Schluck Rum auf den Kopf, und man ließ es sich angelegen sein, dass er den Rest der Tage nicht damit vergeudete, seine Sohlen auf dem Schiefer abzulatschen. Ich sagte *Tach* zu jedem Einzelnen und bekam weniger als eine Antwort. Ian bot mir an, mit ihm Dart zu spielen, da ich der Einzige war, gegen den er gewinnen konnte. Sonst wollte keiner der Schisser reden, bis Simply Red eintrat.

Er kam allein. Zog sich einen Hocker ran und verlangte ein Cider. Trug noch Uniform – schwarzes Hemd, drei Diamanten auf der Schulter, am Gürtel baumelten Handschellen. Er war durstig, bestellte das zweite Pint, ehe er das erste ausgetrunken hatte, und Cowslip Pete bezahlte. Für das, was er während der Maul- und Klauenseuche getan hatte, sahen manche in Red einen Helden, für andere war er ein Monster. Wurde Inspektor Maßband genannt – warst du auch nur fünf Zentimeter innerhalb der Drei-Meilen-Zone um einen Ausbruch, kamen deine Tiere in den Graben. Am Ende gehörte er zu den wenigen, die mit dem Keulen weitermachen wollten, und man schickte ihn zu den Kleinbauern, deren Existenz er nach eigenem Gutdünken auslöschen konnte.

Red rückte zwei Hocker näher, bis er direkt neben mir saß, entfaltete ein Stück Papier und legte es auf den Tresen. *Verbrechensbekämpfung*, stand da. Darunter ein Foto von Colin, der noch grimmiger als gewöhnlich dreinsah.

Vermuteter Aufenthalt: Yorkshire, Northumberland, Durham County, Lancashire, Manchester oder Staffordshire.

Name des Verdächtigen: James McKenzie.

Weitere Namen: James Brennan, Colin Tinley, Hackfleisch.

»Kennst du den?«, fragte Red.

»Sonst würdest du nicht fragen.«

»Was weißt du über ihn?«

»Mehr als ich möchte.«

»Er hat in deinem Haus gewohnt.«

»War nie meins.«

»Dann erzähl ich dir, was ich über ihn weiß. Okay für dich?«

Sagte, er könne tun, was er wolle.

»Das hier ist nicht der erste Ort, den er übernommen hat. Ist nämlich nichts besonders an dem, was diese Dreckskerle tun. Sie suchen sich eine arme Seele, für die sich kein Mensch interessiert. Jemanden direkt von der Straße oder wen, der gerade seine Zeit abgesessen hat. Ein altes Muttchen, die gar nicht weiß, wie viele Tabletten sie am Tag schluckt. Kids in einer Sozialwohnung, deren Eltern nicht nach Hause kommen. Freunden sich mit ihnen an, weißt du, schenken ihnen eine PlayStation, setzen eine Kanne Tee auf oder besorgen jemandem eine Frau. Besorgen den Omas süße Schmerzpillen. Fangen damit an, dass sie Zeug bei denen zu Hause unterbringen, hocken auf deren Sofakissen und verticken die Ware oder kriegen sie dazu, die Ware selbst zu verticken, und dann schließen sie mit ihnen Verträge ab. Nehmen für sie fragwürdige Kredite auf oder Kurzdarlehen. Du weißt, wie's ausgeht, oder?« Er nahm einen kräftigen Schluck von seinem Cider. »Aber irgendwas an Colin ist merkwürdig. Was, das ich nicht kapiere. Er sucht sich nie die Schwachen aus – keine alten Knacker, Volltrottel, Ex-Soldaten. Er findet Leute, die er schwach macht. Zuletzt einen Typen in Stanley, der jetzt zwanzig Jahre in Wakefield absitzt. Was davor, in Blackburn, passiert ist, wissen wir nicht. Wir wissen nur, dass sie von einem Mann, der sich erhängt hatte, das Seil abschneiden mussten.«

»Und was hat das mit mir zu tun?«, sagte ich. »Geh hin und schnapp dir den Idioten.«

»Aber weshalb? Weil sein Klo mit Hasch verstopft ist?«

»Ist nicht mein Job.«

»Mach dir deshalb keinen Kopf. Was du vorhast, interessiert mich viel mehr.«

»Mich interessiert nur, ob Carlisle nächste Woche gegen Scunthorpe gewinnt.«

»Wir wissen, was du den Sommer über gemacht hast. Dem ganzen Tal ist klar, dass es mit dieser Herde Jacobs irgendwas Merkwürdiges auf sich hat. Diese Typen aber, die in Yorkshire, die William im Auge hat, die halten nichts von Spielchen.«

Im Pub ging es zu wie immer. »Keine Ahnung, wovon du redest«, sagte ich und log zur Abwechslung mal nicht.

»Wenn ich könnte, würde ich euch alle verhaften, aber ich kann nicht«, sagte Simply Red. »Außerdem will ich nicht, dass du stirbst oder irgendwer sonst zu Schaden kommt.«

»Mich verhaften? Weshalb?«

»Der Fall ist abgeschlossen, Steve, denn der Kerl, den wir zum Reden bringen konnten, liegt jetzt im Krankenhaus.«

»Und wer soll das sein?«

»Kit Jones. Den hat's schlimmer erwischt als dich, und ich glaub kaum, dass er reden würde, selbst wenn er den Kiefer bewegen könnte.«

»Kit liegt im Krankenhaus?«

»Noch nicht gehört?«

Ich stand auf, um zu gehen, und Simply Red wandte sich wieder seinem Drink zu. »Ruf an, wenn du kannst, Steve.«

Während ich zu meinem Wohnmobil lief, brachte der Wind Regen aus Irland, die Fenster beschlugen, und ich hatte Froschfinger. Froschzehen. Ich saß da, fühlte mich krank, und es suppte in den Van. Musste an all das denken, was Red mir erzählt hatte, was mich nur noch kranker machte. Ich schlief, nass und kalt wie mir war, hoffte, es würde mich schneller gesund werden lassen. Stundenlang lag ich da, bis die Sonne mich weckte.

Ich hörte es wieder an die Seiten meines Wohnmobils hämmern, doch ging diesmal kein Wind, die Vorhänge hingen still. Jemand rüttelte an der Klinke. Ich sah das Gewehr an der falschen Wand lehnen. Das Türschloss war schwach wie ein Streichholz – sprang mit leisem Ploppen auf. William kam herein, sein Wachsmantel schleppte Dreck in den Wagen, den Gestank von Hund und Schafsfett. Er war nicht besonders groß, aber nie größer als jetzt, wie er da vor mir stand und auf mich herabsah. Die kurze Dachschräge ließ ihn endlos aussehen. »Ich könnte ja sagen, der Tod hat dich gefunden, aber ich glaube, du hast ihn selbst gesucht«, sagte er und warf mir mein Hemd vom Stuhl zu. »Zeit aufzustehen, du blöder Hund.«

Ich setzte mich auf den Bettrand und sah, dass ich zum ersten Mal in meinem Leben spindeldürr geworden war. Das einzig Trockene waren meine Gummistiefel, also zog ich sie an und warf mir den Mantel über. »Warum bist du nicht zur Arbeit gekommen?«, fragte er.

»Ich mach Urlaub.«

»Tja, die Herde nicht. Hättest sie ja mitnehmen können. Der würde die Costa del Sol zu dieser Jahreszeit bestimmt guttun.«

»Wie geht's George?«

»Besser als dir.«

»Hab gestern Abend mit Simply Red geredet. Hatte viel zu erzählen.«

»Was glaubst du denn, warum ich hier bin?«

»Um dafür zu sorgen, dass ich nicht auch rede?«

»Wirst du? Reden?«

»Ich habe ihm nichts zu sagen.«

»Dann muss ich dafür sorgen, dass du arbeitest. Außerdem kannst du dann beim Schlafen beide Augen schließen. Ich hab denen gesagt, Steve, dass sie dich nicht umbringen sollen.«

»Und dieser andere Job? Was hat es damit auf sich?«, fragte ich. »Dieser Raubüberfall?«

»Das geht dich nichts an. Die Schafe brauchen dich. Um die solltest du dich kümmern.«

Er stand auf, um zu gehen, bahnte sich einen Weg durch das unaufgeräumte Wohnmobil. »Warum hast du ihn noch nicht umgebracht, William?«, sagte ich. »Als wir mit fünfhundert Schafen in den Fells waren, hast du über kaum was anderes geredet.«

»Hätte ich ihn umgebracht, wäre er jetzt tot.«

»Und was hast du davon, dass es ihn noch gibt?«

»Ich wurde in all dies hier hineingeboren. Genau wie du. Und was hat man uns immer gesagt? Ihr müsst hart arbeiten. Selbst wenn ihr eine Altkuh melkt, die keine Milch mehr gibt. Man fragt nicht, wieso sie keine Milch mehr gibt – man melkt nur immer weiter. Erst wenn man arbeitet, bis man nicht mehr kann, hat man alles getan, was man tun konnte. Und geglaubt, wenn man nur lang genug durchhielte, würde man reich. Irgendwann, Steve, kommt aber der Punkt, an dem man begreifen muss, dass harte Arbeit keineswegs natürlich ist. Fällt leicht, sich die Scheiße aus dem Leib prügeln zu lassen. Und wenn ich, weil ich Angst habe, die Chance verpasse, mehr aus meinem Hof zu machen, mehr aus mir selbst, dann gibt es nur einen einzigen Menschen, dem ich vorwerfen kann, dass sich nichts verändert.«

»Davon bist du wirklich überzeugt?«

William verließ mein Wohnmobil, und mir blieb nichts weiter übrig, als mich auf den Weg zurück in die Fells zu machen.

*

War Tage her, seit ich den Himmel ohne Glasscheibe davor gesehen hatte, und jetzt fiel er wie flacher Nebel auf mich nieder, heftete sich an meine Kleider und lag mir schwerer auf der Brust als Zigarettenqualm. Beide Herden standen auf den unteren Weiden, warteten zu Hunderten, futterten sich rund oder lagen faul auf den gestaffelten Felsvorsprüngen, bereit für den Herbstbock. Im Sommer war ihr Fell gewachsen und gereift, so dass es nun kaum noch an ihnen hing. Die Zibben fingen an, sich am Sandsteinfels zu reiben und die stinkende Wolle abzustreifen.

Wir wollten Schönheitsköniginnen für unsere besten Widder – also fingen wir mit dem Baden an. Paul Spittle, ein junger Kerl aus Lancashire, kam mit seinem langen Boxenanhänger voller Laufrinnen, Rampen und flachen Wannen. Wenn er fuhr, ratterte der ganze Wagen. Das Tauchbecken wurde am Boden festgepflockt und die Tiere in ein Bad aus Insektenwaschmittel gegen Läuse, Zecken und Schmeißfliegen getunkt. Es dauerte drei Tage, bis wir alle durchhatten. Oberhalb des Beckens brachten wir eine Plattform an, auf der eine freundliche Zibbe stand, um die Schafe zu beruhigen. Führten die Tiere die Metallschiene hoch und ließen sie vorm Schlagtor ausruhen, ehe sie springen mussten. Einen Meter tief in braunes, schäumendes Wasser, das nach Kloreiniger stank. Hörner, die an den verstärkten Seiten schabten, weil die Tiere sich an den Rand drängten. Wir langten mit einem Stahlhaken nach ihrem Hals, um den Kopf unterzutauchen und Läusen kein trocknes Fleckchen zum Verstecken zu lassen.

Dann wurde gerammelt. Brachten die Schafe auf zwei große Weiden, auf der einen die guten Jungzibben und erprobten Mutterschafe, auf der anderen die auserwählten Widder. Wir mussten sie mit Spritzpistolen beschießen, damit sie ihre geilen Gedanken im Zaum hielten. Wir färbten sämtliche Tiere. Fütterten sie mit der einen Hand und hielten in der anderen den mit Öl und Pulver eingeriebenen Stock, um die Bäuche auf der anderen Seite zu färben. Grün, Gelb oder Orange, zwischen den Beinen leuchtendhell wie Aquarellfarbe. Am Rücken der Schafe konnte man erkennen, welches von wem bestiegen worden war; gegen Ende dann haben die Popper mehr Farben als ein Ölleck. Die Teaser kommen zuerst. Diese Widder sind so sterilisiert wie ein Kerl mit zu vielen Kindern. Machen die Zibben heiß, damit die Lämmer alle zur selben Zeit geboren werden. Jeder Teaser hat seine eigene Brustfarbe und rammelt, bis er nicht mehr stehen kann; selbst dann versucht er es noch. Mir haben sie früher leidgetan, diese Teaser. Müssen sich für ihr Leben halbtot lieben. Heute denke ich, sie sind von allen vielleicht am besten dran. Nach den Teasern kommen die Widder, und ist die Paarung vorbei, laufen die Schafe wie benommen durch die Gegend. Man muss aufpassen, dass sie nicht auf eine befahrene Straße stolpern, also zündet man ihnen eine Zigarette an, weil sie ganz rührselig werden und nur noch knuddeln wollen.

Seit langem schon war Rusty unser bester Widder, und wir hatten in der Herde inzwischen zwei Dutzend Tiere mit rostrotem Fleece, die wie er aussahen. Zog los, um ihn zur Paarung auf einer der äußeren, Sibirien genannten Weiden zu holen, wo wir die Tiere bis zum Ende des Sommers lassen wollten. Konnte den Bastard nirgendwo entdecken. Ich reihte alle Böcke an der Mauer auf und kletterte auf den höchsten Zauntritt, hielt Ausschau nach ihm, fand aber nur seine rötliche Wolle an einigen der Spanndrähte. Fünf Meilen weit folgte ich seinen Spuren in die Fells, die erst bei Midscar Swale neben dem Wurzelwerk einer alten Erle aufhörten. Außer ihm hatte sich kein Schaf davongemacht, und ich suchte ihn bis spät in die Nacht, stocherte in Hügelsümpfen herum, durchforstete jeden Graben. Verbrachte einen ganzen Tag damit, ihn zu suchen, konnte aber nicht mal seinen Kadaver finden.

*

In diesem Jahr kam der Winter früh. An manchen Tagen lag der Schnee so hoch um mein Wohnmobil, das ich nicht herauskam. Ging mit dem Fleece ins Bett und stand mit ihm auf. Der Türriegel blieb festgefroren, bis ich kochendes Wasser drüber goss. Eine Woche lang war alles weiß, bei geschlossener Schneedecke konnte man nur die schwarzen Felsvorsprünge der Mikill Barrows sehen. Selbst die Straßen waren nicht mehr zu erkennen.

Wickelte mich in den Fellmantel meines Dads und probierte, weil meine Socken nicht nass werden sollten, die neuen Überschuhe aus Rindsleder aus. Während des Kälteeinbruchs hielt die Batterie meines Quads Winterschlaf, was bedeutete, dass ich zu Fuß über die schneevergrabenen Pfade zu unseren geschützten Weiden laufen musste. Trug auf den Schultern zwei Säcke Pellets, um die Herdwicks von Hand zu füttern. Wartete darauf, dass der Boden auftaute. Starrte mit zusammengekniffenen Augen blind in die weißen Fells, als mir ein Sack von der Schulter rutschte. Kniete mich in den

Schnee, um ihn aufzuheben, und hörte, wie der Himmel zerriss. Aus ebender Richtung, in die ich unterwegs war, hallte ein Schuss über die Farm. Ich ließ beide Säcke fallen und ging schneller. Bis heute verstehe ich nicht, wieso ich in die Richtung lief, aus der der Schuss kam.

Der Himmel war klar, doch von Wärme keine Spur. Das Land versuchte, sich mit Nebel zuzudecken, um es wenigstens ein bisschen warm zu haben. Musste durch die Suppe waten und fing an, frische Fußspuren im Schnee zu sehen, zwei nebeneinander, manchmal vier. Sie führten zu einem Gatter, und der Schnee dahinter war zertrampelt, ein Durcheinander aus Hufspuren. Ich lief die Grenzen der Weide ab und fand unsere Schafe an einen trocknen Überhang gepresst. Auf dem Boden war Blut, viel, viel Blut. Hell und frisch, und wo es mit dem Schnee in Berührung kam, schmolz es alles Weiß zu einer breiten Lache. Schleppspuren. Ich folgte ihnen, bis ich Stimmen hörte. Sah drei Kapuzen tragende Männer auf der Weide. Der riesige Brocken mit dem langen Gewehr in der Hand musste George sein, niemand sonst war so groß. Und von dem schlaksigen Jungen, Hände in den Taschen, wusste ich, das musste Danny sein. Der letzte Typ, der, der auf dem Boden hockte, das war Colin. Ein totes Schaf lag auf dem Rücken, die Wolle abgezogen, der weiße Kopf das Einzige, was noch Fell hatte. Colin hantierte mit dem Ausweidehaken am Messer, um den Magen rauszureißen und sah zu mir hoch. »Steve. Mit dir habe ich nicht gerechnet.« Er schnitt weiter. »Kannst was abhaben, wenn ich hier fertig bin.« Schnitt das Fleisch vom Gelenk der Hinterläufe, hundert Schnipsler mit dem Messer, stieß mit dem Daumen ins Gewebe, zerrte es auseinander. Ich sah zu, wie er den Lauf abtrennte und einen Strang Muskel durchschnitt, ehe er das Fleisch an Danny weiterreichte. »Was zum Teufel machst du da?«

»Besorg mir was zu essen.« Er versenkte das Messer unter einem Fleischlappen am Rückgrat der Zibbe.

»Ihr könnt diese Schafe nicht töten.«

»Können auch nicht die Straße befahren. Also was sollen wir essen?«

»Ihr fresst eure eigenen Schnürsenkel, ehe ihr meine Schafe anrührt.«

Colin legte das Messer beiseite. Fuhr sich mit der schmierigen Hand über den Kopf. »Deine Schafe?«

»So gut wie.«

»Ich habe keine Zeit für dich, Steve. Du isst an meinem Tisch und beschwerst dich auch noch drüber, dass er wackelt. Nun, wir haben deinem Kumpel William unser Wort gegeben, dass wir dich nicht umbringen. Verdient hättest du es. Schafe aber sind zum Töten da. Ich denke, wenn das hier Williams Schafe wären, würden wir es uns noch mal überlegen. Aber es sind ja deine Schafe, nicht?«

Er nickte George zu, der zum Überhang ging. Ich hörte ein Blöken, hörte, wie er ein Jungschaf am Fell zu uns zerrte, hörte, wie er es hinter sich her schleifte, ehe er es vor mir zu Boden warf. Schoss ihm in den Hals. »Kannst es ausweiden, Steve.« Colin warf mir das Messer vor die Füße. »Oder willst du nicht?«

Ich langte nach dem Messer, aber George kam mir zuvor und stellte mir ein Bein, so dass ich aufs Gesicht fiel. Wollte mich aufrappeln, spürte aber seinen Stiefel im Kreuz – konnte mich nicht rühren, wenn er es nicht wollte. »Siehst für mich jetzt wie ein Schaf aus«, sagte Colin. »Mach schon, lauf wie ein Tier aus deiner Herde.«

Ich rührte mich nicht.

»Du bringst sie doch sonst immer zum Laufen. Diesmal bist du dran.« Spürte die Messerspitze an meiner Hüfte, also drückte ich die Handflächen in den Schnee und kroch auf den Knien zu ihnen.

»Nicht aufhören«, sagte Colin. Kroch weiter, und sie sahen zu. »Was schreit ihr Jungs jeden Tag? ›Kommt! Kommt her! Lauft!‹« George zog an meinem Mantel und drohte mir eine Narbe an, sollte ich langsamer werden. »Schafe blöken, Steve, oder nicht?« Ich spuckte aus und bekam einen Tritt in den Mund. Ich spuckte Blut. Kam wieder auf die Knie und gab für ihn ein Ächzen zum Besten. »Hört sich an, als würdest du einen abdrücken. Müssen wir uns noch ein Schaf holen, damit dir wieder einfällt, wie es geht?« Und ich röhrte ein Blöken, ein Geräusch, das ich mein Leben lang gehört hatte. Also blökte und kroch ich, solange sie schrien. Kroch Danny vor die Füße, und er trat einen Schritt zurück, wuschelte mir durchs Haar. Ich sag nicht, wie lang das dauerte. Meine Hände waren weiß wie der Boden, als sie mich endlich in Ruhe ließen.

*

Ich war zurück in meinem Wohnmobil. Die Hände blieben nur still, solange ich das Gewehr hielt, und als ich auf den Gedanken kam, das Heizgerät einzuschalten, war es bereits zu dunkel, um irgendwas sehen zu können. Ich hörte Musik, die durch die Wände wummerte, nur war mir schleierhaft, woher sie kam. Aus den Schränken waren die Türen gerissen, doch wusste ich nicht, wer das getan hatte. Und dann war da noch das Gewehr, das, was ich damit anstellen könnte. Alles an mir, meine Hände, mein Bauch, meine Augen, hatte eine eigene Art, Hass zu fühlen. Konnte es sich verspannen oder verkrampfen, tat es das, wenn nicht, zitterte es. Unaufdringlich wie ein Paar nackte Titten waren meine Träume, und in allen lag ich immer noch im Wohnmobil. Es heißt, man habe sechs Träume in der Nacht, aber mir fielen dreimal so viele Verwendungsmöglichkeiten für eine Kugel ein. Aufwachen fühlte sich nicht richtig an, Tageslicht fühlte sich nicht richtig an; und dass beides für mich dasselbe war, verrät vielleicht, wie taub ich mich fühlte. Es war eine Nacht, die zwei Tage währte.

Am dritten Tag nickte ich gerade ein, als es an die Tür klopfte. Solche Geräusche hatte ich so lange ausgeblendet, dass ich erst nachsah, als sie lauter wurden und nicht aufhörten. »Komm rein.«

Helen trat ins Wohnmobil. Haar hochgebunden, die Augen so schwarz und tief, dass ich mir unsicher war, ob sie sie geöffnet hatte. Helen machte Licht und räumte auf ohne ein Wort, hing die Schranktüren wieder ein und kratzte die Essensreste von den Tellern. Sie hatte eine Decke mitgebracht, dick, voller Entendaunen; sie roch nach ihr. Helen gab sie mir und setzte sich aufs Bett. »William hat gesagt, du würdest unter einem Haufen Lumpen schlafen.«

»Unter einem Haufen? So viele hab ich gar nicht.«

»Ist aber gar nicht kalt hier. Ehrlich gesagt, eher ein bisschen zu warm.«

»Solange ich noch Sprit für den Generator habe,

sollte es auch so bleiben«, sagte ich. »Aber was treibt dich her?«

»William ist die Nacht über außer Haus. Dachte, ich sehe mal nach dir.«

»Und was hat das eine mit dem anderen zu tun?«

»Findest du raus, sobald du aufhörst, blöde Fragen zu stellen.«

Ich stand auf und machte uns einen Tee. Sie machte mein Bett.

»Ich würde dich gern was fragen«, sagte sie. »Wegen Danny.«

»Was ist mit ihm?«

»Die wollen, dass er irgendwas anstellt, Steve. Was Schlimmes.«

»Ich habe mit dem geplanten Raubüberfall nichts zu tun.«

»Aber du könntest. Du könntest statt Danny mitmachen. Sie brauchen ihn doch gar nicht.«

»Du könntest genauso gut an seiner Stelle gehen.«

»Das würde William nie erlauben.«

»Ein merkwürdiger Zeitpunkt, darauf Rücksicht zu nehmen, was William erlaubt und was nicht.«

»Er hört nicht mehr auf mich.«

»Warum nimmst du Danny nicht und verschwindest?«

»Er will nicht weg. Und nur wenn er bleibt, kann ich dafür sorgen, dass er in Sicherheit ist.« Sie setzte sich und zog ihre Schneestiefel aus. »Also? Machst du's?«

»Ich red mit ihm. Mal sehen, was ich tun kann«, sagte ich. Und wusste im selben Moment, dass ich log. Ich rührte meinen Tee um und sah zu ihr rüber. »Und jetzt?«

»Halt einfach mal den Mund«, sagte sie und legte ihren Kopf aufs Kissen. Wartete, dass ich mich neben sie legte. Ich küsste sie auf den Mund; sie wandte den Kopf ab. Küsste sie auf die Schulter; sie drehte sich um. Sie setzte sich auf, stieg aus dem Bett und suchte ihre Stiefel. Sah mich nicht an. Ging zur Tür des Wohnmobils, aber ich hörte nicht, dass sie geöffnet wurde. Das Licht ging aus. Sie bewegte sich im Dunkeln, das Geräusch der fallenden Hose. Sie ging am Heizgerät vorbei, und ich sah ihre Haut orangefarben glühen. Spürte, wie ihre Hände meine fassten, wie sie beide Hände warmpustete – sie dahin steckte, wo sie sie haben wollte, sich auf meinen Schoß setzte. Zog mir den Gürtel aus und presste meine Beine mit ihren zusammen. Sie küsste mich aufs Kinn, auf die Nase. Suchte mich. Sie trug eine dünne Halskette, und ich schnappte danach mit meinem Mund, dann warf sie den Kopf zurück, wodurch ich die Kette abbiss. Und hätte ich Helen nicht gehalten, wären wir beide aus dem Bett gefallen. War rauer, als ich vermutet hätte; und noch lange danach hielt sie mich an den Handgelenken fest. Was für ein verdammter Teaser ich doch war.

Taen-a-Dick

Vor Colin gab es kein Entkommen. Konnte nur Abstand wahren, davon gab es immerhin genug. Caldhithe kannte ich mittlerweile so gut wie das Vaterunser. Man sollte meinen, dass es über eine Hügelfarm nicht viel zu wissen gibt – von da, wo man steht, kann man alles sehen, und dreht man sich um, sieht man den Rest. Nur gibt es eine Million verschiedene Möglichkeiten, einen Pfad zu kennen. Ich wusste, welche Gatter schwergängig waren, kannte die Trockensteinmauern, hinter denen das Land metertief abfiel, den Lehmboden, über den man laufen konnte, und die Sümpfe oder Schlickgräben, die einem die Stiefel von den Füßen sogen. Die zermalmenden Felsen, die locker saßen und jene, auf die man mit einem Maschinengewehr feuern konnte, ohne ihnen was anzuhaben. Ich kannte in den Steinbrüchen sogar die Rutschspalten, aus denen sich keine Leiche mehr bergen ließ.

Wo immer ich arbeitete, achtete ich darauf, dass mindestens zwei Weideflächen zwischen mir und irgendwelchen Wandervögeln waren. Stellte mein Wohnmobil jeden Tag um. Und falls ich irgendwohin wollte, dann fuhr ich. Arbeitete mit dem Rücken zum Rover, bewahrte das Gewehr unterm Sitz auf und trug ein Klappmesser an der Hüfte.

Der Schnee taute, aber die Luft wurde kühler, und die eng über den Kopf gezogene Kapuze verkleinerte die Welt. Ich nutzte den Winter, um eingefallene Mauern zu reparieren. Nie wird es auf einer Farm ruhiger als gegen Ende des Jahres, und an manchen Tagen redet man mit sich selbst, um sich zu beweisen, dass man noch was hören kann. Das ganze Jahr hatte man hierfür gearbeitet – für den Winter. Die trächtigen Zibben wurden zum Futtern an die Küste geschickt, damit sie genug auf den Rippen hatten, wenn sie es brauchten. In Winnadale gibt es für sie einen Flecken Salzmarsch, den William nur das Frauenrefugium nannte. Die übrige Herde konnte sich an Schneewehen kuscheln und Zuckerrüben futtern. Die Jacobs mussten im Stall überwintern. Hatten es wärmer als ich.

Seit der Nacht mit Helen war ein Monat vergangen, und ich hatte einen harten Abend im The Crown hinter mir. Rollte mich in Wellen trunkenen Schlafs hin und her und wurde vom klingelnden Telefon aus dem Schweiß meiner Wäsche geweckt. *Danny* stand auf dem Display. Ich ging ran. Hörte es am anderen Ende atmen, ein Klacken, Klopfen, lautes Klopfen. »Hallo?«

»Steve«, sagte Danny. »Wir haben es vermasselt.«

»Warum rufst du mich an?«

»Hier sind nur Bog und ich.«

»Wo?«

»Sie hören nicht auf, uns zu verfolgen.« Er zischte die Worte durch die Zähne. »Ich glaube, sie sind tot. Alle.«

»Danny, sag mir, wo du bist.«

»Wir sind in der Nähe von Culbeck in eine Sackgasse abgebogen. Da, wo Trabrennen gefahren werden.«

»Halt durch.«

»Ich kann sehen, dass sie nach uns suchen.«

»Dann sorg dafür, dass sie dich nicht finden.«

Ich saß im Rover, noch ehe ich aufgelegt hatte, unterwegs nach Culbeck. Der Weiler lag eine Stunde weit von unserem Tal entfernt, nicht groß genug für ein Dorf, gerade mal eine Ansiedlung an einem Abzweig von der Hauptstraße in einer Talsenke gleich einem Speichengrübchen mit Bergen zu beiden Seiten und den Dales im Süden. An vier Stellen überquerte ich den Eden und nahm Nebenwege, fuhr von Stadt zu Dorf auf von Traktoren mit Schlammspuren gestreiften Wegen, vorbei an großen kahlen Feldern mit zum Winter betenden Birken. Kein Auto weit und breit, bis ich nach Nelby-on-Toldale kam. Ein Ort, durch den man durch ist, ehe man seinen Namen ausgesprochen hat – zwei, drei Kilometer vor Culbeck. Hier draußen waren zwei Jeeps. Riesige Biester. Pflügten mit ihren Kuhfängern und den fetten, in die Radkasten gezwängten Rennreifen über den Asphalt. Sie fuhren langsam, mit Fernlicht, leuchteten die schmalen Straßen aus, die Waldwege und Straßenränder. Aus jedem Wagenfenster hing ein Typ, der mit seiner Waffenlampe herumfuchtelte, in die Gräben schrie und den Horizont mit farbigem Strahlerlicht ausblendete. Als ich an ihnen vorüberfuhr, drehten sie sich nach mir um und musterten mich mit Hundeblick.

Ich bog auf einen beliebigen Sandweg ein, blieb auf Strecken, die ich nicht kannte, fuhr im Bogen zurück nach Nelby und hoffte, sie würden mir nicht folgen. Ich verirrte mich. Fuhr rückwärts aus Sackgassen und torverschlossenen Auffahrten, probierte jeden Abzweig in alle Richtungen, kürzte durch einen Wildpark ab und kam bei Culbeck Bridge raus. Fuhr an zwei unbeleuchteten Häusern vorbei, an einer Kirche, landete auf einer Privatstraße doppelter Breite mit tiefen, von

Sulkys gekerbten Rillen. Hielt neben einer Brache und einer Reihe selbstgebauter Schuppen mit Tischen voller Zaumzeug und zwei Stapeln verbogener Räder. Ein Pony war noch wach, erschien mir im Dämmerlicht wie ein Skelett, das grinste, ehe es die Zähne fletschte, sie in einen Zaunpfosten versenkte und auf dem Holz herummümmelte. Die Straße ging in einen asphaltierten Klippenweg über, der, mit spärlichem Wald am Hang, eine steile Böschung hinaufführte. Überall Reifenspuren, es stank nach verbranntem Gummi, der Zaun am Klippenrand war eingerissen. Das hier musste die richtige Stelle sein.

Ich griff nach meinem Handy und rief den Jungen an. Schrie aus dem Fenster seinen Namen und hörte zwischen den Bäumen ein gedämpftes Klingeln. Sah wie eine Gestalt sich bewegte, sah Danny den Hang hochklettern, stehen bleiben und sich umblicken, ehe er sich ins Scheinwerferlicht wagte. Sein Gesicht, von Kopf bis Kinn verschmiert, sah erst nur schmutzig aus. Er stolperte näher. Getrocknetes Blut. Fast schwarz unter der Nase. Ich stieg aus dem Wagen, ging zu ihm, und er sank an meine Brust. »Jetzt ist alles gut, Junge.« Setzte ihn auf den Beifahrersitz und gab ihm Schmerztabletten aus dem Handschuhfach. Er erzählte, was passiert war. »Wir sind zu dieser Farm in Thirsk. Dad, Colin und George, sie haben mich mit Bog zurückgelassen, um die Schafe zusammenzutreiben. Eine halbe Stunde später kamen sie schreiend zurückgerannt. Ich hörte Schüsse. Sie riefen, macht es wie wir. *Lauft, ihr Ärsche! Lauft!* Sie verpissten sich in ihre Karren, und ich bin in den Laster. Bog fuhr und fuhr, aber irgendwann in den Pennines holten uns zwei Wagen ein. Bufften in den

Hänger, krachten gegen den LKW. Sie verfolgten uns auch noch, als wir die Hügel hinter uns hatten, aber an einer kurzen Kreuzung konnte Bog sie abhängen. Ich sorgte dafür, dass er diesen Abzweig nahm. Er hatte den Weg erst gar nicht gesehen. Konnte Bog aber noch nicht rauskriegen.«

»Wo raus?«

»Aus dem Laster.«

»Und wo ist der?«

Er zeigte zur Klippe.

»Ist William tot?«

»Weiß nicht, wo er ist.«

»Du hast gesagt, alle sind tot.«

Er schloss die Augen, ließ sich in den Sitz sinken, war wach, zog es aber vor, nicht da zu sein. Ich holte die Taschenlampe aus dem Kofferraum und ging zum Rand der Straße. Rief den Abhang runter. »Hallo!« Hörte nur das Echo meiner Stimme. Was vom Laster übrig war, lag über den Hang verstreut. Hatte beim Überschlagen Teile der Böschung mitgerissen und sich in sich verdreht, als der Hänger über die Zugmaschine kippte, die dann in eine Richtung gefallen war und sich in den Boden gebohrt hatte, der Motorblock abgerissen, die Fahrerkabine zerdrückt. Der Hänger des Gelenktransporters aber war in eine andere Richtung gestürzt, die Seitenwände im Rutschen lagenweise abgeschält. Zwölf Meter Stahl. Größer als die meisten Häuser. Die Schafe waren aus der offenen Flanke geschleudert worden, manche schon im Sturz begraben oder an Bäumen zerquetscht, Wolle geschoren und am zersplitterten Stahl aufgehängt. Ich ließ mich den Hang hinab, hielt mich an Baumstümpfen fest und tastete mich langsam über die von Glassplittern funkelnde Erde. Kam auf eine Höhe mit dem Hänger. Ein paar Schafe lebten noch, taumelten über den Hang, staksten, das Fell wie Socken hochgerollt, auf blutigen Beinen herum. Ich folgte den Tieren dahin, wo sie herkamen. Ein aus dem Laster gesprengtes Loch, ein Bissabdruck so groß, dass man mit einem Rover durchfahren konnte. Ich blickte ins zerrissene Innere und verstand nicht, was ich sah. Der Riffelblechboden war, wo das Dach sein sollte, Luftlöcherwände und Viehtrenner zusammengepresst, in sich verdreht, und da war ein Brei aus Hufen, Fell und verknäultem Gedärm, Schaschlikhappen, und was nicht gerade tropfte, rührte sich nicht mehr. Wohin ich den Lichtstrahl auch hielt, sah ich zermalmtes Fleisch und Schafe, wie sie kein Schlachter zerlegen würde. Ich knipste die Lampe aus und hörte Danny die Klippe runterkommen. »Wie viele waren im Laster?«, fragte ich.

Er blieb stumm.

»Wie viele Schafe, Danny?«

»Zweihundert.«

»Aber sieh sie dir doch an.« Ich zeigte mit einem Kopfnicken auf die noch herumkrauchenden Schafe. »Was für dürre Viecher. Die Hälfte von denen hätte ich nicht mal umsonst genommen.«

»Die wollten keine Schafe.« Er rieb sich die Augen. »Wir waren auf keiner Farm.«

»Das ergibt doch keinen Sinn, Junge.«

»Die haben da draußen Gras angebaut. Weißt schon, Dope. Scheune um Scheune voll. Und dann ist da diese Gang, die das alles kontrolliert. Colins alte Kumpel. Nennen sich die Brown Hill Boys.«

»Die sind hinter euch her?«

»Die wollen das Geld, das wir ihnen abgenommen haben. Hab noch nie so viel auf einen Haufen gesehen. Zwei Sporttaschen voll. Zu schwer, um sie zu tragen, mussten sie schleppen.«

»Uns bleibt nicht viel Zeit«, sagte ich. »Wird nicht lange dauern, bis sie diese Straße finden.«

Der Junge blähte die Nasenflügel so weit, dass man seinen Schädel sehen konnte. Stopfte ständig die Hände in die Taschen und zog sie wieder raus, als würde es sich falsch anfühlen. Er versuchte, eines der toten Tiere hochzuheben, gab aber auf. Versuchte, eines der lebenden Tiere zu tragen. »Wir brauchen die nicht, Danny«, sagte ich. »Wo ist Bog?«

»'türlich brauchen wir die.«

Er hörte mir gar nicht zu.

»Geh zurück zum Wagen«, sagte ich.

Ich ließ den Lichtstrahl über den Boden wandern, suchte nach diesem Idioten Bog. »Bist du tot, oder was?« rief ich. Schob Wandpaneele beiseite und aus gebrochenen Achsen geformte Tipis. »Jetzt red schon.« Lief den Laster ab bis zur Kabine. So zerquetscht, dass man sie nur mit einem Messer aufstemmen und herausschaben konnte, wer immer drinnen war. Ich machte einen Schritt zurück, um weiter nach oben blicken zu können und trat auf was Weiches. Bogs Oberschenkel. Grub den Mann mit beiden Händen aus. Er war nicht wach, hatte aber keinen Kratzer abbekommen, nur einen langen Schnitt an der linken Schulter. Ich hörte es in seiner Brust röcheln. Fühlte seinen Puls und hob den Mann hoch, legte ihn mir auf den Rücken, Arme um meinen Hals, Hände zusammen. Fand Danny, wo ich ihn zurückgelassen hatte. »Lass das Schaf fallen und steig ins Auto.« Schrie ihn an, als er sich nicht rührte. »Jetzt!« Er rannte auf die Straße und überließ es mir, Bog nach oben zu wuchten. Der Kerl blutete durch sein Hemd, dann durch meins, und ich spürte jeden Wirbel in meinem Rückgrat. Sackte unter dem Gewicht von uns beiden ein. Ich wankte hoch, bis ich ihn endlich von mir abrollen und mit dem Gesicht nach oben auf den Asphalt legen konnte.

Lud Bog in den Wagen und legte ihn ab – steif und langgestreckt auf dem Rücksitz. Rollte eine Plane zu einem Kissen auf und stopfte Spannseile um ihn, damit er beim Fahren stilllag. Wollte nicht warten, bis die Brown Hill Boys uns fanden. Dauert nicht lang, Straßen und Wälder zu durchforsten, wenn man nach einem Laster sucht. Zur großen Straße, dahin mussten wir. Zur Appleby-Bybass. Ich fand einen Weg, unbefestigt, und brauchte Licht zum Fahren, mal Standlicht, mal Fernlicht, beugte mich vor, Augen klebten an der Scheibe, alles, um nicht entdeckt zu werden. Hüpfte wie ein steuerloses Ruderboot durch Schlaglöcher. Fuhr fast blind durch einen Tunnel Brennnesseln. Kam zu einer Kurve, strahlte Birken an und glaubte, neben mir im Gebüsch zwei nackte Beine zu sehen.

Als es aussah, als wäre der Weg zu Ende, kamen wir an einen Zaun, eine Trockensteinmauer, ein Haus, ein Feld – der Weg machte eine Biege, das Gelände wurde noch rauer. Musste doch irgendwohin führen. Durch das geöffnete Fenster roch es nach wildem Knoblauch, und ich sah ein weiteres Paar Scheinwerfer. Weit weg. Schwebte über dem Boden. Flackerte zwischen Bäumen. Ich fuhr langsamer, schaltete das Licht aus, und ehe ich blinzelte, was es verschwunden. Fuhr weiter, und es war gleich darauf wieder zu sehen, ein helles Licht hinter Bäumen; wurde ich schneller, hielt es mit, hielt ich an, wartete es so lang wie ich. Ich hatte genug. Ich hatte genug von Feldwegen. Keine Zeit für Wegweiser, keine Ruhe für die Nachbarn. Scheiß auf die gewundenen Pfade. Schoss die Böschung hoch und fand wieder einen Zaun, und als wir ans Viehrost einer eingezäunten Weide kamen, bretterte ich drüber hinweg, fegte durchs Gras, Weg um Weg, Weide um Weide. Danny sprang bei den Gattern raus, hielt sie offen, und als die anderen Lichter längst verschwunden waren, hielt ich auf den Schienen eines Bahndamms an. Sah, dass sie zu einer Brücke und einem schwarzen Stück Straße führten. Zu einem Weg nach Hause. Wir erreichten den Asphalt und fuhren bis nach Carlisle, um unsere Spur zu verwischen. »Das nächste Mal, Danny«, sagte ich, »rufst du AA an.«

»Hab die Nummer nicht.«

»Meine kannst du jedenfalls vergessen.«

Ich fuhr durch die nördlichen Fells, auf sicheren Straßen durch Derwent, Thirlmere, vorbei an schnurschmalen Seen. Ließ mir Zeit auf der Lower Drot Lane ins Tal und umfuhr Bewrith, ehe ich zum Yow-Haus kam, wo Williams Wagen stand. George wartete in der Haustür mit angelegter Kastenschlossflinte. »Lass die Spielchen«, sagte ich beim Aussteigen. »Hilf mir lieber, Bog ins Haus zu tragen. Ist ein verdammt guter Schläfer, falls er sich nicht den Schädel gebrochen hat.«

»Wo ist der verdammte Laster?«

»Der Laster? Wo wart ihr denn?«

George blieb auf seinem Posten, William und Colin kamen nach draußen. Ich half ihnen, Bog ins Fernsehzimmer zu tragen und legte seine Stiefel auf ein Ende des Sofas. Wir standen um ihn herum, beäugten ihn, fürchteten uns, ihn anzufassen. »Der stirbt, oder?« Colin befühlte Bogs Stirn, dann suchte er seinen Puls. Bewegte den leblosen Körper, legte den Kopf auf eine Hand, bog die Knie in beide Richtungen. Bog ließ uns wissen, dass noch Leben in ihm steckte und kotzte blasigen, orangefarbenen Schaum. William nahm sein Messer und schnitt ihm den Hemdsärmel auf, damit er die Schulterwunde verbinden konnte. Gab mir Lumpen zum Abtupfen und ein bisschen Franzbranntwein. »Ist aber nicht zum Trinken, Steve.«

»Dafür hattet ihr jede Menge Zeit, als ihr hier rumgesessen habt.«

»Wir wollten gerade los, nach dem Jungen suchen.«

»Hätte eigentlich gar nicht so weit kommen dürfen.«

»Und wem hilft das Gerede jetzt?«

»Ich hab genug getan«, sagte ich. »Keine Hilfe mehr übrig.«

Ich ließ ihn stehen, ging nach draußen und stieg in den Wagen. Kein Sprit mehr. Wollte den Motor anlassen, aber der gab keinen Mucksер von sich. Schob den Sitz zurück und schloss die Augen. Sah mich immer noch in den abgestürzten Laster starren. Ich griff nach dem Handy, damit meine Hände was zu tun hatten, spielte auf den Tasten rum – ich wollte wen anrufen. Tippte die Nummer von Simply Red.

Man sagt, Männer zeigen keine Gefühle. Du weinst beim Fußball oder bei der Beerdigung deines Dads, wenn er es denn verdient hat. Sagst einer Frau nur, dass du sie liebst, wenn Gott dabei zusieht. Hast vor nichts Angst außer davor, Angst zu haben. Blödsinn. Ich habe es mit allen nur erdenklichen Ärschen zu tun gehabt. Mit stinkigen Ärschen und welchen mit kaputten Bremsen, mit Ärschen ohne Geld und welchen, die zu viel davon hatten, aber auch mit Ärschen, die immer nur das Richtige gesagt haben. Ärsche sind sie trotzdem alle. Manche lassen es einen nur vergessen, bis sie hungrig werden. Hab nie einen kennengelernt, der nicht voller Wut steckte, und je wütender du wirst, heißt es, desto weniger fühlst du. Ich kenne sie, diese Wut. Hab noch die Narben – für manche bin ich selbst verantwortlich, andere wurden mir zugefügt. Das ist nicht bloß ein Gefühl, das sind alle Gefühle auf einmal. War nie trauriger oder glücklicher oder geiler als dann, wenn ich vor Wut schäumte. Und ich sag dir noch was. Es tut mir nicht leid drum. Damit kriegt man was getan. Weinen ist, wenn du willst, dass andere Nötige, das du für dich tun kannst. Und jetzt sag ich dir, an dem Tag, an dem ich im Wagen saß, da war ich Jesus. Ich war nicht länger ein Mensch. Ich fühlte nicht das geringste bisschen Wut. Ich wollte nur, dass all das hier vorbei war, und mir war egal, wer dafür sorgte. Ich griff nach meinem Handy, ein Balken Akku, drückte auf Wählen. Zweimal Klingeln, dann ging er ran: »Hallo?«

»Red?« Ich sprach langsam. »Ich bin's.«

»Steve? Ist verdammt spät.«

»Ein Problem?«

»Gib mir eine Sekunde.« Hörte ihn seufzen. »Was hast du mir zu sagen?«

»Es geht um den Überfall.«

»Was ist damit?«

»Ist schlimmer, als wir für möglich gehalten hätten. Du musst nach Caldhithe kommen.«

»Jetzt?«

Ich wollte ihm sagen, er solle kommen, solange das Geld noch im Haus sei, aber dann schlug jemand ans Fenster. Ich ließ das Handy fallen. William ragte vor mir im Dunkeln auf – riss die Tür auf, an die ich mich lehnte, weshalb ich fast nach draußen fiel. »Mit wem telefonierst du?«

»Verpiss dich.« Ich wollte die Tür wieder zuziehen, aber er klemmte die Hand dazwischen.

»Ich will, dass du zurück ins Haus kommst.«

»Und ich will verdammt nochmal ins Bett.«

»Kannst im Haus schlafen.«

Er hob mein Handy auf und rief Hallo. Niemand mehr da. Simply Red hatte aufgelegt. Er schleuderte es über die Mauer ins Gebüsch, griff nach mir, packte mich, grub seine Nägel in die Schulter und warf mich aufs Gras. »Ins Haus mit dir.« Hatte sein Messer aufschnappen lassen und hielt es wie einen Dolch. Ich lief vor ihm her, wurde ins Fernsehzimmer geführt. »Danny«, sagte er beim Hereinkommen, »bring Bog nach oben. George soll dir helfen. Sag Bescheid, wenn er aufwacht.«

Ich setzte mich auf Bogs feuchte Flecken, und William fand neben mir Platz. »Steve, du weißt, ich spioniere dir nicht gern nach. Du haust in einem Scheißloch, spielst Verstecken mit der Sonne. Gut, das ist, was du willst. Aber ich muss dich das noch mal fragen: Mit wem hast du telefoniert?«

Colin beobachtete mich.

»Und ich sag dir noch mal: Verpiss dich. Das geht dich nichts an.«

»Du arbeitest für mich. Hier geht mich alles was an.«

»Kann mich nicht erinnern, in meinem Vertrag davon gelesen zu haben.«

»Hör mal, Steve, wenn du es mir nicht sagst, tu ich dir nichts. Ich gehe nur aus diesem Zimmer und komme erst wieder rein, wenn Colin mich ruft.«

»Ist nicht nötig, es war Helen. Ich hab sie angerufen.«

»Und warum hast du das nicht gesagt?«

»Weil ich weiß, dass es dir nicht passt, wenn wir zu oft miteinander reden.«

»Wie kommst du denn darauf?«

»Hab mal gedacht, du wärst auf merkwürdige Gedanken gekommen. Über sie und mich.«

»Ich sag dir, was merkwürdig ist. Auf dem Display stand nicht ihr Name. Hast du ihre Nummer nicht gespeichert?«

»Ich kenne mich mit Handys nicht aus.«

»Ach so, dann weißt du ihre Nummer also auswendig? Wie süß von dir. Sag ich ihr.« Er zückte seinen eigenen Apparat, ließ mich den Bildschirm aber nicht sehen. Tippte darauf rum. »Das ist sie«, sagte er. »Ich hab hier Helens Nummer. Sag sie mir, und ich lass dich schlafen.«

»Kann mich nur wiederholen: Ich kenne mich mit Handys nicht aus.«

»Ist ganz egal«, mischte Colin sich ein. »Du sagst, du hast sein Handy gesehen. Dann ruf doch einfach die letzte Nummer noch mal an.«

»Ich soll was?«, fragte William.

»Du meine Güte, gib mir sein Telefon.«

»Mist«, sagte er und dachte einen Moment nach. »Wir machen Folgendes. George kommt mit mir, und wir suchen sein Handy. Colin, sieh inzwischen zu, ob du nicht schon vorher was aus ihm rausholen kannst.«

»Wurde auch verdammt nochmal Zeit. Hab dir doch gesagt, dass es darauf hinausläuft.«

Die Tür schloss sich hinter William, und Colin presste das Ohr an die Wand, horchte, ob wir wirklich allein waren. Sein Gesicht zuckte. Ich erkannte bei ihm weder Wut, noch Trauer oder Angst. Wie bei allem, was er tat, wirkte er beherrscht, aber er strahlte was aus, eine so zielstrebige Gewalt, dass alles Übrige an ihm leer und schlaff wirkte. »Gönn dir eine Pause«, sagte er. »Ich muss für eine Minute nach draußen.«

Gleich darauf ein Kratzen an der Tür, ein Scharren, irgendwas drückte, wollte reinkommen. »Ruhig Blut«, hörte ich Colin warnen. »Ruhig.« Die Tür ging auf, und da standen zwei Hunde, die nacheinander ins Haus drängten, weil sie zusammen nicht durch die Tür passten. Snitter kam als Erster, schnüffelte zwischen meinen Beinen, drehte eine Runde, checkte das Zimmer, dann setzte er sich und verdunkelte die Ecke. Seine Augen konnte man sehen, sonst nicht viel. Der andere Hund bewegte sich nur so weit, wie sein Strick es zuließ, und den zog er straff. Ein riesiger weißer Köter. Hörte auf den Namen Jack. Von mageren Beinen wuchs der Leib hinauf, hoch und höher, ein breiter Rippenkorb, Muskelpakete an den Vorderläufen, auch am Hals, die brauchte er auch, um den Kopf zu tragen – der Kiefer so groß, dass die Augen zu Schlitzen zusammengepresst wurden. Das straffe weiße Fell ließ das rosige Maul aussehen, als würde es ständig bluten. Colin führte ihn zu mir und zog den Couchtisch an meine Knie. Ließ die Leine los, aber der arme Jack wurde mitten im Sprung zurückgerissen, als Colin nach dem Strick griff und ihn zurückzog. »Du magst doch Hunde, Steve? Oder?« Er setzte sich zu mir, sah mich an.

»Hätte vielleicht einige von denen gemocht, die dieses Ungetüm gefressen hat.«

»Das wage ich zu bezweifeln.«

»Auch wieder wahr.«

»Also, was das Handy angeht. Willst du es mir erzählen?«

»Du und William, was glaubt ihr denn, was ich euch zu sagen habe?«

»So ist's gut«, sagte er und sah nach unten. Jack zerrte so heftig, dass der Strick in Colins Hände schnitt. »Ich brauche deine Hilfe mit dem hier.« Er gab dem Seil Länge und ließ den Mischling Platz zwischen meinen Beinen nehmen. Befahl mir, die Hände zusammenzulegen, dann wickelte er die Leine, die den Hund kaum halten konnte, um meine Gelenke. Strich dem Köter über den Kopf und begann zu reden. »Kennst du diese Leute? Die Brown Hill Gang? Ich kenn sie jedenfalls verdammt gut. Hab fast zehn Jahre dazugehört. Ein echt cleverer Haufen. Die wurden reich, ohne einen Finger krumm zu machen. Ließen irgendeinen armseligen Trottel ihr Zeug anbauen und von Kiddies im ganzen Land verticken, von St. Brides bis Beadnell Bay, während sie selig in ihrem Pub hockten und sich die Kante gaben.« Jack wollte nicht länger warten und versuchte, mir ins Gesicht zu springen, nur Colins Hand am Halsband hielt ihn auf dem letzten Zentimeter zurück. Er bellte. Und bellte. Ich drückte mich in die Kissen und versuchte, sogar meine Lippen einzuziehen. Colin riss den Hund wieder auf die Füße und fuhr mit seiner Geschichte fort. »Sie hatten noch so einen armseligen Trottel, diese Brown Hill Boys, und dessen Aufgabe war es, dafür zu sorgen, dass die Kids nicht vergaßen, in welche Taschen die Knete gehörte. Zehn Jahre lang habe ich das für sie gemacht. Und ich wurde gut darin, die besten Verkäufer rauszupicken. Man könnte meinen, es sind die blöden Blagen, auf die man ein Auge haben sollte, aber die tun nur, was man ihnen sagt. Und das ist auch alles, was sie tun, denn was man wem beibringen kann, ist ziemlich begrenzt. Wollte auch nicht deren Babysitter sein.« Jack sah kurz zu Snitter hinüber, aber das hetzte ihn nur noch stärker auf. Diesmal streiften seine Zähne und seine kalte Schnauze meine Wange, ehe Colin ihn wieder im Griff hatte. »Eigentlich solltest du derjenige sein, der jetzt redet, Steve. Für einen Mann, der sonst die Klappe kaum halten kann, bist du verdammt still. Dich umzubringen hieße, dir einen Gefallen zu tun. Ist also nicht als Drohung gemeint. Außerdem halte ich nichts von Folter, nur dass du's weißt. Hast du in der verdammten Glotze gesehen, was die Amis tun? Verkleiden sie wie Hexen, diese Irakis – stapeln sie nackt übereinander und lassen sie einen wegstecken spielen. Lachen sich dabei kaputt.« Beide Vorderpfoten lagen auf meinen Beinen, und damit Jack nicht ganz so laut grollte, zupfte Colin an meinem Pullover, ließ den Hund damit spielen. »Hab's schon probiert, weißt du. Hab sie eine Woche lang nicht sitzen lassen. Hab die bescheuerten Spice Girls so laut gespielt, dass Glas zu platzen drohte. Waren so ausgehungert, dass sie ihre Namen vergessen haben. Hat alles nichts gebracht. Sicher, man kriegt ein Geständnis, wenn man eins will, aber eines unter Schmerzen gegeben – kannst du ebenso gut mit dir selbst reden.« Er stand auf – musste schreien, um das heisere Jaulen der Köter zu übertönen. »Also, das solltest du wissen, wenn ich die Scheiße aus dir rausprügle. Es hört nie auf. Egal, was du sagst.«

Die Tür wurde geöffnet; William ließ gelbes Licht aus der Küche herein. »Was machst du da mit ihm?«

»Du hast gesagt, es würde höchste Zeit, ihn zu brechen.«

»Du bist der Fachmann«, sagte er. »Wir haben das Handy nicht gefunden, aber wir wissen, wen er angerufen hat.«

»Wen?«

»Simply Red. Hab ihn gerade zum Haus fahren sehen.«

»Wie viele sind bei ihm?«

»Anscheinend ist er allein gekommen.«

Colin drehte sich zu mir um. »Was hast du ihm gesagt?« Musste mich erinnern, wie man spricht; meine Worte klebten zusammen. »Wenn deine Luftröhre dicht ist, finde ein anderes Loch, durch das du reden kannst.«

»Nichts«, sagte ich. »Ich habe Red nichts gesagt.«

»Er ist ja wohl kaum von sich aus auf den Gedanken gekommen, einen Hausbesuch zu machen.«

»Mir blieb keine Zeit, mit ihm zu reden.«

»Also weiß er nicht, was passiert ist.«

Ich nickte. Colin warf mich zurück aufs Sofa. »Wo ist George?«, fragte er William.

»Als er hörte, dass ein Bulle hier auftaucht, ist er in derselben Sekunde auf und davon.«

»Wir kümmern uns drum. Mach das Licht aus, damit er diesen Idioten hier nicht sieht. Und schließ ab.« Er zog Jack zu sich. »Ich bring die Hunde in den Keller.«

Ich sah sie gehen. Die Hände noch gefesselt. Sah sie aus der Tür treten und unter den Baulampen an der

Außenmauer stehen bleiben. Der Grund unter ihren Füßen war braun – tot wie vertrockneter Ackerboden. Während sie warteten, berührten sich ihre Schultern fast, und sie versuchten, den Kopf im Kragen zu verstecken, stopften beide Hände in die Taschen und zogen sie nur raus, um nach den Wintermücken zu schlagen, die im Licht ihre Kreise zogen. Winkten nicht und nickten nicht, als Simply Red auf sie zukam. Er hatte sich Mühe gegeben. Trug einen schwarzen Schlips, und sein langer schwarzer Mantel verbarg die Schutzweste. Er war einen Kopf größer als die beiden, und sein Bobby-Helm setzte noch mal dreißig Zentimeter drauf; Krone und siebenzackiger Stern blank geputzt, am Gürtel Kabelbinder und Handschellen. Als er zu reden begann, lag eine Hand auf dem Schlagstock. Ich robbte mich an den Fenstersims und stützte den Kopf darauf, mein Hals war seiner Aufgabe nicht länger gewachsen. Konnte alles hören, was sie sagten. Red stellte eine Frage nach der anderen und klang teils vergnügt, teils verängstigt. Sah sein rotes Haar unterm Helm, so dick, man könnte damit Brandflecken aus Töpfen scheuern. »Würdet ihr Jungs bitte die Hände aus den Taschen nehmen?«

»Ist verdammt kalt.«

»Dauert nicht lang.« Colin nahm die Hände raus und steckte sich eine Fluppe an. Trat vor und hielt Red die Schachtel hin. »Hab's aufgegeben, als ich geheiratet hab.«

»Es ist spät«, sagte Colin. »Komm morgen wieder.«

»Nur ein schneller Blick.«

»Dauert eine Weile, bis man nichts findet.« Red nestelte das Funkgerät frei, und Colin machte noch einen Schritt auf ihn zu.

»Sieh dich ruhig um. Komm rein. Gibt jede Menge Zeug, das wir uns teilen können. Und genug Bares und Waffen.«

Red zückte den Metallschlagstock und schlug, um sich Platz zu verschaffen. »Auf den Boden, Jungs. Auf den Boden.« Wartete nicht, hieb nach unten und traf Colin am Knie. Zog ihn runter und hielt ihn mit dem ganzen Gewicht, schnappte sich die Handschellen und schlug wieder mit dem Stock zu, um auch die andere Hand zu erwischen. Ich sah William zurückweichen und dann wiederkommen, in der Hand Dachschiefer. Ich warf mich ans Fenster, wollte warnen. Habe schon in Albträumen leichter geschrien. Red sah hoch und erwischte meinen Blick. Der erste Schlag dellte den Helm ein; er fiel ihm vom Kopf, blieb aber am Nackenriemen hängen. Nach dem nächsten Schlag stürzte Red neben Colin auf den Boden. Sanft tropfte Blut aus seinem Ohr, irgendwie würdevoll. Kaum lag er, waren überall Hände, die den Polizisten niederpressten. William langte nach seinem Messer, klappte es auf. Stach und stach in die Schutzweste, sorgte aber nur für blaue Flecken, zerriss das Material; der Bulle zappelte weiter im Dreck, schnappmaulte nach Luft. Drei Hände zerrten an den Bändern, mit denen die Weste zugebunden war, rissen sie auf, und das Messer fuhr ins Fleisch. Hab William nie so schnell gesehen, zwanzig Mal hat er zugestochen, stach Löcher in den Mann, bis das Messer in Wunden glitt, die er schon gestochen hatte. Keine Chance, dass der wieder aufstand. Ließen den Toten liegen, wo sie ihn erledigt hatten.

Teil IV

Das Segnen der Kehlen

Tedder-a-Dick

In alldem hier wurde viel vom Tod geredet. Tiere wurden zur Schlachtbank geschickt. Gekeult und zermalmt. Es floss Blut genug, um ein Kanonenboot drin schwimmen zu lassen. Vor Simply Red aber hatte ich noch nie einen Leichnam gesehen, du weißt schon, einen toten Menschen. Einmal. Fast. In Warehouse, in Shropshire, als ein Typ mit seinem Bein unter einen Fünfzigtonner kam.

Ich hatte es mir anders vorgestellt. Totes Vieh und erschlagene Karnickel und kranke schlafende Hunde. Sie endeten alle als Kadaver. Alles verlangsamte sich, ein Arm fiel zur Seite, die Hand offen, die andere lag wie eine Pfote gekrümmt auf der Brust, und er hörte auf, sich zu bewegen. Weiß noch, dass ich mich entspannte, als es vorbei war. Ist nicht richtig, oder? Das ist, als gäbe es einen Teil in dir, der ständig mit dem Tod rechnet, sieht man ihn doch tausendmal, wenn man sich zu weit über die Brücke beugt oder autoblind über die Straße läuft. Und als es dann tatsächlich passierte, da hat dieser Teil in mir übernommen, als hätte er nichts anderes erwartet, als wäre er dafür ausgebildet worden. Noch so ein Ding, mit dem er fertigwerden musste.

William und Colin hoben ihn an, behutsam wie Jagdhunde, zogen den Gürtel über den Bauchnabel hoch, der eine packte ihn unter den Achselhöhlen, der andere nahm die Füße. Schoben sich seitwärts durch die Haustür und legten ihn im Fernsehzimmer auf den Couchtisch. Colin lehnte sich im Sessel zurück und musterte Reds herabbaumelnde Hand, das Blut, das in seine Kapuze troff. Da das Geschrei aufgehört hatte, kam Danny die Treppe runter und sah, was ihn erwartete. Den Schmutz, den sie angerichtet hatten, an den Türpfosten, den Wänden, auf dem Teppich. Wie Krabbelkinder in der Küche. So viel Blut; das Haus stank nach Eisen. Der Junge schloss die Augen, legte, um sicherzugehen, auch noch die Hände drüber und ging den Weg zurück, den er gekommen war. William stand neben meinem Platz auf dem Sofa, mied es, zum Tisch zu sehen und fragte mich: »Hast du sonst noch wen angerufen?«

»Glaub nicht, dass ich je wieder wen anrufe.«

Er fragte noch mal: »Hast du noch jemanden angerufen?«

»Nein«, erwiderte ich. »Nur Red.«

Wir sahen hin und sahen hin, Colin und ich, als käme noch was, als hätten wir nie was Interessanteres gesehen, als hätten wir keinen Schimmer, wie lange Leute tot sind. »Wir müssen ihn loswerden«, sagte William.

»Was wir auch machen«, sagte Colin, »sie werden nach ihm suchen.«

»Und du willst, dass sie ihn bei uns finden?«

»Finden sie auch nur eine Wimper, haben sie genug gefunden.«

»Dann hinterlass keine Wimper.«

»Man kann einen Menschen nicht mit allem Drum und Dran in einer halben Stunde entsorgen.«

»Wir werden ihn im Ganzen los. In der Erde. Geht ruckzuck.«

Colin stand auf und trat an den Tisch. »Höchste

Zeit, mir deine verdammten Fells zu zeigen, William.« Machte sich an Red zu schaffen. Strich sein Hemd glatt und knöpfte Knöpfe zu, wo noch Knöpfe waren, zog den Reißverschluss der Jacke hoch und strich das Haar zurück. Witschte seine Hände an der schwarzen Polizeihose ab, dann durchsuchte er Reds Taschen, zog ein steifes Taschentuch raus. Fand einen Satz Autoschlüssel. Nahm ihn an sich, dann hörte ich ihn George rufen. *Fütterung der Raubtiere, mein Großer. Komm! Fresschen!* Das Monster trat aus dem Dunkeln, als hätte es nur darauf gewartet, seinen Namen zu hören. Ihm wurde gesagt, er solle den Wagen des Polizisten wegfahren, so weit wie nur möglich. Solle Bog mitnehmen. Und wenn ihr die Gegend nicht mehr kennt, fahrt ihr immer noch ein Stückchen weiter. Colin kam mit einer Tüte und einer Plane zurück. Dehnte die Tüte, bis sie sich weiß über Reds Gesicht spannte, band unterm Kinn einen Knoten. Rollte die Plane auf und ließ sie über die Leiche fallen. Ihre Köpfe berührten sich, als er die Plane unter Beine und Schultern stopfte. Dann verließ er ein letztes Mal das Zimmer und kam mit einem Gewehr zurück, das an einem Riemen baumelte, einem Riesending, wie geschaffen, damit Bäume niederzumähen, die Enfield eines alten Mannes, so antik, dass sie bestimmt schon den Sand der Normandie gesehen hatte. Oder den von Waterloo. »Wofür ist die denn?«, wollte ich wissen, als er sich die Taschen mit Schrotpatronen füllte – Wildkatzenmunition, die er mit der doppelten Menge Treibladung gestopft hatte.

Alles, was er antwortete, war: »Kannst du gehen?«

»Klappte noch, als ich's zuletzt versucht habe.«

»Wir fahren mit nur einem Wagen. Dem von William.«

»Wofür ist das Gewehr, Colin?«

»Wofür? Tja, da wären die Bande, die wir ausgeraubt haben und dann der Polizeiinspektor, der von uns erstochen wurde.« Er sah aus dem Fenster. »Und man kann ja nie wissen, wer einem da draußen sonst noch so über den Weg läuft.« Sobald Colin die Waffe geladen hatte, deutete er damit auf alles und jeden, und wenn er mit dir redete, hast du in eine Mündung geantwortet.

Er sagte, William würde fahren, aber die Augen vom Boss quollen aus ihren Höhlen, die Ränder rot. Colin schüttelte ihn. »Hol dein Werkzeug, Mann. Das brauchen wir.« Er rief durch die Dielen, sagte Danny, er solle die Hunde bereit halten. Yow-Haus würde leer sein. Wir würden das Kläffen mit uns nehmen. Er sagte, ich solle Red tragen, mich um ihn kümmern, aber ich habe gar nicht geantwortet, mich nicht gerührt; und er hat mich an meinem Pullover gepackt, da, wo er schon ganz ausgeleiert war. Zog mich zu Boden, dann hoch, zog, bis ich auf den Füßen stand, und ich langte nach einer Armlehne, einem Türknauf, schwankte mit der Tür, wollte nach draußen. »Was glaubst du, wohin du gehst, Steve?«

»Ich sag kein Wort«, sagte ich.

»Du bleibst, wo ich dich sehen kann.«

»Ich halte euch doch nur auf.«

»Das lasse ich nicht zu.« Er schubste mich erneut, hielt mir die Knarre in den Rücken, drehte den Lauf, ließ mich vor dem Altar des Herrn stehen. »Wir sehen uns im Wagen.«

Er war in die Plane gewickelt, Simply Red, aber ich konnte die Form seines Gesichtes erkennen, konnte spüren, wie er mich ansah, und es gab nichts, das er für sich behielt. Also drückte ich ihn an mich, nahm seinen letzten Rest Wärme in meine Arme. Eingewickelt wirkte er klein, weißt du, klein für einen so großen Kerl; und ich hielt ihn am Rücken hoch, und er zog meinen runter.

Alle sahen sie mich aus dem schnieken Geländewagen an. Kam so frisch aus dem Stall, dass er noch nach süßem Plastik roch. William am Steuer, die durchgeknallten Köter mit Danny hinten, dazu Colin, der das Gewehr auf den Beinen balancierte. Ich setzte Red vor die offene Seitentür auf seinen Hintern und stieg auf die Rückbank. Zog ihn an den Achseln hoch, hievte ihn Hand über Hand in den Wagen und legte ihn mir auf den Schoß. Die Hunde hatten sich beruhigt, Jack, dieser Drehspießköter, blies mir in den Nacken, dann beugte er sich vor und leckte an der Plane.

Wir fuhren los, ratterten über Viehroste, schlingerten über feuchtes Gras, bei tauendem Boden klammerte William sich ans Steuer, und wir fuhren zum Brimlaw Haws. Fuhren in Schleifen übers Land, zickzackten höher, Grat um Grat, mieden Kieskrater, fuhren über alles weg und querten mit unseren vier fetten, dreckverklebten Reifen die aufgeworfenen Berghänge. Ich hatte keine Ahnung, wohin wir wollten, jedenfalls ging es ständig höher in Gegenden, wo kein Auto fahren sollte, schufen neue Wege über wellige Felskämme, die an den Seiten aufstiegen oder abfielen. Sah nach Norden zu einigen wenigen, verloren wirkenden Bäumen, verbogen von ihrer Suche nach Sonne, die es auch für uns nicht gab. Wussten nicht, wieso immer noch Nacht war, obwohl wir schon seit drei Stunden aus dem Bett waren. Wir marterten den Motor, fuhren steil hoch, an der Kante lang und hielten an. Die Kolben hatten sich festgefressen. Hörten, wie der Motor tickte. Das Öl im

Kühler kochte. Die Haube sprang auf, es hämmerte wie verrückt, aber wir schafften es noch einige hundert Meter weiter. Williams Augen wurden so groß, dass sie den ganzen Rückspiegel einnahmen. Er sah mich an. »Was ist passiert?«, fragte er. Meinte die Frage ernst.

»Das musst du mir sagen«, antwortete ich. »Ich weiß nicht, was ich gesehen habe.«

»Ich konnte nicht denken.«

»Das will ich hoffen.«

»Er muss den verdammten Verstand verloren haben. Kommt allein zum Haus.«

»Daran bin ich schuld.«

»Er war korrupt.«

»Sind sie doch immer.«

Lenkte den Blick wieder ins Moor, und wir kamen zu Dando Cave, dem größten Felssporn auf Caldhithe. Wölbt sich, ganz für sich allein, aus weiter Grasfläche auf wie ein Hirn, das aus der Erde quillt, oben und an den Seiten blanker Fels. Überall regengeschliffene Klippen, und Klippen, die diesen Klippen entsprangen, kleinere oben drauf. Wir fuhren an den Ostrand, zum höchsten Punkt, als William sagte: »Viel weiter können wir nicht.«

»Kein Benzin mehr?«, fragte Colin.

»Keine Berge mehr. Jedenfalls nichts, was wir mit diesem Wagen schaffen könnten.«

»Glaubst du, hier würde noch wer suchen?«

»Nicht ohne Grund.«

»Dann finde eine Stelle.«

Er fuhr danach noch eine Weile weiter, holperte über den Kreidegrund bei den Klippen, von Kuppe zu Kuppe, bis er zu einer in den Hang des Brimlaw geschmiegten

Felswand kam, so gewölbt und in sich verdreht wie eine meeresrauschende Muschel, eine Wand lang genug, um Bäumen den nötigen Schutz zu geben, weshalb sich hier einige alte Wacholderbüsche fanden, schräg gewachsen, geduckt und breit, deren Äste sich in grasgrünen Haufen an den Grund schmiegten. »Das hier wird gehen«, sagte William. Der Wagen hielt, zischte laut wie nasser Stein im Feuer. Die Stunde, die wir gefahren waren, hatte ihn um fünf Jahre altern lassen. Ich hockte eingeklemmt auf meinem Sitz, gesicherter als durch jeden Gurt. Die beiden Typen vorn sprangen nach draußen. Die Hunde schossen aus dem Wagen und liefen zum pinkelnden Colin. Ein dösiger Geruch hüllte mich ein – Danny paffte eine Selbstgedrehte. Er hockte vornübergebeugt da, wo er die ganze Zeit gesessen hatte und rauchte in raschen Zügen, um möglichst schnell high zu werden. »Danny kann hierbleiben«, sagte Colin, der noch den letzten Tropfen abschüttelte. »Soll aufpassen, dass uns keiner gefolgt ist.«

William sah zu seinem Sohn hinüber. »Warum hast du den mit hier raufgebracht?«

»Ist doch gut, wenn man weiß, wo alle sind.«

William machte die Tür für mich auf und holte sein Werkzeug raus. Stechspaten, Hacke und Grabenfräse, die unter meinen Füßen lagen. Warf sie sich auf die Schulter. »Wir sind noch nicht fertig, Steve.« Sah zu, wie Colin den Reißverschluss seiner Hose hochzog und nach den Hunden pfiff. »Wir sind noch nicht fertig.«

Red zu tragen war meine Aufgabe. Hob ihn hoch, bis er an meinem Bauchnabel lag, nur so konnte ich sein Gewicht halten, und dann ging ich los, Reds Füße voran. Keine Taschenlampe, die mir den Weg zeigte.

Und dass ich nicht sah, wohin ich trat oder wohin der Pfad uns führte, beruhigte mich. Die Angst, die Gefahr, sie waren woanders. Der Boden gab nicht nach, trotzdem ging ich mit federndem Schritt, und der über mir wogende Nachthimmel sorgte dafür, dass ich mich schwerelos fühlte, was mir half, meine Last zu tragen. Lief auf Schiefer, lief über Farn, und die Stängel, die wir zertrampelten, rochen bitter und feucht. Weiter vorn plätscherte es. Ein Wildbach wusch über den Fels. Stürzte von Toom Tarn herab, schmal, schnell, und er teilte die Fells, weshalb mir keine andere Wahl blieb, als ihn zu überqueren. Wollte einfach rüberhüpfen, musste aber ins Wasser, das aufschäumte, wo es gegen meine Beine rauschte, also versuchte ich, mich in die Strömung zu drehen. Hielt Red hoch. Schien mir wichtig, dass er trocken blieb. Erst als ich das andere Ufer erreichte, kam in meinem Rücken ein Wind auf, der die Ränder der Plane hob und mir Reds weiße Finger zeigte.

Wir haben ihn inmitten einer Ansammlung von Drumlins begraben, einem Meer von Wällen, von wogenden Hügeln, hohen, fast dreimal so groß wie ich, und davon gab es Hunderte, in Reihen, Ginster und Heide an ihrem Fuße. Als ich klein war, hatte mein Dad sie Riesengräber genannt. Red war groß, zugegeben, der hatte morgens eine Leiter gebraucht, um sich rasieren zu können, aber daran lag es nicht, dass ich glaubte, nicht mal das Totenloch eines Riesen würde für ihn genügen. Wir bräuchten ein Grab groß wie Curdale, um beerdigen zu können, was wir hergebracht hatten. William lief zwischen den Wällen herum, zählte laut jeden Hügel, an dem er vorbeikam, vier Reihen tief, sechs breit, *zwölf, dreizehn, vierzehn, fünfzehn*, und dann blieb er stehen, Colin nicht weit hinter ihm. »Hier werden wir ihn begraben.« Ich kam, stieg in die Mulde und wollte Red ablegen, ordentlich, aber er rutschte zu Boden und fand seinen eigenen Platz. Ich säuberte eine Fläche. Zog Heide mit haarigen Wurzeln raus, jätete hungriges Gras und rollte lockeres Geröll beiseite. »Wie tief wollen wir ihn haben?«, fragte ich und sah zu Colin hoch.

»Wann triffst du auf Meerwasser?«

»In fünfhundert Metern.«

William kam und stieß den Spaten in die Erde. »Wäre für den Anfang nicht schlecht.«

Wir gruben alle. Colin hieb mit der Spitzhacke auf den Boden, holte weit aus und öffnete die Erde, schlug für einen Graben rechteckige Stücke aus dem Berg, schwere Brocken, die er weiter und weiter zertrümmerte, bis wir seinen Schutt rausharken konnten. William und ich, wir versuchten, auf das Spatenblatt zu treten, aber die Erde war torfig, hart, fast gefroren. Ich kniete mich ins Loch. Schabte mit beiden Händen, grub sie in die Erde, holte Klumpen heraus. Jede Handvoll, die ich aufwarf, wurde vom Wind fortgetragen, und als unsere Herzen so heftig schlugen, dass wir sie fast rausgerissen hätten, hörten wir auf, und Colin verlangte, dass ich mich ins Loch legte, um zu sehen, ob es schon tief genug war. Wir brauchten fünf Anläufe, er war erst zufrieden, als nur noch meine Nase rausragte. Als ich ging, um Red zu holen, blies eine kräftige Bö die Plane fort. Seit der Ermordung sah William den Toten zum ersten Mal, und er kniete sich über ihn. Die Hunde kamen, schnüffelten, aber er stieß ihre Schnauzen beiseite. Schleppte die Leiche selbst und stolperte übers Grab. Verdrehte Reds Hals, damit der Kopf reinpasste, und legte all seine

Sachen neben ihn, Helm, Handschellen, Schlagstock. Dann saßen wir da und sahen über den Rand. Unsere Gesichter rot, den Berg unter unseren Nägeln. William schloss schließlich die Augen, lehnte sich zurück und wandte sich ab. »Wenn das nicht tief genug ist«, sagte ich, »brauchen wir einen Zehn-Tonnen-Bagger, um den Job zu Ende zu bringen.«

»Wenn sie wissen, wo sie suchen müssen«, sagte Colin zu mir, »ist nicht wichtig, wie tief er liegt.«

»Ich glaube nicht, dass ich dir sagen könnte, wo genau wir sind.«

»Bin mir sicher, du würdest es versuchen.« Er spuckte durch die Zähne, als wollte er die Erde wässern, dann stand er auf. Setzte sich auf Simply Reds Brust und griff nach seinem Klappmesser. Nahm eine von Reds Händen – der Tote fing an zu knarzen, der Arm, den Colin hob, war steif wie ein Stock. Und er fing an, ihm die Finger abzusäbeln. »Die wird er so bald nicht mehr brauchen.«

»Und du brauchst sie?«, fragte ich.

»Will nicht, dass sie rausfinden, wer er ist.«

»Nehme an, dann nimmst du ihm als Nächstes seine Zähne?«

»Meinst du, ich brauche auch die Augen?«

»Er ist eine Leiche randvoll mit Blut. Alles kannst du aus ihm nicht rausholen.«

Er legte das Messer hin, und Snitter kam, um die Klinge abzulecken. Er strich dem Hund über den Kopf und tätschelte seine Schultern. »Glaubst du, Steve, ich hab so was noch nie gemacht?«

»Ich verkrafte es nicht, mir vorzustellen, was du noch nicht gemacht hast.«

»Ich sag dir, was ich noch nicht gemacht habe. Ich hab mich noch nicht erwischen lassen.«

»Dann schneid drauf los.«

»Wenn keiner reden würde, wären die Gefängnisse leer.«

»Wer redet denn? Ich habe kein einziges Mal mit dir geredet. Du heißt nicht Colin. Das gefällt mir. Ich will mich nicht an dich erinnern, und ich will nicht mit dir reden. Ich weiß alles, was in meinem Kopf ist und in deinem, in dem von William und in den Köpfen der Hunde. Selbst bei Red könnte ich raten, was ihm gerade durch den Sinn geht. Muss nicht reden, um rauszufinden, was du denkst, oder?«

»Warum bist du mit uns hier raus?«

»Weil du mich sonst erschossen hättest.« Da lachte er. »Du hältst mich für einen Idioten, aber was ich mit dir anfangen soll, ist das Einzige, was ich mir nicht zusammenreimen kann.«

»Ich glaube nicht, dass du ein Idiot bist. Ich finde nur, es macht keinen Unterschied.«

»Macht es auch nicht.«

»Man wird dieses Grab finden«, sagte er und nahm sein Gewehr in beide Hände. »Und sie werden alle finden, die in der Nähe sind. Werden sich ihre eigenen Antworten zusammenreimen.«

»Wir sind hier in den Fells unter uns. Du kannst ruhig sagen, was du denkst.«

»Ich werde dich umbringen.«

Erst dann ließ uns William wissen, dass er mitgehört hatte. Ihm blieb keine Zeit, die Augen zu öffnen, ehe er Colin eine verpasste, einmal, rechts an den Kopf. Das haute ihn nicht um. Er holte wieder aus und fiel auf die Knie, verdrehte sich, glitt aus im sich ausbreitenden Schlamm. Stand auf, glitt wieder aus. Kam mit jedem Rutscher ein Stück näher. Es lag nicht viel Kraft in seinen Hieben, aber zwei Hiebe. Drei Hiebe. Das summierte sich. Colin drehte sich um und kratzte William rote Streifen ins Gesicht, und sie verkeilten sich, Kopf an Kopf. Zwei Forellen am selben Haken, am Ufer gestrandet. Ich sah, wie Colin die Hand ausstreckte, tastete, das Messer fand, zugriff, zustach, ein Hieb, ausgewichen, dann schlitzte er den Mantel auf. Ich fand einen Feiglingsstein und warf ihn, traf Colin am Rücken; ihn überlief ein Schauder, woraufhin ihm William die Beine wegschlug. Ihn zu Fall brachte. Wir hatten unsere Chance, krabbelten aus der Grube; dann rannten wir und rannten. Schüsse wurden im Dunkel der Nacht auf uns abgegeben, dreimal knallte es, dann ein lautes Bellen. Und ein leises Bellen. Und wir rannten.

Medder-a-Dick

Im Leben ist eine Trägheit, die der Körper zu verheimlichen sucht. Ganz egal, wie fett man wird, wie vergesslich, wie blind, in einem drinnen steckt immer ein noch schmächtigerer Kerl, der weiß, was Laufen heißt. Faul gewiss, doch weil das alles ist, was er noch hat, diesen, einen Lauf, hängt er an dem stärker daran als die Biene an ihrem Abschiedsstich.

Ich habe nie ohne Brille lesen können, in diesem Moment aber sah ich alles, das struppige Moos, die Spuren, den milchweißen Grus, den Felsbruch. Die mächtigen Runsen, die sich nach allen Seiten im Dunkeln verloren. Und mir war, als hätte ich eine Stunde zuvor erstes Zwielicht heraufbeschworen oder den Himmel dazu gebracht, eine Dämmerung vorzutäuschen. Weshalb ich mit vollem Karacho laufen konnte, sofern der Grund sicher war, schneller als das Geröll, zweimannlange Schritte – fast vierzig Jahre hatte ich es versucht und endlich meinen Atem gefunden. Wir rasten zwischen den Drumlins hindurch, sprangen über manche einfach hinweg, wie mit Stelzen, fünf, sechs Meter weit, spürten Kugeln fliegen, vor unseren Stiefeln aufspritzen. Ich sah die Hunde näher kommen, in hohen Sätzen über den hügeligen Grund jagen, und schlimmer als das Bellen war nur die Stille, wenn sie zum Sprint ansetzten. Wie wir aber so durch das dahinfliegende Land stürzten, sah ich den Weg, den wir gekommen waren. Den Pfad über dem Farn. Dandos Felswand. Runter ging es schneller, es war auch steiler, kein Halten, selbst wenn Colin mich erschießen sollte, wäre ich noch vor ihm unten gewesen.

Das Auto. Konnten nirgendwo anders hin. Den protzigen Wagen mit der Servolenkung, die nie funktionierte. Ich senkte den Kopf, senkte ihn tief, was mich langsamer, aber nur noch zu einem halb so großen Ziel machte. Ich kannte Colins Gewehr, er hatte mich damit schießen lassen, einmal, vielleicht zweimal, machte einem Hirsch auf dreihundert Meter den Garaus, und ich brauchte eine Sekunde für jeden Schritt, zwei Schritte für einen Meter, und bei dem endlosen Hang vor mir, hieß das, ich musste immer zehn Minuten voraus sein, denn Entfernung war meine einzige Deckung. Wenn ich die Schüsse hören konnte, gab es mich noch. Sagte mir das immer wieder.

Ich blickte nach unten, keine einfache Strecke, kam zu einer Hügelkuppe, hinter der es steil abfiel, weil ein Stück vom Brimlaw abgerutscht war, zackiges Gestein, Klippenketten, wäre man eine Maus, könnte man es Stufen nennen. Aber wie gesagt, kein Halten. Startete auf Zehenspitzen, verlagerte das Gewicht auf die Fersen, lief tiefer, spannte die Muskeln, stepptanzte von Absatz zu Absatz, bis es wieder flacher wurde. Fing an, auf Arsch und Händen abwärtszurutschen, und sah meine Knie durch die Hose, vom Gebüsch rot aufgekratzt. Dann entdeckte ich den Wagen. Stand im abnehmenden Nebel. Ein herrlicher verdammter Nebel, den ich im Laufen zu schlucken versuchte. Spürte sich ausbreitende Taubheit – seit wir über den Hang gesprungen waren, hatten wir keinen Schuss mehr gehört. Obwohl er verletzt war, wurde William immer schneller, und ich hörte ihn schreien: »Danny. Danny.« Ich kam zur Kühlerhaube, stützte mich drauf. »Jetzt sag schon was, dummer Junge. Wo bist du?« Tastete mich ab, um zu sehen, ob ich neue Löcher hatte. Wartete immer noch auf einen Treffer. »Er ist nicht hier.« William zog an der Fahrertür, stemmte einen Fuß gegen die Karosserie, so dass er fast den Griff abgerissen hätte.

»Wo ist er?«, sagte ich und blickte mich um, sah mit zusammengekniffenen Augen zu den nahen Kämmen und Kuppen, als könnte ich um die Ecke blicken. Er rief weiter nach seinem Jungen, und ich sagte: »Hör auf zu schreien. Wir sind nur knapp entwischt.«

»Warum sollte Danny den Wagen abschließen?«

»Hat vielleicht die Schüsse gehört. Außerdem springt die Karre bestimmt nicht an – so wie du gefahren bist.«

»Wir können ihn hier nicht zurücklassen.«

»Wird wohl kaum einen Suchtrupp geben, wenn wir beide tot sind.«

»Und keiner von uns wird mehr schießen können, wenn wir weiter so rennen.«

Wir probierten alle Türen, versuchten mit unseren Messern, die Fenster aufzuhebeln. Hätten sie eingeschlagen, hätten wir nicht irgendwo im Farn einen Hund heulen hören. Blickten uns um. Nie hatten die Fells nackter gewirkt. Über zweitausend Quadratkilometer endlose Pfade, aber kein Ausweg.

Wir brauchten eine Klippe. Eine, die wir hochklettern, auf der wir im weichen Fels eine Höhle finden und uns darin verstecken konnten. Also liefen wir nach Norden, wo die Schultern des Brimlaw aufragten – da gab es jede Menge Klippen, nur waren wir nervöse Bauern mit schwächelnden Gelenken. Die Sonne kam kalt hervor, ihr Licht fiel über die Sporne, malte die Felsen rot. Zeigte uns einen steinernen Turm, der auf erklimmbaren Blöcken ruhte, Schicht um Schicht in die Höhe ragte, schnurgerade wie ein Wunschbrunnen mit lauter Felsvorsprüngen. Ließ meine Stiefel in Löcher und Lücken gleiten, ging es langsam an, kroch an Überhängen lang und klemmte, wenn möglich, meine Hände wie Fleischhaken in den Fels. Trocknete die Finger am Hemd ab und spürte mich herabbaumeln, Nebel im Rücken. *Gar nicht weit bis unten. Gar nicht weit bis unten.* Nur stimmte das nicht, wie oft ich es mir auch sagte. Kamen zu einem Felsband, überwuchert mit Farn, den ich haltsuchend büschelweise ausriss. Ich arbeitete mich bis dahin vor, wo ich mich auf beiden Stiefeln bewegen konnte, wich auf knapp zehn Metern einem steilen Hang aus, und so fanden wir ihn, einen Vorsprung, breit genug, um darauf stehen zu können. William erreichte ihn als Erster und streckte mir die Hand hin, um mich den letzten Schritt hochzuziehen.

Ich sah hinab, dahin, wo wir hergekommen waren, zu den wogenden Hügeln, dem Auto, den Drumlinfeldern, sah sie verschwommen am Horizont. Der Wind hatte sich gedreht, und ich spürte, wie er mir ins Gesicht blies, dieser Sturm, der jene Vögel zu uns brachte, die wir in den Klippen geweckt hatten – Hohltauben, Dohlen, Schwarzkehlchen sowie einen geschäftigen Schwarm Drosseln. Sie flogen, als sollten wir sie fangen, und glitten in einer Reihe vorbei, ihre Flügel gerade wie ein Blatt Papier. Ihr Tschilpen weckte einen Blutfalken, der aufstieg, um sich an der Jagd zu beteiligen. Ich blickte in größere Ferne und entdeckte jemanden, der es eilig hatte. Von weitem sehen wir alle klein aus, diese Gestalt aber wirkte dürr und hatte sich eine gelbe Jacke um die Hüfte gebunden. Ich drehte mich zu William um. »Ist das nicht Danny?«

»Aye«, sagte er und legte eine Hand an die Augen. »Gott sei Dank, ich glaub, das ist er.«

Keine Spur von Colin, in größerer Nähe aber sah ich Snitter und Jack auf der Grasfläche, die wir verlassen hatten. Schnüffelten Spuren nach, liefen über das wellige Land, liefen hin und her wie verschlungene Flüsse, schnupperten an jedem brüchigen Flecken und näherten sich dem Berg. Hielten inne, unruhig, trommelten mit den Läufen, bellten, und jeder Schritt brachte sie näher. Bald hockten beide zu unseren Füßen gut sechzig Meter unter uns. »Hunde können keine Klippen hochklettern.« Das hatte William gesagt. »Die langweilen sich bald und ziehen wieder ab.« Bald langweilten wir uns auch. Hinter uns war eine Falte im Stein, tief genug, um hineinzukriechen, zwei Felssäulen, die zwischen sich eine schmale Höhle bildeten, als Dach einen Klemmkeil, der jeden Moment zu fallen drohte – was Outdoor-Fans einen Verstecksturz nennen. Überwand meine Rückenschmerzen und fand zwischen schweren Felsscheiben Platz. William kam zu mir und redete zur Abwechslung mal, schwatzte, wollte hellwach bleiben. »Ich mach es dir nicht zum Vorwurf«, sagte er. »Dass du Red angerufen hast. Hatte nur nicht damit gerechnet, dass es noch am selben Abend sein würde.«

»Du musst das jetzt nicht tun.«

»Ist vielleicht meine einzige Gelegenheit.«

»Hab nicht gewusst, was ich sonst hätte tun sollen.«

»Vielleicht war es ja das Richtige. Die Sache hatte sich ziemlich zugespitzt.«

»Nichts daran war richtig.«

»Weißt du, als wir auf diesem Hof waren, in Thirsk, als sie uns entdeckt hatten, zwei Laster voll mit Dreckskerlen, die schreiend und schießend auf uns zufuhren, fast, als hätten sie uns erwartet, da hab ich gedacht: Das war's. Ich hab keinen Ausweg mehr gesehen. Sie fuhren auf uns zu, hätten unsere Karre fast umgekippt, wie sie da zu dritt aus dem Fenster hingen und auf uns gefeuert haben. Zwei hockten auf dem Weidegatter. Eigentlich hatten wir keine Chance, und als mir nichts Besseres einfiel, als die Augen zu schließen und Gas zu geben, da habe ich mich dankbar gefühlt. Sogar glücklich. Was sagst du dazu?«

»Dass wir sterben, dafür sollten wir alle dankbar sein«, sagte ich.

»Eine Menge Leute sind das ja auch. Hab ich dir je erzählt, woran mein Dad gestorben ist? Wir kannten uns da noch nicht so gut, also wahrscheinlich nicht. An Arsen. Hat wohl sein halbes Leben gedauert, ihn umzubringen, aber Arsen hat ihn letztlich geschafft. Die Schafe wurden drin eingetaucht, das musste man damals, sie drin eintauchen. Dabei war längst bekannt, dass es niemandem guttat – mein Onkel und mein Opa sind nicht mal in die Nähe der Tauchbecken gegangen, aber meinen Dad haben sie als kleinen Jungen hingeschickt, um Schafe, die festsaßen, loszumachen. Nackt ist er gewesen. Hat ohne einen Fetzen am Körper drin rumgeplanscht. Dachte, es wäre nicht so schlimm, wenn er splitterfasernackt bleibt, denn wenn er es nicht an den Kleidern hatte, ließ es sich schnell wieder abwaschen, und wenn es für die Schafe okay war und wir die Schafe aßen, tja, dann konnte es so schlimm wohl nicht sein, oder? Denn wenn es wirklich schlimm war, würde man es doch sicher nicht benutzen. Sie aber tun es wieder und wieder. Lügt man so oft, wird man schon durchs Zuhören mitschuldig. Zum Glück sind wir nicht so dumm wie die Leute früher, stimmt's? Man hat aufgehört, es zu benutzen, das Arsen, hat es, wenn ich mich nicht irre, durch was genauso Ungesundes ersetzt, irgendein Mückengift aus Vietnam, ist aber auch egal. Es steckt im Boden, nicht weit von hier, und wir benutzen dieselbe Stelle, um Schafe zu baden, schon seit den Tagen, als es Typen mit Zylinder getan haben. Nichts wächst da, aber hier wächst auch nichts. Stimmt doch, oder? Weißt du, wie wir herausgefunden haben, woran er starb? Nicht an seinem Husten. Geraucht haben alle. Gehustet haben alle. Dieses feuchte Bellen hielt man für was Gutes. Brachte den Teer nach oben. Er hat immer gezittert.« Er wackelte vor mir mit den Händen, zuckte mit den Fingern. »Wurde so schlimm, dass er wie eine Katze von seinem Teller aß. Aber er hat viel getrunken – natürlich zitterte er da. Sie haben alle getrunken. Sie haben alle gezittert. Die Ärzte sind erst auf Arsen gekommen, als seine Haut schwarz wurde. Fing an mit diesen Sommersprossen auf dem Arsch und unter den Achselhöhlen, und dann ist er aufgewacht und hat ausgesehen, als wären Zigaretten auf ihm ausgedrückt worden. Große schwarze und graue Stellen auf den Armen. Eine im Gesicht. Monatelang. Am Ende wusste er gar nichts mehr, wusste nicht mehr, wer er war oder wie sein Körper funktionierte. Wirkte tot gesünder, und ich sag dir, hab nie wen gesehen, der dankbarer ausgesehen hat.«

»War er ja vielleicht auch«, sagte ich, »nur können wir nicht entscheiden, wann jemand so weit ist, dass er aus seinem Elend erlöst werden will.«

»Das ist keine Entscheidung, die irgendwer treffen kann. Nach dieser Sache mit Maul und Klauen bist du hier weg – musste man ja auch weg. Ich war erledigt. Ich habe in meinem Leben noch nie einen Wecker benutzt. Brauchte keinen. War jeden Morgen um fünf auf. Konnte nicht länger schlafen, selbst wenn ich wollte. Als dann die Herde tot war, ist mir erst beim Frühstück eingefallen, dass es keinen Grund zum Aufstehen gab. Ich saß da und hab versucht, niemanden aufzuwecken, hab auf den stummgeschalteten Fernseher gestarrt oder bin raus, spazieren, damit ich das Laufen nicht verlernte. Paar Wochen ging das so, bis ich auf meinen Armen denselben Ausschlag sah, den mein Dad gehabt hatte. Arsch und Achselhöhlen. Hart wie Schuppen, wurden jeden Tag größer, und nachts habe ich daran gerieben, weshalb die Krusten immer aufgescheuert waren. Konnte darin nur die Anzeichen derselben Vergiftung sehen und fühlte mich zum ersten Mal in meinem Leben schwach. Hab mich kaum noch an meinen Namen erinnert. Auf einem meiner Spaziergänge beschloss ich dann, dem ein Ende zu setzen. Mich aus dem Elend zu erlösen, wie man so sagt. Die Entscheidung hat mich geheilt, das hat sie. Klingt nicht richtig, oder? Lag auch nicht an irgendeiner verdammten Medizin. Lag an einem dieser einschüssigen Pferdekiller. Trag ihn seither in meiner Manteltasche mit mir rum, wo immer ich bin. Ich konnte alles tun, weil die Knarre immer bei mir war. Nichts war wichtig – im guten wie im schlechten Sinne. Mein gesamtes Geld verloren? *Peng*. Frau durchgebrannt? *Peng.* Mir den Rücken verrenkt? *Peng.* Ich hatte stets einen Plan. Über Nacht ist der Ausschlag verschwunden und mit ihm die Schwäche. Der Schmerz war nur in meinem Kopf.«

»Wenn das hier noch viel länger dauert«, sagte ich, »werde ich deine Kur vielleicht auch mal ausprobieren.«

Er grub eine Hand ins Futter seines Wachsmantels und zog den Revolver heraus, eine dieser kleinen Waffen, mit denen man Vieh tötet. Kaum größer als seine Innenhand und nur für eine einzige Gummikugel. Die Mündung eckig, in den Lauf Löcher gebohrt, um den Rückstoß zu verringern und eine Sicherung, damit sie nur abgefeuert werden konnte, wenn er sie sich an die Schläfe drückte. »Jederzeit, Kumpel. Brauchst nur zu fragen.«

»Solltest vielleicht anfangen, von jetzt an zwei Kugeln dabeizuhaben.«

»Nach meiner Zählung mindestens vier.« Er steckte die Waffe zurück und zog den Mantel zurecht. »Wie lange sind wir jetzt schon hier oben?«

»Hab nicht auf die Uhr gesehen.« Die Sonne stand am Himmel, und das Klingeln in meinen Ohren hatte nachgelassen. »Eine Stunde würde ich sagen.«

»Glaubst du, er verschwindet einfach?«

»Hier oben kann er nicht leben.«

»Wir schon. Mehr oder weniger jedenfalls.«

»Hindert ihn nicht daran, auf dem Hof auf uns zu warten.«

»Die Polizei wird kommen. Einen Hubschrauber anfordern.«

»Ist das eine gute Idee, die zusammenzubringen?«

»Die kommen sowieso, um nach mir zu suchen. Dann sollen sie auch was dafür tun.«

Wir saßen da, während ein Haufen Wolken das trübe Wetter vertrieb. Ich hatte so lange unter äußerster Anspannung gelebt, ich hätte auf der Stelle einschlafen können. Bald jedoch trieb ein grauer Wind zu uns hoch. Voller Rauch. Man hätte meinen können, irgendwas stünde in Flammen. Ein regennasser Rauch, ein holzloser Rauch, einer, der nach Guy-Fawkes-Knallern roch. Wir sahen uns nach der Ursache um. Eine schwarze Rauchsäule stieg an der Stelle auf, an der der Wagen gestanden hatte. Colin war da. Konnte niemand sonst sein. Und neben ihm, auf dem Boden, auf den Knien, war der Kerl mit der gelben Jacke. Unser Danny. Wir hörten das Geschrei, eines, das nie aufhörte, hörten es aus einem inneren Ort aufsteigen, den ich nicht in mir hatte – es war Colin. Mit geschlossenen Augen konnte ich verstehen, was er rief. War nur ein Wort, das aus seiner Kehle hervorbrach: *William*.

Und William wimmerte neben mir, als er den Klang seines eigenen Namens hörte. Musste ihn davon abhalten, einfach auf den Grund der Fells hinabzuspringen. »Warum zum Teufel sitzen wir hier?«, rief er.

»Ist jetzt auch egal.«

Er sah sich an, wo wir hochgestiegen waren, blickte über den Rand. Nannte sich einen blöden Idioten, und ich stand auf, um nachzusehen, was ihn dazu veranlasst hatte. Sanft ansteigende Felsvorsprünge auf der westlichen Seite, nur wenige Schritte entfernt – hob man bloß ein Knie ein wenig an, konnte man mit den Händen in der Tasche runterschlendern. »Wir sollten uns das gut überlegen«, sagte ich.

»Wenn wir hier oben sitzenbleiben und uns was überlegen, können wir uns auch gleich fragen, wie wir meinen Jungen beerdigen.«

»Willst du sterben?«

»Du hast nicht zugehört.«

Schätzte die Sprünge falsch ein, als er den leichten Weg hinabrannte, folgte ihm kurz darauf. Ließ mich von jedem Vorsprung fallen, beide Beine über die Kante, stieß mich grob mit den Händen ab. Diesmal rannten wir nicht. Brauchten Reserven, wenn wir ankamen. Folgten unserer eigenen Spur, hielten uns aber im Schatten, flüsterten nur oder redeten mit den Händen. »Hast du einen Plan, William?«

»Mir meinen Sohn zurückholen.«

»Wird nicht klappen, wenn du direkt in eine Kugel läufst.«

»Vermutlich nicht.«

»Also, was machen wir?«

»Hab dir schon gesagt, was ich mache. Und was den Plan angeht: Man verstopft sich den Kopf nicht mit Unsinn, wenn man ihn am dringendsten braucht.«

Wir kamen zu einer Senke mit verfilztem Spierstrauch, hörten das vergessene Bellen. Kam von oben, vom Rand der Senke. Und es kam näher, bis ein Hund herabsprang, der uns den Weg abschneiden wollte, bewegte sich so lautlos wie ein Sonnenfleck in meinem Auge. Keine Ahnung, wohin Jack verschwunden war, das hier war jedenfalls nur Snitter. Duckte sich, als wollte er springen, und zeigte uns sein schwarzes Zahnfleisch. Knurrte als hätte er Glassplitter verschluckt, und bei jeder Bewegung, die wir machten, bellte er, bis uns fast die Trommelfelle platzten. Dann wich er zurück, als hätten wir ihn in die Enge getrieben. Meinte zu hören, wie William *Zisch ab!* sagte, ehe er sich selbst verdrückte und mich mit dem Köter alleinließ, mit jenem Hund, dem man keine Angst machen konnte. Ich fuchtelte mit den Armen, richtete mich gerade auf, versuchte größer auszusehen als ich war. Er machte es genauso. Der Kiefer knackte, als er seine zermalmenden Zähne fletschte, sein gesamtes Fell sträubte sich. Trat ich nach ihm, würde er mich fassen wollen, und mit seiner Schnauze war er schneller. Er wog gerade mal sechzig Pfund, aber er sprang und warf sich mit seinem ganzen Gewicht an meine Brust. Schnappte nach meinem Gesicht, meinem Hals, und ich packte ihn an den Rippen, hielt ihn möglichst weit von mir ab. Schleuderte ihn von mir, und er biss nach meiner ausholenden Hand. Ich zog den Mantel aus, wedelte damit vor seinem Kopf herum, er schnappte drüber hinweg, drunter durch, glitt dran vorbei, reckte seine Schnauze – und biss mir in den Schenkel. Hielt fest. Schüttelte und schüttelte, versuchte, mich mit sich zu zerren. Er hatte ein großes Maul, ich aber zwei Hände. Ich packte seine Hinterläufe, riss sie hoch mit einem Ruck, und wir fielen hin, wälzten uns im Gras. Ich hatte ihn unter mir. Hielt ihn an Hals und Bein, ineinander verschlungen wie im Schwitzkasten. Beide lagen wir keuchend da, aber während ich ihn zu Boden drückte, schien er zu wachsen, das Fell wurde schwärzer, das Bellen lauter, bis ich ihn nicht mehr halten konnte. Er sprang auf und spitzte die Ohren; er hatte was gehört, einen Ton zu hoch für Hirten, und er sah zu einer von Brimlaws abgeflachten Kuppen hinüber. Gleich darauf schoss er über den offenen Hang und verschwand, ohne einen weiteren Gedanken an mich zu verschwenden. Seither hat niemand mehr diesen verrückten Köter gesehen. Ich glaube, was immer er auch gehört hat, es hat ihn in die höchsten Fells gerufen. Fand was, das ihn zähmte. Er wäre nicht der Erste, der den Fells verfiel – hab den Ruf selbst ein, zwei Mal vernommen.

Ich spürte Blut in den Socken, umklammerte die zerfleischten Finger mit der gesunden Hand. Schwankte, zog ein Bein nach, die Kleider zerrissen, Hände ans Herz gepresst – ein Mönch, der seinen Tribut gezahlt hatten. Ich blieb in Bewegung, ging dahin, wo die Erde eben war, ging meinen Weg mit schwerem Schritt, vorbei an den Felsen, am Grat, meinem Geländer. Fast friedlich, wie die Welt sich mit meinen Gedanken verlangsamte.

Kam dahin, wo wir den Wagen zurückgelassen hatte und hörte jemanden reden, hörte gegen den Wind gebrüllte Worte, die mich zwanzig neue Worte für Arschloch lehrten. William war da, wartete, verloren in seinem Mantel, die Beine gespreizt für einen sicheren Stand, den Pferdekiller gezückt; er zielte aus der Hüfte. Konnten die übrigen hinter den moosigen Bodenwellen nur undeutlich sehen. Danny war auf den Beinen. So viel konnte ich erkennen, Hände an den Ohren, bewegte sich nicht. Ich duckte mich und schlich zum Auto. Die Farbe war abgefackelt, in den Fenstern fehlte das Glas. Um besser sehen zu können, wedelte ich Asche und Qualm beiseite. Colin stand da. Schlamm trocknete an seinen Jeans, am Pullover, sah aus, als trüge er einen Anzug aus Lehm, und wirkte leicht derangiert, dieser staubige Mann aus dem Osten. Locker und entspannt gab er sich, auf dem Unterarm das langläufige Gewehr voller Patronen vom Kaliber .303s. »Wir können alle von hier verschwinden«, sagte William zu Colin. »Aus diesem Tal. Aus England.«

»Du gehst zuerst. Ich winke dir zum Abschied nach.«

»Hab nichts zu gewinnen, wenn ich dich verrate.«

»Die ganze Zeit hast du gejammert. *Denen sind wir egal. Die kümmern sich nicht um uns.* Glaubst es selbst aber immer noch nicht.«

»Und wieso ist das jetzt wichtig?«

»Was du zu gewinnen hast? Alles, so wie ich das sehe.«

»Das Geld meinst du? Kannst du behalten.«

»Und du glaubst, es steht dir zu, mir das anzubieten?«

»Es gibt also keinen Deal? Egal was, du bringst mich und meinen Sohn um?«

»Bei Danny bin ich mir noch nicht sicher.«

William nahm die Waffe in beide Hände und ging einen Schritt auf ihn zu. »Es ist nicht an dir, das hier zu beenden.«

»Dafür habe ich ja das Gewehr.«

Dannys Hände begannen so heftig zu zittern, dass er sie nicht länger kontrollieren konnte. Ballte die Fäuste und presste sie an den Kopf. Das Zittern breitete sich aus, schüttelte den ganzen Körper wie in einem Anfall. Als sie die Waffen aufeinander richteten, rannte er los, stieß sich vom Fels ab. Seine Beine waren sicher wie Wackelpudding. Wäre zu Boden gekracht, wäre Colin nicht auf ihn los, hätte ihm eine Faust in die Brust gerammt und aufgehalten. Ein so lautes Klatschen, dass es sich anhörte, als wäre Dannys Körper hohl. Ihm blieb zum Schreien keine Luft, also übernahm Colin das für ihn. »Was zum Teufel sollte das denn?« Er packte den Jungen an den Haaren und sah ihm in die Augen. »Um dich kümmere ich mich später.«

Williams Pferdekiller hatte nur eine Kugel, und ich wusste, er musste nahe ran. Konnte die Waffe nur abfeuern, wenn er sie auf Haut aufsetzte. Ich beugte mich zurück, trat gegen den Rover – donnerte so heftig dagegen, dass Colin sich fast in die Hose machte. Er wirbelte herum und feuerte. Schoss ein Loch von Tür zu Tür. Die Kugel fauchte heran, jaulte über den Boden und grub sich in meine Stiefelhacke. Er wollte nachladen, um erneut zu schießen. *Knirsch, knirsch, knirsch.* Das verdammte Biest klemmte. Das gute alte britische Repetiergewehr. William rannte los, reckte den Revolver, wollte ihm den Dreckskerl an den Hals halten. Brauchte den direkten Kontakt. Irgendein Sicherheitsding. Colin wechselte von einem Bein aufs andere und schlug den Revolver beiseite. Ließ das Gewehr fallen, der Riemen verdrehte sich, rutschte über die Achsel, und er streckte den Arm durch, packte William mit den Fingern am Ohr und zerrte ihn weg. Durfte das Gleichgewicht nicht verlieren. William fing an, mit dem Revolver zuzuschlagen, hackte durch die Luft, traf Colin an der Stirn, brachte ihn zum Taumeln, brachte ihn dazu, sich zu ducken, mit den Schultern zu zucken. Presste ihm mit einer Hand die Mündung ins Gesicht, aber Colin packte Williams Handgelenk, hielt es an seine Brust gedrückt, enger, fester, richtete den Lauf himmelwärts. Traf mit der anderen Hand William am Kopf, und sie stürzten, krachten auf den felsigen Boden. Beide bewegten sich jetzt langsamer, als kämpften sie einen Ringkampf am Grunde eines Sees, und William stützte sich mit den Armen auf, versuchte, Colin den Revolver an den Kopf zu drücken. Glitt vom Abzug ab, rollte weg. Streckte wieder die Hand aus, aber sie wurde beiseitegeschlagen. Colin presste sich an die Erde, stieß sich mit dem Knie ab. Warf William zurück. Der Revolver fiel. Trat ihn in die Heide. Colin erhob sich, eine Hand am Lauf des Gewehrs, hieb William den hölzernen Schaft direkt unters Kinn. Ich sah ihn mit wachsendem Blutbart fallen. Colin nahm das Gewehr, öffnete die Kammer, warf die blockierte Patrone raus und stemmte den Schaft an den Kragen. »Das hier hätte ich schon längst tun sollen.«

»Hattest genug Gelegenheiten«, sagte William und schloss die Augen. Ich konnte nichts denken, mich nur fragen, ob er dankbar aussah.

Hörte es dreimal knallen. Dreimal hintereinander.

Ein kleiner Knall, als das Gewehr fiel, und Colin fiel drauf.

Er fiel in den Dreck, als sei er aus dem Zeug gemacht. Kein Blut floss, kein Loch in den Schädel geblasen. Nur Danny, der da stand, den Revolver in der Hand. Eine menschliche Art zu sterben.

Mimph

Ich wollte nicht als Erster aufstehen, tat es dann aber doch, und mir schwirrte der Kopf, als hätte ich ihn aus seinem Nest am Boden gescheucht. Ich hüpfte, ohne mit den Armen das Gleichgewicht halten zu können, und griff ans immer noch brennendheiße Autodach, Ruß an den Händen. Hügel und Himmel drehten sich, hockten sich abwechselnd auf mich, aber ich blieb auf den Beinen. Mir war, als hätte sich die Erde zu meinen Füßen in ein großes Bett aus bequemem, eingelegenen Fels verwandelt.

Danny saß mit den Armen auf den Knien, fand keinen anderen sicheren Blick als den nach oben, und ich legte meine Hand auf seinen Kopf, teils zum Trost, teils auch, um nicht hinzufallen. Löste seine Finger von der Waffe, steckte sie mir in die Tasche. »Ist es vorbei?«, fragte er.

»Seit wann hält uns das auf?«

»Sind wir jetzt sicher?«

Ich gab keine Antwort. William hatte sich kaum vom Fleck gerührt, und wenn ich sage, er barg sein Gesicht in Händen, meine ich nicht, er hätte es vor Scham getan. Ich zog ihn an einen Fels, lehnte ihn dagegen. Man sollte niemanden mit solchen Wunden bewegen, aber ich dachte, ein bisschen Hirnschaden könne ihm auch guttun. »Kopf hoch, William.«

Wollte *Halt die Klappe* sagen, pfiff aber nur einen Spritzer Blut aus dem Mund.

Ich setzte mich zu ihm. »Wollen wir den hier auch verscharren?«

»Nicht hier oben.«

Ich sah zu Colin hinüber. Sah seinen Rücken. Ist immer schwer zu sagen, ob wer noch atmet, wenn er mit dem Gesicht auf dem Boden liegt. »Und was fangen wir mit dem da an?«

»Fass ihn nicht an!«

Kurz darauf hörten wir neben uns ein Hecheln, und Jack kam aus dem Gebüsch, schlich sich mit seinem haarlosen weißen Fell heran. Sah kräftig und so traurig aus, als wäre er dazu gezüchtet worden. Wartete und wartete. Legte dem Toten das Maul auf die Schulter, und hätte er Ohren gehabt, die er hängen lassen könnte, sie wären ihm bis zum Schnauzhaar gefallen. Da Colin nicht aufwachte, rollte er sich in dessen gekrümmten Arm zusammen, und da Jack mit seiner Zeit nichts Besseres anzufangen wusste, schlief er ein.

Wir alle warteten. Als könnten wir woanders wieder aufwachen. Das Handy hatte kein Signal, und wir waren zu nichts weiter fähig, als uns zu umarmen. Aus dem Tal stieg ein dumpfes Dröhnen auf, zog die Hänge der Fells hoch, wurde lauter und lauter, ein wummerndes *Flapp, Flapp*. Wirbelnde Rotorblätter. Ein Hubschrauber flog über uns hinweg. Weiß und rot. Plättete das Gras, plättete meine Ohren. Wirbelte Wolken aus Kreidestaub auf, und ich winkte, aber niemand winkte zurück. Helen war die Erste, die uns erreichte. Rannte zu uns, allein, mit ihrer Pudelmütze, ihren zu großen Gummistiefeln, und immer schien es mit Helen ein Ende zu finden. Sagte, sie habe den Rauch gesehen, und sie lief zu ihrem Sohn, umarmte ihn.

Es waren keine Sirenen zu hören, kein Blaulicht zu sehen, als die Polizisten aus allen Richtungen und alle zugleich vom Berg kamen. *Hilfe ist unterwegs. Keine Bewegung. Kein Wort. Nichts anfassen. Hilfe ist unterwegs.* Mehr und mehr, manche mit Waffen, und wenn ich mich nur einen Zentimeter bewegte, richteten die sich auf mich. Liefen über die Heide und sammelten Patronenhülsen, hebelten den Kofferraum auf und durchkämmten mit ihren Stöcken Büsche und hohes Gras. Hörte ein Fluchen, das wie Messwein von Mann zu Mann weiterwanderte, bis schließlich einer der Polizisten vortrat und jemanden ansprach, der keinen Helm trug. Jemanden, der das Sagen hatte. »Sie haben Red umgebracht«, sagte er.

»Sie haben was?«

»Simply Red. Inspektor Marsden. Er ist tot.«

Smart angezogene Typen tauchten auf – Typen, die wussten, was sie taten. Kamen mit Autos und brachten uns weg. Brachten uns in ein Krankenhaus in Lancashire, vier Stunden von hier. Fragten mich, ob wir verwandt waren. Verlangten, dass ich nicht mit Danny redete und nicht mit Helen, bis ihre Aussagen aufgenommen worden waren. Was mit William war? Keine Ahnung. Haben ihn irgendwohin gebracht, wo er nicht reden konnte. Vernähten mich von den Knöcheln bis zu den Fingernägeln, vom Oberschenkel hoch bis zum Gemächt. Wollten mich zur Beobachtung dabehalten, aber ich hab gesagt, Erschöpfung sei keine Krankheit, sonst hätte ich noch nie einen Erwachsenen gesehen, der nicht krank war.

Ich erzähle dir diese Geschichte über uns, über Leute, die gestorben sind, und ich erzähle sie, als hätte ich sie so erlebt und hinter mir gelassen. Ein Teil von mir hat das auch, andere Teile aber trage ich zerbrochen mit mir herum und die warten darauf, mit dem Rest begraben zu werden.

*

Die Verhöre und Untersuchungen schienen kein Ende zu finden. Gerade wenn man glaubte, sie seien vorbei, begann die nächste Runde. Die Fragen, die gestellt wurden, waren keine, die man erwartet hätte. Zeit zu verplempern, schien das Ziel der Polizei zu sein – blödsinnige Frage nach blödsinniger Frage, und die Bullen taten, als wären sie deine Kumpel, eher noch netter, so nett, man könnte meinen, sie wollten Versicherungen verkaufen. Bullen dürfen nicht lügen, aber Fragen stellen, deren Antworten sie kennen, das dürfen sie. Und sie stellten sie immer wieder. Behaupteten, sie wollten nur Informationen, nur wissen, was passiert ist, trotzdem sind sie diejenigen, die die Fragen auswählen. »Sie haben doch für William Herne gearbeitet. Erzählen Sie davon.«

»Ich habe nie für William gearbeitet.«

»Sie haben die letzten drei Jahre nicht auf der Caldhithe gearbeitet?«

»Ich habe auf dem Hof gearbeitet, nur nicht für William.«

»Er ist nicht Ihr Boss?«

»Er ist mein Boss. Heißt aber nicht, dass ich für ihn arbeite.«

»Nein?«

»Er sagt, was Sache ist, und es ist sein Hof, aber er

befiehlt mir nicht, was ich zu tun habe, wann ich anfange oder wann ich aufhöre, wie man ein Schaf entwurmt oder Brandzeichen setzt. Wann ich eine Pause mache, um eine Limo zu trinken. Ich komme, oder ich komme nicht. Er zählt nicht meine Stunden, und er bezahlt mich nicht.«

»Er bezahlt Sie nicht?«

»Sehen Sie sich doch um? Glauben Sie ernsthaft, William hätte Geld, das er anderen Leuten geben könnte? Ich krieg ein bisschen was Bares, wenn Tiere verkauft werden, und fürs Scheren oder die Arbeit am Tauchbecken gibt's die Tagesraten, dazu einen Platz zum Schlafen und was zu essen. Mehr aber hat es an Bezahlung nie gegeben.«

»Sie haben also keinen Arbeitsvertrag?«

»Einen verdammten Vertrag? Mit William Herne? Wenn Sie so was fragen, stellen Sie die falschen Fragen. Solange ich nicht will, dass meine Organe in den Kleinanzeigen zum Verkauf angeboten werden, würde ich nie irgendwas unterschreiben, das er mir vorlegt.«

»Und das heißt?«

»Das heißt, dass er seine Steak-and-Kidney-Pie mag.«

»Darf ich Sie fragen, warum Sie es getan haben? Wenn es doch kein Geld dafür gab?«

»Wer diesen Job macht, weil er Geld will, der ist zu blöd, je welches zu verdienen. Und wer diesen Job macht, obwohl er weiß, dass er einen Scheiß verdient, tja, ich schätze, der muss ziemlich bescheuert sein. Ich habe früher für Leute gearbeitet, die immer wollten, dass ich fast umsonst schufte. Zahlten sechs Stunden für eine Arbeit, die zehn dauerte und stopften mir das Geld in die Tasche, wenn ich ihnen die Hand gab, damit ich nicht mehr Nein sagen konnte. Baten um einen Nachschlag, als wäre der erste Teller leer gewesen. Bei diesen Leuten habe ich immer aufgepasst, dass sie nur gekriegt haben, wofür sie auch bezahlten, nicht mehr. Für William aber hätte ich alles gegeben, weil es das war, worum er gebeten hatte. Ich bin nämlich Schafsbauer, und falls das als Antwort nicht reicht, erzähl ich Ihnen jetzt, wie das so ist. Man wird auf einer Weide geboren, zur Gesellschaft nichts weiter als ein Lagerfeuer, eines, das einen warm hält, und man weiß nicht, wessen Feuer das ist, wie man auf die Weide kam oder wie man überhaupt ein Feuer anzündet, aber man weiß, wie man weitermacht. Und das eine, woran man nicht zweifelt: Legt man nicht nach, geht das Feuer aus, und man will nicht der sein, dem das passiert.«

Eigentlich ein klarer Fall, trotz des monatelangen Geredes und der vielen Tassen kalten Tee. Colin war tot. Das ließ sich kaum bestreiten. Und da er nicht mit einer Kugel im Kopf geboren worden war, hatte ihn jemand erschossen. Simply Red war doppelt tot, und als wir erzählten, Hackfleisch hätte es getan, hätte ganz allein seine Knochen zerhackt, tja, da waren die Bullen zufrieden. Toten kann man keinen Prozess machen. Der Leichendoktor steckte Red einen Finger in die Seite und sagte, es müsse ein sehr dünnes Messer gewesen sein. So dünn, dass es nie gefunden wurde. Sie stolperten über den geklauten Laster und das, was von den Schafen übrig war, aber das haben wir Bog und George angehängt. Die zwei wurden nie gefasst, und die Bullen waren wieder zufrieden. Männern, die nicht gefasst werden, kann man keinen Prozess machen. Trotzdem hielt ich mein Gewehr griffbereit für den Fall, dass sie auftauchten.

Und was William anging, tja, der hat gestanden, Colin erschossen zu haben. Nannte es Notwehr. Als er das erste Mal den Mund aufmachte, wurde er reingelegt. Die Anwälte haben nie daran gezweifelt, dass er der Täter war, aber jemanden umbringen gilt erst als Mord, wenn man sich dazu bekennt. Darum ging es bei der Verhandlung. Und zu behaupten, man habe es nicht gewollt, klingt ziemlich unwahrscheinlich, wenn man mit der Waffe in der Hand erwischt wurde. Erklärte, er brauche den Pferdekiller für die Tiere, ein Arbeitsgerät. Sie haben ihm das fast abgekauft.

Zum letzten Prozesstag trug er einen Anzug. William Herne. Sah aus wie ein Köter mit Pulli. Man konnte die Falten überm Knie noch erkennen, so neu war der Anzug. Er stand auf, stand allein in einem Raum mit dreißig Leuten; und er legte seine Notizen auf den Tisch, damit sie niemand in seinen Händen zittern sah. Blickte zum Richter, dann zu seinem Anwalt. »Kann ich jetzt was sagen?«, fragte er. Sie nickten. »Ich heiße William Herne, und Sie haben eine Menge über mich erfahren, nicht nur hier vor Gericht, sondern auch aus den Zeitungen. Und sollte ich mir was drauf einbilden, ist es das Erste, wofür ich mich entschuldigen will. Allerdings haben Sie auch nicht viel mehr über mich gehört, als dass ich wen umgebracht habe, dass ich ein Mörder bin, ob gewollt oder nicht, dabei ist es nur ein Teil von dem, was ich bin. Über vierzig Jahre lang war ich Schafsbauer, die Zeit als Kleinstkind und der Maul- und Klauenseuche nicht einberechnet; darüber hinaus kenne ich nicht viel. Der Mann, den ich umgebracht habe, Colin Tinley, der war krank, aber obwohl ich das wusste, habe ich ihn hergeholt, und er kam, obwohl er wusste, wie sehr ich ihn fürchten würde. Wenn ich ihn nicht erschossen hätte, wäre ich jetzt tot; zum Glück sind Sie nicht hier, um zu sagen, was besser wäre. Ich will Sie bitten, wenn Sie über mich Recht sprechen, dann nicht zu vergessen, dass ich es so weit kommen ließ. Ich habe meine Familie beschützt, meine Frau und meinen Sohn Daniel, dabei war ich derjenige, vor dem sie hätten beschützt werden müssen.«

Der Richter musterte ihn mit belämmertem Blick. Meiner Auffassung nach geht man so eigentlich nicht vor. Man entschuldigt sich, oder man sagt gar nichts. »Danke für Ihre Aussage, William«, bemerkte der Richter. »Mein Onkel war Bauer, weshalb ich durchaus einiges Mitgefühl für Sie hege. Und ich würde Sie gern einiges über Caldhithe fragen.« Er machte sich in den vor ihm liegenden Papieren eine Notiz. »Wie viele Schafe besitzen Sie?«

»Neunhundert Mutterschafe, zwanzig Widder und etwa zweihundert Lämmer.«

»Und was passiert mit denen, wenn Sie nicht da sind?«

»Ich sehe tausend Jahre in ihrem Blut, sie aber sehen in mir nur den Kerl mit dem Eimer Melasse. Ich werde ihnen wohl kaum fehlen.«

»Gibt es jemanden, der sich um sie kümmern könnte?«

»Da wäre Helen, meine Frau, aber sie müsste dann den Laden aufgeben, und das wäre nicht richtig. Und dann ist da Steve. Erledigt die Arbeit besser, als ich es könnte. Und nicht nur die mit den Schafen.«

»Glauben Sie, er bleibt auf Caldhithe, auch wenn Sie nicht mehr da sind?«

»Das tue ich.«

»Danke für Ihre ehrlichen Antworten.«

William bekam fünf Jahre für minder schwere Vergehen, und er wanderte hinter Gitter, ohne die Fells vorher noch einmal wiederzusehen. Denke, das war einer der Gründe, warum das Urteil so milde ausfiel, denn was wird den meisten armen Kerlen schon angetan, wenn man sie einbuchtet? Werden von einem Drecksloch in ein anderes verlegt. Für manche eher Verbesserung als Strafe. Jedem die Länge Seil, die ihm gebührt.

Teil V

Der Alte Norden

Yan-a-Mimph

Coniston Old Man ist eine fast tausend Meter hohe Kupfermine. Man könnte sie einen Berg nennen, das Innere dürfte heute aber hohl sein; und die Pfade sind so zertreten, dass eigentlich alles Pfad ist; der Gipfel in Schiefer gewandet, blank gewienert wie römisches Katzenkopfpflaster. Er steht für sich, dieser Berg, kein Höhenrücken, der ihm festen Halt gibt. Ein aus den Fells herausgerissener Brocken, eine Warze auf dem Rücken der Hänge oder eine dreißig Kilometer tief im Binnenland gestrandete Seeklippe. Auf einer Seite lässt sie sich nur schwer besteigen, auf der anderen leicht, die Wahl bleibt einem selbst überlassen. Mit Sprenglöchern übersät, Abkürzungen ins Gedärm von Cumbria. Ich war nur ein-, zweimal auf dem Gipfel. Ist man oben, wird man daran erinnert, dass man in einem steilwandigen Eimer zwischen Himmel und salzigem Meer feststeckt; und an klaren Tagen passt keine Messerschneide zwischen Meer und Himmel, an verhangenen Tagen aber sieht man keines von beiden. Mehr Wandervögel als irgendwo sonst treiben sich auf Old Coniston Man herum, und sie kommen wegen der Natur, die sie hier jedoch nicht finden. Was an den Fells besonders ist, steckt in unseren Köpfen und ist nirgendwo so wahr wie auf Landkarten; an wilden Tieren gibt es nur, was an Wochenenden heraufspaziert. Weißt du, ich habe ewig geglaubt, die Mine sei nach einem alten Mann benannt, da sie angeblich wie einer aussieht. Ein buckliger Kerl, der auf der Seite liegt, betrunken ist oder schläft, bereit, einen Riesenfurz abzulassen oder zu sterben. Hab versucht, den Alten im Fels zu erkennen, und sei es nur seine Nase oder die Brauen, und manchmal meinte ich auch, ihn zu sehen. Vor nicht allzu langer Zeit habe ich dann oben mit einem der Wandervögel geredet, ihm erzählt, ich hielte nach dem alten Mann Ausschau und hätte vor, am Goat's Water sitzen zu bleiben, bis ich ihn zweifelsfrei erkennen könne. Mir wurde gesagt, mit alten Leuten hätte der Name nichts zu tun – die Ostmänner auf ihren Langschiffen hätten den Berg mit Wikingerworten benannt, Ald Mane oder so ähnlich, bloß seien wir zu blöd, was anderes als Old Man zu verstehen.

Was mich nicht davon abhält, mich weiter nach dem Alten umzusehen.

Mit dem Wandern hab ich es nicht so. Beine, Knie und Hüfte sind nicht dafür geschaffen, ewig zu halten, und man trägt bei der Geburt nur eine begrenzte Zahl Berge in sich. Was ich noch übrig habe, spare ich mir jedenfalls für Caldhithe und für das Land meiner Herde auf. Alle paar Monate aber, manchmal sind es auch Jahre, zieht es mich rauf auf den Coniston Old Man, und der Drang wird stärker, seit William fort ist.

Einen Tümpel suche ich, einen kleinen Bergsee, in dem ich geschwommen bin, als ich zum ersten Mal raufging, den ich aber einfach nicht wiederfinden kann. Wenn ich an ihn denke, werde ich ganz kribbelig, so wie wenn man im Bett liegt und nicht mehr weiß, ob man die Kochplatte abgestellt hat, bis einem irgendwann nichts weiter übrigbleibt, als aufzustehen und nachzusehen.

Sich beweisen, dass es nicht nur Einbildung ist. Ich erzähl dir, wie es damals war, als ich ihn entdeckt habe.

*

Es war ein Sommertag vor fünfzig Jahren, ein heißer Tag, wie es sie nur früher gab, und ich war auf dem Weg zur Schule. Es gab nur diese eine Schule, und sämtliche Bergleute schickten ihre Kinder hin, von Black Fell bis Birkby.

Du wirst es kaum glauben, aber früher haben hier Familien gelebt. Haben auf den Bergen gearbeitet, nicht, als wären sie dran gekettet, sondern so, als hätten sie eine Wahl. Heute sieht man nur noch in Decken gewickelte Wandervögel vor italienischen Restaurants sitzen. Und die Häuser stehen leer, aber nicht zum Verkauf; Wohnzimmer und Wäscheschränke zu Schlafplätzen für Hotelmitarbeiter umgewandelt. Als die Wandervögel auftauchten, nutzten sie die Dörfer nur als Basislager, auch wenn sie freundlich blieben und auf ein warmes Ale mit Cheese & Pickle Sandwich in den Pub gingen. Irgendwie war es schöner, ehe sie alles schön gemacht haben.

Der Bus brachte mich bis White Claw Beck, und den Rest bis zur Schule lief ich zu Fuß, durch Briggle Bottom und vorbei an einer Weide mit Dales-Ponys, bis ich zu dem flachen grauen Gebäude kam, in dem wir unterrichtet wurden, langgezogen wie eine Scheune, sechs Kuhstallklassenzimmer, eines am anderen, so dass man durch die dünnen Wände sämtliche Lehrer zugleich reden hörte. An diesem Tag aber war es still. Beim Näherkommen sah ich, es war niemand da, der ein Geräusch hätte machen können. Die Schule war leer, und ich sah sie zum ersten Mal ohne eingeschaltete Lichter. Von Minute zu Minute spürte ich deutlicher, dass ich nicht dort sein sollte. Ging zur Doppeltür und wollte sie öffnen, klopfte daran und versuchte was weiß ich noch. Guckte durch die Fenster, steckte den Kopf in einen offenen Spalt und schrie. Nichts.

Ich war vierzehn oder fünfzehn, hockte allein oben auf der großen Treppe und knibbelte an den Gummisohlen meiner Schuhe. Fragte mich, wie lange ich warten musste, bis es lang genug war, um sagen zu können, ich hätte es versucht. Wie lang der Bus brauchte, die großen Seen abzufahren und zurückzukommen. Wenn ich sagte, ich hätte stundenlang auf der Treppe gewartet, wäre klar, dass ich nicht zählen konnte. Und wenn ich behauptete, nicht zu wissen, worauf ich wartete, spielte das eigentlich auch keine Rolle, denn ein Mädchen tauchte auf. Sah sie durch die Felder laufen und starrte sie an. Jemanden anstarren sei unhöflich, war mir beigebracht worden, in meinem Kopf aber gab es nichts Höfliches.

Sie hieß Helen Yalden.

Sie war in der Klasse über mir, und sie kam mir groß vor; ihre Augen so riesig wie wir uns damals die Augen von Models vorstellten. Wenn sie von einem Stuhl aufstand, kämpften wir darum, als Nächster darauf sitzen zu dürfen und waren eifersüchtig, weil mein Kumpel Tom in derselben Straße in Saddleyby wohnte. Nun, sie erwiderte meinen Blick, wich ihm auch nicht aus, als sie näher kam, und umklammerte am Fuße der Treppe den Tragriemen ihrer Tasche. »Wo sind denn alle?«, fragte sie.

»Müssen verschlafen haben«, sagte ich.

»Ich hab verschlafen, also sind die einfach nicht hier.«

Irgendwas war an der Art, wie sie da stand, ein Hänfling in einer Schuluniform, in der sie sich zu verstecken schien. »Du bist Steve, nicht? Eines der Bauernkinder.«

»Der Bauernkinder? Und was bist du?«

»Normal.«

»Was machen deine Eltern?«

»Sie führen eine Pension.«

»Was ist schlecht an einem Bauernhof?«

»Dass Leute wie du da leben.«

Sie kam die Treppe hoch und setzte sich neben mich. »Was für ein Tag ist heute?«

»Montag.«

»Ich weiß, dass es ein gottverdammter Montag ist. Ich meinte, ist heute ein Feiertag oder so?«

»Ich bin ein Bauernkind, für uns gibt es keine Feiertage.«

»Tja, und ich wohne in einer Pension. Für uns gibt es nur Feiertage.«

Sie griff nach ihrem Kalender, blätterte darin herum und fluchte, als sie das Datum fand.

»Also sind wir die Einzigen, die hier aufgekreuzt sind?«, sagte ich. »Und was machen wir jetzt?«

Statt einer Antwort suchte sie eine Zigarette, die Spitze hielt sie nur wenige Zentimeter von meinem Gesicht entfernt. Saugte den Rauch in den Mund und blies ihn durch die Nase wieder aus. »Gehst du nicht zurück nach Hause?«, fragte ich.

»Du denn?«

»Wenn heute frei ist, dann gönne ich mir eben einen freien Tag.«

»Und willst du deinen freien Tag vor der Schule verbringen?«

»Blödsinn.«

»Was hast du also vor?«

»Fangen wir damit an, dass du mir den Rest davon gibst«, sagte ich und nahm ihr die Zigarette aus der Hand.

»Was Besseres fällt dir nicht ein?« Sie sah mich an und lehnte sich zurück. »Ich will da rauf.« Sie zeigte auf die Berge in unserem Rücken, die Gipfel des High Furness.

»Auf welchen genau?«

»Auf den höchsten.«

»Das wäre Coniston Old Man.«

»Ich weiß.«

»Und warum willst du da rauf?«

»So was machen Leute nun mal an einem freien Tag.«

»Das machen nur verdammte Idioten.«

»Tja, wir aber auch.«

Sie wartete nicht ab, bis ich mit dem Paffen fertig war und lief um die Schule herum, lief so schnell, als stünde der Abriss der Fells an, dann hopste sie über den Zaun, obwohl es bis zum Tor nur wenige Schritte waren. Ich lief ihr nach, womit sie gerechnet hatte.

Versuchte, es nicht aussehen zu lassen, als würde ich mich beeilen, um sie einzuholen. Sie lief über das Schulgelände, sprang über eine Hecke, sprang über Kuhfladen und wurde nicht langsamer, als wir zum halb verborgenen Wald und dem Pfad verscharrter Bierdosen kamen, auch nicht, als wir über Landstraßen liefen und uns an Trockensteinmauern drückten, um Trecker oder Wohnwagen vorbeizulassen oder über dreißig

Jahre lang handverfüllte Schlaglöcher stolperten. Wir kamen zu einem Tor und rannten durch ein Feld Nackthafer. Ich musste immer wieder rennen, um mit ihr Schritt halten zu können, erst fünf Kilometer hinter der Schule wurde sie langsamer. Wedelte wie verrückt mit den Händen, um die Bremsen zu vertreiben, als sei sie sich zu gut, ihre Haut mit ihnen zu teilen.

Wir gingen weiter, bis auf den Feldern kein Flachs mehr wuchs und keine Gerste, bis die Weiden keine Mauern mehr hatten und wir am Fuße der Fells ankamen und durch Sumpfgelände und durch nasse Weiden wateten, als wären Wege ein Versagen. Der Schlamm tränkte ihre weißen Socken, unsere Schulschuhe versanken im Morast, und der Schlick klebte daran, weshalb sie doppelt so schwer wurden, auch als sie trockneten. Schließlich gaben wir nach und folgten etwa anderthalb Kilometer weit einem Pfad, ehe Helen vor einer kleinen Felsnase stehen blieb und sich zu mir umdrehte. Sie zeigte vor sich auf den Boden und sagte, ich solle mich da hinstellen, direkt vor sie. Sie war größer als ich und legte eine Hand auf meine Schulter, stützte sich ab und hob einen Fuß, dann den anderen, um sich die Schuhe auszuziehen. Stopfte sie beide in meine Tasche. Und wir liefen weiter – sie barfuß. Mieden die Geröllhänge. Landeten in einer Schlucht, blickten über den Rand des Überhangs. Und dann fing sie an, mit mir zu reden, wirklich zu reden, weißt du – über den Schnurrbart von Mrs Fletcher, der immer dunkler wurde, über The Osmonds und über all das, was ihr sonst noch durch den Kopf ging. »Du arbeitest also auf einem Hof?«, fragte sie.

»Natürlich.«

»Jeden Tag?«

»Die Schafe brauchen jeden Tag Futter.«

»Und was wird dir dafür gezahlt?«

»Warum sollten meine Eltern mich für meine Arbeit bezahlen?«

»Sie haben was dagegen, für Arbeit zu bezahlen?«

»Sie werden doch auch nicht bezahlt.«

Helen fing an, mir zu sagen, was sie davon hielt, wurde aber von einem Jaulen unterbrochen, das in unserem Rücken aufstieg. Ein grässliches, auf- und abschwellendes Heulen aus einer Köterkehle. Wie Hundetrompeten. Klang nach verdammt vielen Tieren, ein Echo, das über die Berge hallte. Hinter meinem Kopf ragte ein Felskeil in die Höhe, und ich sah darauf einen Fuchshund stehen, der sich, Augen hinter Ohren versteckt, hechelnd umsah und mich entdeckte. Rannte ohne einen Rutscher den Fels runter, kam auf uns zu. Helen fing an, ihn zu streicheln, dann bog ein zweiter um den Fels, sprang nach unten, dann noch einer, und bald rannte eine ganze Meute über den Fels. Dreißig kläffende Köter. Kamen mir aus der Nähe noch größer vor. Helen machte einen Schritt zurück, stolperte gegen mich. Klammerte sich an meine Schultern, und ihr Haar wehte mir ins Gesicht. Damals fand ich sie ein wenig unbeholfen. Ich kapierte nicht, dass sie glaubte, ich würde sie beschützen – dass sie nicht wusste, wer ich war.

Die Hunde rieben Flanke an Flanke, schoben Schnauzen über Schultern und sprangen näher, fingen an, übereinander zu klettern, um höher zu kommen, ein Gewimmel weißer Bäuche, drei Hunde hoch, und ich spürte ihr Zerren, hörte ihr Knurren. Musste aufhören, sie wegzutreten, damit sie nicht länger nach meinem

Bein schnappten. Verharrte so reglos wie Helen. Wäre der Länge nach hingefallen, hätten sie nicht meine Knie gestützt. Ich legte meine Arme um Helen, presste die Fäuste vors Gesicht und hörte ein Rufen vom Berg. »Bei Fuß! Bei Fuß! Kommt!« Es war der Jäger. Langer Mantel und ein Stock, den er wie ein Streichholz hinter sich herzog. Stiefelte durch die Meute, schob die Hunde beiseite, und alle roten Köpfe drehten sich seinem Blick entgegen. Vergaßen, dass es uns gab. Hunde drängten sich an seine Stiefel, als wollten sie ihn an den Fuß der Fells tragen. Helen blieb in meinen Armen, bis die Meute außer Sicht war. Dann ließ ich sie los, und sie stand mitten auf dem Pfad, die Hände in den Achselhöhlen.

»Willst du immer noch da hoch?«, fragte ich.

»Eigentlich nicht.«

»Willst du runter?«

»Eigentlich nicht.« Sie sah zum Gipfel des Old Man hinauf, zu dem es immer noch genauso weit zu sein schien wie am Anfang.

»Du kannst aber nicht ewig hierbleiben«, sagte ich.

»Warum hat er *bei Fuß* gerufen?«

»Irgendwas muss man ja rufen, damit sie sich in Bewegung setzen.«

»Einen anderen Grund gibt es dafür nicht?«

»Der Grund ist nur, dass sie das verdammt nun mal rufen.«

Sie fing an, in die Hände zu klatschen und ›bei Fuß!‹ zu rufen, ›bei Fuß!‹; dann rannte sie los, immer noch rufend, immer noch klatschend; ich hinterher. Gabelte sich der Weg, nahm sie den steileren Abzweig, und führte der Pfad über Fels, rannte sie über den nächsthöheren Torfstreif. Die Bergkämme über uns waren zu Tälern unter uns geworden, aber je besser die Aussicht, desto schwerer das Vorankommen. Ich fragte, ob sie ihre Schuhe wiederhaben wolle, aber sie sagte, ich könne sie wegwerfen. Sie würde sie nie wieder tragen. Riet mir stattdessen, meine auch auszuziehen. Wir folgten einem von Schafen getrampelten Pfad, sonst weit und breit keine Menschenseele. Der Weg wurde rauer und statt wandern mussten wir häufiger springen. Sie wischte sich mit den Händen die Füße trocken und kraxelte mannshohe Klippen hinauf, bis sie einen Vorsprung fand, sich setzte und auf mich wartete. Mit jedem Vorsprung aber schien sich der Gipfel nur weiter zu entfernen, und wir waren beide hungrig, unsere Nacken sonnenverbrannt. Ohne nachzudenken, bewegten wir uns seitwärts, sah es dort flacher aus, und liefen dann weiter. Kamen zu Haufen hundert Jahre alter Schieferplatten – Abfall der Schiefersteinbrüche. »Bist du jetzt bereit, dir einzugestehen, dass wir uns verirrt haben?«

»Verirrt? Was soll das denn heißen? Du kannst den Gipfel doch noch sehen.«

»Keine Chance, da raufzukommen, es sei denn, du glaubst, beim Klettern könnten deine Schnürbänder unser Gewicht halten.«

»Du wolltest doch sowieso nie da hoch.«

»Also gehen wir nach Hause?«

»Zuerst will ich mich abkühlen.«

»Die Sonne geht bald unter.«

»Soll sie doch.«

Falls wir uns nicht längst verirrt hatten, gab sie sich jetzt jedenfalls alle Mühe. Fing an über Grate zu balancieren und über Steinstufen zu springen. Wir bewegten uns den Hang hoch, bis es keine Aussicht mehr gab, und der Boden unter uns steil hinaufwogte und noch steiler hinab. Entdeckten einen der wenigen Bäume und liefen darauf zu, als würde er die Richtung anzeigen, und dort entdeckte ich in einer nahen Senke einen Teich. Keinen großen. Hätte ihn für einen bloßen Schattenfleck halten können. Schmiegte sich an eine Klippe, und sein Wasser schwappte träge über ihre gespaltene Lippe, rann in moorigen Grund und verlor sich im Sumpfgras. Helen führte mich am verwinkelten Ufer lang, und der Teich war so klar, dass nicht mal die Sonne an der Oberfläche haftenblieb. Konnte jeden Stein und jedes Algenbüschel sehen. Und das Wasser war flach, aber tief genug, um sich in ihm treiben zu lassen. »Der dürfte genügen«, sagte sie.

»Willst du daraus trinken?«

»Ich will darin schwimmen.«

»Schwimmen?«

Der dunkelnde Himmel färbte alles blau – blaue Klippen, blaue Heide, blaues Kreuzkraut. Die Erde fühlte sich warm an, die Luft trocken. Helen machte sich bereit, ins Wasser zu gehen, keine Warnung, keine Schuhe oder Socken, die ausgezogen werden mussten. Nur drei Knöpfe am Kleid. So klar, wie das Wasser war, interessierte mich nur, wie der Himmel aussah. »Kommst du nicht rein?«, fragte sie.

»Könnte ja sonst was drin sein.«

»Ist bald dunkel. Du siehst rein gar nichts.«

»Was könnte man denn sehen?«

»Sag du es mir.«

Ich ging ins Wasser, kiekste vor Kälte, und ich weiß nicht, wie lang wir blieben, nur dass ich nicht als Erster wieder rausgehen würde, das wusste ich. Die Nacht soll gut zum Verstecken sein, aber sie bringt auch viel zum Vorschein. Ich konnte sie nicht ansehen, splitterfasernackt, ihr Spiegelbild aber, das war was anderes. Die Rippel, die an meine Brust leckten, verrieten mir, wo sie war, und sie wurden kleiner, je näher sie watete, bis der Teich ganz still verharrte. Niemand wusste, wo wir waren, wir waren eingeschlossen, und niemand konnte uns hier oben sehen, nur wir einander. In solchen Momenten wünschte ich mir, ich hätte in der Schule besser aufgepasst. Irgendwas musste die doch über Mädchen unterrichtet haben.

»Ist es das, was du willst?«, fragte sie.

»Unterkühlung?«

»Nein, hier zu leben. In den Fells. Hier zu leben, wenn du älter wirst.«

»Wenn ich älter werde. Ich bin das einzige Bauernkind, das noch zur Schule geht.«

»Klingt einsam.«

»Man gewöhnt sich dran.«

»Ich glaube, du bist zu lange unter Schafen gewesen. Läufst du eigentlich immer Mädchen in die Berge nach?«

»Ich bin dir nicht nachgelaufen. Mir gefiel nur, wo du hinwolltest.«

»Tust du auch mal was, ohne es vorher gesagt zu bekommen?«

Ich griff nach ihrer Hand, und sie nahm meine. Ich wollte sie küssen und fing an zu weinen. Konnte nicht aufhören. Meine Wangen waren schon nass. Spürte ihre verschrumpelte Hand an meinem Gesicht, dann, dass sie mein Handgelenk umfasste. »Alles ist gut, Steve«, sagte sie. »Alles ist gut.«

Taen-a-Mimph

Als ich hörte, dass William verurteilt worden war, dachte ich nur: *Verdammt, nicht lang genug*. Man hatte ihm fünf Jahre genommen und mir gegeben. Ich wollte mehr.

Ich weiß nicht, ob ich mir vorgestellt hatte, wie es ohne ihn sein würde, aber jeden Morgen konnte ich vom Fuße Caldhithes zwei funzelige Lichter im Tal sehen, Kit Jones' Hof und Peffer Farm, ein je eigenes Stück Flachland in den Ausläufern der Fells. Ich lief das Gehöft ab, von den Lämmerweiden bis zum Waschplatz, vom Rammelgrund und den Getreidehängen bis nach Sibirien. Und wo immer ich am jeweiligen Tag die Herde sah, fing ich an zu zählen und ließ alle zwanzig Tiere einen Stein in meine Tasche fallen. Versuchte so viel wie möglich vor Sonnenaufgang zu schaffen. Hatte keine Zeit zu vergeuden. Die Liste meiner Aufgaben war länger als ein Jahr und mir mit Blasen in die Hände geschrieben. Weizen säen, Roggen säen, Frühgerste säen für die Schlachtlämmer, Rüben säen, Kohl, Raps zum Boden aufbrechen, Klee und Lieschgras, pflügen, mähen, dreschen, Maschinen, die das für mich erledigten, feuchte Mahd auf Trockenflächen verstreuen, den Rest verballen, in schwarze Folie gewickelte Bündel, die eine Nadel zum Platzen bringen könnte, Schafe mit Ladungen kalter Silage füttern, mit Brennnesseln, Futtertröge mit Regenwasser füllen,

Böcke kastrieren, Fußfäule behandeln, Motoren reparieren, tausend Schafe mit nur einem Hund treiben, rufen, schreien, brüllen, sie zwischen Beinen einpferchen, zwischen Zäunen, gegen Würmer behandeln, durchs Becken treiben, bespringen lassen, scheren, lammen, Babys ins Leben schleudern und ihre Mamas füttern, die Neugeborenen fett von jedem gelben Zitzenfinger, Ausmisten, das verfluchte Ausmisten, grasig, süß, klebrig, markieren, kupieren, überm Boden wedelnde, frisch geschnittene Stummel, fluchen, bluten, scheißen, stinken wie Diesel, ins Maul spritzen, bis es rauströpfelt, und das verendete Vieh begraben, das kein Abdecker mehr nimmt.

Gegen Mittag kam sie dann. Fast kein Tag, an dem Helen nicht an meiner Seite war, den Laden früher dicht- oder später aufmachte, und man könnte sagen, Caldhithe war wieder ein Familienbetrieb. Ich war richtig stolz darauf, mit ihr zusammenzuarbeiten und mit ihr im Dorf gesehen zu werden. Wie früher brachte sie das Abendbrot, und wir machten Pause und redeten wie früher. Dann arbeiteten wir. Es waren lange Tage, selbst im Winter, wenn es gar nicht viel Tag gab. Wir hatten nichts als Arbeit. Sie sehe gut aus, sagte ich. »Tu ich verdammt nochmal nicht.« Ich legte meinen Arm um sie. »Bin ich im Weg?«

Die Schafe waren gesund wie nie, und wir züchteten preisverdächtige Herdwicks, die Rücken so flach, sie hätten Getreidetanks schultern können. Das schuf Nähe. Alles für die Zucht der Herde geben und sehen, was es Gutes brachte. Ein Mutterschaf mit dem eckigsten Kopf oder den besten Zähnen zu haben, das wäre schon was, fand ich.

Einmal, nach gut einem Jahr, habe ich einen Arm um sie gelegt und sie direkt auf den Mund geküsst, woraufhin sie mich gepackt hat, du weißt, was ich meine, fest wie man einen Widder packt, dem man Medizin eintrichtern will. »Was tust du da?«, hab ich gefragt.

»Das ist es doch, was du willst, oder nicht?«

»Nicht im Stehen. Und nicht im Pferdestall.«

Sie ließ mich los. »Du meinst, es muss damit noch mehr auf sich haben?«

Danach, glaube ich, fühlte sie sich hin und wieder einsam oder wie immer man das nennt, denn sie kam an manchen Abenden zu meinem Van oder lud mich auf eine Tasse Tee zu sich aufs Sofa ein. Erst als ich es nicht länger war, machte es mich traurig, dass ich vierzig Jahre lang allein gewesen war. Womit ich keineswegs behaupten will, wir wären ein festes Paar gewesen. Verliebt immer nur, so lang der Tag dauerte; früh die Lichter aus, um uns nachts zu vergessen; und in jenen ersten Wochen knarrten unsere Knochen lauter als das Bett. Begann die Tage mit einem Verlangen nach Veränderung, das einzige Verlangen, das mir nie was ausmachte. Für sie mochte das alles nicht neu sein, dennoch ertappte ich sie manchmal dabei, dass sie lächelte; und neu war jedenfalls, wenn sie neben mir schnarchte, auf mir, im Arm ein Kribbeln wie von tausend Nadeln; verdammt, selbst jetzt erinnert es mich daran, was es heißt, lebendig zu sein. Dabei vergesse ich keineswegs, woher all das kam, sie vergaß es jedenfalls nie, saß nackt auf dem Bett und redete über ihren Mann; trotzdem machten wir weiter wie von einer heftigen Welle überrascht. Ich habe gehört, dass Tiefseetaucher unter Wasser Kicheranfälle kriegen und ihre Maske abreißen wollen.

Ertrinken kann also auch schön sein, und ich nahm alles mit, was ich kriegen konnte. So ging es weiter, und jedes Mal, wenn ich sie hielt, fühlte sie sich dünner an, magerer, weshalb mir manchmal war, als müsste ich auch den Job ihrer Haut übernehmen und Helens Knochen zusammenhalten. »Du musst mehr essen, Liebling.«

»Nur Danny und ich. Gibt keinen Grund, viel zu kochen.«

»Dann will ich mich um dich kümmern, Helen. Das mache ich gern.«

»Du weißt gar nicht, was das bedeutet.«

»Wollen wir in dein Bett? Der Junge könnte jeden Augenblick reinkommen.«

»Der ist nie zu Hause.«

»Auf dem Sofa ist kein Platz.«

»Wir können nicht in mein Bett. Ich habe es noch nicht frisch bezogen.«

Als ich meinte, der Hof sei wieder ein Familienbetrieb, schloss das Danny nicht mit ein. Was er trieb, kann ich nicht sagen, weil ich ihn fast nie sah. Seine Mum hatte ihm gesagt, wenn er nicht zur Schule gehe, müsse er auf den Weiden helfen, nur führte er sich, wenn er kam, wie der letzte Idiot auf. Unterstrich seinen Standpunkt, in dem er die Forke falsch rum hielt und sich mit den Zinken in den Bauch stach. Er war kein kleiner Junge mehr, doch da er alt genug war, richtig zu arbeiten, war er auch alt genug, es sein zu lassen. Jedes Mal, wenn er mich im Haus sah, hieß es: »Was suchst du denn hier?«

»Darf ich nicht hier sein?«

»Keine Ahnung. Darfst du?«

»Es ist dein Haus. Sag du es mir.«

Ich solle mich verpissen, antwortete er, und das tat

ich dann auch. Um ihm aus dem Weg zu gehen, wäre ich auf die andere Straßenseite gegangen, wenn wir auf Caldhithe Straßen gehabt hätten.

*

Noch Monate nach den Morden hing ich im Wohnwagen fest. Aß abends im Bett, drehte mich um und schlief. Ich wollte raus aus dem Ding, spürte Yow-House im Rücken, das mir wie eine hungrige Scheunenkatze folgte und näher kam, wenn ich mal nicht hinsah.

An einem Tag im Frühjahr war ich auf dem Weg zum Wohnwagen, als ich beim alten Haus ein Auto sah. Helens silberner Jeep. Ich folgte dem Pfad durchs Gras zum Yow-House und hielt kurz vor der verstärkten Tür. Nach Reds Tod war das Haus nie sauber gemacht worden, weder von der Polizei noch von der Gemeinde. Ich ging rein, die Fenster offen, die Teppiche durchweicht; sie stanken. Hörte Helen keuchen. Hörte ein Schrubben. Sie war im Fernsehzimmer, auf Knien und Ellbogen, in BH und Hose, das Haar hochgebunden, und rieb mit dem Wischlappen über einen Fleck am Boden. »Was treibst du da, Helen?«

»Man sollte glauben, der viele Regen hätte das hier weggewaschen.« Sie schrubbte weiter, arbeitete sich von der Ecke aus vor. »Hat es nur schlimmer gemacht.«

»Das hier wird nie wieder sauber.«

»Bleibt noch viel zu tun.«

»Wir holen jemanden.«

»Kennst du einen Exorzisten?«

Ich trat einen Schritt zurück und hörte ein Schmatzen. Auf dem Boden lag ein ganzer Berg Wischlappen, braun, schwarz, verdreht. »Wie lange putzt du schon?« Sie hörte nicht zu. »Machst du heute den Laden auf?« Sie schrubbte weiter. Scheuerte aus den Schultern heraus. Arbeitete sich zur Zimmermitte vor. »Hör damit auf.« Ich griff ihre nasse Hand, wollte Helen hochziehen, aber sie entglitt mir. Ich wollte ihr den Lappen entreißen, aber sie wehrte sich mit aller Macht. Ich packte sie um die Hüfte. »Was soll das denn jetzt?«, fragte sie.

»Ich mach es«, sagte ich. »Ich bring das hier wieder in Ordnung.«

Vielleicht zum ersten Mal hatte ich einen Plan. War nicht richtig, was ich mit Helen im Haupthaus trieb, vor aller Augen, vor Dannys Augen, und hier stand ein ganzes Haus leer. Musste nur gestrichen werden. Hier würden wir leben, dachte ich, Helen und ich.

Ich fuhr mit dem Trailer bis an die Vordermauer vom Yow-House und warf rein, was nicht niet- und nagelfest war, riss Teppiche raus und Schränke, kümmerte mich um nichts, was mich nichts anging, trug zwei Paar Handschuhe übereinander und brachte alles zur Müllkippe. Verputzte die Wände und strich sie in neuem Farbton – grün wie der Tümpel in einem Steinbruch. Wollte es schön für sie. Jedes Wochenende fuhr ich zu Onkel Lanty und brachte irgendwas fürs Haus mit. Die hübschen, aus einem Flussboot entwendeten Kissen, die Bezüge bestickt mit Weiden. Einen dieser schicken Teppiche aus Persien mit tausend roten Rauten auf der Rückseite. Chrysanthemen, Hyazinthen, Lilien und eine Kiste Narzissen. Ich wollte einen Garten. Wollte etwas, das frisch war, nicht gebraucht, aber selbst die Blumen aus dem Laden sind nicht neu. Ich fing an, hinterm Haus umzugraben, einen Weg zwischen kurvigen Einfassungen anzulegen, Zäune, die Schatten warfen, und ich grub so tief, dass Wasser aus den Beeten direkt in den Solway Firth absickern konnten. Musste ich nicht arbeiten, war ich im Garten. Wartete fast ein Jahr, um Helen zu zeigen, was ich gepflanzt hatte, aber sie kam von sich aus vorbei, stand zwischen knöchelhohen Hyazinthen. Ich war auf den Knien, die Sonne wärmte mir den Rücken. »Hast du altbackenes Brot übrig?«

»Willst du Tauben füttern?«

»Ist für einen Brotauflauf. Williams Lieblingsessen.«

»Ach ja?«

»Er kommt heute Abend. Hätte es gern für ihn fertig.«

»Was du nicht sagst.« Ich hieb die Hacke in den Boden. »Sollte noch ein bisschen Brot da sein. Ist nicht alt, aber kannst es gern haben.«

Sie bedankte sich und sah sich meine Arbeit an. »Ziemlich viele Lilien, Steve«, sagte sie. »Wenn du nicht aufpasst, sieht es hier bald aus wie auf einem Friedhof.«

Fünf Jahre waren mir zugesichert worden, und niemand hatte mir was anderes gesagt, aber nach zwei Jahren war William zurück auf Caldhithe. Er wurde vorzeitig entlassen, um Platz für Kleinganoven und Dope Dealer zu schaffen, doch dauerte es eine Weile, bis ich ihn sah. Wochenlang verkroch er sich im Haus. Helen blieb bei ihm, fütterte den zartbesaiteten Bastard von Hand und bewegte sich im Dunkeln, damit sich seine Pupillen nicht weiten mussten. Sie erzählte mir, er schliefe neben dem Bett auf dem Boden, ein Kissen unterm Bauch, als hätte er schlecht Chinesisch gegessen, ließ sich von den Dielen kühlen. Ihr Haus hatte so seine Art, mir zu sagen, dass ich nicht hingehen sollte. Tore wirkten schwerer, Fenster dunkler.

Ich bin mir nicht sicher, wie viel William über mich und Helen wusste. Wir hatten kein Geheimnis daraus gemacht. Ich versteckte mich nicht. Dass sie nicht glücklich mit ihm sein würde, gefiel mir überhaupt nicht, aber das war seine einzige Rache.

Ich behielt die Herde im Auge, schuf mit meinen Blicken ein Gehege. Helen hörte einen Monat später auf zu arbeiten, sobald William sagte, er wolle wieder anfangen. Er kam zu mir raus. Schlurfte über die Weiden, Hände hinterm Rücken verschränkt. Musste niesen, als er zur Sonne sah. Er war schon immer jemand gewesen, der sich unter Kontrolle hatte, was im Gefängnis noch stärker geworden war – belastete den Grund mit keinem Gramm mehr, als unbedingt nötig und drang leiser als Dieselqualm in ein Zimmer. Doch diese Art Kontrolle lernt man nur, wenn es etwas zu kontrollieren gibt. Kein Mensch kann sich hassen und weiterleben. Entweder lernt er an sich zu lieben, was er hasst, oder er reißt heraus, was er hasst, und hofft, der Rest sei zum Leben stark genug.

»Bist zurück, wie?«, sagte ich.

»Okay für dich?«

»Nur solange du nicht vergessen hast, wie man arbeitet.«

»Unsicher bin ich mir bloß, was das Ausmisten angeht.«

»Wenn's nur das ist.«

Er ging, um sich die Herde anzusehen. Zog eine Zibbe zu sich heran und fuhr mit den Fingern durch ihr Fell, rieb Wollstränge zwischen den Handflächen, als wollte er Feuer machen. Vergrub sich bis zu den Ellbogen darin. Strich über ihren Brustkorb, hoffte, nicht gleich auf

Knochen zu stoßen. Legte sie aufs Kreuz und tastete die Euter nach Knoten ab. Stierte mit Augen wie Periskope auf die Hufe und rieb mit dem Daumen über ihre Zähne. Kam zurück, als er fertig war und lehnte sich ans Gatter. »Sehen prächtig aus, Steve.«

»Tun gute Schafe immer.«

»Helen sagt, du bist jetzt der Boss.«

»Eher würde ich den Fells Befehle geben als dir.«

»Die würden dir auch eher gehorchen.«

»Irgendwelche neuen Pläne für Caldhithe?«

»Will mich nur drum kümmern. Wäre für mich ja mal was Neues.«

In den Wochen in seinem Haus hatte er sich eher vorbereitet als versteckt. Musste, solange er drinnen hockte, an nichts anderes als an den Hof gedacht haben. Fing jeden Tag vor mir an und blieb länger als ich, weshalb ich nicht sagen konnte, ob er überhaupt aufhörte zu arbeiten. Wachsamer als jeder Hund behielt er die Schafe im Auge und zählte sie dreimal jeden Morgen und jeden Abend. Stolperte eine Zibbe, polierte er ihre Hufe, und wenn sie nicht genügend fraß, legte er ein Ohr an ihren Bauch, um zu hören, ob es drinnen rumpelte, ob sie Blähungen hatte. Führte dazu, dass mir an ruhigen Tagen nicht viel zu tun blieb. William war wie besessen vom perfekten Dünger zum Ausbringen. Gab Mist zur besten Silage, bis sie süß wie Honig wurde, und wollte mehr von dem Zeug. Fuhr durchs Tal und fragte nach, ob wer Kuhscheiß übrig hatte, Ziegenkacke oder Hühnerkot, und um das beste Rezept zu finden, mischte er sie in unterschiedlichen Anteilen zusammen. Er legte sich hin, Hände im Kot, hörte, ob es knirschte, wenn er ihn zwischen den Fingern zerrieb, und kostete, prüfte wie ein Seifenmacher den Geschmack auf Säure. Ließ ihn in einem Haufen vor dem Haus trocknen, damit er ihn vom Frühstückstisch aus sehen konnte. Hatte am Ende die schönste Scheiße, die man sich nur wünschen konnte.

Am Tag der Ausbringung musste die Erde trockner als ein Haferkeks sein. Ich sah zu, wie William den Streuer über sechs Weiden fuhr, die Reihen dicht an dicht wie Steppstichnähte. Auf der siebten Weide hatte er bereits so lange gestreut, dass jede Fensterscheibe drecksverschmiert war, weshalb er, als er zum Ende der Reihe kam, die Trockensteinmauer übersah, durchbretterte und erst dahinter zum Stehen kam. Ich rannte hin und schnaubte Motorenqualm, während ich ihn aus dem Sitz zog, aber kaum stand er wieder in seinen Stiefeln, hob er die Steine auf, die der Streuer rausgerissen hatte, und fing an, die Mauer zu reparieren.

*

Wenn es Zeit für die Steuererklärung wurde, setzten wir drei uns zusammen – Helen, William und ich. Dauerte Tage, und um all die nötigen Papiere zusammenzutreiben, musste man schon die Hunde rufen. Wollten wissen, welcher Idiot die Einsen und Sieben nicht ordentlich schreiben konnte und schlugen abwechselnd nach, was Akkumulation, Rechnungsabgrenzungsposten oder sonst irgendein Quark bedeutete. Fanden einen Preis für jedes fette verkaufte Lamm, für jedes magere verendete Lamm. Sozialversicherungsbeitrag. Gibt keinen schnelleren Weg, einem erwachsenen Menschen die Tränen in die Augen zu treiben.

Es war drei Uhr morgens, als Helen mit dem letzten Formular fertig wurde und William es durchsah. Tippte irgendwas in den Taschenrechner, überflog noch mal das Geschriebene, das Gesicht nahe am Blatt. »Wie kann das sein?«, fragte er.

Klatschte die Papier auf den Tisch. So fest, das sein Tee überschwappte.

»Wie kann was sein?«, fragte Helen.

»Wir müssen einen Fehler gemacht haben.«

»Du kannst gern noch mal drüber gehen. Ist ja nicht so, als hättest du ein Bett, das auf dich wartet. Jedenfalls wird keine andere Zahl rauskommen, bis auf ein paar hundert Pfund plus oder minus.«

»Das ist weniger als letztes Jahr.«

»Es war ein mieses Jahr. Überall wurden jede Menge Lämmer geboren. Du weißt doch, wie es ist.«

Er zerpflückte die Formulare wie Löwenzahn. »Mach's noch mal, Helen«, sagte er. »Und diesmal richtig.«

Wir hatten sämtliche Schergatter aufgebaut und die ganze Herde eingepfercht, so dass wir die Tiere bei klarem Wetter in drei Tagen kahl bekommen konnten. Da die Arbeit schnell getan werden musste, brauchten wir jede Hand, also auch Danny. Ich hatte schon Hunderte von Schafen geschafft, neben mir ein Haufen stinkender Wolle, beeilte mich, jedes Vlies abzurasieren, ehe das Schlagtor fiel. Hielt eine einjährige Au rücklings im Arm und ließ die Schere ihren Tango tanzen, als ich einen Schrei hörte. Ging nachsehen, was los war. Ein Mutterschaf lag Danny zwischen den Füßen, Blut lief dem Tier am Bein lang, und große Klumpen Wolle hingen ihm von der Brust. »Hol das Vlies runter, bevor es Flecken kriegt.« William sprach mit seinem Jungen.

»Du blöder Idiot.«

»Beruhig dich. So was passiert schon mal«, gab Danny zurück.

»Passiert dir einmal zu oft.«

William griff sich eine Schere, und ich sah, sie war trocken wie hulle, die Klingen wolleverklebt. Hatte seit Ewigkeiten keinen Tropfen Öl mehr gesehen. »Jetzt sieh dir dieses versiffte Miststück an«, sagte er.

»Ist deine.«

»Was?«

Danny hielt seine eigene hoch. Sauber und geölt. »So muss sie aussehen.«

Das passte ihm nicht. William drehte sich zu mir um. »Steve, du musst mal für eine Weile verschwinden.«

»Ist nicht das erste Mal, dass du vergisst, sie sauber zu machen«, sagte ich. Er pfefferte die dreckige Schere an die Wand in meinem Rücken.

»Verpiss dich.«

Ich ging nach draußen und stapelte Schafsfelle. Erwartete Geschrei, aber ich hörte nur ein nasses Klatschen, ein Wummern, Bollern, das Geräusch scharrender Stiefel, und ich sah das verletzte Schaf zurück in den Pferch laufen und Blut in der Herde verbreiten. Ich wollte schon hin, als ich Danny den Zaun hochklettern sah, die Arme gaben nach, also sprang er und ging. Das war eines der letzten Male, das ich ihn gesehen habe. Er verließ den Stall, die Weide, nahm sich eines der Autos seines Dads und verschwand von Caldhithe.

Kurz darauf hörte ich Williams Schere wieder arbeiten, und es blökte jedes Schaf, das er zu fassen bekam.

*

Eines Abends ging ich ins The Crown und sah Helen. Sie hatte es noch nie mit dem Trinken gehabt und saß allein. Vor sich drei leere Tüten Chips. »Was tust du denn hier?«, fragte ich.

»Ist mir zu Hause zu voll.«

»Ich dachte, William ist nur selten da?«

»So kann man es auch sehen. Jedenfalls halt ich es im Haus nicht aus, wenn er da ist.«

»Wie geht's ihm?«

»Sagt dauernd blödes Zeug.«

»Wenn du willst, rede ich mit ihm.«

»Falls dich dein Weg mal vorbeiführt«, sagte sie. »Aber mach jede Menge Lärm, wenn du hingehst; lass ihn wissen, dass du es bist.« Ich küsste sie zum Abschied vor aller Augen, und als wollte sie mich fortschieben, legte sie ihre Hände auf meine Brust, zog mich aber irgendwie näher zu sich.

Ich fuhr fast den ganzen Weg zum Haus und hielt beim Trampelpfad, der zum Sammelplatz führt. Im Haus brannten sämtliche Lichter, auch die in der Scheune, im Zwinger und im alten Pferdestall. Die Vorhänge waren zurückgezogen, und man konnte in jedes Zimmer sehen, in jeden Winkel. Bilder an den Wänden von Windmühlen und Flüssen, die Kalenderblätter drei Monate alt. Die breite Tür schwang im Wind, was keinen einladenden Eindruck machte.

Ich stampfte alle paar Schritte laut auf, um Lärm zu machen, wie Helen es mir geraten hatte. »William?« Im Näherkommen rief ich seinen Namen. »Ich gehe jetzt ins Haus.« Von einer bis zur anderen Seite des Gebäudes hörte ich ein Scheppern, Sachen fielen zu Boden, ein Splittern, dann wurden offenbar Pfannen und Töpfe an die Wand gefeuert. Steckte den Kopf in den Flur, der wie ein Campingkocher roch, ein heißer Geruch, fast süß – machte mich krank vor Übelkeit. »William. Wir müssen reden.« Aus der Küche kam ein Geräusch, also ging ich hin und sah William auf einem Stuhl am Tisch sitzen, die einzigen beiden Dinge, die noch nicht umgeworfen worden waren. Ich hätte meinen können, er hätte den Verstand verloren, aber so sah er nicht aus. Na ja, richtig bei Sinnen schien er auch nicht gerade zu sein, aber er hatte kein Haar mehr, dass ihm wirr vom Kopf abstehen könnte, und er war angezogen. Nur an den Füßen trug er nichts. Sah ihn zum ersten Mal barfuß. Er schwitzte heftig. Man hätte denken können, er käme gerade aus der Dusche oder hätte die Grippe. Erst nahm ich an, er süffelte einen rötlichen Drink, dann aber sah ich mir die Flasche genauer an, die er in Händen hielt – Brennspiritus. »Was hast du da, William?«

»Wusste, du würdest auftauchen.«

»Helen macht sich Sorgen um dich.«

»Hab sie seit Tagen nicht gesehen. Ist sicher auf Besuch bei ihrer Schwester.«

»Was hast du da?«, fragte ich noch mal.

Er sah die Flasche an und stellte sie beiseite. »Hab's nicht mal geschafft, den Herd anzumachen«, sagte er.

»Seit wann kannst du denn kochen?«

»Ich bin kein Schwachkopf, Steve. Ich kann mich schon ernähren.«

»Hast aber wohl doch deine Schwierigkeiten, oder?« Ich fand ein Geschirrtuch, feuchtete es an und brachte es ihm. Er wusste nicht, was er damit anfangen sollte. Also nahm ich es und legte es ihm auf Stirn und Nacken.

Er ließ es zu. »Was soll das hier? Helen sagte, du willst renovieren?«

»War nicht leicht.«

»Das war es nicht.«

»Versuche immer noch, es zu begreifen.«

»Brauchst du dabei Hilfe?«

Er stand auf und bot mir seinen Stuhl an. »Hol dir was zu trinken. Ich muss mich waschen. Wir können später reden.«

Während er nicht da war, räumte ich auf. Fegte Essensreste und Scherben vom Boden, versteckte den Alkohol und suchte nach einem zweiten Stuhl, der noch vier Beine hatte. Als er in die Küche zurückkam, roch er nach Lavendel und fragte: »Also, wie schaffen wir es, Geld zu verdienen?«

»Darum geht es?«

»So kann es nicht weitergehen. Für meine Arbeit zahl ich noch drauf.«

»Auf den Hof allein kommt es an. Musst ihn nur halten, bis du dich zur Ruhe setzen kannst.«

»Ist Dannys Hof. Ich kann ihn nicht gegen seinen Willen verkaufen.«

»Will der Junge ihn denn?«

»Natürlich will er.« Er zog ein Prospekt aus seiner Tasche, faltete es auf, ein goldener Adler auf dem Deckblatt. »Schon mal von Renaturierung gehört?«

»Klingt wie ausgedacht.«

»Ein Typ kam vorbei, um mit mir darüber zu reden«, erzählte er. »Von irgendeiner Wohltätigkeitsorganisation, von der ich noch nie gehört hab – sucht jemanden, der es probiert. Meinte, man würde uns dafür bezahlen. Sicheres Geld. Gutes Geld. Bäume pflanzen statt

Getreide, und Weiden in Wälder verwandeln, meinte er. Nicht um Holz zu ernten oder so. Die Erde so tief mit Wurzeln füllen, dass man daran eine ganze Weide wie eine Pflanze aus dem Topf heben könnte. Solide Bäume. Erlen und Eiben. Keine verdammten Kiefern. So viele Bäume, dass sie sich selbst fortpflanzen und die Felsen Zeit haben, sich eine Haut aus Flechte wachsen und die Krume um einen halben Meter ansteigen zu lassen. Außerdem setzen sie Kühe aus, wildern sie aus. Welche mit Rippen groß genug, um daraus Häuser bauen zu können.«

»Keine Schafe?«

»Schafe sind gierige Bastarde. Weißt du ja selbst.«

»Und wofür brauchen sie uns dann?«

»Glaubst du denn, wir sind noch Schafbauern? Verdammte Viehzüchter? Ich hab noch nie einem Schaf das Springen beigebracht. Wir errichten Mauern um sie herum und fragen uns, wie wir sie durchfüttern. Sie brauchen uns, wofür sie uns schon immer gebraucht haben. Um das zu tun, was sie sowieso nicht tun. Und mit all den Bäumen kommen die Blätter und eine Erde, wie wir sie noch nie gesehen haben. Gras, das nicht aufhört zu wachsen, und Dinosaurierfarne. Dann die Vögel, die Kaninchen, die Eichhörnchen, die sich mästen wie wir, weshalb sie gar nicht anders können, als kugelrund zu werden. Soll heißen, sie bringen die ganze Arche nach Caldhithe. Falken, die Drosseln verputzen, und wilde Katzen für wilde Ratten, auch für die großen Viecher, für Rotwild und so. Er hat gesagt, sie würden Wölfe hierher zurückholen. Stell dir das vor. Ein grauer Wolf auf den Hängen von Shinmara. Wäre mir glatt ein paar Schafe wert, das zu erleben.«

»Wie viele Schafe müssen sterben, bis es wild genug ist?«

»Keines wird das überleben.«

»Meinst du nicht, dass es Gründe gab, weshalb sie ausgerottet wurden? Die Wölfe?«

»Sie haben sie ausgerottet, weil man keine Zähne braucht, wenn in der Schüssel nur Haferschleim ist. Die Schwachen kontrollieren alles, weil sie es müssen. Ich sag dir, wie das für die ist. Ich war dabei an dem Tag, als Wenlock Jackson verkauft wurde – der teuerste Hund der Welt, hieß es. Alle haben bei der Auktion geklatscht, als die Preise immer weiter in die Höhe gingen, aber ich hatte nur Augen für den Hund. Wenlock, ein Collie, hielt ihn an der Leine, als sie mit ihm im Ring auf und ab liefen. Und einen solchen Welpen nannten sie einen Rassehund. Die Augen verschiedenfarbig, eins blau, eins braun, die Hüfte schief, die Knochen drückten aus dem Fell. Schlich über den Boden wie eine kaputte Ziehharmonika. Und jetzt guck dir dagegen einen von unseren an. Einen von meinen Hunden. Treiben eine fünfzig Kopf große Herde einen Steilhang runter. Schwimmen durch Hochwasser, um gestrandete Lämmer zusammenzutreiben. Und dann heißt es, dass sei ein Hütehund, kein Collie. So sind die nun mal. Sie werden vom Laufen müde und behaupten, der Hügel, auf dem sie rasten, sei schon immer der Gipfel gewesen.«

»Gibt's irgendwas Genaues, was du geplant hast?«

»Ich weiß, was zu tun ist.«

»Die ganze Gegend verwildern lassen?«

»Nein, mit dem Mist, den ich gebaut habe. Ich bringe alles wieder in Ordnung.« Er stand auf, um mich zur

Tür zu bringen. »Du kannst Helen sagen, wenn sie so weit ist, kann sie gern zurückkommen.«

*

Am nächsten Tag traf ich William dabei an, wie er auf einer der Weiden einen Wassertrog für die Jacob-Schafe füllte. Die Augen klar, und bis auf Gesicht und Finger war er vom Hals bis zu den Stiefeln vollständig vom Wachsmantel verhüllt, die Gesäßtasche prall gefüllt. Die Sonne hatte die gewachste Baumwolle gelb gefärbt, die Falten waren zwei Jahre tief. Schultern breiter, als ich sie in Erinnerung hatte, und die Schöße wogten im Wind, flatterten, zwei Männer hätten reingepasst. Ich ging zu ihm. »Bist du zurück?«

»Bin ich«, sagte er. »Lass uns loslegen.«

Tedder-a-Mimph

Schwarzer Rauch hing über den Fells. Schwer wie der von lang kochendem Fett, und der Brandgestank drang durch meine geschlossenen Fenster. Stieg von einem Hügelrücken auf, diese kranke, verlorene Wolke. Durch sie konnte man die Sonne gefahrlos ansehen, und sie erhellte den Himmel so schön, rosig und orange, ein Sonnenaufgang, wie man ihn über Land nicht kennt. Du würdest nicht glauben, welch ungeheuerlicher Schrecken mich überkam und welche Ruhe damit einherging.

Er geschah lautlos und weit fort, dieser Brand, doch je länger ich zusah, desto mehr füllte der Rauch den Himmel und dann die Felder, bis ich schließlich nichts anderes mehr sah.

Da war eine Frau, die den Berg hinablief. Eine Frau mit nackten Füßen, nackten Beinen, im Nachthemd. Nein, sie trug einen Mantel, genau, einen langen Regenmantel, hielt ihn mit einer Hand vor der Brust zusammen. Konnte sehen, dass sie zu schreien versuchte. Unsere Helen.

Ich zog meine Stiefel an, lief aus dem Haus, stieg aufs Quad und fuhr ihr entgegen. Der Himmel war gekippt, Ruß und Rauch zogen nach unten, hingen am Boden, über den Fells ein Dach gleißender Luft, und jedes Geräusch, das sie machte, jedes Wimmern, jeder Ruf, klang lauter und klarer und dauerte lang, bis er zu hören war. Sobald sie mich sah, blieb sie stehen. Am Rand einer

Weide, bei einem Gatter, hielt sich, um nicht hinzufallen, an den Mauersteinen fest. Kaum hatte ich sie erreicht, griff sie sich zwei Fäuste voll von meinem Hemd, färbte es schwarz, wo sie es anfasste. Sie versuchte, über das Gatter zu klettern, den Riegel zurückzuziehen, hielt aber erschöpft inne. »Was ist passiert?«, fragte ich.

»Er brennt alles nieder. Redet schon seit Jahren davon.«

»Ist sonst noch wer im Haus?«

»Nur er. Die Hunde sind in die Berge gelaufen.«

»Ist er entkommen?«

»Konnte ich nicht sehen.«

»Ist vielleicht noch Zeit, ihn aufzuhalten.«

»Kann ich dich nicht drum bitten.«

Ich stieg wieder aufs Quad. »Lauf zu mir nach Hause. Sorg dafür, dass Hilfe hier rauskommt.«

Mit Vollgas fuhr ich über zwei weitere Weiden und wühlte einen Hügelkamm auf. Schon von da oben konnte ich die Hitze auf meinem Gesicht spüren. Rauch hüllte alles ein, und wie der wirbelte, wie er wieder und wieder in sich selbst strudelte und in großen Rußschwaden den Himmel aufkeilte. Die hohe Scheune war das einzige Gebäude, das ich brennen sah. Errichtet an der tiefer gelegenen Seite des Sammelplatzes, die Mauern hundert Jahre alte Curdale-Steine, aus Bächen und Flüssen zusammengesucht, gestapelt mit Fellsteinen jeder Farbe, Grün und Grau und Schwarz, an den Ecken der Scheune kantige Findlinge und große Platten für den Türrahmen, so stand sie da, die Scheune, uneben wie der Boden, und sie glühte aus allen Ritzen. Aus jedem Loch größer als ein Messerstich strömte eine weiße Rauchfahne, aus Aberhunderten, wie aus einem hochgehängten Netz, und die Fensterläden glühten und fielen in sich zusammen, nur die Metallscharniere blieben hängen. Flammen schlugen aus den explodierten Fenstern, züngelten um den Sims, ertasteten, was sie noch vertilgen konnten. Hoch und höher. Alles ging durchs Dach, das Funken spie und schrumpfte.

Ich fuhr auf die flache Weide, die an den Hof grenzte, und ließ das Quad stehen. Sah zu den Schuppen und Nebengebäuden. Sah zu den Vorratstanks mit Wasser oder Molasse, zum grünen, einwandigen Fass voller Paraffin. Das schien erstmal außer Gefahr. Ich lief zum Haus. »William!« Meine Stimme rauchschwarz. »Du Arschloch. Wo bist du?«

Ich hörte irgendwas aus dem alten Pferdestall, ein Scheppern, ein Schreien. Ging rein und hielt mich dicht am Boden, zog mir das Hemd über den Kopf, schnaufte in meine Achselhöhlen. Ein Wummern gegen Wände, Latten bogen sich, und die obere Stalltür flog auf, Rauch strömte in dünnen Schwaden heraus. Ich kam näher, der Luftzug aus dem Innern traf mich wie die Glut aus einem brutheißen Ofen, und alles war Schwärze. Ich wickelte den Hemdsärmel um die Hand und zog den Riegel der unteren Stalltür auf. Sackte, um die Luft nicht einatmen zu müssen, in die Knie, legte mich dann fast flach auf den Bauch. Konnte nicht das Geringste sehen. Das war keine Dunkelheit, aber es gab auch kein Licht – es war der Ruß, der mich blendete. Ich drang weiter vor, tastete umher, griff Händevoll Stroh und berührte heißes Werkzeug. »William?« Wieder der Schrei. Heiserer jetzt. Ein Tier. Eines der Jacob-Schafe steckte fest, scharrte mit den Hörnern immer wieder über Holz, hing mit einem Bein in Hühnerdraht. Ich griff nach dem Huf, wackelte, zog. Lag noch immer auf dem Bauch. Dann riss sich das Schaf los und sprang davon, trat mir in die Seite. Ich hinterher – schob mich zentimeterweiße ins Kühlere vor. Taumelte auf einem Knie aus der Tür; und was immer dann in dieser Scheune explodierte, füllte meine Lungen mit heißer Luft, schürte die Flammen zu doppelter Höhe. Staub wirbelte vom Boden auf, und das Dach brach in einem Wolkenkrater aus Asche ein, ein wilder Brunnen, der spie und spie und glühenden Ruß aufwarf, der mich wie flatternde Fledermäuse umwirbelte.

Ich ging zum Haupthaus. Türen schwangen in einem Wind, den ich nicht spüren konnte, und ich sah keine Flammen, aber Rauch. Ich trat in den Flur, meine Augen brannten. Wieder dieser Geruch. Methanol. Spiritus. Die Wände davon feucht, der Dielenboden glitschig, die Teppiche durchtränkt. »Komm jetzt hier raus«, rief ich. »Oder ich bring dich um.« Atmete durch meine Finger und sah im Bad nach, in der Küche. Das Atmen fiel mir schwerer, auch das Denken, war betrunken wie nie. Drehte mich um und wusste nicht mehr, in welches Zimmer ich blickte oder wen ich suchte. Nur dass ich wen suchte, wusste ich. Schrie wieder nach William und rief meinen eigenen Namen, den von meinem Dad, dann Helen. Sobald ich ein Zimmer verließ, musste ich herausfinden, was ich im nächsten wollte. »Raus mit dir, du blöder Arsch. Noch ist Zeit.« Ich ging ins Fernsehzimmer und war mir sicher, dass er wie immer in seinem Sessel sitzen würde. Im Flur sah ich nach oben, das Sonnenlicht vom Treppenfenster war voller Rauch, kleine Wolken, und auf dem Treppenabsatz sah ich Williams ausgestreckte Hand. Ging hin, schob mich mit dem Rücken an der Wand lang. Er war bewusstlos, aber Nase und Lippen zuckten wie bei einem schlafenden Hund. Sah Flammen hinter ihm in einer Ecke des Schlafzimmers aufflackern, weiß wie große Funken, also schloss ich die Tür und zog ihn ins vordere Zimmer, bei jedem Schritt schlug sein Kopf auf. Clever wäre es gewesen, ihn aus dem Haus bis nach draußen zu ziehen. Ihn so weit zu ziehen, dass ich ihn im Halig Beck waschen konnte. Clever wäre es gewesen, gleich bei Helen zu bleiben.

Ich legte ihn auf den Teppich, lief, um einen Eimer zu holen, füllte ihn am Waschbecken in der Küche, rannte zurück und kippte das Wasser über ihm aus. »Noch ist Zeit«, sagte ich. Er zuckte. Ich hämmerte auf seine Brust, ruckelte an seinem Kinn, und er schlug die Augen auf. »Das wird schon wieder«, sagte ich. Wollte, dass er was trank, aber er wandte das Gesicht ab.

»Steve?«, sagte er.

»Trink.«

Er nahm einen Schluck.

»Wir müssen hier weg«, sagte ich und trank von seinem Wasser.

»Ich kann nicht atmen.«

»Das wolltest du doch, oder?«

»Ist Helen in Sicherheit?«

Die Hitze zeichnete sein Gesicht weich, und es schwoll an, als hätte die Zeit ihm nicht das Fett aus den Wangen gesaugt. Er war wieder ein junger Mann und wirkte entspannt. Zufrieden. Wie ein Lamm oder ein Baby wollte ich ihn an mich drücken. Drückte ihn so fest, dass ich nicht hören musste, wie er ihren Namen aussprach. »Wird sie sein«, sagte ich.

»Hinten raus.« Er drehte den Kopf in Richtung Küche. »Ist einfacher.«

»Für wen?«

Das Licht im Zimmer wurde weniger, Fenster um Fenster, gegen die der Rauch drückte. Das Feuer kämpfte mit den Türen und der Treppe, aber du hast keine Ahnung, wie heiß es wurde. Schmalz rann mir aus beiden Ohren, tropfte auf meinen Kragen. Gedanken sind aus Luft gemacht, und ich wusste kaum noch, was geschah. »Ich kann dich nicht mehr tragen«, sagte ich zu ihm. War mir aber gar nicht sicher, ob das stimmte.

»Nicht?«

»Willst du, dass wir beide in diesem Haus verrecken?«

Er hustete, und ich merkte ihm an, wie schwach er war. »Warum bist du gekommen, Steve?«

»Weiß nicht.«

Seine Nase lief, der Rotz rann ihm bis zum Hals, und sein Atem ging so schnell, dass er nur noch hechelte. Ich kniete mich hin, legte seinen Kopf in meinen Schoß und wischte sein Gesicht mit meinen feuchten Händen sauber. Er starrte mir in die Augen, als ich ihn in seinen Mantel wickelte, ihn zu einem Bündel einrollte, die Arme an den Seiten. Zupfte einen Klumpen Wolle aus dem Schafsfellteppich, auf dem er lag, ein großes Büschel, und drückte es ihm in die rechte Hand, schloss sie zur Faust. Das Gleiche hatte man mit der Leiche meines Opas gemacht – damit Gott wusste, weshalb er sonntags arbeiten musste. Ich stand auf und ging in die Küche, ging, so schnell ich konnte, damit ich meine Meinung nicht mehr änderte. Hörte ihn als Letztes sagen: »Glaubst du, du schaffst, woran ich gescheitert bin?«

Ich fand ein Geschirrtuch, wickelte es mir um den Kopf, ließ einen Schlitz für die Augen und rannte nach draußen. Hinter mir wie vor mir war nichts zu sehen. Das Haus ging nach Süden, hin zur Scheune, also kämpfte ich gegen den Rauch an – hoffte, dass das vorwärts war. Ich spürte Gras unter den Händen, dann Lehm, und der Wind klärte die Luft so weit, dass ich die Fells sehen konnte. Ich kam auf die Füße und lief zu einer Anhöhe, grub meine Finger hinein, schlängelte mich hoch und blieb auf dem Hügel liegen, umarmte ihn. In meinem Kopf war ein Ziegelstein, zumindest fühlte es sich so an; ich konnte ihn so deutlich sehen, als läge er direkt vor mir, und er blieb, wo meine Gedanken festhingen, dann wurde er unscharf und mir war zum Kotzen. Schmerz puckerte von meinen Fingern bis runter in den Schwanz. Ich taumelte die andere Seite vom Hügel runter und fiel in einer kleinen Senke auf den Rücken. Der Rauch kroch über mich, bis er wieder alles war, was ich sehen konnte und mich eine üble Schläfrigkeit überkam.

Ich kann mich an das über mir flackernde Blaulicht nicht erinnern, nur daran, dass ich mich wieder bewegte, was ich gut fand. Meine Haut war so purpurrot wie die Eier von einem toten Widder, und ich steckte voller Schläuche und Kanülen. Der Rettungssanitäter fragte: »War sonst noch jemand im Haus?«

Ich log, schüttelte den Kopf. Nein.

*

Helen griff nach meiner Hand und hielt sie mit doppelter Kraft, als wollte sie, dass ich den Druck erwiderte. Sie lag neben mir im Bett, auf der Tagesdecke. Ich saugte seit Tagen reine Luft aus einem Strohhalm in meine Kehle und fühlte mich, bis ich aufstand, gar nicht mal so übel. Man hatte mir dermaßen viel Sauerstoff verabreicht, dass ich in mir selbst schwebte, meinen Körper nachschleppte, mich fühlte wie ein an einen Baumstamm geketteter Welpe. Helen wich kaum von meiner Seite, an diesem Morgen aber sagte sie: »Ich verschwinde von hier.« Verband damit kein Gefühl. »Sobald du wieder arbeiten kannst.«

»Was soll das heißen?«

»Soll heißen, ich habe jahrelang darauf gewartet, gehen zu können. Wusste nicht, dass ich das tat, aber so war es wohl. William hat das meine Sorgerei genannt.«

»Du musst nicht gehen«, sagte ich und hörte mich röcheln. »Gibt genügend Platz hier.«

»Hier gibt's immer genügend Platz, Steve. Wir leben in den Bergen.«

»Was willst du noch mehr?«

»Wenn ich darauf eine gute Antwort wüsste, wäre ich schon vor zehn Jahren gegangen.«

»Könnte jetzt anders werden.«

»Wirst du's besser machen? So, dass es läuft?«

»Natürlich«, sagte ich. »Du gehörst hierher.«

»Klingt wie eine Drohung.«

»Ich habe dich draußen erlebt. War mit dir zusammen. Da bist du am besten.«

Sie ließ meine Hand los, setzte sich im Bett auf und wandte das Gesicht ab.

»Wo willst du hin?«, fragte ich.

»Ich bleibe bei meiner Schwester.«

»Im verschissenen Stoke?«

»Im verschissenen Stoke.«

»Du wirst dir früh genug die eigenen Federn ausrupfen. Du hast keine Ahnung, wie das ist.«

Sie war vorher nie mehr zum Yow-Haus gekommen. Kam erst, als ich bettlägerig vom Rauch war. Das erste Mal hatte sie sich umgeblickt, sich angesehen, was ich gemacht hatte – die blitzsauberen Wände, die Gardinen, die Kommode, deren Laden für sie leer geblieben waren. »Seine Leiche wurde heute gefunden«, sagte sie. »Williams. Man hat ihn identifiziert. Erst hielt man ihn für ein Schaf, das vom Feuer überrascht wurde.«

»Was sollte ein Schaf im Haus wollen?«

»Er war nicht im Haus.«

»Wo denn?«

»Sie sagen, er sei bis zur Tür gekrochen, als der Paraffintank explodierte.«

»Dieser verdammte Idiot.«

»Hast du nicht im Haus nachgesehen?«

»So gut ich konnte.«

»Was glaubst du, warum er drinnen war?«

»Da hat er gewohnt.«

»Du hast gesagt, du hättest ihn nicht finden können.«

Ich wollte antworten – dachte immerzu an das, was ich sagen konnte. Wollte ihr sagen, dass ich sie liebte. Stattdessen saßen wir still da, bis sie aufstand und sich die Bluse ordentlich in den Rock stopfte. Sah mir in die Augen und sagte: »Und ich hab gedacht, du wärst anders als William.«

»Hab ich auch«, sagte ich.

»Hast du dir vorgestellt, wir würden hier zusammen leben?«

»Ich wollte zumindest, dass du eine Wahl hast.«

»Tja, zumindest hast du sie mir leichtgemacht.«

Noch leichter war es für sie, sich davonzumachen, weil sie nichts weiter zu packen hatte.

Medder-a-Mimph

Arbeitet man auf dem Land, stirbt man nicht wie andere Leute. Nichts von dem, was man tut, überdauert ein Jahr, und man hinterlässt nichts als sein Arbeitsgerät. Für das, was dann kommt, gibt es keine Zeremonie – irgendein Neuling hebt den Spaten auf, den man fallen ließ und macht weiter, wo man selbst aufgehört hat, macht es, solange er lebt. Ich bin jetzt doppelt so alt, wie William je wurde, und ich mache diesen verdammten Mist immer noch. Gibt weniger und weniger, die das von sich behaupten können. Wir sind alte Männer, keine Schultern mehr, auf denen wir stehen könnten, Ohren ließen vor der Stimme nach, hielten unseren Krummstab, bis er zum Krückstock wurde, haben jetzt mehr Haut und ein paar Knochen weniger, und wie Kinder krempeln wir jedes Jahr die Ärmel unserer Mäntel ein wenig höher auf. Unser Ruhestand ist der Tod, und ich habe genug angespart, um stinkreich abtreten zu können.

Manch jüngere Leute übernehmen, wir nennen sie jünger, was heißen soll, sie haben graues, nicht weißes Haar. Jeder versucht sein Glück mit seinem kleinen Hof – hält scheue Herden auf sauren Weiden, zieht robuste Pflanzen in Möwenkacke und hat einen blitzblanken Traktor mit sechs Zylindern, den er nie nutzt. Nichts kommt unter der Sonne des nächsten Frühjahrs wieder, und jeder neue Farmer ist so verdammt schnell wieder verschwunden, dass man ebenso gut versuchen könnte, sich die Namen einzelner Narzissen zu merken.

Ich blieb all die Jahre im Yow-Haus. Wohnen will ich es nicht nennen, auch nicht mein Zuhause, und du würdest es kaum wiedererkennen. Auf hundert Schritt in alle Richtungen ist der Boden gepflastert, die Hügel zu Granitriffs gestampft, eine Stützmauer gegen eine Felswand errichtet, Steinmauern umstehen einen feuchten Hof, an die Küchenwand ein Lagerschuppen gesetzt, an den Lagerschuppen ein Heuschuppen mit Rippendecke, eine Scheune, höher als das große Dach, ein Turm aus Metall, der darüber aufragt, voller als mein Kopf mit schickem Scheiß gestopft, ein schmaler, bis zu den Straßen von Bewrith asphaltierter Weg. All das ist sinnlos um mich herum angewachsen. Die Gebäude, Gatter, die Wege und Maschinen, ein Wurzelknollen, als lebten hier zwölf Menschen, zwölf, die sich um fünftausend Schafe kümmerten, dabei ist hier nur ein Mann, der seine Sinne noch halbwegs beisammen hat.

Ich halte eine Bergherde und lasse sie auf diesen felsigen Hängen weiden. Auf gepachteten Hügeln. Gab es auf zu glauben, die Tiere würden mir folgen, weil ich vorangehe. Ich muss schon wissen, wohin ich will, will ich sie irgendwohin führen. Ich sorge für gutes Gras, lasse den Klee wachsen, den Samen unterm Hafer schlafen und bitte jedes Schaf freundlich, sich mir im Frühling anzuschließen. Ich könnte nicht sagen, wie viele Tiere ich habe. Die Herde, sie wächst und schrumpft ohne feste Gezeiten, und ich sehe sie jedes Mal frisch wie mich ohne Hemd im Spiegel. Fette hungrige Zibben, die ich nie zuvor gesehen habe, Zibben, die ich vor zehn Jahreszeiten streunend aufgriff, ein Widder, den ich als jungen Spund beim Scheren hielt. Ich zähle ständig, zweimal, dreimal, auch öfter – sehe ein Lamm durchs hohe Riedgras hüpfen und auf der anderen Seite ganz anders herauskommen, ein Zutreter, eine tragende Aue, ein zahnloses Altschaf.

Ich habe die ganze Herde selbst enthornt und sämtliche Jacob-Schafe verkauft, sobald das Feuer erloschen war. Ich hielt sie am Haus, ein leichter Job, und sie starrten und starrten, obwohl es nichts zum Starren gab. Konnte sie aus den Fenstern sehen – wenn ich nackt unter der heißkalten Dusche stand, mir Toast machte, ein Bein aus dem Bett hatte. Diese schwarz gestreiften Augen, in denen sich die Nacht spiegelte, diese ewig wachsenden Hörner. Klopfte ans Glas. »Hört auf zu glotzen, ihr grässlichen Viecher.« Aber sie rührten sich nicht, also weg damit zur Auktion.

Brauchte fast vier Sommer, bis ich Caldhithe wieder zu dem gemacht hatte, was es sein sollte, ein Schafbauernhof in den Bergen – kein Cider, keine Hühner oder Ponys, keine in Scheunen schlafende Wandervögel, keine Zeit für Milchkühe oder Flachlandschafe, für Suffolks, Romneys oder Ryelands, für eine gemischte Herde, für Swaledales, Rough Fells oder Balwens. Was in den Fells nicht gedeiht, gehört nicht hierher. Was die Schafe oder ich nicht verdauen können, bau ich nicht an. Herdwicks sind alles, was ich kenne, alles, was ich will. Herdwicks mit ihren weißen, Schnee versprechenden Köpfen, mit Hintern so breit, dass man den Januar damit aufwischen kann.

*

Noch Jahre nach dem Fiasko meinte ich, unsere Helen zu sehen. Sah sie auf den Wegen oder im Dorf, sah sie in ihrem alten Laden arbeiten, mit hochgeschlagener Kapuze durch die Fells wandern, im verschissenen Supermarkt in Penrith, den Einkaufswagen voller Weinflaschen. Jede Frau groß genug, jede mit braunem Haar, das sich rot verfärbte, wenn man nur lang genug hinsah, Frauen mit Händen in den Manteltaschen oder angezogen für einen Abend in der Stadt, sie alle ließen mich nicht an sich heran. Kam ihnen nie so nah, dass ich prüfen konnte, ob sie es war. Und ich bekam Angst. Du hast von einigen der widerlichen Dreckskerle gehört, mit denen ich mich angelegt habe, bei diesen Frauen aber lief es mir kalt über den Rücken. Ich dachte tagsüber an sie, und das beruhigte mich, weshalb ich wohl auch nie genau hingeguckt habe.

Und dann habe ich sie doch gesehen. Nur ein einziges Mal – zehn Jahre, nachdem sie gegangen war. Stand auf einem Hügel mit Blick über den alten Hof Caldhithe, wo die zusammengesunkenen Dachbalken wieder zu Bäumen wurden. Und ich wusste, dass sie es war, sobald ich sie sah; und diesmal war da keine Angst, kein Zaudern. Ging zu ihr und stellte mich neben sie. »Bist also immer noch da«, sagte sie.

»Ich bin immer noch da«, erwiderte ich.

Sie sah jünger aus. Trug goldene Reifen an Armen und Ohren. Wirkte schmaler. Hatte blonde Strähnen im Haar, die von einer anderen Sonne stammen mussten. Sie war nicht für Berge angezogen und hakte sich bei mir unter, griff nach meiner Hand. Sagte, sie lebe jetzt an der Ostküste, einer Hafenstadt in Suffolk. Sammelte Meereskeramik, von deren Verkauf sie lebte.

Hatte wieder geheiratet, und ich nahm an, dass ihr Neuer um einiges jünger war. Musste nicht fragen, was ich getrieben hatte – sie konnte es sehen. »Das hier passt zu dir«, sagte sie. »Mehr als zu mir. Mehr als zu William.«

»Du kannst jederzeit zurückkommen. Von mir übernehmen.«

»Ich glaube, würdest du hier aufhören, bekämen wir alle Ärger.«

»Was soll das denn heißen?«

»Haben wir keine Schafe mehr, müssen wir unsere Kinder verfüttern.«

»Wärst du nicht so lange fort gewesen, würde ich sagen, du hast zu viel Zeit mit mir verbracht.«

Sie küsste mich auf die Stirn, ehe sie ging, und seit diesem Tag hörte ich auf, sie in all den Frauen zu sehen, die vorüberkamen. So ist es nun mal. Ich war ein Dieb. Kein besonders guter. Und es gibt so vieles, was man nicht stehlen kann. Was man nicht geschenkt bekommen kann.

*

Ich bin immer noch da. Das ist alles, was ich sagen kann. Viele Leute lernen was Schwieriges, werden gut darin und machen es eine lange Zeit, so lang, dass es zu vertraut wird, weshalb sie es wieder vergessen und was anderes anfangen. Es gibt immer einen größeren Berg, den man erklimmen kann, und wenn nicht, baut man sich einen. So bin ich nicht. Wenn mir die Schafe leid sind, Tage, an denen sie von Autos überfahren werden oder vor Sorge tot umfallen, sehe ich nach, ob ihre Ohren trocken, ihre Augen klar sind, vergewissere mich, dass die Zungen nicht von Mücken zerstochen wurden, die Hälse in Schals aus guter Wolle gewickelt sind, dass sie keine Milben, Zecken oder Krätze haben. Bin ich ihre wuchernden Felle leid und habe es satt, dass sie sich an scharfen Felsen kahl reiben, ihre Wolle nach nassem Heu riecht, sehe ich nach unseren Mauern, prüfe die Decksteine und sorge dafür, dass sie wie Pferdezähne so dicht an dicht liegen, dass dazwischen nicht mal Platz für einen Gänseblümchenstängel bleibt, vergewissere mich, dass kein Zauntritt zerbrochen ist, kein vom Wind gestürzter Baumstamm wie eine Wippe auf Felsen liegt. Wenn ich die nur angelehnten Gatter leid bin, die blöden, einstürzenden Löcher, dann bücke ich mich, teste meine Knie und begutachte das Lieschgras, das verwurzelte Knaulgras, pople Kieselstopper mit dem Taschenmesser frei, schneide Habichtskraut, Sauerampfer, Büffelklette und Veilchen, überprüfe die Stängel auf Bohnenlauseier oder Erbsenwickler. Und habe ich von der Grasbleiche genug, nun, der Boden ist da nicht viel anders, also prüfe ich die Krume dunkel wie Teer, zerkrümle sie, voller Leben, vier Würmer in jeder Handvoll, nichts Totes im Grund bis auf das, was wir drin begraben haben, will Erde so lebendig, dass sie mir von der Hand krabbelt. Und wenn ich vom Dreck und Schlamm genug habe, wenn sich ein Maulwurf durchgepflügt hat oder die Wurzeln schwarz werden, dann betrachte ich den Himmel und das, was noch darüber ist.

Es gibt Leute, die immer weiterziehen, die sagen, sie wollen die Welt hinter dem hier sehen, nur sehen die nicht richtig – das können sie gar nicht; man kann nicht das geringste Bisschen sehen, ehe man nicht alles gesehen hat. Das wird mein Leben bestimmen, bis es vorbei ist, zumindest lautet so mein Plan. Herausfinden, worauf Caldhithe errichtet wurde und wo es endet. Es sehen, wie es ist.

Gigget

Es ist zwanzig Jahre her, dass William gestorben ist, aber für Zahlen habe ich keinen Kopf. Damals fühlte sich jedes Jahr wie fünf an oder zehn, und ich habe so schnell gelebt, dass mir nur noch das Warten blieb. Ein Jahr kann wie ein ganzes Leben sein – frag ein schlachtfertiges Lamm. So weit also Williams Geschichte, die sich kaum von meiner trennen lässt, aber ein Letztes lohnt sich noch zu erzählen, und das geschah vor zwei Ernten.

Es war Winter in den Fells. Wenn die Nächte so lange dauern, wird die Dunkelheit knapp, weshalb nicht genügend übrig bleibt, um Schatten zu werfen. Konnte das Land nicht deuten, aber vielleicht hatte es auch nichts zu sagen. Die Zibben waren im Frauenrefugium, um Salzluft für ihre Lämmer zu atmen, und ich musste den Hof für die Zeit der Wintersonnenwende vorbereiten. Ich nahm das Quad und fuhr zu einem breiten Hang am Niskr Crag, die Tasche voll mit Schnur. Kam zu der Stelle auf Caldhithe, wo die Hügel zu Bergen werden und die Mauern schon so lang eingefallen sind, dass Gras über die Steine gewachsen ist. Höchste Zeit, sie wieder aufzuschichten. Die Weiden waren gefroren, aber der Schnee blieb noch nicht liegen. Mir war das egal.

Es ist ein Fehler, sich nicht zu bewegen, wenn es derart kalt ist. Man muss sich bewegen. Schrumpft die

Haut zu sehr, fängt sie an, sich zu überspannen. Ein Fehler, wie gesagt, aber einer, den ich immer wieder mache. Ich fand einen Platz an einer Lücke inmitten herabgefallener Trockensteine, dort, wo der Wind sich an meinem Rücken brach, und hockte da, als wäre ich selbst ein Fels. Zog die Kapuze zu, bis nur noch die Nasenspitze rausguckte. Ich hatte einen Bart, einen langen, langen Bart, hatte ihn wachsen lassen, bis sich das Haar auf der Oberlippe mit dem Nasenhaar vereinte und ich damit rechnete, bald eine Zunge haarig wie die einer Katze zu haben. Machte mich an die Arbeit. Band die Schnur so fest an einen Dreiecksbock, dass sie jedem Sturm standhielt. Saß im Schneidersitz und wälzte Felsbrocken mit beiden Händen, legte die Füllsteine in Schichten, die nach oben schmaler wurden, aber nie wackelten; schmetterte Steine gegen größere Steine, um sie passend zu machen.

Alles, was man hier draußen hören kann, ist der Wind, lauter als die eigenen Gedanken, selbst hinter den Augen spürt man ihn, und ich glaube, sollte er je nachlassen, formen meine Lippen seine Melodie und lassen ihn weitertoben. Aber er lässt nie nach. Dieser Wind. Das Einzige in den Fells, das nie nachlässt. Das Einzige, das im Winter nicht tot ist. Pfeift immerzu, will einem die Kleider vom Leib reißen oder bläst in einen hinein wie in ein Segel und versucht, einem die Beine wegzuziehen, und wenn er den Körper nicht vom Fleck bewegen kann, geht er den Geist an – eine frische Brise, die aufweckt, eine Kälte, die rät, sich hinzulegen und zu schlafen.

Ich habe erzählt, was ich hören konnte, nicht aber, was ich nicht hörte – das Geräusch von Schritten, knirschend, frostbrechend. Das Geräusch von jemandem, der auf mich zukam. Meine Brust zuckte wie von einer Ladung Schrot, als ich den Typen über meiner Schulter aufragen sah. Ich kippte zur Seite, die Kapuze verrutschte, und ich sah ihn an. Er stand da mit der Sonne in den Augen, Nebel im Rücken, und über seinem Kopf schwebte ein Hut aus Licht, ein Kranz Regenbogenfarben ergoss sich um sein Haar, die Ohren, den Hals. Er trat näher, fast, als trüge ihn der Nebel zu mir, und ich konnte nur William sehen. Mit schiefem Rücken und demselben Krummstock trugen ihn die Beine mit derselben Sanftheit, im Gesicht eine verlogene Ehrlichkeit. Er war ganz in Schwarz. Schwarze Hose in hohen schwarzen Stiefeln und eine schwarze Schaffelljacke mit einem Kragen, der Hals und Kinn bedeckte.

Er kam näher, und ich stützte mich mit den Händen ab, verlor jedes Gefühl in den Fingern. Ich wusste, wer er war. »So weit draußen, Steve?«, sagte er. »Ist ja fast, als wolltest du nicht gefunden werden.«

»Bist du das, Danny?«

»Siehst verdammt alt aus.«

»Warst auch schon mal jünger.«

Ich hatte immer geglaubt, als Erwachsener würde er ganz nach seiner Mutter kommen, aber von ihr hatte er nichts als die blauen Augen. »Was willst du hier draußen?«

»Bin deinen Spuren gefolgt. Will kurz mit dir reden.«

»Hättest am Haus auf mich warten können.«

»Hab lang genug gewartet.«

»Wenn das so ist, komm rüber.« Ich stand auf und wärmte die Hände an meinem Atem. »Es sei denn, du hast vergessen, wie man eine Trockensteinmauer baut.«

»Ich bin nicht hergekommen, um zu arbeiten.«

»Was anderes gibt's hier nicht. Keine Arbeit, kein Gespräch.«

Er kniete sich hin und fing an, die Steine zu sortieren, schichtete Sichtsteine und Füllsteine in Haufen, nahm jeden in die Hand und prüfte die Form. »Ich war bei unserem alten Haus«, sagte er. »Meinem alten Haus.«

»Suchst dir unter all den Sehenswürdigkeiten gerade diesen Anblick aus?«

»Ist nun mal, was mir gehört.«

»Dir gehört alles hier.«

»Aye?«

»Falls es denn überhaupt irgendwem gehört«, sagte ich. »Und deshalb bist du gekommen? Um dir deinen Hof zu holen?«

»Bin mir noch nicht sicher.« Ich hieß ihn die großen Decksteine auf ihren Platz in der Mauer heben und fing an, den nächsten Abschnitt der Lücke zu füllen. Er blickte ins Tal. »Diese Mauern sehen wirklich sehr gerade aus, Steve. Man könnte eine Murmel darauf bis runter ins Dorf rollen lassen. Wie viel musst du noch?«

»Damit wird man nie fertig.«

»Stimmt das? Aber wo enden die Mauern?«, fragte er. »Hab mich das noch nie gefragt. Gibt es überhaupt ein Ende?«

»Du weißt nicht, wo die Mauern um dein Land enden?«

»Du denn?«

»Nicht weit von hier.« Ich zeigte in die Richtung, als ob wir was hätten sehen können. Zeigte zum fernen Rand des Niskr Crag. »Gehen wir. Sehen wir es uns an.« Ich baute den Dreiecksbock ab, und meine Beine zuckten, als würden sie wach. »Wenn du vorhast, den Hof zu übernehmen, solltest du zumindest wissen, was genau du übernimmst.«

»Wollen wir nicht erst das hier fertig machen?«

»Das kann warten.«

Wir gingen, folgten dem krumpligen Grat der Mauer, querten weißen Dunst und liefen weiter und weiter, vorbei an Findlingen und an eingefallenen Teilen der Mauer, an herausgerutschten Bindersteinen und geplatzten Deckplatten. »Redest du oft mit deiner Mum?«, fragte ich.

»Habe ich jahrelang nicht.« Er hielt etwas in seiner Jackentasche umklammert. »Erst in letzter Zeit wieder.«

»Wie geht es ihr?«

»Gut so weit. Zu gut. Lässt einen denken, wie anders die Dinge sein könnten.«

»Du solltest ihr wegen dem, was passiert ist, keine Vorhaltungen machen.«

»Wer denn sonst?«

»Musst du selbst entscheiden.« Ich sah ihm ins Gesicht und hörte auf, nach den Eltern darin zu suchen. »Weißt du, es tut gut, dich zu sehen.«

»Du bist netter, als ich dich in Erinnerung habe.«

»Enttäuscht dich das?«

»Macht es schwerer, alles zu verstehen.«

»Nichts von dem verdammten Scheiß, den ich getan habe, hatte was mit Freundlichkeit zu tun.« Fühlte mich mit jedem Wort schwächer. »Worüber willst du reden? Du bist doch nicht hergekommen, um Hallo zu sagen.«

»Geht um was, das meine Mum gesagt hat. Was, wovon ich nichts gewusst habe. Sie sagte, als Caldhithe gebrannt hat, bist du ins Haus, um meinen Dad zu retten.«

»Hab's versucht.«

»Weißt du, ich muss einfach ständig daran denken, dass ich alles verloren habe. Zumindest fast alles. Und du lebst hier.«

»Ich habe Gelenke, die sind so geschwollen, dass ich sie bei jedem Schritt quietschen höre. Das ist alles, was ich hab.«

»Yow-Haus sieht gut aus.«

»Stimmt, ist gar nicht mal übel.«

»Hättest du ihn retten können?«

»Ich hätte mehr Hilfe gebraucht, als ich geben konnte.« Ich zog die Kapuze so fest zu, wie die Schnüre es nur zuließen. »Komm, sehen wir uns an, wo die Mauer endet.«

Kennt man den Grund so gut, als hätte man ihn selbst gelegt, kann man Trockenmauern höher bauen, als jede Leiter reicht, und muss nicht fürchten, dass sie zusammenbrechen. Richtig geschichtet, stürzen sie nur ein, wenn sie umgestoßen werden. Sie altern wie manch ein Höhlenkäse. Werden gespült und wieder gespült, lassen sich eine Rinde wachsen und wachsen zusammen, füllen jede Lücke, bis sie wie ein einziger Fels wirken. Die Steine werden nicht lebendig, aber es steckt Leben in ihnen. Sie blühen und verschlingen einander, bis man sich nicht mehr vorstellen kann, dass das alles mal gebaut wurde. Je weiter wir den Mauern zu ihrem Ende folgten, desto knorriger und verhutzelter wurden sie, desto stärker waren sie von Moos überwuchert, von büscheligem grauem Schafsgras, und sie enden nicht, wie man glauben könnte, gleich einem entrollten Garn, sie gehen in einen fremden Grat über und umschließen eine fremde Weide.

Ich brachte Danny zu jenem steinernen Gehege, auf das niemand Anspruch erhob. Dort begannen zwei weitere Mauern, die in mir unbekannte Gegenden der Fells führten. Auf der anderen Seite des Geheges klaffte eine Felsspalte, waren mit störrischem Grün bedeckte Hänge, zu steil, um darauf anbauen, und zu steil, um bis ans andere Ende sehen zu können. Wir lehnten uns an das letzte Stückchen Caldhithe. »Jetzt weißt du's«, sagte ich. Er trat näher und packte mit einer Hand meine Schulter, in der anderen hielt er dieses vollkommene Messer. Schimmerte, obwohl keine Sonne schien. Wusste nicht, dass sie in Sheffield noch Messer machten. »Danny«, sagte ich. »Ich habe darauf gewartet, dass du zurückkommst. Ich werde gehen. All dies gehört dir.«

»Was denn?« Er stieß mich nicht fest, trotzdem landete ich auf dem Boden. »Hier ist doch nichts.«

»Es ist immer das, was du daraus machst«, erwiderte ich. »Und ist, was dein Dad für dich daraus gemacht hat.«

»Man soll die Knochen seines Vaters beerdigen, sie nicht erben.«

»Ich hatte dich eingeladen, ihm das letzte Geleit zu geben.«

»Nach allem, was ich gehört habe, hast du das ganz gut allein hingekriegt.«

»Ich hab das Feuer nicht gelegt.«

»Du bist nie für irgendwas verantwortlich, Steve. Du fängst nie irgendwas an, stimmt's?« Er drehte sich zu den Fells um. »Ehe ich ging, sah ich diese Hügel, diese Berge oder was auch immer sie sind, sah sie achtzehn Jahre lang jeden Tag. Und mir wird heute noch seltsam zumute, wenn ich sie sehe. Meine Beine werden so wacklig, als wollte ich einen von denen rauffallen. Als mein Dad starb, hat mir das nicht viel ausgemacht, aber wenn ich diese Felsen sehe, dann könnte ich verdammt nochmal heulen.« Er sah, dass ich still dasaß und ihm zuhörte. »Er wollte ums Verrecken hier leben. hat aber nie gesagt, warum er das wollte. Er hat nie gesagt, weil sie schön sind, nichts dergleichen, Kunst, hat er gesagt, sei bescheuert, und ihn hat nie interessiert, ob Mum gut aussah. Ich glaube, er hat sie verdammt nochmal gehasst, die Fells. Hat sich an schöner Landschaft sattgesehen und ist trotzdem hungrig geblieben. Aber ich weiß, wie er sich gefühlt hat. Ich habe versucht, von diesen Bergen runterzukommen, und ich glaube allmählich, dass es keinen Weg hier runter gibt.« Er umklammerte das Messer so fest, dass es zitterte. »Glaubst du, er hätte gewollt, dass ich dich umbringe?«

»William?«, sagte ich und ließ den Jungen nicht aus den Augen. »Der hätte es am liebsten selbst getan.«

Er fing an, sich heftig über das Gesicht zu reiben, als wollte er es abwischen, holte tief Luft und schluckte, dass sein Kehlkopf wackelte wie der eines Meeresvogels, dann begann er zu schreien. Ich wich nicht zurück. Schützte mich nicht und wischte mir auch seine Spucke nicht vom Gesicht. Wenn er mich umbringen wollte, dann sollte er es verdammt nochmal tun.

Wir hörten ein Bää. Das ließ ihn innehalten. Ein Blöken, so laut, dass es den Wind durchschnitt und tief in meinen eigenen Mund vordrang, bis ich glaubte, es käme aus mir selbst. Ein Blöken wie es nur von einem großen Tier kommen konnte. »Was hat denn ein Schaf hier zu suchen?«

»Keine Ahnung. Sollte keins hier sein.«

Ich sah mich um, soweit der Nebel es zuließ, und ich entdeckte etwas vor einer nicht allzu weit entfernten Felswand. Da war eine Höhle, ein Überhang, ein Riss in Niskr Crags Seite, zu dem schartige Geröllstufen hinaufführten. Wir hörten es wieder, das Blöken, und es kam aus dieser Öffnung.

»Gehen wir, suchen wir das Schaf«, sagte er und steckte das Messer wieder in seine Tasche. »Nun mach schon, Steve.«

Je älter ich werde, desto verschwommener scheint mir die Welt zu werden. Wir gingen direkt auf die Höhle zu, und ich fiel, wo der Grund abfiel. Konnte spüren, wie die Luft kälter und feuchter wurde, wie sie Nebelnetze spann und am Boden Wolken festhielt. Der Wind fegte den Nebel fort, nur um die doppelte Menge dessen zu bringen, was er fortgeweht hatte. Ich wusste nicht, in welche Richtung wir gingen, aber jedes Mal, wenn ich die Höhle zu sehen bekam, schien sie ein Stück näher zu sein. Hielt die Hände ausgestreckt vor mich, bis sie an Felsen stießen. »Hier lang«, sagte Danny. Die Stufen, die wir hinaufstiegen, gehörten zu einem Felsspalt, der schmaler und immer schmaler wurde, und in gleichem Maße wurden auch die Felsvorsprünge schmaler. Ich war müde, und wenn ich stehen blieb, zuckte mein Körper, und es blitzte in meinem Hirn, Bilder von Gesichtern, Farben und Körpern flackerten mir durch den Kopf. Auf allen vieren kroch ich die Steinstufen hoch, aus denen überaus weiches Moos wuchs, das meine Hände wie nach Earl Grey riechen ließ. Um über die einzelnen Steinplatten zu gelangen, musste ich fast eine Rolle vorwärts machen, und als wir die letzte schließlich erreicht hatten, blieb ich auf dem Vorsprung liegen und starrte in die Höhle. »Geh rein«, sagte er.

Von nahem sah die Öffnung wie der Schlitz in einem Briefkasten aus. Kaum Platz, um aufrecht stehen zu können. Sonnenlicht versilberte Wände und Decke, und es gab keinen Boden, auf dem man stehen konnte. Verkeilte Felsen dicht an dicht. Scharf, spitz, feuersteinhart bis hin zu meinen Stiefeln. Durcheinandergewürfelte Haufen, als wäre es ein Schatz an Felsbrocken, die aus anderem Stein als der Rest der Berge zu sein schienen.

Das Blöken kam aus dem hinteren Teil der Höhle. Fing laut und deutlich an und hörte nicht mehr auf. Ging in ein Gurgeln über, röchelte dann wie ein verstopftes Waschbecken und wuchs gleich darauf erneut zu einem lauten Bää an, einem Schrei. »Noch ein Stück.« Ich musste mich ducken, um weiter voranzukommen, und da war nur noch Dunkelheit. Ich tastete mich mit den Füßen vor, und die Luft fühlte sich wärmer an, trockener, der Teegeruch wurde stärker – grasig und ölig. Ich streckte die Hände aus und wusste, da war was, weich, weicher als draußen das Moos, und ich konnte eine Gestalt ertasten. Einen Haufen. Einen Haufen Wolle. Aufgetürmt bis in meine Höhe fiel sie auf allen Seiten bis zum Boden ab und formte einen Teppich, von dem ich nicht sagen konnte, wo er aufhörte. Tief drinnen spürte ich eine seltsame Wärme, wie in einem Bett, in dem man geschlafen hatte, und der Haufen bewegte sich unter meinen Händen. Ich tastete ihn ab, bis ich in beiden Händen einen Widderkopf hielt und die rauen Wülste zweier Hörner spürte, lang wie meine Arme.

Danny war hinter mir, und ich hörte ihn irgendwas zusammenschrauben, dann fiel ein dünner Lichtstrahl aus seinen Händen. Ich konnte sehen, dass die Wolle rotbraun war, nur an den Rändern färbte sie sich grau. Ein verbrauchtes Grau, ein Grau wie es nur vom Alter kommt, kein anderes Grau ist dem ähnlich. Die Wolle lag in dicken Schichten, mehr als ich zählen konnte, und als ich hineinlangte, war sie kackverklebt, am Körper drunter festgeschweißt und schwerer auseinanderzuziehen als ein Bungeeseil. Um den Kopf sah die Wolle zerschlissen aus und abgekaut; überall aus dem Felsdach tropfte es, und dort, wo die Tropfen hinfielen, war das Vlies grün und von Flechten überzogen. Ein Floh hüpfte über meine Hand; auf dem Rücken dieses Tiers war mehr Leben als auf den Fells um uns herum. Milben und Zecken und Mäuseköttel. Ein Klumpen, der an der Seite vorstand, eine große Wucherung voll sechseckiger Löcher, dürfte irgendwann ein Wespennest gewesen sein. Nur der pfeifende Atem verriet mir, dass das Tier noch lebte. Einmal Luftholen dauerte dreimal so lang wie bei mir. Ich schob die Wolle aus der Stirn, dachte, sie würde blenden – nicht aber diese Augen. Weißer als der Rest vom Kopf, kurz vorm Platzen, und sie folgten weder unseren Bewegungen noch dem Licht der Taschenlampe. Es suchte mit der Schnauze, suchte meine Hand, schnüffelte und blökte wieder. Als ich in sein zahnloses Maul sah, starrte ich in den tiefsten Teil der Höhle, und mir war, als wären seine vier Mägen die Ursache für jedes Unwetter, jeden Sturm auf Caldhithe.

An der Seite spürte ich, wie Danny mir die Taschenlampe in die Hand drückte, meine Finger um sie schloss.

»Los jetzt.« Ich strich dem Widder über die Ohren, drückte meine Stirn an seine. »Wird Zeit loszulassen, alter Mann.« Ich sank auf die Knie und hielt die Lampe hoch. Danny legte dem Widder die Hände auf den Kopf und an den Hals, tastete über den Rücken nach Krebsgeschwüren und verhärteten Knoten. Er zog sein Messer heraus und fing an, die Wolle abzuhacken, sie aus der Wand zu schneiden und das Schaf hin und her zu ruckeln, bis es sich bewegen konnte. Ich sah die Beine, abgenutzt bis zu den Knien, und als Danny das Tier bewegte, rollte sich noch mehr Wolle auf, wurde aus der Erde gezogen und hing ihm nach wie eine Schleppe. Halb zog er, halb trug er das Schaf nach draußen, das sich ihm gänzlich anvertraute, und er brachte es zur Höhlenöffnung, legte es auf eine glatte Felsplatte.

»Hast ja recht, Junge«, sagte er. »Hast ja recht.«

Er packte das Vlies, fing an, dichter an der Haut zu schneiden, Büschel abzutrennen und in den Wind zu werfen, merkte aber bald, dass er dafür kein Messer brauchte. Riss die Wolle mit den Händen heraus, bis das Tier den Kopf schütteln konnte.

Nach diesem Tag baute jeder Vogel in Caldhithe sein Nest aus rotbrauner Wolle.

Er drehte den Widder auf die andere Seite, so dass sein Blick herab vom Niskr Crag fiel und strich ihm mit beiden Händen über den Hals. Spürte dem langen Atem vom Herzen bis zum Maul nach. Begann zu scheren, eine glatte Kehle, spürte die Lebensadern. Er hielt das Messer im Mund, als er sich an die Schultern des Tieres stellte, dann schnitt er so tief und scharf durch den Hals, dass er den Fels wie ein Sodabrot kerbte – halbierte die puckernde Luftröhre, und Blut schoss hoch auf, dann strömte es, klatschte gegen die Wände. Rusty machte einen letzten Sprung, und was aus seinem Hals sprudelte, überschwemmte den Fels. Danny legte das Messer neben den Kopf des Widders und ließ mich auf dem Berg allein, rot und triefendnass vom Blut.

Clemens Meyer
Die Projektoren
Roman

»Die Projektoren« erzählt rasant und schonungslos von unserer an der Vergangenheit zerschellenden Gegenwart – und von unvergleichlichen Figuren: Im Velebit-Gebirge erlebt ein ehemaliger Partisan die abenteuerlichen Dreharbeiten der Winnetou-Filme. Jahrzehnte später finden an genau diesen Orten die brutalen Kämpfe des Jugoslawienkriegs statt – mittendrin eine Gruppe junger Rechtsradikaler aus Dortmund, die die Sinnlosigkeit ihrer Ideologie erleben muss. Und in Leipzig werden bei einer Konferenz in einer psychiatrischen Klinik die Texte eines ehemaligen Patienten diskutiert: Wie gelang es ihm, spurlos zu verschwinden? Und konnte er die Zukunft voraussagen?

1056 Seiten, gebunden
978-3-10-002246-2